LA LECTORA

GRANTRAVESÍA

TRACI CHEE

LA LECTORA

Traducción de
Mercedes Guhl

GRANTRAVESÍA

LA LECTORA

Título original: *The Reader*

© 2016, Traci Chee

Traducción: Mercedes Guhl

Arte de la portada: Yohey Horishita
Fotografía de la joven: Getty Images / Lumina Images
Diseño de portada: Kristin Smith
Mapas e ilustraciones de interiores: © 2016, Ian Schoenherr

D.R. © 2016, Editorial Océano, S.L.
Milanesat 21-23, Edificio Océano
08017 Barcelona, España
www.oceano.com

D.R. © 2016, Editorial Océano de México, S.A. de C.V.
Eugenio Sue 55, Polanco Chapultepec,
C.P. 11560, Miguel Hidalgo, Ciudad de México
www.oceano.mx
www.grantravesia.com

Primera reimpresión: 2016

ISBN: 978-607-527-007-4

Reservados todos los derechos. Ninguna parte de esta publicación
puede ser reproducida, almacenada o transmitida por ningún medio
sin permiso del editor. Cualquier forma de reproducción, distribución,
comunicación pública o transformación de esta obra sólo puede ser
realizada con la autorización de sus titulares, salvo excepción prevista
por la ley. Diríjase a CEDRO (Centro Español de Derechos Reprográficos,
www.cedro.org) si necesita fotocopiar o escanear algún fragmento de
esta obra.

Impreso en México / *Printed in Mexico*

Para mamá, que siempre lo supo

KELANNA

Islas
GORMAN

al confín del NORTE

OCÉANO
Septentrional

OCÉANO
CANDARA

SHAOVINH

UMLAAN

Umlari

CAI

LICCARO

BAHÍA
DE EFIGIA

al confín ORIENTAL

HYE

QIN

Flota de Serakeen

VRITHI

NTRAL

Karak

BRANDAAL

Anarra

CHAIGON

OCÉANO
DE CHAIGON

Roca del Muerto

JIHON

MAR
DE ANARRA

MAR
INTERIOR DE
CHAIGON

MASERIN

AKAPÉ

EVERICA

BAHÍA DE
ZHUELIN

Mae

Ian Schoenherr © 2016

¡Oh, lector!
Busca en tu mente al leer y
Seguro descubrirás
El enigma oculto, que
Reposa por debajo de las letras.
Ve hasta los confines,
Al secreto detrás de las cubiertas.

Busca en los márgenes, en las señales de humo,
Intuye lo que implica leer el mundo.
Esto es un libro. Observa bien:
No negarás que hay magia en sus palabras.

El libro

Érase una vez... Ése es el principio de toda historia. Érase una vez un mundo llamado Kelanna, un lugar maravilloso y terrible, de agua, barcos y magia. La gente de Kelanna era igual a ti en muchos aspectos. Hablaban, trabajaban, amaban y morían, pero eran muy diferentes respecto a algo muy importante: no sabían leer. Jamás habían oído hablar de la palabra escrita, nunca habían desarrollado alfabetos ni reglas ortográficas, jamás habían grabado sus historias tallándolas en piedra. Las recordaban con sus voces y cuerpos, las repetían una y otra vez hasta que las mismas historias se convertían en parte de ellos, y las leyendas eran tan reales como sus lenguas o sus pulmones o sus corazones.

Algunas historias pasaban de boca en boca, cruzando reinos y océanos, mientras que otras perecían rápidamente, tras repetirse unas pocas veces. No todas las leyendas eran populares, y muchas de ellas tenían vidas secretas en el núcleo de una sola familia o de una pequeña comunidad de devotos, que las susurraban entre sí para que no se perdieran.

Una de esas leyendas poco difundidas hablaba de un objeto misterioso llamado *libro*, que contenía la clave para acceder a la magia más poderosa que se hubiera conocido en Kelanna.

Había quienes decían que contenía hechizos para convertir la sal en oro y a los hombres en ratas. Otros decían que con muchas horas y algo de esfuerzo, uno podía aprender a controlar el tiempo... o incluso llegar a crear un ejército. Los relatos diferían en los detalles, pero todos coincidían en una cosa: tan sólo unos pocos tenían acceso al poder del libro. Algunos contaban que era una sociedad secreta entrenada específicamente para ese propósito, que generación tras generación se había quebrado el lomo leyendo el libro y copiándolo, cosechando conocimiento cual si fueran gavillas de trigo, como si pudieran subsistir únicamente a partir de frases y de párrafos. Durante años pastorearon las palabras y la magia, haciéndose más fuertes con ellas cada día.

Pero los libros son objetos curiosos. Tienen el poder de atrapar, transportar e incluso transformar a quien los lee, si corre con suerte. Pero en el fondo, los libros, hasta los mágicos, no son más que objetos fabricados con papel, pegamento e hilo. Ésa era la verdad fundamental que los lectores olvidaban: lo vulnerable que es el *libro* a fin de cuentas.

Al fuego.

A la humedad.

Al paso del tiempo.

Y al robo.

CAPÍTULO I

Las consecuencias de robar

Había Casacas Rojas en la ruta. El camino de grava que cortaba a través de la maraña selvática era un hervidero de gente, y los soldados de Oxscini se movían en sus caballos por encima del mar de caminantes como señores en un desfile: sus bellas chaquetas rojas inmaculadas, las negras botas enceradas hasta relucir. En sus cinturas, las empuñaduras de espadas y pistolas resplandecían en la gris luz de la mañana.

Cualquier ciudadano respetuoso de la ley se habría alegrado de verlos.

—Esto no es bueno —gruñó Nin, acomodando mejor la pila de pieles que llevaba en brazos—. Esto no es bueno en absoluto. Pensé que este pueblo sería lo suficientemente pequeño como para pasar desapercibidos, pero eso ya parece imposible.

Acurrucada a su lado bajo los matorrales, Sefia observaba a las demás personas, con sus canastos o tirando de carritos desvencijados con costales que formaban un nido acogedor para sus bebés, los padres llamando a gritos a sus sucios niños si se alejaban demasiado. Con sus ropas raídas de tanto viajar, Sefia y Nin se hubieran confundido entre la multitud, de no ser por los soldados de rojo.

—¿Están aquí por nosotros? —preguntó Sefia—. No pensé que las noticias se propagaran tan rápido.

—Cuando se tiene una cara tan bonita como la mía, niña, los rumores se extienden como la pólvora.

Sefia soltó una risita forzada. Nin, con edad suficiente como para ser su abuela, era una mujer baja y cuadrada, con el pelo apelmazado y la piel tan curtida como el cuero. La belleza no era lo que la hacía memorable.

No. Nin era una ladrona maestra, con manos mágicas. No llamaban para nada la atención, pero eran capaces de arrebatar un brazalete de la mano de una dama con un toque tan suave como el aire. Podía abrir candados con un giro de los dedos. Había que ver las manos de Nin en actividad para darse cuenta de quién era. De otra forma, con su abrigo de piel de oso, parecía más un montón de tierra: tierra seca y a punto de desmoronarse en la humedad de la selva.

Desde que habían dejado su hogar en Deliene, el más septentrional de los cinco reinos insulares de Kelanna, habían mantenido un perfil bajo mientras iban de un lado a otro, sobreviviendo con lo que podían obtener de la naturaleza. Pero en los inviernos más duros, cuando la búsqueda de comida era difícil y la cacería pobre, Nin le había enseñado a Sefia a abrir cerraduras, hurtar bolsas e incluso robar grandes piezas de carne sin que nadie lo notara.

Y en esos seis años nadie las había capturado.

—No podemos quedarnos aquí —suspiró Nin y sopesó las pieles que llevaba—. Nos desharemos de éstas en el siguiente pueblo.

Sefia sintió un dejo de remordimiento en el estómago. Al fin y al cabo, era culpa suya. Si no hubiera sido tan atrevida dos semanas atrás, nadie habría reparado en ellas. Pero se había dejado llevar por la idiotez. Por el exceso de confianza. Había tratado de robar un nuevo pañuelo para atarse en la cabeza, verde esmeralda con motivos dorados, mucho más fino que el rojo descolorido que usaba, pero la habían visto. Nin no había tenido más remedio que sobornar al vendedor para que la dejara escapar, y huyeron del pueblo con los Casacas Rojas pisándoles los talones.

El riesgo había sido excesivo. Alguien debió reconocer a Nin.

Y ahora tenían que dejar Oxscini, el Reino del Bosque, que había sido su hogar durante más de un año.

—¿Y por qué no me encargo yo? —preguntó Sefia mientras le ayudaba a Nin a levantarse.

Nin la regañó:

—Demasiado arriesgado.

Sefia tomó la piel que estaba encima de la pila que Nin tenía en brazos. La mitad de esos animales los había matado y desollado ella, y era suficiente para ayudarles a pagar la salida de Oxscini, si es que lograban entrar al pueblo a venderlos. Nin las había mantenido a salvo durante todos estos años. Ahora había llegado el turno de Sefia.

—Sería más arriesgado esperar —dijo ella.

La expresión de Nin se ensombreció. A pesar de que la anciana jamás le había explicado a Sefia exactamente cómo había conocido a sus padres, ella sabía que era porque alguien los perseguía. Ellos tenían algo que sus enemigos buscaban.

Y ahora aquello había pasado a manos de Sefia.

En los seis años anteriores, ella había cargado con todas sus posesiones a la espalda: todos los utensilios necesarios para cazar y cocinar y acampar y, en el fondo de la mochila, horadando lentamente agujeros en el cuero, la única posesión que sus padres le habían dejado: un voluminoso recordatorio de que habían existido y ya no. Sus manos tiraron de las correas de la mochila.

Nin cambió de posición y miró por encima de su hombro hacia la tupida selva.

—No me gusta —dijo—. Jamás lo has hecho sola.

—No *puedes* entrar en el pueblo.

—Podemos esperar. Hay un pueblecito a cinco días de camino de aquí. Más pequeño, y más seguro.

—Más seguro para ti. Nadie sabe quién soy —Sefia levantó la barbilla—. Puedo entrar en este pueblo, vender las pieles y salir de nuevo antes del mediodía. Podremos andar el doble de rápido si no tenemos que cargar estas pieles.

Nin vaciló unos instantes, mientras su astuta mirada iba y venía entre las sombras del matorral y los manchones rojos que transitaban en el camino. Finalmente, movió la cabeza de un lado a otro.

—Date prisa —le dijo—. No te demores a la espera de obtener el mejor precio. Lo que necesitamos es embarcarnos y salir de Oxscini. No importa adónde vayamos.

Sefia sonrió. Casi nunca lograba imponer su punto de vista frente al de Nin. Arrebató la pesada pila de pieles de los forzudos brazos de Nin.

—No te preocupes —repuso ella.

Con el ceño fruncido, tiró del pañuelo rojo con el que Sefia se ataba el pelo hacia atrás:

—La preocupación es lo que nos mantiene alertas y a salvo.

—Estaré bien.

—Sí, estarás bien, ¿verdad que sí? Sesenta años de vida, y yo estoy bien. ¿Por qué?

Sefia puso los ojos en blanco:

—Porque tienes cuidado.

Nin asintió y se cruzó de brazos. Otra vez tenía el aspecto de la misma vieja gruñona de siempre, lo cual hizo que Sefia sonriera de nuevo y le diera un beso rápido en la mejilla.

—Gracias, tía Nin.

La mujer hizo una mueca y se limpió el rostro con el dorso de la mano.

—Sin ternuras. Ve a vender las pieles y regresa directo aquí. Se avecina una tormenta y debemos guarecernos antes de que llegue.

—Sí, señora. No la defraudaré —se dio vuelta y miró al cielo. Notó la humedad que flotaba en el aire, la velocidad de las nubes al surcar el cielo. Nin siempre sabía cuándo iba a llover. Decía que lo sentía en los huesos.

Sefia partió tambaleándose bajo el peso de las pieles en sus delgados brazos. Iba ya cerca del límite de los árboles cuando la ronca voz de Nin la alcanzó de nuevo con una advertencia:

—Que no se te olvide, niña, que los Casacas Rojas no son la peor amenaza que nos acecha.

Sefia siguió sin mirar atrás y dejó atrás el cobijo de la selva para unirse a otras personas en el camino, pero no pudo dejar de estremecerse con las palabras de Nin. Debían evitar a las autoridades a causa del pasado de Nin como ladrona, pero ésa no era la razón por la cual vivían como nómadas.

No sabía mucho, pero a lo largo de los años había logrado enterarse de lo siguiente: sus padres habían vivido huyendo. Habían hecho hasta lo imposible para mantenerla aislada y a salvo de un enemigo sin rostro ni nombre.

Pero no había sido suficiente.

Y ahora lo único que tenía para seguir a salvo era su movilidad, su anonimato. Mientras nadie supiera dónde estaba o lo que llevaba consigo, no la encontrarían.

Sefia se acomodó la mochila en los hombros, sintiendo el objeto pesado que golpeteaba contra la parte baja de su espalda, y se internó en la multitud.

Cuando llegó a los límites del pueblo, le dolían los brazos de cargar las pieles. Se tambaleó al pasar junto al puerto, donde unos cuantos botes pesqueros y mercantes estaban amarrados a los frágiles muelles. Más allá de la caleta estaban anclados los cascos carmesí de las naves de la Armada Real de Oxscini, con los puentes atestados de cañones.

Pocos años atrás hubieran bastado unas cuantas lanchas de patrullaje, pero la guerra entre Oxscini y Everica, el reino pétreo del oriente que recientemente se había unificado, había aumentado las restricciones de viaje y comercio. Para la gente común, esos barcos centinelas eran una protección, pero para Sefia, que nunca había sido común, eran como carceleros impidiendo su escape.

A la entrada de la plaza del pueblo se detuvo para examinar la disposición del mercado en busca de calles que pudieran servirle si necesitaba huir rápidamente. Alrededor del perímetro de la plaza había tiendas fáciles de identificar por el escudo que ostentaban sobre sus puertas: un cuchillo de matarife y un cerdo para la carnicería, un yunque para la herrería, un par de espátulas de madera para la panadería. Pero lo que atraía al gentío era el amasijo de puestos en el centro de la plaza. En los días de mercado, los granjeros locales y los comerciantes viajeros venían desde kilómetros a la redonda para vender de todo, desde rollos de tela hasta jabones perfumados u ovillos de cordel.

Sefia se internó entre los vendedores que pregonaban mangos y maracuyás, costales de café y pescados plateados. En la muchedumbre de compradores espió en busca de brazaletes con el cierre suelto o chaquetas henchidas sobre una bolsa llena de dinero, pero no era el momento de ponerse a hurtar.

Pasó junto a un puesto de noticias y novedades en donde un miembro del gremio de cronistas, una mujer con una capucha y brazaletes cafés, la recibió con más información sobre los acontecimientos lejanos:

—¡Otro barco mercante cayó presa del capitán Serakeen, frente a la costa liccarina! ¡La reina ordena una escolta adicional para los embajadores que zarpan hacia Liccaro! —a sus pies, una lata resonaba con el tintineo de las monedas de cobre que recogía.

Sefia se estremeció. Mientras Everica y Oxscini combatían en el sur, el abrasador reino desértico de Liccaro tenía sus propios problemas: Serakeen, el Azote del Oriente, y su flota de brutales piratas, que asolaba los mares que rodeaban esta pobre isla, saqueaban unas ciudades costeras mientras que extorsionaban otras, atacaban los barcos mercantes y de provisiones que buscaban ayudar al gobierno regente cada vez más deteriorado. Con Nin, a duras penas habían escapado de una de las naves de guerra de Serakeen cuando salieron de Liccaro, hacía cosa de un año atrás. Aún recordaba los fogonazos de los cañones lejanos, las explosiones de agua a cada flanco del barco.

En su camino al puesto de las pieles, mientras se abría paso a codazos a través del mar de gente que transitaba enfundada en desgastados pantalones y camisas de trabajo, largos vestidos de algodón y levitas, un relámpago de oro le llamó la atención: era una luz no mayor que un pequeño círculo, ondeando bajo los tacones de la multitud. Sonrió. Si lo miraba fijamente y de cerca, desaparecería, así que se contentó con saber que estaba ahí, en el rabillo de su ojo.

Su madre siempre le había dicho que había energía oculta en el mundo, una especie de *luz* que bullía por debajo de la superficie. Siempre había estado ahí, arremolinándose invisible alrededor de ella, y de vez en cuando brotaba, así como el agua asoma por una grieta de la tierra, un brillo dorado visible únicamente para quienes eran susceptibles de verlo.

Como su madre. Su bella madre, cuya piel lucía el color del bronce durante los meses de verano, de quien había heredado la esbeltez, la misma gracia notable, el mismo sentido especial para saber que había más en el mundo que lo meramente tangible.

Cuando Sefia sacó el tema a Nin, su tía se tornó hosca y silenciosa, y se negó a responder cualquier pregunta y también a dirigirle la palabra en el resto del día.

Nunca volvió a hablar de eso, lo cual no evitaba que siguiera percibiéndolo.

A medida que el pequeño círculo de luz fue desapareciendo, un hombre cruzó frente a ella. Tenía el pelo erizado y moteado de gris, y la espalda encorvada, acentuada por un suéter demasiado holgado. Lo miró con más atención.

Pero no era él. Su cabeza no tenía la misma forma. Ni su estatura coincidía. No tenía las mismas cejas rectas que ella, ni sus ojos almendrados, oscuros como el ónix. Nada encajaba. *Jamás* hubiera podido ser él.

Su padre llevaba seis años muerto, su madre, diez, pero eso no impedía que ella los reconociera en la figura de perfectos desconocidos. Ni tampoco evitaba esa punzada en el corazón cuando recordaba, una vez más, que ya no estaban con ella.

Sacudió la cabeza y parpadeó velozmente mientras se acercaba al puesto de pieles, en donde una mujer agobiada rebuscaba con una mano entre las pieles de chinchilla mientras con la otra tomaba del brazo a su hijito. El niñito lloraba, y los dedos de la mujer lo sostenían con tal fuerza que le hinchaban la carne sonrosada.

—¡No te atrevas a perderte de mi vista otra vez! ¡Los inscriptores te llevarán con ellos! —cuando le zarandeó el brazo, el cuerpo entero del chico se sacudió.

La peletera era una mujer de brazos larguiruchos y estaba inclinada sobre el mostrador, con las manos hundidas en una pila de pieles de zorro.

—Me enteré de que otro muchacho desapareció esta semana, aquí cerca, junto a la costa —susurró, mirando a los lados para asegurarse de que nadie más la escuchaba. Medio oculta tras su brazada de pieles, Sefia fingió estar interesada en las bolsas de papel con especias del puesto vecino, cada una con un dibujo de la hierba que contenía: comino, cilantro, hinojo, cúrcuma…

—¿Me has oído? —la voz de la madre se hizo más aguda—. ¡Estamos en tierra de inscriptores!

El pulso de Sefia se aceleró. *Inscriptores.* Hasta la palabra sonaba siniestra. Nin y ella habían escuchado retazos de noticias y rumores sobre ellos en los últimos dos años. Según decían, en todo Kelanna y sus islas estaban desapareciendo muchachos, demasiados para ser simplemente niños que escapaban de casa. Se decía también que había chicos a los que convertían en asesinos. Que uno podía saberlo sólo con verlos porque tenían una quemadura alrededor del cuello, como un collar. Eso era lo primero que hacían los inscriptores: marcar a los muchachos con unas tenazas al rojo vivo, para que todos tuvieran la misma cicatriz.

De sólo pensar en estos rufianes, a Sefia se le retorcieron las tripas y se le encorvó la espalda, y de repente se dio cuenta de lo vulnerable que era en medio de este mar de desconocidos, de gente que podía verla y murmurar. Echó un vistazo a sus espaldas y detectó un destello carmesí entre los puestos y tenderetes. Soldados. Y venían hacia ella.

Apenas se fueron la mujer con el niño, Sefia volcó las pieles de Nin sobre el mostrador. Mientras la peletera las examinaba, la impaciencia le impedía estarse quieta, miraba al gentío que se arremolinaba en los puestos, y se llevaba la mano a la espalda para asegurarse de que el misterioso objeto anguloso siguiera en su mochila.

Alguien le tocó el hombro. Sefia se puso rígida y volteó a mirar.

Detrás de ella estaban los Casacas Rojas.

—¿Ha visto a esta mujer? —preguntó uno.

El otro le mostró una hoja de papel amarillenta con los bordes raídos. Un boceto desvaído. Los rasgos de la mujer que buscaban eran vagos y difusos, pero resultaba imposible no reconocer la línea de sus hombros y el desastrado abrigo de piel de oso.

Sefia sintió como si la hubieran arrojado a aguas oscuras.

—No —dijo casi sin voz—, ¿quién es?

El primer soldado se encogió de hombros y siguió al puesto de especias.

—¿Han visto a esta mujer?

El otro sonrió con timidez:

—Eres demasiado joven pero hace treinta años esta mujer era la ladrona más famosa de las Cinco Islas. La apodaban la Cerrajera. Una persona de un pueblo no muy lejano dijo que la había visto, pero quién sabe… Es probable que haya muerto hace tiempo. No te preocupes.

Sefia tragó saliva, asintiendo, y los Casacas Rojas se perdieron entre la muchedumbre.

La Cerrajera.

Nin.

Aceptó el primer precio que le ofreció la peletera y metió las monedas de oro en su bolsa, junto a un trozo de cuarzo rutilante y a los últimos rubíes que quedaban de un collar que había robado en Liccaro. ¿Bastaría? Tendría que ser suficiente.

Guardó la bolsa, palpó el fondo de su mochila una vez más y se internó entre la gente, abriéndose paso a codazos en su prisa por salir del pueblo.

Una vez que llegó a la selva, empezó a correr, abriéndose paso entre las matas, quebrando ramas, en una torpe y lenta carrera debido al peso de su mochila.

¿Serían esos ruidos entre el follaje el sonido de su paso o el de una persecución?

Echó un vistazo atrás, imaginando el crujido del cuero, los pasos de muchos pies.

Aceleró la carrera y el objeto duro y rectangular golpeteó dolorosamente la base de su espalda. La selva se hizo caliente y húmeda a su alrededor.

Los rumores se extienden como la pólvora. Tenía que volver con Nin. Si los Casacas Rojas sabían que estaba en Oxscini, seguramente muchos otros también estarían enterados.

El campamento estaba a unos veinte metros cuando, sin aviso, la selva a su alrededor calló. Los pájaros dejaron de cantar. Los insectos no zumbaron más. Hasta el viento dejó de soplar. Sefia se quedó inmóvil, con todos los sentidos alerta, y su respiración se oía tan fuerte como una sierra talando los matorrales. Se le puso la carne de gallina.

Entonces le llegó el olor. No era la peste podrida de una alcantarilla sino un olor perfectamente limpio, como de co-

bre. Un olor que casi podía saborear. Un olor que le cosqui-
lleaba en las yemas de los dedos.

Un olor conocido.

A través de los árboles, oyó la voz de Nin, grave y cauta,
en el mismo tono que usaba cuando le hacía frente a alguna
bestia de gran tamaño, erizada de garras y colmillos, lista para
atacarla:

—Así que finalmente me han encontrado.

CAPÍTULO 2

Algo peor que los Casacas Rojas

Sefia se agazapó entre los helechos, temblando tan violentamente que las hojas empezaron a vibrar a su contacto. El hedor a tierra requemada y cobre era tan intenso que sentía que invadía su interior.

Se oyó el sonido de una risa, como vidrio molido.

—Casi di crédito cuando nos enteramos de que unos Casacas Rojas estuvieron a punto de darle caza en las selvas de Oxscini, pero aquí está.

Nos enteramos. Sefia clavó sus dedos en la tierra. Alguien, es decir, varios, las *habían* estado buscando. Y habían dado con ellas.

Por su culpa.

Empezó a arrastrarse sobre el suelo. Se le enredaban telarañas en el pelo y en la piel se le clavaban espinas. Apretó los dientes y siguió adelante, acercándose poco a poco al lugar del campamento.

—He pasado toda mi etapa de aprendiz buscándola. Ni siquiera estaba segura de que fuera tan imposible de atrapar como decían...

—Ya está bien, ¿no? —interrumpió Nin.

Un golpe cortante, sordo, hizo que Sefia se detuviera para tratar de ver algo entre el follaje. Pero era imposible a través de las enormes hojas con forma de cucharones.

—… o de si ya habría muerto.

Tras un instante, Nin gruñó:

—Aún vivo.

—Por el momento.

No. Sefia se arrastró bajo el matorral. *Otra vez no.*

Sin hacer caso de las espinas de un junco muy crecido, se apoyó en un tronco podrido cubierto de musgo y parásitos. Las ramas le pinchaban o se enganchaban en su ropa, pero alcanzaba a vislumbrar lo que ocurría en el claro de la selva, a través de hojas afiladas y enredaderas marchitas.

Nin estaba de rodillas y se tocaba suavemente la sien. Por la palma de su mano corría un hilito de sangre que terminaba goteando desde su muñeca.

Ante ella había una mujer encapuchada. Vestida enteramente de negro, la mujer era como una sombra que hubiera salido de entre los árboles, pura violencia y oscuridad. A un lado, su mano derecha reposaba sobre la empuñadura de una cimitarra.

Más allá de la cortina de hojas, Sefia a duras penas podía distinguir la figura de dos caballos negros atados a un árbol. Dos caballos. Había alguien más en el claro.

—Regístrala —la voz salió de una voz masculina, seca y quebradiza como huesecillos.

Sefia se estremeció al oírla.

La mujer de negro se arrodilló frente a la mochila de Nin y vació el contenido en el suelo de la selva. Ollas y cuchillos, la tienda de campaña, el hacha, el catalejo de bronce, todas las pertenencias de Nin cayeron entrechocando unas con otras. Sefia se sobresaltó. Las espinas del junco se clavaron en su mejilla e hicieron que brotara sangre de ella.

Ella no hizo caso. Un helado torrente de miedo le recorrió la espalda. Ahora podía ver la cara de la mujer. Su enemigo tenía rostro: feos ojos color agua sucia y piel plagada de cráteres, con algunos mechones de pelo que le caían sobre las mejillas.

¿Sería la misma persona que había matado a su padre?

—No está ahí —dijo Nin.

Eso. La mano de Sefia tanteó su mochila. A través del cuero, las rígidas esquinas metálicas del objeto se clavaron en la palma de su mano. Eso era lo que estaban buscando.

La mujer hurgó entre las cosas de Nin, haciendo a un lado las camisas remendadas y los utensilios tallados a mano, con un descuido tal que le hizo hervir la sangre a Sefia.

Al final, la mujer de negro se enderezó. El hedor metálico se hizo más fuerte. Chasqueaba y quemaba, hasta que el aire quedó completamente cargado con él.

Se volvió hacia Nin.

—¿Dónde está?

Nin la miró desafiante, se inclinó al frente y escupió en el suelo.

La mujer le pegó una bofetada con el dorso de la mano. Entre los matorrales, Sefia se mordió la lengua para no soltar un grito. Nin tenía el labio roto. La sangre se le acumuló entre los dientes.

Apretó la mandíbula, se inclinó y escupió una vez más.

—Se necesita más que eso para hacerme hablar —repuso ella.

La mujer de negro dejó escapar una carcajada que sonó como si fuera un ladrido.

—Hablarás. Para cuando hayamos terminado contigo, *cantarás.* Viste lo que le hicimos a él, ¿no es así?

A su padre. Sefia trató de evitar el recuerdo de sus brazos y piernas mutilados. De las manos destrozadas. Cosas que ningún niño debería ver. Que nadie debería ver. *Nin* no había visto el cuerpo. Había huido al bosque con Sefia tan pronto como ella había aparecido en su puerta, sollozando y llena de barro.

Pero Sefia lo había visto.

Ella sabía lo que eran capaces de hacer.

Nin guardó silencio.

Desde fuera del campo visual de Sefia, el hombre habló de nuevo con voz glacial:

—Vámonos. No está aquí.

—Eso ya se los había dicho —gruñó Nin—. Para tratarse de gente que se supone que es tan poderosa, ustedes no son muy listos, ¿verdad? No me sorprende que hayan tardado tanto tiempo en encontrarme.

—¿Y crees que eso importa? ¿Que va a detenernos? —la mujer la golpeó de nuevo—. Nosotros somos el timón que guía el firmamento. Jamás nos detendremos.

Y de nuevo su puño resonó con golpes húmedos, magullando la arrugada carne de Nin.

Sefia se estremeció. Una rama se quebró con su peso. Se puso tensa.

El ritmo de los golpes de la mujer no se redujo, pero en medio del claro Nin se paralizó. Durante un instante, su mirada se encontró con la de Sefia, para advertirle que permaneciera donde estaba. Quieta y callada.

Nin se derrumbó con el siguiente impacto. Su rostro cayó en la tierra, y su cuerpo estaba hinchado y herido.

Detenlos, se dijo Sefia a sí misma. Podía salir y entregarles su mochila. Darles lo que querían.

Pero el miedo la perturbaba.

Un cadáver desmembrado. El nauseabundo olor del metal.

Había visto lo que le había sucedido a su padre.

Detectó movimientos a su derecha. Sonidos de pisadas sobre el lecho de hojas secas. Sefia se quedó helada. El hombre venía por ella, acechando el matorral como un animal a la caza. Seguía sin poder verlo, pero las puntas de los helechos se mecían y doblaban a su paso, formando olas en la vegetación. Se iba acercando.

El olor metálico era tan intenso que le hacía rechinar los dientes.

—Espere —tosió Nin.

El hombre se detuvo.

La mujer de negro hizo una pausa y alzó el brazo.

Despacio, Nin se incorporó del suelo. Le manaba sangre y saliva por la barbilla. Se la limpió, arreglándoselas para mirar alrededor a pesar de la hinchazón en el rostro.

—Si quieren maltratarme de verdad, tendrán que golpear en mi lado bueno —dijo, mostrando la otra mejilla.

La mujer tomó la mano de Nin y la retorció.

Nin cedió y se doblegó.

Su muñeca se quebró.

Sefia estuvo a punto de salir al ataque desde los matorrales para asistirla, pero Nin la estaba mirando. *Quédate quieta. No hagas ruido.*

—Basta —dijo el hombre.

La mujer lanzó una mirada iracunda hacia él, pero sujetó a Nin por el cuello del abrigo y la alzó para enderezarla. Los caballos piafaban y resoplaban en el borde del claro.

Ahora, pensó Sefia. *Antes de que sea demasiado tarde.*

Pero no pudo moverse. No lo logró.

Le amarraron las manos a Nin y montaron en sus caballos. Nin dejó escapar un *quejido* sordo cuando la obligaron a montar también. A pesar de las espinas que se le clavaban en brazos y

manos, Sefia apartó el ramaje hasta poder ver los ojos hinchados de Nin contemplándola desde la grupa del caballo.

Nin.

La única familia que le quedaba.

En ese momento se alejaron, deslizándose entre las ramas
que se cerraban tras su paso, como si nunca hubieran atravesado ese lugar.

A medida que el sonido de los cascos se apagaba en la distancia, el olor a cobre se disipaba como niebla, dejando en la
garganta de Sefia un leve regusto metálico y familiar.

Respiró con jadeos entrecortados. Levantándose por encima del tronco podrido, llegó vacilante al claro, donde cayó
entre las pertenencias de Nin. Los sollozos brotaron de repente desde su estómago, y la sacudieron violentamente.

Seis años huyendo de esta gente. Toda una vida ocultándose. Y a pesar de todo la habían encontrado.

Sefia comenzó a recoger las cosas de Nin (una camisa
demasiado grande, el catalejo, sus ganzúas) como si su peso
fuera suficiente para tener algo a lo cual aferrarse ahora que
ella ya no estaba.

Obviamente no bastaba.

Desplegó el estuche de cuero que contenía las ganzúas y
sus dedos se enredaron en las puntas metálicas de esos utensilios en los que Nin confiaba más que en ninguna otra cosa
en el mundo. Los ojos se le nublaron de lágrimas.

Su padre y su madre habían muerto. Y ahora también le
habían arrebatado a Nin, para golpearla y torturarla y quién
sabe qué más.

No, Sefia retorció el cuero entre sus manos. *Aún no*.

Las palabras de la mujer acudieron a su memoria como si
fueran astillas de vidrio: *Jamás nos detendremos*.

No hasta que hubieran degollado y destrozado todo lo que ella había amado.

No hasta que hubieran eliminado a todos los que se interpusieran en su camino.

Sefia sintió que las manos le ardían, como si cualquier cosa que tocara fuera a consumirse en llamas.

¿Que jamás se detendrían? Bien, pues ella tampoco.

Guardó las ganzúas e hizo un bulto con las cosas de Nin para embutirlas en su mochila y echárselas al hombro. Después, buscó las huellas de los cascos de los caballos en la tierra blanda y las siguió a través de la selva.

Podrían ir más rápido que ella, pero no contaban con su constancia. Los siguió a través de kilómetros de selva, por encima de troncos caídos y arroyos, entre trechos de espinos y charcos que eran un hervidero de mosquitos. A media tarde, tal como Nin había predicho, empezó a caer un diluvio sobre la selva que chorreaba desde la bóveda de ramas hasta empaparlo todo por completo. Decidida, Sefia se cubrió con el impermeable, tapó también su mochila, y avanzó esforzándose por ver algo entre la lluvia.

Cada vez se le dificultaba más seguir el rastro de los caballos. Pero no se habían detenido y ella tampoco lo haría. Continuó adelante, buscando charcos en forma de herradura y ramas quebradas en la luz que iba desvaneciéndose.

La lluvia comenzó a caer, pero ella no se detuvo.

La oscuridad cayó, pero ella no se detuvo.

Hasta que al borde de un riachuelo crecido por la lluvia, se resbaló. Cayó a la orilla enfangada, tratando de aferrarse a las raíces sueltas que se rompían entre sus manos, y fue a dar al agua, que la arrastró a tumbos entre el frío y la oscuridad. Una y otra vez, la corriente la hundió, pero una y otra vez salió a flote, luchando por respirar, peleando contra los rápidos con sus brazos y piernas, buscando la orilla.

Fue su tenacidad lo que la llevó hasta el otro lado. La tenacidad y lo poco que le restaba de sus escasas fuerzas. Salió del agua temblando. La lluvia le golpeó el rostro mientras yacía tendida e intentaba recuperar el aliento. ¿Cuánto se habría alejado? La corriente podría haberla arrastrado varios kilómetros.

Se levantó, y un repentino dolor en el tobillo le hizo apretar los dientes. Se arrodilló de nuevo, tanteó la hinchada articulación con sus dedos ateridos. Por lo menos no estaba fracturada. Tomó su mochila, la recorrió con su mano para asegurarse de que su contenido estuviera entero y se alejó cojeando del agua para instalar su tienda de campaña.

La lluvia caía sin parar. Tamborileaba en la lona cuando metió la mochila en la tienda para ocupar el espacio donde habría estado Nin, aunque sabía bien que no podía engañarse creyendo que ese bulto mojado fuera su tía. Crispada por el dolor que le producían heridas y moretones, logró quitarse la ropa empapada y se cubrió con la cobija, abrazando sus piernas para entrar en calor.

Contempló la oscuridad sin asomo de lágrimas.

—Nin —susurró.

CAPÍTULO 3

La casa de la colina con vistas al mar

Durante varias horas al día, la casa de la colina pasaba a ser una casa en una isla, distante del pueblo cercano, a la deriva en la niebla fría, con vistas a nada más que pájaros, aire y un mar sin fin de blancura insustancial.

Horas antes de que lo mataran, el padre de Sefia la había llevado por la ladera húmeda hasta el taller de la herrera, tal como lo había hecho todas las mañanas en los últimos cuatro años, desde que su madre había muerto. Decía que le gustaba la paz que le permitía cuidar de los animales o arreglar las cercas u observar el mar con su catalejo. Descendían tomados de la mano por la pendiente de hierba, y su padre volteaba la cabeza como un ciervo que vigila a su diminuta manada. Y cuando se despedía de ella, siempre le daba un toquecito suave en la barbilla.

A Sefia le encantaba la herrería. En realidad no era un taller sino una habitación trasera en la casa de la herrera, que tenía el piso de tierra y las ennegrecidas paredes plagadas de ganchos y tenazas y cientos de cerraduras y llaves.

A veces rozaba las llaves con los dedos, para hacerlas tintinear hasta que el cuartito se convertía en una cacofonía de ruido metálico. Otras veces, como ese día, se limitaba a observar las fuertes manos de la herrera atareadas en su oficio.

—Tía Nin —dijo, tocando el fuerte hombro de la señora—, ¿me enseñarás?

—¿A hacer qué?

Sefia puso las manos sobre el mostrador.

—A forzar cerraduras.

—Estoy arreglando una cerradura, no forzándola.

—¿Pero lo harás?

—¿Qué?

—Que si me *enseñarás*... —sabía suplicar a la perfección para ser una niña de nueve años.

Nin no interrumpió su labor.

—Cuando seas mayor.

Sefia rio. El carácter cascarrabias de Nin nunca le había molestado. La conocía de toda la vida. Cuando sus padres construyeron la casa de la colina, Nin les había ayudado. Había puesto seguros y cerraduras en todas las puertas y, a petición de ellos, había instalado tres puertas secretas más.

La primera estaba oculta en las piedras junto a la chimenea. Había que usar el extremo del atizador del fuego para abrirla, y conducía a una escalera secreta que llevaba a la habitación de Sefia, en el sótano: un pequeño espacio donde estaban su cama y sus pertenencias. Sus padres nunca la dejaron tener nada en la casa propiamente dicha, a pesar de que jamás tenían visitas que pudieran notar algo. Para cualquiera que se asomara a las ventanas, la casa de la colina parecía habitada únicamente por dos personas.

Ahora parecía el lugar donde vivía únicamente un viudo.

Salían de sus tierras lo menos posible, y pasaban el día en la huerta, criando pollos y cerdos y cabras y hasta algunas ovejas, y sólo bajaban al pueblo si era absolutamente necesario.

Además de la pequeña familia, sólo había otra persona que tenía permitida la entrada en la casa. Esa persona era Nin.

Sefia había supuesto desde hacía tiempo que su familia tenía algo diferente: su vida secreta, el aislamiento. Alguien perseguía a sus padres. No sabía por qué, pero imaginaba que era una figura sombría con ojos rojos y dientes afilados, un villano monstruoso salido de sus pesadillas, con perros metálicos para darles caza.

A veces imaginaba a sus padres como héroes, guardianes de algún saber arcano. Su madre, pequeña y orgullosa, con el negro pelo recogido en la nuca y una estrella de plata relumbrando en su pecho como si fuera un comisario. Su padre, con su pelo rígido cortado al cepillo, las largas mangas arremangadas hasta los codos y listo para pelear.

A veces se despertaba gritando en su habitación del sótano, con la certeza absoluta de que alguien venía tras ellos.

—Cuando me enseñes, ¿seré capaz de forzar todas las cerraduras del mundo? —preguntó Sefia.

—Sólo si aprendes bien.

—¿Y tú lo sabes hacer bien?

Nin no levantó la vista.

—No seas tonta —le respondió.

Sefia entrecerró los ojos, que se convirtieron en rendijas sobre el suave bultito de su nariz.

—Eso era lo que pensaba. Papá dijo que por eso mamá y él te conocieron. Porque eras la mejor.

—¿Eso te dijo?

—Sí. Dijo que les habías ayudado. Que no estaría aquí de no ser por ti.

—Bueno… yo tampoco estaría aquí si no fuera por ellos.

Sefia asintió. Seguramente en alguna ocasión sus padres habían sido capturados y caído presos en jaulas de hierro que colgaban sobre pozos con fogatas encendidas mientras que sus enemigos miraban y se reían a su alrededor. Nin debió haberlos liberado, con sus increíbles herramientas y sus manos milagrosas, y todos habían huido juntos muy lejos.

Sonrió y apoyó la cabeza sobre los brazos doblados, mirando en silencio los dedos de Nin ocupados en su oficio, y el pequeño taller se llenó con el repiqueteo de los dientes metálicos.

En circunstancias normales, Nin interrumpía su trabajo a mediodía y llevaba a Sefia ladera arriba hasta la casa, pero ese día había que herrar caballos, fijar ejes y reparar todo tipo de cerraduras y goznes, así que Nin envió a Sefia a toda prisa por la puerta de atrás, advirtiéndole que estuviera atenta a lo que le rodeaba y que no hiciera ruido.

—Y ve derecho a casa o tu padre pedirá mi cabeza —agregó, para luego darle a Sefia un último empujón.

Encantada con su nueva independencia, se internó en la niebla. Al principio, dejó escapar unas carcajadas suaves y corrió hacia las sombras informes de barriles y carretillas, jugando a que eran monstruos que brotaban de la niebla. Pero estaba demasiado acostumbrada a tener cuidado como para demorarse.

Tras dejar el pueblo y empezar el ascenso, la niebla se cerró aún más. Por el rabillo del ojo veía rizos de luz dorada que aparecían aquí y allá en la pendiente cubierta de rocío pero, al mirarlos de cerca, se deshacían en jirones grises. Su paso se fue haciendo más lento y silencioso. La humedad de la alta hierba se adhirió a sus zapatos y pantorrillas, con lo cual sentía los dedos de sus pies desagradablemente mojados.

Un soplo de brisa agitó la neblina y un leve olor a cobre llegó a su nariz y la hizo toser y estremecerse. La envolvió como si fuera algo vivo.

Tras unos instantes, el olor se disipó, tan rápidamente que se preguntó si no habría sido más que su imaginación. Pero al inhalar el dulce aroma de la hierba sintió el regusto metálico en la garganta y supo que había sido real. La recorrió un escalofrío.

En medio de la niebla, le pareció que subir la colina tomaba horas, pero finalmente llegó a la cumbre y se elevó por encima de la blancura que acariciaba los cimientos de la solitaria casa de piedra, y se dirigió a la puerta. Sobre su cabeza, el cielo era de un azul desconcertante.

Sefia sacó su llave, pues su padre siempre cerraba la casa, pero la pesada puerta de madera giró silenciosamente sobre sus aceitados goznes cuando la tocó.

Dicen que el miedo se asemeja a sentir un vacío en el estómago, pero lo que Sefia sintió fue un *vacío* a su alrededor: como si la niebla desbaratara todo para dejarla desnuda e indefensa, en medio de la nada.

Al entrar de puntillas en la casa, hasta las paredes parecieron desmoronarse. Una a una, las vigas y tablas caían crujiendo a pedacitos, cubriendo el piso de madera, las sillas rotas, los floreros destrozados y los faroles hechos añicos. Parecía como si un huracán hubiera despedazado la casa. Nada estaba en su lugar. Los cuadros habían sido arrancados de sus marcos, el telescopio de su padre no estaba en la ventana que daba al oriente. Al avanzar sigilosamente entre los despojos, dándose cuenta a cada paso del silencio que envolvía la casa, parecía como si los muebles se deshicieran, que las hebras de seda de los tapetes se deshilacharan hasta reducirse a polvo. Todo lo que había en la casa: las ollas de cobre en el piso de la cocina, la colcha sobre el mullido colchón de sus padres, la mesa volcada, parecía que todo se hubiera desintegrado, de manera que cuando llegó a la habitación de atrás, fue como si en lo alto de la colina no quedara nada más que Sefia... y el cuerpo de su padre.

Supo que era él sin siquiera tener que mirarlo de cerca. No podía mirarlo de cerca. Supo que era él por las pantuflas de piel de cordero, por la forma de sus pantalones, por el enorme suéter deshilachado. Lo supo sin tener que verle la cara, porque

Su padre.

Retrocedió tambaleándose, sintiendo que se le revolvían las entrañas. Hacía tanto, tantísimo frío que no podía respirar. Jadeó, pero ningún sonido salió de su boca, y no logró que entrara el aire.

Su padre.

Se acercó con dificultad a la chimenea para abrir la puerta secreta. Se oyó un leve chasquido y un panel de piedra se deslizó en la pared. Entró, cerró la puerta tras de sí, y bajó las escaleras hacia su habitación que, gracias al plan de sus padres, estaba intacta pues no había sido descubierta. Al igual que en el sótano, ahí tampoco había ventanas, tanteó su camino entre los muebles y juguetes que alguna vez le habían resultado tan familiares y que ahora eran bultos contra los cuales podía golpearse los dedos y las espinillas.

Pero se había estado preparando para algo así, justamente así, durante años. Cuando su madre aún vivía, habían ensayado los pasos juntas. Después, su padre la había hecho practicar, y practicar y practicar. Hubo días en que Sefia pasó tantas veces por las escaleras que seguía viéndolas incluso en sueños. Había hecho tantos simulacros que, como se esperaba, ya estaba siguiendo el procedimiento.

A ciegas, tanteó hasta dar con la pata de su cama, coronada por una bola de madera, y empezó a desatornillarla. En su interior había un pequeño objeto plateado en forma de flor, que bien podría pasarse por alto al pensar que fuera un juguete, pero que en realidad servía para abrir la segunda puerta secreta que se hallaba en la pared norte de la habitación.

Sefia la abrió y cerró tras su paso, y quedó dentro de un espacio apenas mayor que el de un baúl de viaje. Y, una vez allí, lloró. Lloró hasta que le dolió la cabeza y la vista se le llenó de puntos brillantes. Lloró a gritos, con la esperanza de que alguien la oyera, y también en silencio, temiendo eso mismo. Lloró hasta casi olvidar el cuerpo mutilado que yacía en el suelo justo encima de ella. Y lloró de nuevo al recordarlo.

Debió desvanecerse porque al despertar le pareció que habían transcurrido muchas horas. Tenía los ojos tan hinchados que a duras penas los pudo abrir, y la nariz congestionada. Se tragó unos cuantos sollozos secos, enderezándose adolorida, y colocó las manos sobre las paredes de piedra.

No había llave para abrir la tercera puerta. Nin la había diseñado para abrirse con los guijarros de la pared, cuando se los presionaba en un orden determinado. Y aunque los padres de Sefia habían practicado con ella, siempre había sido bajo la cálida luz de su habitación. El plan siempre había sido ocultarse en aquel diminuto espacio y esperar a que ellos llegaran. Ellos siempre supieron que a la larga alguien los encontraría, pero también pensaron siempre que uno de los dos sobreviviría.

Sefia recordó la secuencia. Sus manos encontraron los guijarros correctos adivinando el contorno de éstos: el primero en la esquina superior izquierda; el segundo, con forma de lechuza; el tercero, como una cabaña de madera; luego una medialuna, dos ratones en hilera; y por último, un búfalo algo deforme con un solo cuerno. Al tocarlos, cedieron. Y lo que sucedió después fue algo que sus padres jamás mencionaron, y para lo que no la prepararon de ninguna manera, a pesar de que era quizá lo más importante de todo.

Cuando se abrió la puertecita, algo cayó del filo de ésta: un *objeto* rectangular cubierto de cuero suave. Debió haber permanecido allí apretujado entre la puerta y el marco.

Sefia lo recorrió con los dedos y lo llevó a su pecho. No lo había visto ni una sola vez en todos los años que practicó su huida.

Llegó a pensar en dejarlo. ¡Pesaba tanto y era tan difícil de cargar entre sus delgados brazos! Ojalá se le hubiera ocurrido llevarse algo de la casa antes de escapar. El anillo de plata de su madre, ése que tenía un compartimento secreto, o un espejo con el marco pintado, o uno de los suéteres de su padre, cualquier cosa. Pero nunca le habían enseñado eso. Nunca le dijeron que tal vez quisiera llevarse un recuerdo. Y ahora todo lo que tenía era este objeto rectangular.

Lo sostuvo con fuerza, hasta que los bordes se le marcaron en las palmas de las manos y en la mejilla, y siguió adelante con él.

Tenía que andar a gatas. El túnel era un pasillo de paredes de tierra que se desmoronaban, y en algunas partes se estrechaba tanto que casi ni podía gatear. Tenía que arrastrarse sobre el estómago, como un *gusano*, avanzando con codos y dedos, empujando con los pies. Se deslizó a lo largo de metros de oscuridad inimaginable, casi tangible, más negra que la noche, más negra que un armario con la puerta cerrada, más que lo que ven los ojos cerrados bajo las cobijas.

A medida que avanzaba poco a poco, sin saber cuánto había recorrido ni cuánto le quedaba por recorrer, acompañada sólo por la oscuridad y el ruido de su propio cuerpo, era lo *concreto* de este objeto rectangular, que iba empujando ante sí mientras se deslizaba por el túnel, lo que la ayudaba a saber que seguía viva, que no había perecido en el mundo de arriba junto con su padre.

Llegó al final, donde el túnel terminaba abruptamente en una compuerta de madera. Sefia se acurrucó debajo, tocando el techo lleno de astillas hasta abrirla. Empujó hacia arriba con lo que restaba de sus escasas fuerzas y logró abrirla.

Salió a la superficie en medio de un espino en el que colgaban mustias las últimas moras del verano pasado. Las espinas se enredaron en sus brazos y manos al salir por la compuerta, aferrada al objeto rectangular.

Anochecía. La niebla se había disipado y el aire estaba fresco y claro, las sombras eran moradas y púrpuras. Se restregó los brazos. La tarde entera había transcurrido con ella incrustada en la oscuridad del túnel. Se acurrucó un momento, rasguñada, sucia y sangrante, entre el nudo profundo y acogedor de los espinos.

Sus padres le habían dado tres instrucciones: usar las puertas secretas, salir por el túnel y buscar a Nin. Ya había cumplido con las dos primeras. Una vez que ejecutara la tercera, no tendría nada de ellos. Nada más que el extraño objeto que acunaba en sus brazos.

Cerró la compuerta lo más silenciosamente que pudo y se levantó. Reconoció los espinos. Su padre solía llevarla allí a buscar moras y, cuando llenaban sus canastos, le llevaban uno a Nin. Su padre siempre había dicho que esos espinos daban las moras más dulces, pero ahora Sefia se daba cuenta de que había estado entrenándola, mostrándole el camino.

De sólo pensar en su padre, empezó a llorar de nuevo. Tomó el objeto recubierto de cuero como si fuera una cobija, un muñeco de felpa o un escudo. Salió de entre los matorrales y partió a la carrera en el anochecer, esquivando las ramas que se enredaban en su pelo. Los arbustos tiernos golpeteaban su rostro y sus brazos. Había zanjas que se atravesaban en su recorrido. Pero a pesar de que sollozaba y tropezaba, aunque sentía las piernas débiles y el cuerpo tembloroso, no se detuvo.

Para cuando llegó a la puerta trasera de la casa de Nin, Sefia ya no era persona… aporreada, enceguecida, aturdida por el dolor, cayó en los gruesos y blandos brazos de Nin como si se hubiera precipitado desde lo alto.

Oyó la voz amortiguada de Nin que le decía:

—Finalmente ha sucedido, ¿no es así? Lo lamento mucho, mi niña. Debería haber estado allí. Debería haberte acompañado de regreso a casa.

Había hecho lo que le habían enseñado: usar las puertas secretas, salir por el túnel y buscar a Nin. Y ahora no era el cuerpo vacío y desmembrado de su padre lo que la asustaba, sino el silencio, ese silencio inquebrantable de los muertos, porque nunca más habría una palabra tranquilizadora, no habría más ruidos conocidos al apoyar la mejilla en el estómago de su padre, no más estornudos ni toses ni crujidos de articulaciones cansadas, ninguno de esos sonidos cotidianos de la vida. Había hecho lo que le habían dicho. Y no tendría más instrucciones en el futuro, ningún medio para que otra palabra pasara de labios de su padre al brillante prisma del mundo viviente. Él estaba muerto, muerto y lejos, para siempre.

CAPÍTULO 4

Esto es un libro

La lluvia no había cesado para cuando Sefia se despertó a la mañana siguiente, y la pequeña tienda de campaña estaba inundada por una luz grisácea y triste. Mientras contemplaba la lona manchada, habría podido jurar que veía algo moverse por el rabillo del ojo: Nin que se desperezaba bajo la pila de ropa. O allá afuera, Nin que pasaba frente a la tienda. Pero no resultaba ser más que agua que goteaba de sus cosas, una sombra que cruzaba sobre la lona. Nin se había ido. Como si se tratara de una muñeca de papel, la habían recortado del mundo, aunque Sefia aún veía el sitio que hubiera debido ocupar, las líneas difusas de su silueta, los espacios en los que resonaban las cosas que ella habría dicho.

Se sentó, gesticulando por el dolor que sentía en el tobillo, y se quedó mirando la lona que cubría la entrada de la carpa mientras los recuerdos del día anterior acudían a su memoria. El hedor del metal. El rostro plagado de cicatrices de la mujer de negro. El *crujir* de los huesos de Nin.

Nin la había protegido hasta el último momento y Sefia no había hecho nada para salvarla.

Retorció su pelo mojado para apartarlo de su rostro, y empezó a sacar sus pertenencias de la mochila que dispuso ordenadamente hasta que sus manos dieron con algo plano y sólido y duro.

Esto.

Esto es lo que buscaban.

Lo había guardado durante seis años y, aunque pensaba en ello a menudo, sólo lo había sacado una vez.

Tenía nueve años entonces, y Nin y ella habían salido de la casa de la colina dos días antes. Nin se había ido a cazar y Sefia lo había sacado de su mochila. Era un objeto pesado como una caja, con partes oscuras y dañadas en los bordes que debieron ser trozos de filigrana y piedras preciosas, como si alguien los hubiera arrancado mucho tiempo atrás. El único resto dorado que quedaba era el de las piezas que cubrían las esquinas y dos broches manchados que lo mantenían cerrado. Había estado a punto de abrirlo cuando Nin regresó.

—¿Qué estás haciendo? —preguntó Nin. Un conejo muerto pendía de su mano.

Sefia se quedó paralizada y la miró con expresión de culpabilidad:

—¿Qué es esto?

Nin miró el objeto como si fuera una trampa para osos, llena de dientes metálicos.

—Jamás lo pregunté —respondió cortante—. No quiero tener nada qué ver con eso.

—Pero tía Nin, perteneció a…

—Yo no soy ni tu padre ni tu madre —se volvió para despellejar el conejo. Entre los ruidos de carne arrancada y tendones que se reventaban, las siguientes palabras que llegaron por encima de su hombro fueron frías y definitivas—: Si vuelvo a verlo, lo arrojaré al fuego junto con la leña.

Sefia no lo había mirado desde entonces, pero siempre que ordenaba o limpiaba su mochila, lo tocaba. Sus manos conocían la forma del objeto tan bien que lo hubieran podido reconocer en la oscuridad.

Había estado en lo correcto desde el principio: tenía algo que sus enemigos buscaban y harían lo que fuera con tal de conseguirlo.

Los recuerdos le hirieron el pecho de nuevo.

Su padre.

Su tía.

Sefia metió los dedos en la funda de cuero y la retiró. Examinó el objeto rectangular en su regazo mientras pugnaba con las lágrimas enfurecidas que le nublaban la vista.

El cuero marrón parecía brillar cual madera lacada, y en el centro había una especie de emblema como los que había visto en la fachada de las tiendas en los pueblos, un círculo cruzado por cuatro líneas:

El signo estaba grabado y marcado en el cuero. Las líneas eran negras y definidas. Mientras estudiaba el símbolo, intentó imaginar qué representaba.

Un tridente.

Un sol naciente.

Un casco.

Puso la extraña caja de lado y examinó los broches dorados que la cerraban. Fuera lo que fuera lo que contuviera, debía ser algo importante. Y peligroso.

Su mente repasó los objetos más peligrosos que conocía: pistolas, cuchillos, venenos, artículos mágicos como el Gong del Trueno o el Largo Telescopio que permite ver a través de las paredes, objetos malditos como el Verdugo o los Diamantes de Lady Delune.

O quizá diera pistas de dónde encontrarlos a *ellos*, a los que se habían llevado a Nin. Si pudiera rescatar a Nin, llegar a tiempo hasta ella, tal vez eso compensaría el haberles permitido que se la arrebataran.

Abrigó esa esperanza.

Desenganchó los broches y abrió la tapa.

Adentro había papel. Nada más que papel, liso y crujiente como el hielo. Lo examinó, pasando cada página para un lado y luego para el otro. El papel estaba cubierto con patrones, línea tras línea, como listones de encaje negro.

¿Esto es todo?

Angustiada, se adentró en las hojas en busca de claves, pasando las páginas cada vez más rápido hasta que sus dedos se llenaron de pequeños cortes y la sangre manchó las esquinas. Pero al fin se dio cuenta de que no importaba cuánto avanzara, nunca llegaría al principio ni al final. Siempre habría más páginas bajo sus frenéticos dedos.

Cerró la caja con un golpe y la hizo a un lado. Las manos le ardían.

Papel. Eso era todo lo que querían. Una fuente infinita de papel, eso sí, pero papel al fin y al cabo, salpicado de marcas, como los restos que deja una explosión.

Cautelosamente abrió la tapa de nuevo. Con la punta del dedo trazó los extraños signos: líneas rectas como los rastros que dejan los escarabajos en un tronco caído, o como los pájaros que surcan un cielo despejado. Cada signo diminuto estaba perfectamente delineado, con banderitas o colitas al final de cada trazo, apoyados en cuerdas horizontales invisibles como si fueran ropa tendida a secar. Pero no eran emblemas ni los escudos de los oficios, y no representaban imágenes como en los tejidos de un tapiz.

Se repetían. Reconoció marcas individuales que reaparecían una y otra vez en una sola página, y encontró grupos enteros replicados, a veces diez o treinta veces, en patrones perfectos.

Algunas figuras estaban separadas de las demás, aisladas por un espacio en blanco a manera de las tiendas montadas en la nieve o los postes clavados en caminos blancos.

Sefia se enderezó.

Había visto estos signos antes.

Estaban tallados en algunos de sus juguetes, pintados con colores brillantes en unos cubos de madera, entre símbolos y dibujos sencillos. Había toda una serie de esos cubos.

Una mangosta.

Una alcachofa.

Una rueda.

Solía sentarse durante horas en la cocina, construyendo hileras con ellos mientras su madre picaba verduras del huerto o descuartizaba gallinas en el mostrador, el cuchillo veloz y seguro en la tabla de picar, sus manos morenas moteadas con cicatrices claras. Cada tanto, miraba por la ventana buscando al padre de Sefia, y luego se volvía hacia ella, deslizando unos cubos sobre la mesa: la serpiente, el erizo, el faro… y canturreaba con su suave voz:

—Esssse-eeee-efffe-iiii-aaaa.

—Esefé-iá —repetía Sefia riendo.

—Sí —su madre le acariciaba la mejilla con un dedo—. Sefia, mi pequeña Sefia.

Sefia contuvo las lágrimas que amenazaban con brotar y tocó la marca, como si pudiera grabarla en su piel.

—Ese —susurró.

El símbolo tenía un significado, y un *sonido*, como si lo hubieran arrancado del mundo real para prensarlo entre hojas de papel, cual oscura flor. Y ese sonido era un silbido sordo, como algo que arde o el chisporroteo del agua en las brasas.

Se restregó el rostro. Su madre había querido enseñarle a descifrar los símbolos, antes de las fiebres, de la horrible tos y los ahogos y los pañuelos manchados de sangre, pues fue así que su madre se fue consumiendo hasta que no quedó casi nada de ella.

Su padre quemó los cubos al día siguiente de la muerte de su madre. Sefia lo recordaba en cuclillas frente a la chimenea, arrojando sus juguetes al fuego.

—¡No, papá! —intentó detenerlo, pero él lo impidió, atrayendo su agitado cuerpo hacia su abrazo.

—Es peligroso. Se supone que no debes saberlo —murmuró con la boca entre su oscuro pelo—. Es peligroso.

Sefia dejó escapar un gemido, llorando por su madre.

—Mamá ya no está —su padre le acarició el pelo mientras la luz del fuego titilaba sobre la cicatriz de su sien —. Se ha ido, Sefia. Ahora sólo estamos tú y yo.

Ella hundió la mejilla en los abundantes pliegues del suéter de su padre para ver cómo se deformaba la pintura de los bloques y el fuego los iba consumiendo.

—Somos un equipo, tú y yo —dijo—. Estamos juntos en esto, sin importar lo que suceda.

El sonido del llanto de su padre se mezcló con el suyo, y ella lo abrazó con más fuerza, como si no fuera a soltarlo nunca.

Sefia estaba llorando de nuevo, sus lágrimas convertían la tinta en borrones. Las secó con el puño de su camisa.

Los símbolos extraños eran *palabras*. El papel estaba plagado de palabras. ¿Eran mensajes? ¿Magia? ¿Algún saber antiguo que se les había confiado a sus padres y a nadie más?

¿Por qué su padre no había continuado enseñándole?

¿Por qué no le había dejado nada para seguir adelante?

Entrecerró los ojos y dobló los dedos para llevar las laceradas yemas hacia las palmas.

Era *peligroso*. Tenía razón en eso.

Ellos lo estaban buscando, y no se detendrían hasta que lo encontraran.

Habían hallado a su padre. Habían venido por Nin. Y tarde o temprano la encontrarían también a ella. Nadie estaba a salvo.

A menos que ella pudiera impedirlo.

Sefia cerró la tapa y los broches. Lo usaría contra ellos si supiera cómo, pero de lo que estaba segura es de que jamás iban a ponerle las manos encima.

Durante todos estos años había estado acompañada de alguien que la protegía, pero ahora estaba sola y *ellos* seguían allá afuera. Tenían prisionera a Nin, si es que no la habían ya… Sefia clavó sus dedos en el ⊜, siseando porque la presión le hacía daño en los cortes producidos por el papel. Necesitaba su fuerza y su aguante, su inteligencia y determinación.

Sólo había una manera de protegerse de las personas que habían destruido a su familia.

Tenía que detenerlos ella misma.

Intentó hallar el rastro de nuevo al día siguiente, cuando el tobillo le dolía menos, pero las lluvias lo habían borrado todo, habían eliminado cualquier huella que hubieran podido dejar en la selva. A pesar de que las multitudes no le agradaban, buscó zonas pobladas para dar con señales de la mujer de negro y su misterioso acompañante, preguntó por ellos en pueblecitos cercanos y en campamentos madereros situados en la selva.

Pero nadie los había visto.

Nadie sabía nada.

Era como si se hubieran desvanecido por completo, dejándole únicamente una clave: la extraña caja de papel con el símbolo en la tapa.

Así que se refugió en lo profundo de las selvas de Oxscini para aguzar sus destrezas y estudiar el objeto. Convirtió cada cacería en un desafío, asegurándose de que cada flecha que disparara diera en el blanco. Aprendió a lanzar cuchillos y a envenenar flechas con la piel de las ranas, a acechar presas que la doblaban en tamaño y a rastrear objetivos en la oscuridad.

Hacía todo ello porque sabía que estaban allí en alguna parte, los que habían acabado con su padre, los que se habían llevado a Nin, y que vendrían por ella también… si es que ella no los encontraba primero.

Sefia pasó semanas al acecho en el corazón de Oxscini, revisando minuciosamente los papeles, inspeccionando, buscando, pensando. Se acostumbró a hacer su campamento en los árboles, en una hamaca tejida con cuerdas, y cuando sacaba el extraño objeto, sentía como si alguien mirara por encima de su hombro, recorriendo los renglones en busca de secretos, al igual que hacía ella.

No transcurrió mucho tiempo antes de que fuera capaz de reconocer las distintas marcas con la misma facilidad con que distinguía las huellas de los animales: el abierto bostezo de una *O*, el murmullo de una *M*. Pero no fue sino hasta un mes más tarde, en una noche en que la luna llena bañaba el follaje con su pálida luz y ella estaba recostada en su hamaca con el objeto apoyado en las rodillas, que logró leer.

Un renglón captó su atención. No era más que unas cuantas marcas juntas, como las huellas de un pájaro en la arena antes de levantar el vuelo. Se destacaban de las otras porque estaban aisladas. Las demás desfilaban en hileras por toda la página, pero éstas estaban rodeadas por espacios en blanco.

Se inclinó sobre el papel hasta quedar tan cerca que la punta de su nariz lo tocaba, e inhaló su olor. Frunciendo el entrecejo, luchó por hallar los sonidos correctos, confiando en que su lengua y sus dientes pronunciaran el silbido, el golpe cortante.

Esto

Con una sonrisa triunfal, dio un manotazo en el papel. Repitió la palabra, memorizando el orden de las figuras:

—¡Esto! —la siguiente palabra era más corta:

es

Y la que la seguía, era igualmente corta:

un

La última la hizo frenarse. Batalló con las piezas que la formaban, tratando de agruparlas hasta conseguir que tuvieran sentido.

—Li... lib...

Y luego lo vio, con total claridad, como un rayo de luz que salta fuera de un prisma convertido en bandas de color:

libro.

Lo repitió todo de un golpe, más segura esta vez:

—Esto es un libro —el sonido de su voz sonó extraño, resonando entre los árboles susurrantes, y lo repitió una vez más:

Esto es un libro.

Como si al decirlo se hiciera verdad. Lo dijo de nuevo y una vez más, sin estar muy segura de que la última palabra significara algo, aunque cuanto más la repetía, más sentido tenía. Esto es un *libro*. Ese objeto extraño y rectangular se nombraba a sí mismo.

Tenía un nombre.

—Libro —Sefia sonrió.

Por un instante, sintió como si las marcas fueran brillantes y ardientes, como si la luz que había en ellas titilara con significado. El dorado brotó de los confines de su visión. Luego, parpadeó y el mundo entero se inundó de luz, arremolinándose a su alrededor en amplios círculos interconectados, arriba en el cielo y entre las estrellas. Ya había visto la luz antes, pero esta vez le mostraba que el mundo estaba *lleno* de pequeñas corrientes doradas, un millón de ellas, y un billón de motas de luz, todas perfectas y exactas y desbordantes de significado.

Ver todo eso la obligó a recostarse en la hamaca. El libro se le cayó de las manos.

Magia. La hacía sentir como si estuviera mirando más allá de los confines de las estrellas hacia lo que fuera que hubiera detrás.

Apenas podía sentir que seguía dentro de su propio cuerpo, aún tendida en la hamaca, pero había tanta luz deslumbrante arremolinándose, que a Sefia le parecía que podía arrastrarla en cualquier momento y perderla por siempre en el mar de oro.

Era aterrador ver tanto. Era como ahogarse agitándose en la luz. Su estómago se retorció. Las sienes le martillearon. Se aferró al borde de la hamaca, como si con eso pudiera anclarse, o consiguiera evitar que el mundo girara enloquecido.

Después parpadeó y todo desapareció. Sefia se quedó mareada y jadeante, tratando de enfocar la mirada en las negras siluetas de los árboles, en una sola estrella, para impedir que su vista siguiera dando vueltas.

¿Qué era esta magia?

¿Cómo la habían hallado sus padres? ¿Y por qué la buscaban sus enemigos?

¿Sabía Nin para qué servía?

Las preguntas sin respuesta la rodearon mientras se apretaba la cabeza con las manos para detener los latidos que la atenazaban. Los árboles se inclinaron hacia ella.

Repitió las palabras:

Esto es un libro.

Eran tan pequeñas. Había decenas de marcas diferentes, cientos de palabras diferentes, tan sólo en esa hoja de papel... y en la sucesiva, más marcas, más palabras... y así en la que siguiente y en la que venía después de ésta.

Sefia pensó en su visión, esa repentina sensación vertiginosa de que todo es enorme y está conectado entre sí. ¿Había signos para cada una de las estrellas, y para los granos de arena en la playa? ¿Para *árbol, piedra* y *río*? ¿Para *casa* u *hogar*? ¿Tendrían un aspecto tan bello como el sonido que formaban al quedar suspendidos en el aire?

Era como si todo este tiempo ella hubiera estado encerrada, percibiendo retazos de un mundo mágico a través de la ranura de una puerta. Pero el libro era la llave, y sabía que si lograba averiguar cómo usarlo, podría abrir la puerta y ver, ver de verdad: las olas y los caudales invisibles y cambiantes de la magia que yacía bajo el mundo que ella experimentaba con sus oídos y su lengua y las yemas de sus dedos.

Y una vez que los entendiera todos, todas las marcas, todas las palabras, descifraría el significado del símbolo de la cubierta y la razón por la cual le habían arrebatado a su familia, y quién lo había hecho, y cómo acabar con ellos.

CAPÍTULO 5

El aprendiz

Dos semanas atrás, pocos días antes de cumplir los catorce años, Lon jamás hubiera creído que su vida podía cambiar en forma tan drástica o tan rápidamente.

Había encontrado el gentío usual de una mañana en la puerta sur: granjeros y mercaderes camino de las escalonadas terrazas construidas en las laderas de Corabel, marineros recién desembarcados, con su tufo de sal y picardía; pero la mayoría de ellos eran los que siempre lo visitaban, así que no tuvo que esforzarse demasiado para atraerlos a su mesa.

Deslizó el pequeño brasero de carbones encendidos para acercarlo, y luego lo alejó de nuevo, lo movió un poco a la izquierda, y después otra vez a la derecha. Se había atenido a la esperanza cada vez más remota de que sus padres regresaran para su cumpleaños, y de que se lo llevaran en un viaje fantástico a alguna tierra lejana, en donde comenzaría una etapa como aprendiz de algún gran vidente, pero antes lo raptaría un pirata de las arenas, desesperado por encontrar la cura para la enfermedad que aquejaba a su hermosa hija.

Sin embargo, sus padres se habían ido hacía seis meses en una gira con un grupo de acróbatas y actores callejeros. No ganaban lo suficiente como para contratar a un mensajero, así que él no tenía idea de cuándo volverían. Ni siquiera sabía si seguían en el reino de Deliene o si habrían viajado al sur, hacia las otras islas.

Con un suspiro, Lon lanzó una pizca de incienso al brasero y en el humo dulce que ascendió en espirales desde los carbones encendidos, sintió que su vida se iba desplegando ante él: una sucesión de días que se convertirían en años, cada uno igual al anterior, leyendo la suerte junto a la puerta de entrada a la ciudad, hasta que fuera tan débil que ya no pudiera acercar su mesa a la calle.

A medida que se disipaba el humo, espió a un hombre de edad avanzada que vagaba entre la multitud. Llevaba el pelo hasta los hombros, gris y despeinado, y sus ojos paseaban rápidamente entre los tejados de barro y la ornamentada herrería de los balcones que se abrían a las calles empedradas como si fuera la primera vez que estaba en Corabel. Siempre era fácil reconocer a los visitantes primerizos de la capital de Deliene por su mirada de asombro y el girar de sus cuellos de aquí para allá, mientras intentaban abarcar todo lo que ofrecía la abigarrada ciudad situada en una colina.

Lon lo estudió con cuidado, esforzándose para observarlo mejor. La piel del hombre era oscura y arrugada como una cáscara de nuez, aunque no tenía muchas manchas de sol en el rostro ni en las manos. Su larga y amplia túnica de terciopelo no era lo más adecuado para moverse en esas calles congestionadas, y cuando otros transeúntes pisaban los bordes que se arrastraban, Lon pudo ver sus suaves pantuflas, cuya parte superior amenazaba con desprenderse de las suelas.

Debe trabajar bajo techo, observó Lon, *pero hoy habrá salido de casa sin pensar en cambiarse de ropa. ¿Sería por las prisas?*

¿Por distracción? Si estaba de visita en Corabel, ¿por qué había salido sin cambiarse la bata?

—¡Abuelo, oiga, abuelo! —lo llamó Lon—. ¡Aquí, oiga, aquí!

El viejo lo miró parpadeando. Parecía tener dificultades para enfocar la vista.

Probablemente use anteojos. Lon se puso de pie, y le hizo señas para que se acercara.

El viejo se abrió paso entre las carretas y los pescaderos con su pesca recién salida del mar, golpeándose los dedos de los pies en el empedrado de las calles y tropezando con los marineros de permiso en tierra. Se desplomó agradecido en el banquito bajo que Lon le ofreció, y se secó la frente con el extremo de su manga bordada.

Lon sonrió. Después no tuvo que insistir mucho hasta averiguar el nombre del viejo, Erastis, y un poco más para conseguir que le diera unos cuantos zenes de cobre a cambio de leerle su suerte.

—Tome una pizca de incienso para rociar sobre las brasas —le explicó, embolsillándose las monedas—. Así podré ver en el humo qué es lo que le reserva el porvenir.

Erastis ejecutó obedientemente las instrucciones. El fuego crepitó y Lon empezó a escrutarlo a través del humo, tomando nota mental del callo en el dedo medio de su mano derecha, las manchas de tinta y un pelo prendido en su manga bordada, la curva de su espalda y sus hombros, las sombras purpúreas bajo sus ojos, los surcos en el puente de su nariz.

Pero Erastis ni siquiera parpadeó cuando Lon le dijo que sabía que usaba anteojos, que salía poco pero que ese día tenía algo importante qué hacer, que pasaba la mayor parte del tiempo encorvado sobre una mesa, entintando detalles muy precisos con un pincel de pelo de marta.

El viejo sonrió, arrugando más aún su rostro surcado de líneas.

—Cualquier embustero hubiera podido decirme eso. Había oído que *tú* eras especial.

—¿Quién se lo dijo?

—Tú lo sabrás.

Lon jamás había sido de los que retroceden ante un desafío. Se pasó las manos por su oscuro pelo, erizándolo. Inhaló profundamente y fijó su mirada en los ojos color avellana de Erastis. Sintió que su conciencia se dividía en dos a medida que los brillantes colores y el ruido de la gente se apagaban, para ser sustituidos por el mundo que había más allá de lo que se puede ver, oír y oler. Normalmente, lo que necesitaba era observar un poco y soltar varios comentarios acertados para que sus clientes acabaran casi contándole lo que él quería saber. Pero cuando lo requería, siempre tenía su doble visión. Debía concentrarse para dividir su conciencia entre el mundo físico y el mundo resplandeciente que estaba bajo el primero, y siempre acababa mareado y enfermo, como si hubiera tragado demasiada agua de mar. Pero en los peores momentos, este sentido extra le permitía recibir un pago y alimentarse, y eso lo enorgullecía.

Podía concentrarse en un detalle de una manga remendada y ver cómo su historia se desplegaba frente a él en imágenes dispersas: manos ancianas y sucias cosiendo a la luz titilante de una vela, un abuelo en su lecho de muerte, un viaje a la capital para registrar su fallecimiento con los Historiadores del Salón de la Memoria.

Si examinaba el vacío que una piedra perdida había dejado en un viejo broche, veía lo que le había ocurrido a esa piedra: un hombre mezquino, un robo en la noche, un prestamista, niños enfermos y oleadas de hedor a medicina.

Lon parpadeó, y su sentido extra logró enfocarse. Bandas doradas inundaron la cabeza y los hombros del anciano, fluyendo brazos abajo hasta sus manos, donde formaron charcas cargadas de significados.

Y supo por qué estaba ahí ese hombre.

—Ésta es apenas la tercera vez en diez años que deja su casa, pero un hombre llamado Edmon le dijo que era importante —Lon se pasó una mano por el rostro, sorprendido—: Edmon dijo que *yo* era importante. Dijo que usted querría conocerme. Porque la Biblioteca lleva demasiado tiempo sin un aprendiz.

Lon parpadeó de nuevo y su sentido extra se apagó. La luz desapareció, y lo dejó balanceándose levemente mientras intentaba controlar el mareo y las náuseas.

—¿Qué es una Biblioteca? ¿Y cómo supo él dónde estaba yo?

—Por tus dones —Erastis se colocó los mechones de pelo detrás de las orejas y se inclinó hacia adelante—. Otros nacen con talentos como los tuyos. Habrás oído acerca de eso, tengo certeza de ello: videntes, hechiceros, fabricantes de armas mágicas. La mayoría de los personajes legendarios tenía alguna habilidad que los hacía notables.

Lon sonrió ampliamente.

—¿Como el hombre que tenía la fuerza de un buey? ¿O el joyero que hizo los diamantes malditos de Lady Delune?

—Son sólo aficionados si los comparas con nosotros. Podemos enseñarte a usar tus dones con la misma precisión que puede usarse un bisturí.

—¿Quiénes *son* ustedes?

—Una sociedad de lectores —sonrió Erastis—. Personas como tú.

Lectores. Lon paladeó la palabra en su lengua, aunque la veneración que le imponía la voz del anciano le impidió pronunciarla en voz alta.

—Nos formamos hace mucho —continuó el viejo—, antes de lo que alcanza a recordar cualquiera de los Historiadores, cuando cada nueva ola de la historia borraba lo que había antes. Todo era caos y oscuridad, y en esa oscuridad nos convertimos en la luz encargada de proteger a todos los ciudadanos de Kelanna.

Lon frunció el ceño. Desde que la enemistad mortal entre las provincias de Ken y Alissar había cesado, había prosperidad en Deliene, pero todos los días llegaban noticias de la guerra en Everica, de la hambruna y destrucción en Liccaro, el Reino del Desierto.

—No están haciéndolo muy bien que digamos, ¿no?

—¡Intenta proteger a todo un mundo de sí mismo!

—¿Y es por eso que ha venido?

—Exactamente —dijo Erastis, sonriendo arrepentido—. Tenemos grandes planes para ti.

Y describió las increíbles hazañas de hechicería que Lon podría llevar a cabo si se unía a ellos. Caminarían entre montañas y a través de los mares, como los aventureros y forajidos que poblaban sus ensoñaciones, plagados de mares y barcos y *explosione*s de pólvora. Sus actos llevarían la paz a un mundo inestable, preservado en leyenda entre las estrellas.

—Jamás ha habido una paz como ésa —señaló Lon.

—Pero se hará realidad.

—¿Cómo lo sabe?

—Tenemos el Libro.

Lon no sabía lo que era el Libro, pero percibía que su camino se bifurcaba ante sí: por uno de los senderos se desplegaba la vida de un artista callejero dedicado a leer la suerte a cambio de unas cuantas monedas. Quizá sus padres lo llevarían con ellos un día. Tal vez nunca volverían.

Por el otro sendero llegaba a lo desconocido, a la promesa de poder y peligro y esa especie de objetivo superior que siempre había imaginado para sí... y supo que tenía que averiguar cuál era ese objetivo.

Utilizó sus escasos ahorros para dejar un mensaje para sus padres en el correo principal, y esa noche abandonó Corabel junto a Erastis.

Al día siguiente comenzó su nueva vida como aprendiz de Bibliotecario.

La Biblioteca en sí era mucho más de lo que Lon hubiera podido a imaginar. Había sido construida en la falda de una montaña, con vistas a unos altos picos de roca granítica y a un valle formado por antiguos glaciares. La pared norte de la Biblioteca era enteramente de vidrio, con puertas que se abrían a una terraza-invernadero que refractaba la luz como un prisma.

El edificio tenía una cúpula y ventanas con vitrales y balcones interiores custodiados por las estatuas de bronce de anteriores Bibliotecarios. Las paredes y las columnas de mármol tenían adosadas lámparas eléctricas que bañaban los salones con abundante luz dorada. ¡Electricidad! La Biblioteca lo fascinaba con esta maquinaria desconcertante, pues el resto del mundo seguía iluminándose con velas y lámparas de queroseno.

Un *chasquido* seco lo sacó de sus ensoñaciones y Lon volvió a prestar atención. Erastis, el Bibliotecario, golpeaba el pizarrón con la punta de una larga vara. Lon tenía razón, por supuesto: los años de encorvarse sobre los manuscritos le habían provocado al Bibliotecario una fuerte miopía, y por eso usaba unos anteojos en forma de medialuna que apoyaba en la punta de la nariz. Lon ya había aprendido que, cuando no le dedicaba suficiente atención a sus lecciones, Erastis lo miraba furibundo por encima de los lentes, severo y crítico.

Como ahora.

—E —dijo Erastis.

Se suponía que Lon debía estudiar las letras, a pesar de que ya se sabía de memoria el alfabeto desde su primera semana en la Biblioteca, y ahora estos ejercicios los encontraba aburridos.

—E —repitió obedientemente. Su boca se abrió hacia los lados para pronunciar el sonido. Una sonrisa lenta y delgada se extendió en la cara de Erastis. Ladeó la cabeza como si estuviera escuchando música.

—Fabuloso, ¿y...?

—Ese —de todas las letras, la que más le gustaba a Lon era la S. Su sonido reflejaba su forma, como el roce áspero de las escamas sobre la arena. Sonrió.

—Te —y la atención de Lon se dispersó de nuevo.

En el centro del salón principal había un círculo formado por cinco mesas curvas con lámparas de lectura, tinteros y cajones para las plumas, bolsitas de polvo y resina, papel secante, lápices de grafito, gomas de borrar, lupas, reglas, cualquier cosa que pudiera necesitarse para escribir o copiar. Varios escalones llevaban a más mesas dispuestas en los lados del salón, donde los estantes de madera color caramelo se elevaban hasta balcones amueblados con sofás de terciopelo y más nichos para libreros detrás.

Había miles de manuscritos en esa sala. Algunos de los más antiguos clamaban desesperadamente ser restaurados: la encuadernación se estaba deshaciendo, las páginas tenían manchas de hongos, y Erastis a menudo pasaba las tardes componiendo páginas desgarradas y lomos desprendidos, mientras que los ciegos que servían en la Biblioteca sacudían el polvo de los estantes, y jamás tocaban los libros.

Todos los sirvientes de la sede principal, incluidos los que se ocupaban de la Biblioteca, eran ciegos. Para así proteger las palabras, decía Erastis. Para garantizar que el poder que éstas encerraban no fuera a caer en las manos equivocadas.

Los manuscritos se dividían entre los Fragmentos, que eran textos copiados del Libro, palabra por palabra y con caligrafía minuciosa, por otros Bibliotecarios ya muertos hacía tiempo; y los Comentarios, compuestos por interpretaciones y meditaciones sobre los significados de diversos pasajes, índices y apéndices y tomos llenos de definiciones y etimologías y referencias cruzadas. Los maestros y los aprendices más aventajados usaban los libros de la Biblioteca para profundizar en sus estudios, aprender del pasado y planear el futuro. Pero Lon no podría examinarlos hasta que el Maestro Bibliotecario le dijera que ya estaba listo para hacerlo.

En esos días, Erastis trabajaba en sus propios Fragmentos, copiando secciones del Libro que nadie había leído antes, para así preservar los pasajes en caso de que el Libro se extraviara o, peor aún, fuera destruido. A excepción de los textos perdidos, que se habían quemado en el Gran Incendio, era posible encontrar enormes cantidades de información sobre el Libro en esos estantes: registros de linajes nobles, crónicas de las guerras fronterizas entre provincias, profecías de acontecimientos futuros. A pesar de todo eso, Erastis suponía que allí se encontraba reproducida apenas una pequeña porción del Libro.

—Buena parte del libro es poco útil —había dicho, blandiendo un pincel de caligrafía en el aire—: He leído página tras página relatando la historia de una piedra y nada más.

—¿Y por qué molestarse en copiarlas, entonces? —preguntó Lon.

El Bibliotecario le respondió:

—Porque basta una sola piedra para alterar el curso de un río —y al ver que Lon ponía los ojos en blanco, agregó—: Porque está escrito.

—¡Lon! —la voz de Erastis lo sacó de golpe de su ensueño.

El chico se sobresaltó. Bajo la mirada de Erastis, leyó la última letra que había en el pizarrón:

—O. Esto —dijo—. Esto. Esto. Esto.

El Bibliotecario asintió con aprobación.

—Me llevó un mes de estudio del alfabeto antes de poder leer una palabra de corrido.

Lon se enderezó ansioso en su asiento:

—Entonces, ¿podemos pasar a algo más entretenido? Rajar y los demás me llevan mucha ventaja en el terreno de la Iluminación.

La magia del libro. La capacidad de hacer cosas milagrosas. Lon ya había empezado a usar el primer nivel de la magia, la Visión, cuando el Maestro Bibliotecario lo encontró, pero con la Iluminación podría aprender a hacer más que asomarse a la historia de una persona: cosas como levantar objetos sin tocarlos, crear talismanes para garantizar a quien los usara cualidades como fortaleza o invisibilidad, desaparecer de un lugar para reaparecer en otro.

—Rajar y los demás llevan más tiempo aquí que tú. Además, no deberías prestarle atención a lo que diga Rajar —Erastis manoteó en el aire con cierto desdén—. Los Soldados piensan en términos de lo que pueden manipular y destruir y conquistar. Es por eso que no son más que Soldados.

—Sí, pero al menos ellos *hacen* algo —dijo Lon.

El Maestro Bibliotecario lo miró con reproche.

—Bueno, pero ¿qué hay de la Bóveda? Aún no he visto el Libro.

Erastis miró furtivamente por encima de su hombro. El movimiento fue tan fugaz que Lon no estaba seguro de haberlo visto en realidad.

—Somos la única división que tiene el privilegio de trabajar directamente con el Libro. Lo verás cuando estés listo para hacerlo.

La orden estaba compuesta por cinco divisiones, cada una con un maestro y un aprendiz, y un director que lo lideraba todo. Los Soldados estudiaban estrategias de batalla en los jardines de arena. Los Asesinos practicaban el rastreo en áreas silvestres. Y únicamente Lon llegaría a tocar el libro algún día.

Miró más allá de los pizarrones, hacia la redonda puerta metálica incrustada en la roca de la montaña. La Bóveda tenía una rueda de cinco puntas que controlaba los cilindros y dos agujeros de cerradura a cada lado de la manija. El Maestro Bibliotecario tenía una de las llaves, que llevaba en una larga cadena de oro alrededor del cuello. El Director Edmon, el líder de la orden, tenía la otra. Nadie sabía dónde la guardaba. Una vez que se tenían las dos llaves, había que llevar a cabo una complicada secuencia de giros para abrir la puerta.

Sin embargo, Lon se moría por ver el Libro. Sólo había oído a Erastis hablar de él, y lo describía en términos asombrosos, como si estuviera hecho de luz y magia en lugar de papel e hilo. Cada día, Lon le suplicaba a su maestro que se lo describiera, hasta que lograba verlo con los ojos cerrados (especialmente cuando cerraba los ojos), las finas páginas que aleteaban, la cubierta de cuero marrón, los broches enjoyados y la filigrana de oro en las esquinas. Les juraba a los otros cuatro aprendices que conocía la forma y disposición de las brillantes piedras preciosas, y que a veces, en su cama en las noches, llegaba incluso a olerlo: moho, hierba, ácido, vainilla. Pero ni siquiera Rajar le creía.

—Nadie puede ver el libro simplemente porque quiera hacerlo. Ni siquiera Edmon —le advirtió Erastis. Dio unos golpecitos en el pizarrón—. Continúa.

Lon suspiró y trató de sentarse derecho.

—Es —leyó, sin deletrear—. Un. Libro. Esto es un libro —miró hacia arriba, impaciente—. *Eso* no es un libro. Es un pizarrón.

—¿Es lo que crees?

Lon abrió la boca para replicar, pero la cerró de nuevo al momento. Ladeó la cabeza, desconcertado. *¿Podía* un pizarrón ser un libro? ¿Acaso cualquier cosa podía ser un libro, siempre y cuando uno supiera leerla?

—Una vez más —Erastis levantó su vara.

Con otro suspiro profundo, Lon enfocó su atención en las letras:

—E. Ese —dijo—. Te. O.

En el caso de que cualquier cosa pudiera ser un libro, no habría forma de decir cuánto podía uno llegar a averiguar, si sabía qué era lo que buscaba. Lisas piedras de río dispuestas en un suelo musgoso. Líneas trazadas en la arena. O talladas en un tronco caído, medio veladas por ramitas y hojarasca: *Esto es un libro.*

El Capitán Reed
y el *Corriente de fe*

Si bien había varios barcos de color verde en Kelanna, cualquiera que supiera algo del mundo y la vida podía afirmar que sólo uno de ellos importaba de verdad. Su mascarón de proa era un árbol que parecía surgir del casco mismo, y las ramas se envolvían al orgulloso bauprés dando la impresión de que las hojas fueran a brotar en espirales asombrosas en el momento menos esperado. Decían que era un árbol mágico de un bosque secreto de Everica, en donde los árboles caminaban y le susurraban a una hechicera que vivía entre ellos.

Se decía que este barco podía superar en velocidad a cualquier otro en el Mar Central, y que sólo el *Azabache*, en el suroriente, podía rivalizar con él. Pero todos sabían que el *Corriente de fe* no corría para huir. Se había enfrentado a peligrosos *maesltroms* y a monstruos marinos, había participado en más batallas que otras naves con el doble de su edad, y había salido bien librado de todos los embates.

Cuando atracaba en tierra y sus tripulantes pasaban las veladas en húmedas tabernas apestosas a sudor y cerveza, se apoyaban en las mesas para susurrar con complicidad cosas como: "El *Corriente de fe* te mostrará el camino". Incluso en medio del ruido que se elevaba a los techos llenos de telarañas de las tabernas, hablaban de su nave en voz baja y llena de reverencia: "El *Corriente de fe* siempre te lleva por buen camino".

Otros decían que lo notable no era el barco sino su capitán. Cannek Reed era hijo de un picapedrero con puños de piedra, y pertenecía al agua de la misma manera que su padre, un extraño personaje, pertenecía a la tierra. Contaban que el Capitán Reed se rodeaba de la mejor tripulación en todo Kelanna. Trabajaban para él, pero también eran capaces de dar su vida por él, porque el Capitán los cuidaba, los convertía en leyenda y los trataba como hermanos. Él siempre era el primero en lanzarse al peligro.

A veces, cuando el *Corriente de fe* estaba atracado en el puerto, se trepaba al palo mayor para mirar la puesta de sol desde la cofa, y escuchaba el mar mientras las aguas se volvían doradas y oscuras. Se decía que el mar le hablaba. Conocía todos los puertos naturales, las corrientes más veloces, sabía cómo evitar una borrasca por más decidida que pareciera ésta a destruirlo. Algunos incluso decían que podía mirar el patrón de las olas y concluir de dónde venían y hacia dónde iban.

Todos en Kelanna sabían de Reed y su barco. Así eran las cosas. Se vivía entre gigantes y monstruos. La gente se pasaba historias de boca en boca cual besos, o pestes, hasta que fluían por las calles y rodaban hacia las alcantarillas, o a los arroyos y ríos, hasta el mismo mar.

CAPÍTULO 6

El chico que estaba en el cajón

Un año entero pasó Sefia sin salir de Oxscini, recorriendo el Reino del Bosque en vana búsqueda de señales de Nin o sus raptores, haciéndose fuerte y resistente en la soledad. En su mayor parte, sobrevivió con lo que pudo encontrar, atrapar o cazar, y cuando no estaba poniendo trampas, o tejiendo canastos para capturar langostas, o cazando con arco y flecha en los bosques, aprendía a leer por su propia cuenta.

Había sido un proceso lento al principio, renglón por renglón, hasta que se había hecho más y más fácil ver las letras y llegar a descifrar en ellas las palabras más comunes. Todavía tardaba varios minutos en entender algunas palabras, mientras luchaba por pronunciarlas, probando cada sonido en la punta de la lengua antes de hilarlos todos juntos. Otros pasajes estaban tan llenos de palabras confusas y enredadas que terminaba apretando la mandíbula ante su propia inutilidad y pasaba a algo más sencillo.

Aprendía a leer trepada en las copas de los árboles, o en cuevas excavadas por el viento, con vistas a increíbles cataratas que se despeñaban entre las montañas, y cada vez que sacaba el libro, cada vez que le quitaba el forro de cuero, recorría con las yemas de los dedos el emblema de la cubierta, trazando sus líneas.

Nada mejor para traer a la memoria a las personas que había perdido. Su madre, cuyos rasgos se iban desvaneciendo como acuarelas al sol. Su padre, tieso y frío, como si hubiera estado hecho de cera. Y Nin, mirándola entre las hojas.

Se convirtió en un ritual para ella. Dos líneas curvas para sus padres, otra para Nin. La línea recta para ella. El círculo representaba lo que tenía que hacer: aprender para qué servía el libro. Rescatar a Nin. Y, si podía, impedir que sus enemigos le hicieran daño a cualquier otra persona.

Pero el libro seguía sin ofrecerle respuestas y, por más que leyera, por más hábil que se hiciera con el cuchillo y el arco, no parecía estar más cerca de cumplir su cometido.

Y de repente un día, a poco de cumplir los dieciséis años, todo cambió.

Como de costumbre, Sefia estaba recostada en una hamaca tendida entre dos árboles, a más de veinte metros del suelo del bosque, con las ramas de los árboles meciéndose y crujiendo por encima de su cabeza y el suave humus muy abajo. Nubes tenues flotaban en el cielo azul.

Acababa de tenderse a leer con el libro acunado en su regazo, y lo sacó de su forro con movimientos rápidos y hábiles. Ahí estaba el símbolo, mirándola como una especie de ojo oscuro. Trazó las líneas con la punta de un dedo.

Respuestas.

Redención.

Venganza.

Luego, recorrió los bordes de la cubierta y la abrió hasta dar con una hoja con forma de espada que usaba como marcapáginas. Las páginas susurraron entre sus manos y empezó a leer.

El ruido de ramitas quebrándose la interrumpió. Rápida como un ave, cerró el libro y miró hacia abajo por entre la fronda. Se oían más sonidos: pisadas que aplastaban los matorrales, gemidos, el traqueteo de vainas de espadas y fundas de pistolas. Sefia escuchó atentamente. A juzgar por el ruido, debían ser entre quince y veinte personas atravesando el bosque.

Un minuto después entraron en su campo visual: hombres sucios y sudorosos, encorvados. Usaban botas pesadas y sus pasos resonaban en el suelo. Varios de ellos arriaban unos burros mal alimentados que tiraban de carretas desvencijadas, cargadas con provisiones. Y la última carreta llevaba sólo un cajón destartalado, cerrado con candado, con hoyos en los lados, y en la parte de atrás tenía una marca, un símbolo que hubiera reconocido en cualquier parte.

Libros, pensó de inmediato, más libros de los que le cabían en la imaginación, apilados uno sobre otro, y entre cubierta y cubierta, millones y millones de palabras nuevas, en combinaciones nunca antes vistas.

Miró el libro que estaba en su regazo. Un año de búsqueda del símbolo y había aparecido, no entre las palabras sino en el mundo, tan concreto como el cajón en el que había sido dibujado.

Un cajón con agujeros para que entrara el aire.

Sefia se quedó pensando. Los libros no necesitaban aire. Alcanzó a ver el cajón antes de que desapareciera en una curva del camino.

¿Nin?

Se llevó la mano al cuchillo y, mientras los pasos se alejaban, descolgó su hamaca y embutió sus pertenencias en su mochila. Tomó su arco y su aljaba con las flechas de plumas rojas y bajó por el tronco del árbol.

Nin.

Antes de seguir a los hombres por la selva hacia el norte, hundió las manos en el suelo y entrecerró los ojos, prometiéndose que esta vez no fallaría.

Cuando la partida de hombres finalmente se detuvo, el sol ya se había hundido tras los árboles, y proyectaba rayos amarillos y franjas de sombra sobre los matorrales. Sefia se trepó a un árbol cercano desde el cual podía observar todo el campamento. La carreta con el cajón había quedado en el borde del claro. Los hombres parecían evitarlo mientras encendían una fogata y preparaban la cena, manteniéndose a distancia en sus idas y venidas. Ellos cenaron y Sefia masticó unas tiras de cecina, examinando los puntos débiles de cada uno de los hombres del grupo. El ruido de sus voces ascendía entre los árboles.

Un hombre levantó la vista del fusil que estaba limpiando:

—Ya se los dije. Nunca me canso de verlo pelear. Jamás he visto a alguien como él. Parece un maldito gato.

A su lado, su compañero se levantó el parche del ojo y se rascó la piel reseca que tenía en el lugar donde debía haber estado un ojo.

—Endemoniado, además.

—Ya, déjalo —el del fusil le dio un manotazo a su amigo, que a su vez rio y se enderezó el parche—. Si estuvieras en su lugar, también pelearías como un loco.

El del parche se mondó los dientes con una astilla de hueso.

—Tienes que mirarlo a la cara. ¿Sabes de qué te hablo? La cara, cuando pelea… —miró nervioso el cajón y asintió de nuevo—: Es como un gato. O un gran felino, con esos ojos dorados.

Sefia ojeó todo el campamento pero no vio a nadie que encajara en la descripción. La decepción la invadió. Probablemente no era Nin la que estaba en el cajón.

Hacia un extremo, lejos de los demás, dos hombres estaban sentados en una piedra, justo donde terminaba el círculo iluminado por la fogata. Mientras el resto del grupo comía y hablaba a gusto, estos dos vigilaban, calculaban.

—Un asesino nato —dijo uno, atusándose la erizada barba roja—. Me parece que es el tercero al que liquida desnucándolo —su voz era grave y se oía en ella la ronquera típica del fumador empedernido, y había un deleite en sus palabras que le puso a Sefia la piel de gallina.

El segundo gruñó y se rascó una costra de su fornido brazo.

—Lo que importa es que ganó y nos pagaron —debía ser el superior del de la barba roja. Sefia alcanzaba a percibir su orgullo desde el lugar donde estaba apostada, por encima del claro. Lo observó con más cuidado: ojos cafés acuosos, pelo pajizo y escaso, piel curtida por toda una vida a la intemperie. No era alto y tenía la figura corpulenta de un luchador. Era el tipo de hombre al que uno preferiría no hacer enojar.

Sefia agarró su cuchillo con más fuerza. Las frías curvas de éste en su mano la tranquilizaban. Le echó un vistazo al cajón, aún olvidado al borde del claro. Los respiraderos la miraban fijamente como docenas de ojos oscuros.

El de la barba roja dejó escapar una risotada:

—Jamás pensé que convertir a niños en luchadores pudiera resultar tan buen negocio.

Inscriptores. La palabra se escurrió como si fuera líquido por la espalda de Sefia y se convirtió en hielo al llegar a la punta de los dedos. Muchachos que eran capturados y obligados a pelear entre sí. Niños transformados en asesinos. Una oleada de furia helada y de confusión la abatió. ¿Qué hacían los inscriptores con ese símbolo en el cajón?

—No sería tan buen negocio si Serakeen no necesitara tanto a estos chicos.

A Sefia se le erizó la piel de los brazos. El Azote del Oriente. ¿Era él el responsable de los raptos, las marcas a fuego, las muertes? Encajaba en su conocida brutalidad. Pero ¿por qué en este lugar? ¿Por qué pagarles a unos inscriptores para convertir niños en asesinos si ya tenía suficientes de ellos en su flota?

—¿Crees que lo conoceremos, Hatchet? —preguntó el de la barba roja—. Oí que Garula lo había podido ver cuando su chico ganó en La Jaula.

Hatchet lanzó el último vestigio de su costra al suelo y examinó la piel nueva que había quedado al descubierto.

—Me han dicho que el árbitro de allá paga más que en cualquier otro lugar de Kelanna, eso es lo que importa —se levantó de repente y le hizo señas a otro de sus hombres.

Sefia vio que uno de los más altos de la cuadrilla se separaba del resto del grupo y corría hasta el lugar donde estaban Hatchet y el de la barba roja.

—¿Sí, jefe? —preguntó. Al hablar, la cicatriz que le atravesaba el labio inferior se tensaba y le deformaba el rostro hasta hacerle parecer un payaso.

—Limpia todo eso, Palo —señaló el asador y la osamenta—. Entiérrenlo lejos de aquí. No quiero que ningún carroñero venga a hurgar en busca de comida.

Arriba en el árbol, Sefia apretó la mandíbula. Así que los inscriptores eran sirvientes de Serakeen. ¿Cuántos muchachos tendrían ahora? ¿Cuántos habían muerto por su causa?

¿Y por qué quería el libro?

Estos hombres no tenían a Nin. Y dudaba de que supieran acerca del libro. El símbolo del cajón era probablemente alguna marca de Serakeen para identificar sus posesiones. No pudo evitar un gesto de desagrado. Pero eso no le impediría hacerlo. Se aseguró de contar con las viejas ganzúas de Nin en el bolsillo interior de su chaleco, y se aprestó a esperar.

Habrá más que carroñeros hurgando por aquí esta noche, pensó.

Cuando la fogata se convirtió en brasas rojas, los hombres se recostaron bajo sus cobijas. Algunos roncaban, pero la mayoría cayó en el sueño profundo y silencioso de los exhaustos.

Sefia se colgó su mochila y bajó del árbol, descargando sus cosas cual sombra, al pie del tronco. Retiró el seguro de su cuchillo y avanzó a hurtadillas. El centinela solitario, un inscriptor joven de pelo rojo, estaba sentado en una de las carretas al borde del claro, recostado contra la parte lateral.

Se detuvo junto a la rueda del carro, mirando la cabeza del centinela. El mango del cuchillo le quemaba la palma de la mano. No podía arriesgarse a que alertara a los demás. Tenía la ventaja. Era fácil. Sería rápido.

Pero ella no se movió. El perfil del hombre se recortaba contra la escasa luz de la fogata, que pasaba a través de la pelusa de su mandíbula, iluminando cada uno de sus finos vellos. Era poco más que un niño.

Su cabeza cayó hacia adelante. Empezó a roncar muy quedo.

Sefia tragó saliva y dejó el cuchillo. Tomó las ganzúas y llegó hasta el cajón, que parecía abandonado al borde del claro.

Sus dedos recorrieron los filos astillados del cajón buscando el pesado candado de hierro, que le proporcionó una sensación fresca y reconfortante en su mano. Era un candado sencillo, del tipo que podría forjar cualquier herrero. Ella había forzado candados de esta clase desde que tenía nueve años. Tomó aire y observó el resto del campamento, pero nadie se movía.

Trazó el símbolo que había en la esquina del cajón. Dos líneas curvas para sus padres, otra para Nin. La línea recta para ella. El círculo representaba lo que tenía que hacer. Ganzúas en mano, se puso a trabajar.

Tras unos momentos de forcejeos, soltó el candado y abrió el cajón con una mano. Con la otra, asió su cuchillo. En su interior, tenía la esperanza de ver a Nin o, al menos, libros y pilas de papel, pero tampoco la sorprendió que un muchacho maltrecho surgiera de entre las sombras. Estaba cubierto de heridas recientes: cortes y moretones en brazos y piernas y por toda la espalda desnuda. La miraba por debajo del brazo con el que se protegía, pero Sefia no sabía si lo hacía por temor o si estaba listo para atacar.

—Shh —murmuró ella, echando un vistazo al centinela dormido—. Vine a ayudarte.

El hedor era espantoso: una mezcla de sangre, sudor y orina. Pero sacó fuerzas de dentro y susurró con el tono de voz más amable que pudo:

—Ven conmigo —el chico se encogió y ella lo repitió. El mango del cuchillo le quemaba la mano—. Ven conmigo, por favor.

El muchacho empezó a gatear hacia ella. Cuando salió a la luz, vio que tenía más heridas y cicatrices. La piel alrededor de su cuello era blanca e irregular, una cicatriz que rodeaba su cuello como si fuera un collar.

Al verla, la sensación de ese otro mundo la abrumó, y retrocedió parpadeando.

Al instante tuvo otra de esas visiones vertiginosas, como la que había percibido en el momento en que aprendió a leer. El muchacho estaba hecho de carne y sangre y hueso, sí, pero también latía con luz. Delgados hilos de luz lo circundaban y lo envolvían como un río. Por un momento, Sefia hubiera jurado que veía tormentas, grandes nubes que reverberaban con truenos, y relámpagos que crujían por encima de su cabeza. Percibió un olor a humo. A sangre fresca y caliente. Dientes. Puños y patadas.

Y luego, con la misma fugacidad, fue reemplazada por una sensación de insignificancia y quietud. Noche. Lámparas de queroseno reflejadas por doquier. Un camino solitario por una costa rocosa con olas de espuma blanca rompiendo contra las piedras. En la oscuridad, dos pares de manos explorándose, recorriendo delicadamente los nudillos, cutículas, yemas, todos los detalles. Sonrisas como retazos de sol.

Después todo se esfumó.

Sefia se recostó contra al cajón, parpadeando, para sostenerse, presionando su mano contra el filo astillado, como si el dolor pudiera distraerla del torbellino que había en su interior.

Náuseas. Eso al menos le resultaba conocido. ¿Y el resto?

No había hecho nada diferente. Pero al contemplar esa cicatriz fue como si su sentido del mundo luminoso se hubiera encendido del todo, invadiéndola, revelando imágenes, relatos… ¿o eran recuerdos? ¿La historia?

¿Sería la magia que sus padres habían querido mantener a salvo de sus enemigos? ¿De Serakeen?

Fuera lo que fuera, Sefia estaba aprendiendo a controlarlo.

El muchacho ya había abandonado completamente el cajón. Era más alto que ella, tal vez uno o dos años mayor. Miraba perplejo las sombras, asiendo sus brazos por los codos, como si no supiera qué hacer con ellos. No llevaba puesto más que un par de pantalones desgarrados, y sus pies desnudos tanteaban a ciegas el suelo. Estaba mal alimentado, tan delgado que los huesos se le dibujaban a través de la piel, y se veía tan desamparado, allí en pie, arropado tan sólo con sus brazos. Las cicatrices de su cuello relumbraban a la luz de la luna.

Fuera lo que fuera lo que Sefia hubiera visto en ese relampagueo de luz, había sido real, estaba segura de eso. De alguna manera había sondeado en el interior del chico, como quien mira el oleaje del mar a través del ojo de una aguja: todas esas imágenes, todos esos pensamientos y sentimientos simultáneos, todo era parte de él. Sabía lo que él había hecho, lo que le habían obligado a hacer, pero no podía olvidar la delicadeza con la que había tocado esas otras manos. No sabía de quién eran y tampoco importaba. Era una sensación de calma y calidez. Trató de aplacar un dolor de cabeza que amenazaba con desatarse justo detrás de sus ojos, y volvió a meter el cuchillo en su funda.

Pero no podía irse aún. Entró a gatas en el cajón, jadeando por el olor mientras revolvía la paja que había en el piso y tanteaba los costados en busca de compartimentos ocultos. Nada.

Sintió que era tragada por la tierra.

Nada.

El muchacho cambió de posición a su lado, vacilante, todavía mirando a su alrededor como un niño perdido. Sefia se levantó, apretando los dientes, colocó el candado de nuevo en su lugar, y le dio una palmadita en el hombro para indicarle que debían irse.

Al instante, la mano de él la inmovilizó por la muñeca. Sefia hizo ademán de buscar su cuchillo. Pero él pareció sorprendido al percatarse de lo que había hecho, y rápidamente la soltó. Tenía una expresión horrorizada en los ojos, como si no pudiera creer que hubiera sido *su* mano la que había actuado. Bajó la cabeza. Ella deslizó el cuchillo en su funda nuevamente.

Con una última mirada anhelante al cajón y al símbolo que lo identificaba, Sefia se dirigió a la selva. El muchacho le siguió el paso, extrañamente silencioso, y se internaron entre la vegetación.

Caminaron durante horas sin decir palabra, abriéndose camino por encima de troncos caídos y ramas bajas. El ritmo que llevaban era glacial, lo suficientemente lento como para impacientarla, como para sobresaltarla con cada ramita quebrada, con cada crujido de la vegetación. Pero no podía abandonarlo.

El muchacho pronto empezó a temblar en el húmedo aire de la noche. No se quejó. Los dientes ni siquiera le castañetearon, sólo se encorvó y se frotó los brazos, y Sefia supo que tenía frío. Se detuvo un momento para sacar la cobija de su mochila, y se la ofreció sin tocarlo. Él la miró con recelo, pero ella se forzó a sonreír y él tomó la cobija con delicadeza, más de la que ella hubiera esperado, y se la puso sobre los hombros.

Siguieron caminando. Ella se detuvo una o dos veces más para alimentarlo con cecina y unos cuantos sorbos de su cantimplora, pero aparte de eso, caminaron en silencio y prácticamente sin hacer ruido. A Sefia le alegraba que el chico no hubiera intentado iniciar una conversación. Hablar hubiera sido peligroso.

Ya casi amanecía cuando finalmente hicieron un alto. Habían atravesado arroyos y también retrocedido por su mismo camino más de una vez, en caso de que entre los hombres de la cuadrilla hubiera un rastreador. Sefia estaba exhausta. Se trepó ya sin fuerzas a un árbol cercano y empezó a colgar su hamaca.

El muchacho la siguió, haciendo gestos de dolor, pero logró subir también. Sefia le indicó que se recostara en la hamaca, y allí se quedó dormido de inmediato. Ella se ató a una rama cercana. Durante un tiempo intentó mantenerse alerta, vigilando el suelo en caso de que algo se moviera, pero al poco tiempo cayó dormida, con el ceño fruncido y los puños cerrados, cuando la noche se fundía con el gris que precede al amanecer.

Instantes después de que la puerta comenzara a abrirse, permitiendo que entrara un rayo de luna tan brillante que resultaba doloroso, el muchacho se retiró a un rincón del cajón y se acurrucó allí para protegerse de la luz. Llevaba días encerrado. Lo habían movido de un lado a otro, lo habían zarandeado, dejado caer. Si tenía la suerte de ver el cielo, era a través de los respiraderos del cajón. Todo lo demás era oscuro y cerrado, y apestaba a sangre y desechos.

Se encogió. Cada soplo adicional de luz y aire significaba que el miedo y el dolor se acercaban. El miedo y el dolor llegarían pronto hasta él, y lo lastimarían y alguien terminaría muerto. La vista de los árboles y el suelo de la selva le hicieron encogerse. La luz de la luna flotó a través de la puerta. El miedo y el dolor venían por él.

En lugar de eso, fue una voz la que le habló "Shh. Vine a ayudarte", como un tentáculo suave y oscuro en la luz devastadora, hilando una palabra tras otra con tal dulzura que le revolvieron recuerdos profundos que se habían convertido en sueños: "Ven conmigo". Una sombra se inclinó sobre él y él se encogió más, pero las palabras seguían allí: "Ven conmigo, por favor".

Empezó a salir a gatas del cajón, como un animal, hacia las palabras que aleteaban frente a él cual delicadas sombras. Se levantó y parpadeó y miró alrededor. Allí no había miedo ni dolor. No estaban allí. Sólo ese frío, y esa voz. Y permaneció alerta. Porque venían. Siempre venían, y harían daño y alguien habría de morir.

Cortes de cuchillo en un tronco de árbol, muy por encima del lecho del bosque: *Esto es un libro*.

CAPÍTULO 7

Asesino nato

Bajo las nubes que se arremolinaban en el cielo, cada vez más y más oscuras, se extendía el dosel de la selva de Oxscini. Las criaturas de la noche regresaban a sus madrigueras y guaridas, y los pájaros revoloteaban nerviosos gorjeando entre las ramas. Se avecinaba la lluvia.

No fue sino hasta pasado el mediodía que Sefia despertó. La cuerda que la ataba al árbol se había incrustado en su cintura, y pasó unos momentos desamarrándola mientras observaba al muchacho, dormido en la misma posición en la que había quedado desde la noche anterior. Tenía la nariz torcida, probablemente se la había roto en el pasado, y las bronceadas mejillas estaban salpicadas por un manto de pecas casi invisibles. Ahora parecía más humano, y menos animal enjaulado.

Se preguntó qué era lo que su visión le había mostrado la noche anterior. Momentos de una vida común y corriente. ¿La vida de él? ¿Esa magia le permitía asomarse al pasado? ¿Sus padres también habían sido capaces de acceder a esas visiones? ¿Era por eso que Serakeen los perseguía?

No, se corrigió Sefia. La mujer de negro se había referido a un objeto que buscaban, no a una persona. Era el libro lo que querían.

¿Pero por qué?

Descolgó la mochila intentando producir el menor ruido posible, pero al primer rumor, el muchacho abrió los ojos. Se enfocaron en ella, dorados o ambarinos, con manchitas cobrizas y caoba. Parecía no tener miedo.

Jamás había estado tan cerca de alguien de su misma edad. Ni tampoco de *alguien* más desde que Nin había sido raptada. Enrolló el lazo y lo metió en su mochila, esquivando la vista de su piel descubierta.

—Hoy puedes irte a casa.

El muchacho no pronunció palabra, sino que se incorporó de la hamaca y salió de ella prácticamente sin mecerla. Miró a su alrededor como una cría de animal que mira el mundo por primera vez. Hasta las hojas y la luz grisácea que se filtraba por entre las ramas parecían novedosas para él. Se frotó los ojos.

Como Sefia entendió pronto, el muchacho no hablaba. No sabía si era capaz de hacerlo o no. Se limitó a observarla, con curiosidad, mientras guardaba la hamaca en su mochila, y la siguió tronco abajo por el árbol, sin decir nada.

Rápidamente se desesperó con su grado de inutilidad. Se quedaba allí, a la espera. Tuvo que obligarlo a tomar una taza metálica para que así bebiera algo.

Mientras él deglutía lentamente su desayuno, Sefia se sentó frente a él con los brazos cruzados sobre el pecho y se dedicó a mirarlo. El color de la piel alrededor de su garganta era entre blanco y rosáceo, puesto que las quemaduras no habían cicatrizado uniformemente.

Tenía quemaduras también en el brazo derecho, quince marcas paralelas del grosor de un dedo y tan largas como la palma de una mano, desde la más antigua en el hombro, hasta la más reciente bajo el codo, hacían pensar en los peldaños de una escalera.

No lo cuestionó al respecto, pero sí sobre el símbolo. Lo trazó en el suelo: el círculo, las cuatro líneas.

Él negó con la cabeza.

—No pensé que lo supieras —se sacudió la tierra de las manos y señaló al occidente—. Hacia allá hay un pueblo a un día de camino. Si vas por ahí, llegarás pronto. Y alguien sabrá indicarte el camino a casa.

Obediente, el chico se volteó en la dirección que ella señalaba, y luego la miró de nuevo. Sus ojos estaban llenos de preguntas.

—Yo voy a seguirlos —señaló el símbolo ⊜ dibujado en el suelo—. Quizás esta vez obtenga algunas respuestas.

El muchacho asintió como si entendiera, así que ella le entregó la mitad de las provisiones que tenía, que era más de lo que él necesitaría para un día de camino. Después se echó la mochila al hombro y comenzó a caminar en la dirección de la cual venían. No se había alejado diez pasos cuando oyó pisadas leves que la seguían. Se volvió y el chico llegó hasta ella.

—¿Qué pasa?

Él inclinó la cabeza y parpadeó.

Ella le dijo con el ceño fruncido:

—Ahora eres libre. Vete.

Las comisuras de los labios del chico se estremecieron. Fue como si hubiera sonreído.

—Anda, en marcha —Sefia hizo una pausa—. Mira que va a llover.

Al no obtener respuesta, murmuró una maldición y reanudó el paso. Pero el muchacho la siguió de cerca, como si fuera su sombra, sin pronunciar palabra, con unos trozos de cecina en la mano.

Cada tanto, Sefia se volteaba para ver si él seguía ahí, y sus ojos siempre lo encontraban.

—Largo —le ordenó en algún momento—. ¿Qué pretendes?

El chico se limitó a mirarla y se colocó una tira de cecina en la boca. Masticó, mirándola fijamente. Cuando ella volvió a caminar, él la siguió, mascando despacio.

Tras una hora de caminata, Sefia le quitó la cecina y la guardó en su mochila. Le dio de beber. Se habían detenido junto a un enorme tronco caído cubierto de musgo y helechos. Al venirse al suelo había abierto un hueco en el dosel de árboles, creando un claro que dejaba penetrar la luz. El cielo estaba más gris ahora, nublado por completo. La tormenta iba a desatarse pronto. Sefia se sentó en el tronco y apoyó la barbilla en las manos. Estaba perdiendo tiempo. Ya era media tarde. El muchacho estaba en pie, con la cantimplora en mano.

—Es probable que te estén buscando —dijo, arrebatándole la cantimplora de las manos—. Debías tratar de alejarte de ellos todo lo posible —le hizo ademán de que se marchara, e intentó ignorar la expresión dolida que se pintaba en sus ojos—. Márchate.

El muchacho se miró los pies descalzos.

—No lo entiendes —levantó la voz y manoteó impotente frente a él—. ¡No puedo hacerme cargo de ti! —hablaba demasiado alto. No estaba prestando la suficiente atención. Tras ella, sonaban pisadas en la selva—. Es demasiado peligroso —tampoco oyó el crujido del cuero ni las voces de los hombres. Un último ruego desesperado—: Vete, vete.

Dos hombres entraron al claro. Eran de la cuadrilla de Hatchet. Sefia reconoció al joven centinela, aunque ahora tenía el pelo aplastado por un lado, del mismo en el que se notaba un moretón que le abarcaba toda la mejilla. El otro ya estaba desenfundando su espada.

Ella se puso en pie de un salto, tomó su arco, y colocó la flecha en un solo movimiento. El centinela dio aviso. Las espadas relumbraron.

Sefia disparó.

Pero el chico fue más rápido que todos ellos. Un relámpago dorado que saltó desde atrás de ella y fue a aterrizar en el pecho del segundo hombre, lo derribó de manera que la flecha fue a clavarse en su hombro en lugar de en pleno corazón. El hombre dejó escapar un quejido cuando el golpe sacó el aire de sus pulmones, el chico se cernió sobre él, cual jaguar sobre su presa. Hubo una pelea fugaz: puños y dedos. Luego, el muchacho tomó la cabeza del hombre y la torció. Sefia oyó un *crujido*, y sintió un escalofrío que le subió por la médula.

El centinela retrocedió, y dio media vuelta para escapar, pero el chico asió la espada del hombre. Estaba en pie y el arma abandonó sus manos en un lanzamiento.

Todo se hizo más lento.

El brazo extendido del muchacho, los dedos vacíos.

La espalda del centinela expuesta.

Sefia parpadeó.

Entre ambos, la trayectoria de la espada se dibujaba en pequeñas ondas de luz. Sefia podía verlas con más claridad esta vez: cada línea estaba hecha a partir de diminutos puntos que flotaban y giraban.

La mano del chico, la espada, la espalda del centinela.

Parpadeó de nuevo, y las líneas de luz desaparecieron. El tiempo comenzó a moverse a su ritmo otra vez.

La punta de la espada penetró limpiamente en la columna del centinela. El arco de Sefia hizo ruido al resbalar de sus manos. Buscó al muchacho. Allí estaba, inmóvil, mirando los cuerpos.

Los hombres estaban muertos. El chico los había matado. Había sido tan rápido. Ella no sabía que la muerte fuera tan veloz.

¿Qué se sentiría arrebatarle la vida a otra persona?

Cerró los puños a ambos lados del cuerpo, clavándose las uñas, preguntándose si eso mismo le habría sucedido a su padre al morir.

No, las manos le temblaron. A él se aseguraron de matarlo lentamente. Aquello no debió parecerse para nada a esto.

El recuerdo de su cadáver la atormentaba.

La próxima vez, sería más rápida. No fallaría.

Empezó a llover. Las gotas golpeteaban el dosel de hojas, llenando la selva con el rugido del agua. El trueno retumbó como tambores en el cielo.

Sefia y el chico quedaron empapados en cuestión de segundos. El agua se deslizaba por sus rostros y formaba charcos a sus pies. El suelo se transformó en un lodazal.

Lenta y dolorosamente Sefia abrió las manos. Estos hombres no eran los que buscaba. A quien quería encontrar era a la mujer de negro. Al hombre de la voz como de hielo.

Quería a Serakeen.

Sintió un leve roce en el codo. Soltó un bufido y retiró el brazo. El chico retrocedió, mirándose la mano como si con ella la hubiera quemado.

El *crujido* de una rama estalló como un disparo a través de la selva. Miró hacia delante de repente. A través de los truenos se oyeron voces que provenían de entre los árboles.

—¡Patar! ¡Tambor!

El chico levantó el arco del suelo, tomó la mano de Sefia y tiró de ella hacia el árbol más cercano. Trepó a la primera rama y, desde allí, la alzó. Sus manos intentaron aferrarse a la corteza húmeda. ¡En sus esfuerzos enloquecidos hacían tanto ruido! Rasguñándose y arañándose. Le brotó sangre de las manos.

—¿Dónde diablos se metieron? ¡El jefe nos quiere ya de regreso!

Sefia y el muchacho no tenían tiempo de subir más arriba. Había unas pocas ramas bajas que los ocultaban de la vista del hombre, pero Sefia tuvo que levantar las piernas para que no colgaran, pendiendo más abajo del nivel de las hojas. ¡Estaban tan expuestos! Sefia escasamente se permitía respirar.

—¡Patar! ¡Tambor!

Otros dos hombres de Hatchet aparecieron en el claro. El del fusil y el del parche. El del parche se arrodilló junto al primer cuerpo con el que se topó y le palpó el cuello quebrado. El del fusil cayó de rodillas con el arma colgada del hombro.

—¿Muertos? —preguntó.

—Sí.

—¿El chico?

—Probablemente. Pero tuvo la ayuda de un cómplice —el del parche se levantó y retiró la flecha de un rojo resplandeciente. Entrecerró los ojos, limpiándose el agua que le caía por el ojo sano—. ¿Alguna señal de ellos?

El del fusil observó por todo el límite del claro. A ojos de Sefia resultaba evidente el lugar en el que se ocultaban, donde las ramas quebradas y las huellas en el barro revelaban su paso. Pero el hombre buscaba a través de los árboles y no miraba el suelo.

Un relámpago relumbró en lo alto, un trueno lo siguió casi de inmediato. La tormenta estaba prácticamente sobre sus cabezas. Sefia sentía las ramas resbalosas bajo sus manos.

El del parche desenfundó su pistola. El *chasquido* del seguro resonó por encima del ruido torrentoso de la lluvia.

—¿Hacia dónde fueron? —preguntó.

—¡Y yo qué sé! —el del fusil escupió hacia un lado y pateó los helechos a su alcance, haciendo que salpicaran—. El rastreador fue con Hatchet hacia el suroriente —hizo un sonido gutural de disgusto—. ¡Muchacho! —gritó—. Más te vale que vengas antes de que las cosas se compliquen más para ti. Hatchet está muy enojado de que hayas huido.

Los dos hombres se detuvieron a escuchar. A Sefia le pareció que pasaban horas. *No miren hacia arriba. No miren hacia arriba. No miren hacia arriba.* Tenía la piel empapada. Los brazos y las piernas le temblaban. Intentó evitar los estremecimientos, pero no hizo más que aumentarlos. Le parecía que sus codos cederían en cualquier momento.

El del fusil se adelantó un paso. Estaba casi exactamente debajo de ella.

Sus piernas se sacudían dolorosamente. No iba a poder sostenerlas en alto más tiempo. Los brazos también se le agitaban. Apretó la mandíbula e intentó recuperar el control.

El chico, trepado un poco por encima de donde ella estaba, se inclinó hacia abajo silenciosamente, y la sostuvo por las piernas. Sefia sintió que le quitaban un peso de encima. Dejó de temblar.

El del fusil examinó los cadáveres:

—¿Deberíamos ir tras ellos?

Siguió una pausa incómoda. Los hombres se mordían la carne del interior de las mejillas. Sefia sentía que cada respiración que entraba o salía de sus pulmones sacudía el mundo entero. La lluvia caía sin cesar.

Tras cosa de un minuto, el del parche movió la cabeza de lado a lado y retrocedió un paso.

—¡Al diablo! No me importa lo que Hatchet nos haga cuando regresemos.

La mirada del hombre del fusil rebuscaba entre los árboles, como si esperara que el chico saltara de repente desde algún matorral, cuando él no estuviera atento.

—Eso —dijo—. Que envíen al rastreador a buscarlos.

Sefia contuvo la respiración. Un fuego de esperanza se avivó en su interior.

Los hombres se miraron un momento más antes de dejar sus armas y empezar a construir una especie de camilla con ramas largas. Trabajaban metódicamente y con rapidez, y pronto lograron apilar los cuerpos en la camilla. Con una última mirada nerviosa que recorrió el claro, el del parche colocó también la flecha y la espada junto a los cuerpos, y después los dos marcharon entre los árboles.

Sefia se permitió el lujo de cambiar de posición de manera que todo su peso estuviera sostenido en las ramas. Pero no habló y tampoco descendió.

El chico y ella esperaron a que la tormenta estallara sobre ellos. Al final de la tarde, cuando el diluvio hubo pasado y los truenos no eran sino un eco distante, bajaron del árbol respirando entrecortadamente. Los brazos y las piernas de Sefia no la sostenían. Sus rodillas cedieron. Sentía el fango frío y resbaloso bajo ella, pero al menos estaba nuevamente en el suelo.

El chico se quedó a su lado, mirando el lugar por donde se habían marchado los hombres de Hatchet.

—Si no fuera por ti, me habrían capturado —dijo Sefia. Y al momento agregó—: gracias —la palabra sonó artificial y poco natural en su voz.

Él la miró y asintió con seriedad. Tenía el pelo adherido a la frente.

—No los persigo a ellos, ¿sabes? —intentó masajear sus músculos para ponerlos en funcionamiento—. Pero supongo que puedes venir conmigo.

El chico asintió de nuevo.

Ella suspiró y se incorporó con lentitud. Estaba un poco temblorosa, pero en general, bien.

—No podemos quedarnos aquí —dijo, mirando la mancha de sangre y los lugares en los que los helechos habían sido aplastados—. Y debemos ser más cuidadosos.

El chico sonrió. Una sonrisa auténtica, cálida, que pareció sorprenderlo, como si no estuviera seguro de que aún fuera capaz de mostrarse feliz. Su sonrisa era suave y deliciosa.

Debemos. Lo había incluido en su recomendación.

—Sí, sí. Anda, ven. Traerán un rastreador —Sefia comenzó a alejarse del claro, cuidando sus huellas. El muchacho la siguió, intentando apoyar sus pies exactamente en el sitio donde ella había marcado la tierra. Sonreía.

La selva se dibuja en un *collage* de hojas quebradizas y coloridas depositadas en su lecho: *Esto es un libro*.

CAPÍTULO 8

Un día perfecto para meterse en problemas

Reed, el Capitán, recorría al trote la cubierta del *Corriente de fe*, esquivando rollos de cuerda y pollos colorados que chillaban entre sus pies. A su paso, sus marineros se hacían a un lado pegándose a las barandas y cerrándose luego como las olas en una estela, y el traqueteo y roce de espadas y revólveres lo seguía.

En el agua, el *Crux* navegaba entre las olas, imponente y dorado, y las gotas de agua de mar salpicaban al avance de su mascarón de proa: una mujer de madera que sostenía un diamante del tamaño de un cráneo de res.

Por el rabillo del ojo, Reed vio que echaban al agua un bote de remos. Dimarion vendría. Debían estar preparados.

Dio una palmada en cada uno de los dos cañones que había en la proa (nueve, diez) y continuó a estribor.

En el taller de carpintería encontró a Meeks, el segundo oficial, holgazaneando en la puerta mientras Harison limpiaba su revólver sentado en la cubierta.

—Se dice que Dimarion mató a uno de los últimos dragones de Roku para conseguirlo —dijo Meeks, que encabezaba la guardia de estribor. Era un hombre bajo, enérgico, con mechones de pelo ensortijado y entretejido con cuentas y conchas que centelleaban como joyas sobre terciopelo negro. Era pícaro y apreciaba una buena historia más que cualquier otra cosa. El resto de la tripulación disfrutaba al ponerlo en una situación difícil, pero prestaba atención a lo que él decía. Incluso cuando se suponía que estaba aprestando a sus hombres—. La batalla había durado un día completo, y cuando la polvareda se asentó y el humo se despejó, fue Dimarion quien permaneció en pie y quien reclamó el diamante.

—¿Y aún así el Capitán lo invitó a nuestro barco? —la voz de Harison se quebró en la última palabra.

Reed golpeó uno de los cañones de dieciséis libras que estaban a estribor (once) y soltó una risita.

—Ajá, y tú no estabas allí para enterarte de la parte del Gong del Trueno, ¿o sí? Debe hacer unos cinco años que sucedió.

Meeks sonrió, mostrando uno de sus dientes incisivos desportillado.

—El Capitán metió a Dimarion en un *maelstrom* y lo dejó allí. Recuérdenme que les cuente de eso cuando terminemos aquí.

Harison sacudió la cabeza.

—A veces no acabo de convencerme de que formo parte de su tripulación, Capitán.

A Reed le caía bien el grumete. Era un muchacho algo torpe, de nariz ancha y ojos separados. Sus orejas parecían de gálago o lémur, pero eso no impedía que las chicas en los puertos se fascinaran con su suave piel morena o sus cortos rizos oscuros.

—Pues convéncete, muchacho —dijo, y le hizo un gesto a Meeks con la cabeza—. ¿Y tú? ¿Acaso no tienes que poner en orden a los de tu guardia?

Meeks se puso alerta y fingió darle un saludo militar:

—¡Sí, señor! —después de acomodarse los rizos tras el hombro, atravesó la cubierta dando órdenes a voz en grito al resto de su guardia.

Reed puso los ojos en blanco y terminó su circuito del barco con una palmada al segundo cañón de dieciséis libras (doce), y subió los escalones de dos en dos hacia el alcázar. Le gustaba el número ocho más que ninguno, pero se conformaba con el cuatro, el seis, el doce, o el dieciséis. En realidad, cualquier número par. Lo hacían sentir que las cosas estaban en orden.

En el alcázar, Aly, la camarera del barco, se afanaba arreglando una mesa para dos, disponiendo manteles y una cubertería reluciente. Se acomodó una de las largas trenzas tras su espalda e hizo una rápida serie de pliegues y dobleces en una servilleta.

—Antes de que pregunte, señor —le dijo al verlo acercarse—, ya oculté mi fusil bajo la borda.

El Capitán Reed sonrió. Dimarion venía, pero ellos estaban preparados.

—¡Eres tan dulce como precavida, Aly! —dijo.

Ella le correspondió con una sonrisa.

El primer oficial no se había movido de su lugar en la barandilla. Era un hombre mayor con rostro rectangular, surcado por líneas y una cicatriz en el caballete de su nariz plana. Era el que comandaba la guardia de babor, y la mano derecha de Reed. Al oír las pisadas del Capitán, se volvió con la mirada gris e interrogante:

—¿Será hoy el día? —preguntó. Era la misma pregunta que hacía antes de cada aventura. De cada osado lance.

Reed se pasó los dedos por el tupido pelo castaño, atento a las olas que rompían contra el casco.

—No —respondió—. Hoy no será el día.

El primer oficial frunció el entrecejo al entregarle al Capitán su sombrero de copa.

—¿Qué tan cerca está el otro buque?

Como si formara parte del barco como un tablón o cuaderna, el primer oficial era capaz de ver y oír todo lo que sucedía en el *Corriente de fe*, desde el gesto que alguien le hacía al darse la vuelta, hasta el estado de las bodegas o las conversaciones de la tripulación en sus literas. Era como si las vigas fueran extensiones de sus ojos y oídos, de su olfato y tacto. Pero en cualquier otro lugar que no fuera el barco, el primer oficial estaba ciego. Sus lechosos ojos no podían ver. Decían que nunca abandonaba el *Corriente de fe* y que, mientras viviera, jamás lo haría.

El bote de remos del *Crux* estaba ya casi junto al casco del navío de Reed. Dimarion les presentaba su espalda, y era imposible no reconocer sus gigantescos hombros o la montaña calva que era su cabeza. Reed llegó a imaginar que veía cuatro relucientes anillos en la mano derecha del otro capitán.

—Suficientemente cerca —tamborileó sobre la barandilla, ocho veces.

El primer oficial sonrió sin entusiasmo.

—Dimarion no es el tipo de hombre que olvida. ¿Cree que estará preparándose para dar alguna pelea?

—Si corremos con suerte —respondió Reed.

Cuando Dimarion y su *Crux* fueron avistados en el horizonte esa mañana, lo sensato hubiera sido huir. El *Corriente de fe* era veloz, pero no contaba con las dos cubiertas de cañones y la artillería pesada del otro barco. Además, la sensatez está sobrevalorada. ¿Qué tal hacer tonterías con valor y audacia? Así se escribían las historias.

El bote de Dimarion golpeó al *Corriente de fe* con un *crujido* seco, y el primer oficial gruñó:

—Apresten sus armas. Problemas a la vista.

Meeks pasó a la carrera, y sus rizos volaban tras él.

—Es un día perfecto para meterse en problemas —gritó.

El Capitán Reed rio. Los hombres esperaban la señal para subir a cubierta a los visitantes. El mar estaba azul, el viento era constante y el olor a sal y alquitrán se sentía con intensidad. Estaban preparados.

Orden tras orden, Cooky y Aly habían hecho todo lo que el Capitán les había pedido y más. Además de la vajilla fina y la cubertería reluciente, habían agregado copas de cristal, una botella de vino tinto de un rojo intenso, y una amplia bandeja de delicias. Ocho rebanadas de manzana; dieciséis uvas; cuatro higos partidos a la mitad, mostrando su pulpa rosa y dorada al sol; veinticuatro rebanadas de queso; veinticuatro galletas redondas salpicadas con hierbas; cuatro pastillas cuadradas de chocolate amargo que ya se habían suavizado a la intemperie.

Dimarion silbó con aprobación y se sentó. Era alto, más de lo que decían las leyendas, tan grande que las piernas no le cabían bajo la mesa y extendió una bota hacia Reed. La punta dorada brilló con la luz.

—Espero que no se haya tomado tantas molestias sólo por mí —rio. Tenía una voz profunda y melodiosa, como un instrumento bien afinado.

Reed se sentó en la silla que había frente a Dimarion, y con una mano dibujó círculos interconectados sobre el mantel.

—Para mi viejo enemigo, sólo lo mejor —dijo.

—¡Enemigo! —ahogando la risa, el capitán del *Crux* hizo girar su copa entre sus enormes dedos como de roble. Tenía una piel morena y lisa que hacía juego con su potente voz de fagot—. Y yo que esperaba que nos entendiéramos como amigos.

—Con todo respeto, hemos estado en bandos opuestos demasiadas veces como para poder ser amigos. Me parece que cambiar esa costumbre ahora sería una pena.

Dimarion se echó un trago de vino a la boca e hizo un buche antes de tragarlo. Sonrió, y escogió una galleta y una rebanada de queso.

—Supongo que estamos bien, ¿no es así? Al fin y al cabo, usted fue quien robó mi gong.

Reed se embutió una galleta en la boca.

—¿A qué gong se refiere?

—A *mi* gong.

—Ah, se refiere al gong que es mío por derecho propio, como compensación por la manera en que me abandonó en aquella isla —sonrió astuto Reed.

—¿Lo ha usado?

La verdad es que ni siquiera servía, pero no iba a decírselo a Dimarion. En cambio, se encogió de hombros y contraatacó con una pregunta:

—¿Cómo logró salir de ese remolino?

Dimarion sonrió y se bebió el resto de su vino. Aly, que aguardaba cerca, volvió a llenarle la copa y se alejó de nuevo. El capitán del *Crux* no le dio las gracias. Ni siquiera miró en dirección a la camarera. Reed se hubiera sentido insultado de no ser porque la facilidad con que Aly se camuflaba en un lugar era verdaderamente útil.

El hombretón mordisqueó una galleta y soltó un murmullo de placer.

—Esto no está nada mal —dijo—. Qué lástima que un artista de la talla de su cocinero acabe de repostero en un barco como el suyo.

—Nuestro primer oficial no prueba nada que no sean los mejores potajes.

Dimarion hizo girar su copa. El líquido color borgoña tiñó las paredes de cristal y corrió hacia abajo lentamente, mientras el Capitán lo sostenía a contraluz. Familiarizado con cierto esnobismo, andaba por todos lados con un pañuelo de seda atado a la cabeza para protegerse del sol. Para ser un forajido que pasaba su tiempo asaltando barcos mercantes y apoderándose de los supervivientes como galeotes, se veía increíblemente pulcro.

La vida al margen de la ley atraía a todo tipo de personajes. A pesar de todas las tontas peleas entre las Cinco Islas, la jurisdicción de cada reino no se extendía más allá del punto donde se alcanzaban a ver sus tierras. El resto de Kelanna eran mares sin dueño. Los que vivían al margen de la ley podían ser tan honestos o tan inmorales como quisieran, pues no respondían ante más autoridad que las armas y el mar.

—Pero usted no vino para hablar de las habilidades culinarias de mi cocinero —dijo Reed.

Dimarion estudió sus uñas minuciosamente recortadas. Sus cuatro anillos, adornados con diamantes amarillos, centellearon al sol. Si llegaba a tener oportunidad, los usaría contra Reed. Así era como el capitán del *Crux* marcaba a sus enemigos. Bastaba un golpe con suficiente fuerza —y Reed sabía por experiencia que Dimarion golpeaba duro— y la víctima quedaría con cuatro cicatrices en forma de estrella, una por cada anillo, para el resto de su vida.

Dimarion tomó un higo de la bandeja de fruta y se lo metió en la boca. Su pulpa rosácea fue aplastada por sus dientes.

—Tengo una propuesta que hacerle.

Reed cruzó los brazos y la mirada de Dimarion se paseó sobre sus tatuajes. Se extendían sobre los brazos de Reed, para desaparecer bajo las mangas y surgir de nuevo en el cuello de la camisa, donde faltaba un botón: un monstruo marino con largos tentáculos alineados con ventosas, un cardumen de peces voladores, la silueta de un hombre con una pistola negra humeante. Todos sus grandes logros estaban allí plasmados en negra tinta, indelebles. Si uno miraba de cerca podía ver las historias de la Ama y Señora de la Misericordia, el Rescate en la Roca del Muerto, y su aventura amorosa con la fría y peligrosa Lady Delune.

Pero Dimarion buscaba uno nada más: en el pliegue del codo izquierdo de Reed, un pequeño barco tatuado en el borde de un remolino enloquecido, un *maelstrom*, como recordatorio de su último encuentro. Dimarion cerró los puños.

—Un tesoro —dijo.

—Ya tengo tesoros.

—Pero ninguno como éste.

A pesar de sus impulsos, Reed se enderezó en su silla. Sólo un tesoro sería capaz de encender tal avaricioso anhelo en la voz de Dimarion:

—El Tesoro del Rey —susurró Reed.

No se trataba únicamente de la cantidad de objetos valiosos lo que hacía tan seductor este tesoro, sino el misterio de su desaparición y la desolación que trajo su pérdida. Según la leyenda, Liccaro había sido un reino muy rico tiempo atrás. Sus minas producían más metales preciosos y joyas que ningunas otras en Kelanna. Con una materia prima tan excelente, los habitantes del reino se habían convertido en los mejores artesanos del mundo. Viajeros de todos los confines iban a ver sus obras y comprar algo, si es que podían. Pero entonces, un día, sin razón alguna, el Rey Fieldspar tomó todos los cetros, las coronas, los mantos enjoyados y collares, las delicadas vasijas esmaltadas, y se los llevó a las profundidades del laberinto de cuevas que había bajo su reino, y jamás se volvió a saber de ellos. Se contaba que su barco había naufragado en la Bahía de Efigia, en su intento de volver a su patria, pero nadie lo sabía con certeza. El reino cayó en la desidia. Las minas se agotaron. Llegaron la sequía y la hambruna. Los regentes, divididos y corruptos, no hicieron nada al respecto. El pueblo sufría. Las ciudades fueron abandonadas y se redujeron a una mínima porción de lo que habían sido, y su considerable riqueza se vendió para comprar semillas que no germinaron, y tierra que nunca afloró.

—Mientras haya alguien que la escuche, la historia de quien encuentre ese tesoro seguirá contándose —dijo Dimarion, sin dejar de mirar a los ojos de Reed—. Otra historia para nuestra colección.

Reed golpeteó la mesa con sus nudillos. A veces, cuando no podía dormir en las noches, encendía una vela y a la débil luz de la llama contaba sus tatuajes. Los contaba hasta olvidar la oscuridad que lo acechaba a través de los ojos de buey y los márgenes de su vida. A veces necesitaba más de una vela.

—¿Y por qué me cuenta esto? —preguntó.

—¿Qué opinaría si le digo, además, que sé dónde encontrarlo?

—Respondería que si en realidad lo supiera, ya se habría lanzado en su búsqueda por su cuenta.

—¡Ah, pero es que necesito su ayuda!

—¿Para qué?

—No di con esta información por mí mismo —Dimarion se recostó y puso una mano sobre su amplio pecho de barril—.

Tengo una fuente que trabaja bajo las órdenes de cierto capitán que conocemos… una hermosa mujer cercana a nuestros corazones…

Reed le dio un trago a su vino y se limpió la boca con el dorso de la mano. Sólo había una mujer que gozara de todo el aprecio de Dimarion como para ser alabada de esa forma: la capitán del *Azabache*, el navío más veloz del suroriente. Reed echó un vistazo rápido al mar pero no vio señales de ningún otro barco.

—Y para eso me necesita —dijo—, para vencer al *Azabache*.

—Nuestros dos barcos contra el de ella. Si unimos nuestras fuerzas para hallar el tesoro, no podemos fallar.

—No estaría dispuesto a jugarme la suerte por eso —Reed tamborileó con los dedos sobre la mesa—. ¿Dónde se encuentra ella ahora?

—En Oxscini.

—¿El viejo rey de Liccaro escondió su tesoro en otra isla?

—No, creo que ella está siguiendo a un traidor.

Reed sacudió la cabeza. La capitán no toleraba la traición. Si se enteraba de que un miembro de su tripulación le había contado sus secretos a Dimarion, no pasaría mucho tiempo antes de que lo encontrara. Se estremeció al pensar en piras funerarias ardiendo sobre el agua, en luces rojas bajo las profundidades.

—Y entonces, ¿dónde está el tesoro?

—No lo sé con certeza absoluta, pero supe que la primera clave está en Jahara.

Reed rio, apoyándose en el respaldo y mirando el casco dorado del *Crux*. Jahara estaba demasiado alejada hacia el norte como para que ese barco tan lento llegara allí antes que el *Azabache*, incluso teniendo en cuenta el desvío a Oxscini.

Dimarion se acercó a él:

—Ella no espera que me alíe con usted, teniendo en cuenta nuestra... nuestra compleja relación —cuando vio titubear a Reed, continuó—. Piense en la historia que puede resultar de esto: los tres mejores barcos de Kelanna trenzados en una carrera para ver cuál encuentra el Tesoro del Rey. Sin importar quién lo logre, será un relato que seguirá contándose mucho después de que usted muera y su cuerpo vuelva al agua.

—Pero es probable que el tesoro esté enterrado en algún lugar de Liccaro —objetó Reed, negando con la cabeza—, y eso implica enfrentarse a Serakeen, si es que no quedamos primero atrapados en el fuego cruzado entre Oxscini y Everica.

—¿No ostenta este barco la bandera de un corsario de Oxscini? —cuando Reed asintió, Dimarion continuó—. En mi caso sucede lo mismo con Everica. Nos dejarán pasar sin ser molestados, si es que saben lo que es bueno para ellos. En cuanto a Serakeen —Dimarion se puso en pie y la cubierta pareció combarse bajo su peso—, ese hampón es una vergüenza para todos nosotros. ¿Cuánto llevamos así? Los reyes podrán combatir por sus territorios, pero ningún forajido que se respete puede afirmar que el mar es *suyo*.

—La falta de respeto hacia sí mismo no lo convierte en una amenaza menor.

—No. Hasta el Azote del Oriente se lo pensaría dos veces antes de enfrentarse al *Crux* y al *Corriente de fe* a la vez. Podría ser que incluso él mismo hundiera el *Azabache* y así nos librara de la competencia.

Reed frunció el ceño. Podrían haber sido enemigos, pero la idea de un mundo sin el *Azabache* hacía que los mares parecieran un poco más pequeños, menos grandiosos.

Reed fue a reunirse con Dimarion en la barandilla. Aunque era alto e intimidante, casi parecía frágil en comparación con el capitán del *Crux*.

Durante unos instantes, ambos observaron el mar intensamente azul.

El Capitán Reed se frotó un moreno círculo de piel en su muñeca. El único trozo de piel sin tatuar en su brazo izquierdo. En un mundo en el que la única prueba de la propia existencia era un cuerpo susceptible al deterioro y las hazañas que uno dejara atrás cuando el cuerpo ya no estuviera en él, uno trataba de convencerse de todas las formas posibles de que la vida tenía algún significado, que algo permanecía. Pero un día, hasta sus tatuajes se pudrirían… las imágenes de ballenas cornudas, bellas mujeres, islas desapareciendo… y nada quedaría de él, nada más que las leyendas que se contaran de lo que había hecho.

Miró hacia el barco. Su tripulación estaba atareada limpiando las cubiertas y recogiendo estopa, pero las miradas no dejaban de posarse en el alcázar. Harison, Meeks, Aly. Marineros que habían permanecido a su lado durante los últimos cinco años, después de… en fin, después de lo que había sucedido. Hombres y mujeres que dependían de él para mantenerse vivos en las leyendas, incluso después de su muerte.

—Le diré dónde encontrar la clave y nos reuniremos más adelante, como aliados e iguales.

El Capitán Reed contó hasta ocho. Le gustaba el número, la forma en que el sonido se cerraba al pronunciarlo, como al morder algo suave y fibroso. Le gustaba el periodo de tiempo que se tardaba en contar hasta ocho, siempre el indicado para tomar una decisión o apuntar en el blanco. Nunca erraba el disparo cuando contaba hasta ocho. Era un buen número.

En el puente, el primer oficial aguardaba junto a la barandilla, viéndolo todo con sus ojos muertos. Seguramente, con su agudo sentido para detectar todo lo que sucedía a bordo, el viejo estaría oyendo hasta la última palabra que habían cruzado. Bajo la mirada de Reed, el primer oficial asintió, tan sólo una vez.

Con las manos apoyadas en la borda, el Capitán improvisó un tamborileo de ocho toques. Eso era lo que necesitaba. Peligro. Aventura. Un motivo para que lo recordaran. Porque en Kelanna, si la historia de alguien no seguía contándose tras su muerte, era como si en realidad nunca hubiera vivido.

—Por el tesoro y la gloria —dijo, tendiéndole la mano.

Dimarion le devolvió el saludo, sonriendo como el depredador que sabe que ha arrinconado a su presa.

—Agreguemos unas cuantas gotas de sangre para hacerlo más interesante.

CAPÍTULO 9

Estar ahí

Para tranquilidad de Sefia, no encontraron más hombres en su regreso al campamento de Hatchet, pero hicieron el recorrido sin pisar el camino y cubriendo sus huellas, por si acaso. Respiraban sin hacer ruido y no hablaron.

La cuadrilla había abandonado el campamento, pero quedaban suficientes señales de su paso: tierra removida, ramitas quebradas, hojas aplastadas. El cajón ya no estaba, y en su lugar estaban los restos de una pira funeraria. Ceniza blanca y carbones apagados, con pedacitos de metal ennegrecido y hueso que sobresalían.

Sefia rodeó el claro mientras el chico se quedaba junto a las cenizas, mirando el montículo humeante como si no acabara de entender lo que era.

—No hay nada que pueda servirnos —dijo Sefia tras unos minutos—, pero encontré la ruta que tomaron. ¿Estás seguro de que quieres venir conmigo?

El chico asintió. Al mecer su pelo, Sefia recibió una oleada de hedor. Arrugó la nariz e hizo lo posible por ocultar la tos.

—Está bien, pero... mírate —señaló sus pantalones rasgados, la mugre y la paja que le apelmazaban el pelo rubio, el fango (o tal vez algo peor) que no había sido desprendido por la lluvia—. Adecéntate.

El muchacho contempló sus ropas, se arrancó una costra y miró nuevamente a Sefia.

Ella humedeció un trapito con agua de la cantimplora y se lo lanzó.

—Robaré algo de ropa para ti a la primera oportunidad que se presente. Pero límpiate un poco, ¿está bien?

Siguieron caminando, mientras el chico se limpiaba las cortaduras con el trapito, retiraba trozos de paja del pelo, e intentaba desenredarlo peinándose con los dedos. Incluso se detuvo en el siguiente arroyo que cruzaron, y se enjuagó un poco en la corriente.

En cierto momento de la tarde, Sefia encontró otro sendero, más estrecho. Alzó el rostro para otear el viento e inhaló profundamente.

—Ocúltate —dijo, y desapareció entre los matorrales.

Para cuando Sefia volvió con un hatillo de ropa, el chico se había refugiado entre las raíces de un baniano, a la espera.

—No sé si te quedará bien —le dijo, arrojándole las prendas—, pero algo debería servirte.

Se volvió, pues el chico procedió a bajarse los pantalones sin previo aviso. Cuando terminó de cambiarse, ella lo obligó a enterrar su ropa vieja. Las botas que le había traído le quedaban un poco grandes; los pantalones, un poco cortos, pero la camisa sí era lo suficientemente ancha para su espalda, y al menos todo estaba limpio y entero. El chico sonrió ligeramente, y palpó su ropa nueva con curiosidad.

Sefia lo miró con ojo crítico, y le enderezó la parte de los hombros. No tenía para nada mal aspecto.

—Podría ser peor —dijo de forma poco convincente.

Pero cuando él le sonrió, ella se dio media vuelta y continuó. Tras un año estando sola, le resultaba muy raro viajar de nueva cuenta con alguien, que otra persona estuviera ahí al lado. Extraño y reconfortante, y peligroso.

Había perdido a todas las personas que le importaban. Y si no tenía cuidado, terminaría encariñándose con este chico. Y sabía que si eso sucedía, lo perdería también.

Tras una semana agotadora dando rodeos y estando atenta a cualquier señal de emboscada, Sefia se percató que los hombres habían pasado varios días dando vueltas por la selva, dejando rastros de senderos que iban a parar contra algún tronco, en ángulos extraños, para reaparecer unos metros más allá, pero no habían emprendido una verdadera búsqueda para dar con el chico. Quizás estaban asustados, como el del fusil y su compañero, y no querían andar por un terreno que no conocían y con el muchacho suelto. Tal vez los asustaba un castigo.

Por la apariencia de sus huellas, un grupo pequeño se había dirigido hacia donde habían ido Sefia y el chico. Pero cuando vio que ese rastro se unía nuevamente con el de los demás, supo que había acertado al cubrir sus huellas. Después de ese desvío, los hombres habían continuado su marcha hacia el norte. Sefia y el chico los siguieron.

Esa zona de Oxscini estaba llena de árboles altos y elegantes con hojas del tamaño de un puño, y no había más que aire entre el dosel que los cubría y los helechos que vestían el suelo. También había pájaros: de pecho rojo o amarillo, con alas azules y largas colas o con un anillo de plumas anaranjadas cual cuello de encaje en el pescuezo. Se precipitaban desde lo alto y revoloteaban, gorjeando, haciendo los ruiditos agudos de las aves pequeñas. A veces Sefia se detenía en medio de un sendero para mirar hacia arriba y verlos aletear entre los troncos, y el muchacho se detenía también a mirar junto a ella.

Para evitar que el chico fuera una carga inútil, le enseñó las artes de supervivencia que Nin le había inculcado: cómo distinguir las señales de una presa entre los matorrales, cómo acechar a un animal para cazarlo, cómo disparar una flecha.

La primera vez que le permitió usar el arco, se sirvieron de árboles como blanco. Le mostró como arrastrarse por el suelo de rodillas sin hacer ruido; y cómo llevar el arco hacia el frente para minimizar el movimiento y luego tirar.

Pero al hacerlo, ella nunca veía árboles sino asesinos. Una mujer de negro con desagradables ojos grises y una espada curva. Un hombre sin rostro con una voz como de humo.

Respuestas. Redención. Venganza.

Liberó la cuerda del arco y el árbol se meció cuando la flecha se clavó en él, su punta de metal quedó incrustada en la corteza.

Sefia flexionó los dedos y le entregó el arco al chico.

Él asintió y lo tomó con cuidado, recorriendo la madera con sus dedos, probando la tensión de la cuerda. Y luego, sin más invitación, imitó los movimientos de Sefia a la perfección, se agachó, tomó una flecha, la colocó en posición y disparó.

No atinó en el blanco.

El chico la miró y se encogió de hombros, con el arco colgando de las manos.

—Bueno, ya lo harás mejor la próxima vez —dijo Sefia. Y se abrió paso entre ramas caídas y árboles jóvenes, hasta dar con la flecha unos diez metros más allá, las plumas rojas destacando en el suelo verdoso. Al levantarla, se dio cuenta de que había una codorniz con el cráneo atravesado por la punta de la flecha.

Sefia se volteó despacio. El chico estaba a su lado, perplejo.

—¿Habías hecho esto antes? —le preguntó.

Negó en silencio.

No se asombró al descubrir que también sabía manejar el cuchillo con destreza. Era capaz de convertir cualquier cosa, un palo, una bola de barro, o un retazo de tela, en un arma. Sin embargo era más lento para despellejar y preparar un animal, para cocinar y encender el fuego, y hasta para robar, pues ya habían conseguido ropa más adecuada para él, y una cobija propia. Pero usaba el arco como si llevara años haciéndolo, y al poco tiempo lanzaba cuchillos a más distancia y con mejor tino que ella. Cualquier técnica que pudiera aplicarse a una pelea la absorbía como si fuera una esponja.

Pero Sefia no le temía. Observaba cómo echaba la cabeza hacia atrás por la sorpresa de haber matado algo... una mosca con la punta del cuchillo, un pez con una flecha... y la manera en que se acercaba cuidadosamente a sus presas y recuperaba las armas. Bajaba la cabeza y acunaba la mosca o el pescado en sus largas manos. Si hubiera podido decir que lo lamentaba, ella sabía que lo habría dicho.

Pero en el momento justo en el que lanzaba el cuchillo o la flecha, sonreía, y era una cosa tan fugaz que Sefia tenía que esforzarse en mirarla. No era la sonrisa titubeante que ella ya conocía, sino la de un ser silvestre, hambriento, boquiabierto, con sed de sangre en sus ojos.

A medida que transcurrieron los días, empezaron a desarrollar su propia manera de comunicarse. Pronto llegó a bastar un gesto para que él entendiera que Sefia buscaba un lugar para acampar. O unos cuantos movimientos de la mano para indicarle que los hombres que seguían se habían detenido en algún punto justamente la noche anterior.

A veces él imitaba el acto de disparar una flecha, y luego desaparecía sin hacer ruido en la selva. Ella sabía entonces que el muchacho había visto una presa entre los árboles, así que seguía andando. Quince minutos o media hora después, él volvía junto a ella con una codorniz o un faisán colgando de su mano.

Un día, mientras preparaba un ave para asarla al fuego, lo miró entrecerrando los ojos y le dijo:

—Necesitas un nombre.

El chico la miró. Había manchas oscuras en sus ojos broncíneos, pero sólo eran visibles cuando uno lo tenía así de cerca. Parecía receloso, pero a la expectativa.

—Necesito poder llamarte de *alguna* forma —removió los tizones con la punta de un palo—. No puede ser que *no* tengas nombre.

Lo contempló un buen rato. Él se miraba las manos, y con las yemas de los dedos tocaba cada una de sus cicatrices. De tanto en tanto fruncía el ceño, como si tratara de recordar cómo se había hecho una u otra herida. Cuando alzó el rostro para mirarlo de nuevo, su expresión era la misma de antes, y ella supo que no había conseguido recordar nada.

—Archer —dijo—. Te llamaré Archer, como el arquero.

Archer sonrió y apuntó a la cicatriz de su cuello, que era la señal que tenía para referirse a sí mismo.

Sefia trató de no sonreír.

Para cuando lograron seguir a Hatchet hasta el pie de los Montes Kambali en el norte de Oxscini, tras dos semanas juntos, habían desarrollado una asociación informal. Archer buscaba presas; Sefia buscaba el camino. Archer cazaba y buscaba agua; ella cocinaba. Ella montaba el campamento; él lo desmontaba. Ella hablaba y él escuchaba. Lo único que no compartían era la mochila, que Sefia insistía en cargar, aunque cada mañana Archer se ofrecía a hacerlo.

Una noche acamparon en una pequeña cueva. Los trozos de piedra desprendidos por el colapso de dos pilares habían formado un recinto apenas suficiente para dos personas, oculto por un árbol que tapaba la entrada. Era uno de esos lugares elevados y fuera del camino que le gustaban a Sefia, y en los que se sentía segura como para dormir en el suelo. El otro extremo de la cueva daba a una cascada que cortaba por en medio del bosque, y el torrente se precipitaba sobre el lecho de piedra.

Ni Sefia ni Archer podían dormir. La cueva era tan estrecha que prácticamente se rozaban hombro con hombro tendidos boca abajo, con la barbilla sostenida entre las manos, mirando la cascada y el cielo estrellado. Pero no se tocaban.

—Es mi cumpleaños —dijo ella en voz baja—. Cumplí dieciséis.

Archer le sonrió, pero al ver la cara de ella, su expresión cambió. Se llevó la mano a la sien, para preguntarle qué era lo que le pasaba.

Ella miró para otro lado.

—¿Organizaron fiestas para celebrar tu cumpleaños antes de todo esto?

Él abrió la boca pero no salió ningún sonido. Se dio golpecitos en la garganta varias veces y se encogió de hombros.

—Jamás he ido a una fiesta. Mis padres nunca me organizaron ninguna. Ni siquiera me dejaron tener amigos —hizo una pausa pensando en la solitaria casa en la cima de la colina, en su habitación del sótano, en la vida aislada que llevaban sus padres—. A veces me pregunto cómo sería haber crecido en un ambiente normal.

Archer se encogió de hombros otra vez.

Sefia cerró los ojos unos instantes. Una verdadera fiesta de cumpleaños. Habría faroles de papel de colores y guirnaldas pendiendo de las ramas de árboles cargados de fruta veraniega, y debajo, mesas con manteles coloridos, y todas las cosas que más le gustaba comer: ensaladas de pera, pato asado con la piel crocante y rojiza, panecillos untados con mantequilla y canela, y otros decorados con azúcar y con mermelada de limón, servidos en delicados platitos y con tenedores de plata. Habría trovadores y una banda, e historias contadas por sus padres y sus amigos más antiguos que le provocarían algo de vergüenza… una historia por cada año de su vida. Y sobre una tarima de madera habría gente bailando: parejas zapateando y girando como si fueran las pelusillas de los dientes de león llevadas por el viento, personas riendo y la música fluyendo entre ellos. Tendría amigos maledicentes que compartirían rumores sobre ella en los lados de la pista de baile, y primos muy pequeños que se calzarían sus zapatos para bailar, y algún chico que jamás le había dirigido la palabra la invitaría a bailar, y sentiría su mano sudorosa en la cintura, vería su rostro tenso y nervioso. Quizá, como ahora tendría dieciséis, habría incluso un beso.

Pero ésa no era su vida. Nunca lo había sido y, después de lo que le había sucedido a su padre y a Nin, jamás llegaría a serlo. Su vida era solitaria, cargaba con ella al hombro, junto con todo lo que le quedaba de sus seres queridos.

Respuestas. Redención. Venganza.

Cuando volvió a abrir los ojos, Archer la estaba mirando. Relajó los dedos crispados.

—Lo siento —murmuró.

Pero Archer se limitó a sonreír y le entregó una larga pluma verde. El raquis que la recorría de arriba abajo era de color magenta, y tenía áreas verdes claras que se tornaban amarillas, moradas o azules según como les diera la luz.

Movió la pluma entre sus dedos. Cortaba el aire.

—¿De dónde la sacaste?

Archer abrió la mano y aleteó a un lado y a otro, como imitando el movimiento de una pluma que cae por el aire desde el cielo.

—Gracias —dijo Sefia.

Él asintió.

Sefia se acarició la mejilla con la pluma y sintió su suavidad. Era el primer regalo de cumpleaños que recibía en seis años, desde que su padre había sido asesinado.

De repente se dio cuenta de lo cerca que estaban el uno del otro. Podía sentir a Archer acostado a su lado, sus hombros, codos y pies, la calma de su respiración.

Se sentó de repente, y cruzó los brazos por encima de sus rodillas dobladas.

—¿Cuál crees que es el significado de las estrellas? —preguntó, parloteando incómoda—. Son tantas. Yo creo que deben significar algo. A veces las miro y pienso que si entendiera lo que quieren decir, comprendería por qué suceden las cosas. Por qué las personas hacen lo que hacen. Es decir, lo que te hicieron a ti… ¿Qué es lo que hace que la gente sea tan cruel? O… —calló durante un buen rato, mirando el cielo de la noche—. ¿Por qué nacen las personas —dijo—, o por qué mueren? A veces me parece que nuestra historia está toda allá arriba, en las estrellas, y si supiera escucharlas, entendería mejor las cosas. ¿No crees?

Él la miró, y la escasa luz iluminaba sus cicatrices y las heridas que poco a poco sanaban, las señales que los inscriptores habían marcado sobre su cuerpo. Y Sefia supo que no podía dejarlo continuar el viaje con ella a menos que conociera toda la historia. A menos que supiera en qué se estaba metiendo.

—Archer —Sefia tomó su mochila—. Voy a enseñarte algo que no le he mostrado a nadie. No creo que ni siquiera Nin sospechara lo que había aquí —rebuscó entre sus posesiones hasta dar con el libro, el cual no había sacado desde hacía dos semanas. Tomándolo con cuidado, lo colocó en el suelo, frente a ambos —. Esto es un libro.

Archer levantó la vista para mirarla, y ella empezó a leer a la luz de la vela. Sus palabras se iban mezclando con el agua que se precipitaba en la cascada que resonaba desde afuera:

—Era algo que jamás se había hecho antes…

El Capitán Reed
y el *maelstrom*

Era algo que jamás se había hecho antes. Algo que jamás se haría.

Todos los barcos que habían intentado llegar a los confines occidentales del mundo se habían perdido en el mar: el *Dominó*, el *Jugador*, el *Rocinante*... embarcaciones estupendas que ahora se pudrían en algún lugar del fondo del océano.

No lo entendían. ¿Por qué arriesgar un buque como el *Corriente de fe* en un viaje del que no regresaría?

"Era un desperdicio", decían.

"Una misión suicida", clamaban.

Y si esta historia empezara por el día en que apuntaron la proa hacia el azul e inconmensurable occidente, es posible que fuera lo mismo que pensarían también los lectores.

Pero para entender verdaderamente por qué el Capitán Reed llevó su barco a las Aguas Rojas, y lo que le sucedió a él y a su tripulación cuando llegaron allí, hay que empezar antes del principio.

Hay que empezar por el *maelstrom*.

Las paredes empezaron a inclinarse y agitarse para cuando el Capitán Reed llegó al lecho marino. El *maelstrom* rugía a su alrededor, hacia arriba, como las paredes de un pozo verde, con el ojo brillante del cielo y las siluetas del *Crux* y el *Corriente de fe* dando vueltas allá lejos, en lo alto. Bajo sus manos la arena estaba húmeda y era tan suave como polvo fino.

Dimarion giró, su voluminosa figura quedó enmarcada por espuma y remolinos de agua. Tenía la ropa empapada y el extremo del pañuelo que se ataba a la cabeza, azotaba tras él como un látigo. Entre los dos yacía, expuesto en la arena, el contenido del cofre roto, los tesoros: el martillo y el disco de bronce estaban gastados por el verdín de la edad, el tiempo y el agua salada los habían corroído, pero era imposible no reconocer el gong. En el borde había un desfile de figuras grabadas que daban gritos o cantaban, que blandían armas o antiguos instrumentos, llamando a la tormenta que se desplegaba en el centro con nubes que retumbaban y rayos y truenos.

—¿Cómo...? —la grave voz de Dimarion difícilmente se oía entre los aullidos del vórtice.

El agua del mar salpicó la mejilla de Reed al ponerse en pie, tanteando la arena maleable con los dedos de sus pies.

—¿Acaso cree que exista una masa de agua en Kelanna que yo no pueda cruzar?

—¡Ja! —la mirada de Dimarion pasó a la moneda de cobre que giraba sobre la arena. Empezaba a inclinarse y a frenar, y sus rostros relucientes adquirían un aspecto más ovalado e inestable. El *maelstrom* iba a desbordarse, con pequeños remolinos que saldrían hacia los lados, fuera del agua. Pronto, las paredes se vendrían abajo y el agua los aplastaría, dejando sus cuerpos destrozados a merced de los carroñeros—. ¿Me imagino que no tiene ninguna brillante idea?

Reed tamborileó nervioso sobre sus muslos, donde deberían haber estado sus pistolas. Sus dedos se movieron lentamente hacia su cuchillo.

—Acabo de caer en el fondo de un remolino con un hombre que ha intentado matarme dos veces. No creo que ninguna de mis ideas merezca ser considerada brillante.

Dimarion desenfundó su revólver:

—¿De qué sirve usted aquí, entonces?

Se oyó un disparo. Una explosión de luz y humo, y la bala plateada y veloz avanzó perforando el agua que los separaba.

Reed la esquivó. La arena saltó en el aire cuando él se abalanzó hacia delante, con el cuchillo en la mano.

Sangre. Dimarion soltó la pistola y Reed la pateó para hacerla a un lado, donde la espiral de agua la absorbió y la hundió en el mar.

¡Qué sonido el del agua rugiendo a su alrededor! La llamada sin palabras del mar.

Algo golpeó la cabeza de Reed por un lado. ¿Un puño, un pie, un martillo? Vio luces en el interior de su cráneo. Se tambaleó hacia un lado.

Dimarion agarró su brazo y lo retorció. El cuchillo cayó.

Después, Reed comenzó a ser arrastrado. Sus pies perdieron apoyo en el suelo. Ese rugido. Esa voz de viento y agua. Recibió un golpe, tal vez dos, antes de que Dimarion lo hiciera caer al piso. Un cráter en la arena cada vez más pequeño, el mar que gritaba a su alrededor.

Dimarion estaba sobre él. Sus puños le golpeaban el rostro como una avalancha; las manos y los brazos le arrancaban la carne, provocándole moretones y le hacían manar sangre. Al menos no llevaba los anillos, de lo contrario hubiera sido el final del Capitán Reed.

Reed se contorsionó hacia un lado y logró ponerse en pie, jadeando. No sobreviviría si volvían a enzarzarse de nuevo.

Dimarion rio, levantándose trabajosamente, como un gigante fuera de la tierra.

—No tiene escapatoria.

El Capitán Reed agitó su cabeza y empezó a dar un rodeo, cautelosamente, mientras contaba sus pasos. *Uno, dos, tres, cuatro...*

—¿No recuerda lo que dije antes del agua?

Justo cuando Dimarion abría la boca para contestar, Reed se lanzó a través de la arena, tomó el gong y penetró en la curva pared de agua.

Perdió el aliento. El mar lo revolcó una y otra vez, como una piedra, buscando sus ojos y su nariz y su garganta. Se le rompió una pierna. No podía oír ni ver, pero la sintió quebrarse. Sintió los huesos astillarse. Trató de nadar, de patalear, pero en medio del *maelstrom* no había arriba ni abajo, sólo el girar continuo del agua salvaje.

El Capitán se aferró al gong. Las cosas se ponían candentes y oscuras, pero cuando encontraran su cuerpo trasladado por la corriente en alguna playa lejana, sabrían que había alcanzado lo que buscaba.

Y tenía la certeza de que iba a morir, arrastrado hasta la eternidad por el azul océano, y fue entonces cuando las aguas le hablaron.

Nadie sabe bien qué le dijeron, pero muchos opinan que le advirtieron sobre su muerte. Otros dicen que vio todo en un destello, rápido y lleno de luz: un último aliento en el aire salado y húmedo. Una pistola negra. Un colorido diente de león en la cubierta.

Y una explosión que astillaba las tablas del barco.

Y oscuridad.

Por unos momentos luchó como si pudiera apagar la visión con sus manos, agitando con las piernas, pero de repente le embargó una repentina e intensa paz. Se extendió por su interior al igual que la sangre avanza a través de la tela, saturando cada una de sus fibras.

Iba a morir, de acuerdo, pero ése no sería el día.

Y fue entonces cuando decidió que llevaría su barco al último confín occidental del mundo.

Porque aún había miles de aventuras por vivir, y apenas un número finito de días para hacerlo.

Porque el mundo lo esperaba allí afuera.

¿Y por qué no?

Con ese último pensamiento, sonrió y cerró los ojos, y dejó que el agua se lo llevara.

CAPÍTULO 10

El comienzo de una poderosa amistad

Sefia entrecerró los ojos para ver mejor la página que tenía ante sí. La vela no alumbraba mucho su lectura, y ahora la mecha ennegrecida empezaba a apagarse. Se recostó, puso la pluma verde entre las páginas y cerró el libro. Su mirada era oscura y grave en la tenue luz.

A veces le parecía que los pasajes que leía en el libro habían sido escritos expresamente para ella, y la llevaban hacia una mayor comprensión de todo, como le había sucedido el día en que aprendió a leer. Y encontraba claves incluso en relatos de aventuras que habían ocurrido cinco años antes. Pero mientras trazaba el símbolo en la cubierta, no podía evitar preguntarse, suponiendo que el libro le enseñara cosas, ¿por qué no le daba las respuestas que necesitaba? ¿Por qué no le decía dónde encontrar a los que habían destruido a su familia?

—¿Tú qué harías si supieras que vas a morir? —le preguntó a Archer—. ¿Irías al encuentro de la muerte, como el Capitán Reed, o huirías de ella?

Archer apuntó a su cuello y negó con la cabeza.

—Yo me aseguraría de terminar lo que empecé. Si eso implicara correr hacia la muerte, pues... —se encogió de

PALABRAS, 127

hombros. Durante unos instantes, hubiera querido arrancar la cubierta y también las páginas que ésta encerraba, como si al destruir el libro acabara también con su necesidad de entenderlo. Pero no podía hacerlo.

—Estoy dispuesta a hacer lo que sea —dijo—, pero tú no tienes que hacerlo. De hecho, sería mejor que no estuvieras dispuesto.

Archer abrió los ojos con una mezcla de sorpresa y dolor.

Debía habérselo contado antes, para que supiera quién era ella, lo que tenía y por qué nadie que ella conociera estaba a salvo. Había intentado ignorar a Archer, que no significara algo para ella.

Pero había fallado.

Le contó todo... de su padre, de la casa de la colina desde donde se veía el mar, del libro, de la desaparición de Nin. Porque corría peligro. Porque todos los que tuvieran contacto con ella podían resultar heridos, ser torturados, o terminar muertos.

—Puedes desentenderte de lo que me sucede. Puedes ir a casa —dijo. Sus palabras vacilaron—. Pero para mí esto lo es todo. No tengo nada más.

Los dedos de Archer tamborilearon en el borde irregular de su cicatriz, y ella contuvo la respiración, temerosa de perturbar el silencio que había caído entre los dos.

¿Iba él a abandonarla?

¿En realidad ella querría que la dejara?

Afuera, la catarata rugía, cada vez más fuerte en el silencio.

Al fin, Archer levantó una mano. Sefia a duras penas distinguía el contorno de sus dedos contra la luz de las estrellas. Mientras se esforzaba por ver, Archer cruzó el dedo medio por encima del índice.

Jamás había usado ese signo antes. Pero cuando ella comprendió su significado, una especie de tibieza triste la invadió.

Él estaba con ella.

No sólo aquí en esta cueva sino a su lado, en todas las formas posibles.

Una sonrisa se dibujó en el rostro del muchacho.

Ella se aferró con más fuerza a sus piernas dobladas, y sintió que los ojos le chispeaban en la media luz. Entonces, lo harían juntos, Archer y ella.

Descubrir la función del libro. Rescatar a Nin. Encontrar a quienes arruinaron su vida y exigir venganza.

Después de aprender a descifrar esa sencilla oración, Sefia no tardó mucho en darse cuenta de que nunca llegaría a dominar las palabras si no era capaz de reproducirlas. No sabía lo que estaba haciendo… al fin y al cabo, tampoco conocía la palabra "leer". Pero sí sabía que debía aprender a escribir. Tenía que trazar los signos con su propia mano, para entenderlos, para saber cómo usarlos, y así adueñarse de ellos.

Había empezado repitiendo los mismos signos una y otra vez, pronunciándolos en voz alta mientras los trazaba: *Esto es, Esto es, Esto es esto es esto es.*

Al principio, las letras eran vacilantes e inseguras, imitaciones mediocres de las líneas definidas que veía en el libro, y las borraba con la punta de su bota o el filo de la mano. Practicaba más.

Más adelante, escribía en el liso reverso de las hojas con un palito cuyo extremo había carbonizado: *Esto es un libro. Esto es un libro. Esto es un libro.* Cuando terminaba, echaba las hojas al fuego. A medida que se oscurecían y marchitaban entre las llamas, de los verdes bordes de las hojas se desprendían nubes de humo, y las palabras se convertían en tenues líneas distorsionadas antes de tornarse en cenizas.

Escribía otras cosas también, palabras con suaves sílabas como campanillas, pasajes que quería memorizar, pero siempre volvía a la misma oración. La primera que había aprendido.

A medida que se hacía más diestra en la escritura, dejó de borrar sus palabras. No las dejaba donde cualquiera pudiera encontrarlas, pero ya no le bastaba con escribir. Quería que permanecieran, como las palabras del libro, a modo de señal de que ella había estado allí, de que había existido. Empezó a tallarlas con su cuchillo en las ramas más altas de los árboles de mayor tamaño, en las regiones inalcanzables del bosque: *Esto es un libro.*

O en las piedras que usaba para las fogatas y luego enterraba: *Esto es un libro.*

Y las dibujaba, sin dejar marcas, en el interior de su brazo o en la curva de su rodilla: *Esto es un libro. Un libro. Un libro. Un libro.*

Lo que Sefia ignoraba era que quienes iban tras ella estarían buscando *en todas partes*: en las ramas más altas, en las piedras enterradas. Sabían del libro y lo anhelaban del mismo modo que el hambriento anhela comida. Enloquecidos por la añoranza, la seguían. Cada palabra que ella escribía, cada letra que dejaban atrás, era un rastro, con huellas tan claras como las de las pisadas.

* * *

La carne había sido despojada del cráneo hacía mucho, y tras ella habían quedado los huesos ennegrecidos cual trozos de madera arrastrados por el mar y luego quemados. Como si ahora flotaran en un océano de terciopelo azul que baña las vacías cuencas oculares, el exasperante hueco de la nariz, los dientes fijos en una sonrisa permanente incrustada en la mandíbula.

Lon miró fijamente el cráneo con su silenciosa risa burlona, y se arremangó las largas mangas:

—Sé cómo hacer esto —refunfuñó.

—Entonces, demuéstralo —dijo Erastis. Estaba sentado ante una de las largas mesas curvas, inclinado sobre una serie de manuscritos dispuestos como parches en una colcha. Sus manos enguantadas sostenían las páginas como si pudieran desmoronarse al contacto.

Lon lo fulminó con la mirada. Pero como el Maestro Bibliotecario no lo miró a él, suspiró y se concentró. En el año que llevaba de iniciación había leído todas y cada una de las palabras esotéricas, y todos los pasajes mundanos que Erastis le había facilitado. De hecho, había aprendido a leer y escribir tan rápidamente que comenzó su entrenamiento en la Iluminación tres meses antes que cualquier otro aprendiz que lo hubiera antecedido. Acudía a su sentido extra, y buscaba los cambiantes puntos dorados que brillaban justo más allá del mundo físico.

Parpadeó y el Mundo Iluminado apareció ante sus ojos. Era consciente simultáneamente de su cuerpo, de la Biblioteca dispuesta a su alrededor, de la calavera que tenía frente a él, y del magnífico tapiz de luz que siempre estaba allí, detrás del mundo que podía oler y tocar. Al abrir los ojos a la Visión, podía percibir ambos mundos a la vez.

El Mundo Iluminado era una red de todas las cosas que habían sido y que llegarían a ser algún día. Por eso a los iluminadores novatos les producía náuseas: era el mar de la historia, lleno de remolinos y mareas, y podía arrancar a cualquiera y arrastrarlo en las estelas de la memoria. Para evitar ser llevado por la corriente, era necesario señalar una marca o un sonido o un olor, algún referente en el mundo físico que sirviera para anclar la percepción de ese momento, justo allí, de manera que las partes de la conciencia dividida pudieran reunirse nuevamente después.

Lon se estremeció. Erastis le había advertido sobre los riesgos de perder el referente. De dejarse arrastrar en el Mundo Iluminado por todas las corrientes de luz, de perderse en todas las cosas que habían sucedido antes, que hubiera sido como ahogarse, buscando sin éxito una playa que uno jamás volverá a ver. Los iluminadores que perdían sus referentes colapsaban, sus cuerpos quedaban vacíos, en estado catatónico, con los ojos abiertos pero sin ver nada, respirando pero sin vida, hasta que sus órganos dejaban lentamente de funcionar y morían.

Zarandeado por las espirales doradas, Lon se concentró en los restos quemados de la calavera. Las corrientes de la historia se desenrollaron ante sus ojos y se enfocaron, y supo qué era lo que había provocado esas quemaduras. Calor y humo, llamas tan brillantes que le abrasaban la vista, y una silueta solitaria entre el fuego que rescataba libros que ardían en las estanterías.

—Se llamaba Morgun —dijo Lon, mientras veía que la túnica de este antiguo Bibliotecario se prendía con el fuego y oía sus gritos—. Era el Bibliotecario cuando ocurrió el Gran Incendio y murió intentando salvar Fragmentos de las llamas.

Ése era el vínculo entre la capacidad de leer y la Iluminación. Por eso Erastis había insistido en enseñarle a leer antes de que aprendiera a usar la Visión: leer es interpretar signos, y el mundo estaba lleno de ellos. Cicatrices, arañazos, huellas.

Si uno pudiera explorar el Mundo Iluminado, sería capaz de leer la historia de cada marca con la misma claridad que si fuera una frase de un libro.

—Ésa es una de las cosas que puedes averiguar de este cráneo, pero hay dos más.

Lon parpadeó de nuevo, y el Mundo Iluminado se desvaneció.

—Por favor, póngame una prueba de verdad.

—Esto es una prueba —dijo Erastis con serenidad—. Has avanzado más en tus estudios de la Iluminación de lo que yo lo había logrado a tu edad.

—Pero esto no es un reto para mí —Lon apretó la mandíbula, frustrado—. ¿Sabía que Rajar recibió su primera misión hoy? ¡Ahora mismo está con su maestro, navegando allá afuera!

—Rajar es seis años mayor que tú.

Afuera, se agazapaban oscuras nubes sobre los picos nevados, y el viento se colaba a través de las ventanas.

—Aquí estoy perdiendo el tiempo —dijo Lon—. Debería estar allá afuera. En el mundo. Haciendo cosas.

—No digas disparates —Erastis hizo un gesto con los dedos, para quitarle importancia—. Anochecerá en unas horas.

Lon sacudió la cabeza con impaciencia, como si quisiera liberarse de las palabras de Erastis:

—No es eso lo que quiero decir. Cuando acepté, usted me prometió que haríamos grandes cosas —empezó a citar el juramento que había pronunciado el día de su inducción—: Mi deber será proteger el Libro de ser descubierto o mal utilizado, y establecer la paz y tranquilidad para todos los ciudadanos de Kelanna.

—Y eso es lo que estamos haciendo. Te dije que el Maestro Bibliotecario y su aprendiz son los puestos más importantes de nuestra orden, después del Director, claro está. Sin nosotros, no habría nadie que interpretara los Fragmentos. No habría nadie que investigara las profecías o que desarrollara nuevas técnicas de Iluminación. Es gracias a nosotros que Edmon y los demás pueden hacer lo que hacen.

—¡Pero si no estoy haciendo nada! —Lon iba a continuar cuando vio a la chica en el umbral de la Biblioteca. No supo en qué momento sucedió, pues fue como si de la nada hubiera aparecido en la puerta, con los dos volúmenes encuadernados en color azul en los brazos.

Se sonrojó.

Era una chica menuda y delgada, con grandes ojos oscuros y pelo negro recogido en un moño en la parte superior de la cabeza, dejando su nuca al descubierto. El corazón de Lon tamborileó en su pecho. Era arrebatadoramente bella. A veces, cuando la veía, se olvidaba de respirar.

Era la aprendiz de Asesino, y no tenía nombre. Los Asesinos no tenían nombre. Sabían acechar y matar, y nada más. Por eso se la conocía como la Segunda. Su maestro era el Primero. Al igual que en las demás divisiones, sólo había dos.

La Segunda era unos años mayor que Lon y llevaba más tiempo allí, de manera que tenía más privilegios, como poder retirar los Fragmentos de la Biblioteca y devolverlos cuando quisiera. En el año que había transcurrido desde su inducción, Lon no había intercambiado con ella más que unas pocas palabras. Tampoco es que estuviera todo el tiempo ahí. Al igual que Rajar y el aprendiz de Administrador, ella y su maestro se iban con frecuencia de la Central para llevar a cabo algún encargo del Director Edmon. Lon era el único que siempre estaba metido allí.

Pero sabía que la chica tenía talento. Sin querer, se volvía una y otra vez hacia ella, para verla mejor, para saber qué iba a hacer.

Se movía con ademanes rápidos y delicados, como un pájaro o una bailarina, apoyándose en un pie o en el otro en una especie de danza complicada, como si practicara una coreografía. Patada, deslizamiento, punta sobre el mosaico del piso. Después levantó la mirada, vio a Lon observándola, y se detuvo. Sus ojos enfrentaron los del muchacho, desafiándolo a seguir mirándola.

Lon se sonrojó y miró para otro lado.

Al final, Erastis la vio en la puerta.

—Adelante, adelante, querida —le dijo, haciendo un gesto para que se acercara a la mesa. Sus manos enguantadas aletearon cual grandes polillas blancas—. ¿Terminaste de leer el manual de Ostis sobre las armas cortantes talismánicas? ¿Qué te pareció?

Atravesó el piso de mosaico sin hacer ruido y colocó los tomos en la mesa, junto al Bibliotecario.

—Gracias. Encontré lo que necesitaba.

—¡Excelente!

Lon se acercó también a la mesa, olvidando por un momento su frustración con el Maestro Bibliotecario. Trató de no mirarla a la cara.

—¿Para qué? —preguntó él.

Sintió que la Segunda lo observaba en silencio, pero Erastis lo dijo todo:

—La Segunda forjará pronto su espada de sangre.

—¿Qué es una espada de sangre?

La Segunda miró al Maestro Bibliotecario, que la invitó a explicarse. Frunció el ceño y apoyó las puntas de los dedos en el borde de la mesa.

—Una espada de sangre es un arma que ha pasado por una Transformación. ¿Has oído hablar de algo así? —como Lon negó en silencio, ella lo intentó de nuevo—. ¿De un arma *mágica* como el Verdugo?

Una pistola negra, condenada a matar cada vez que sale de su funda, y si uno no escoge su blanco, la pistola se encarga de hacerlo.

—Ah, sí.

—Según Ostis, uno puede utilizar la Transformación para imbuir una espada con "sed de sangre", de manera que a la hora de matar, la misma hoja busca su objetivo.

—¿O sea que la espada puede matar por sí sola?

—No. Se convierte en un instrumento más preciso y mortal para un espadachín diestro. En las manos equivocadas, es posible que hiera o mate a quien la empuña.

—Ya.

—Además, absorbe la sangre de sus víctimas, lo cual les confiere a estas espadas de sangre su típico olor ferroso —agregó Erastis amablemente—, y facilita la limpieza.

—¡Vaya! —Lon hizo una pausa. Por unos instantes, estuvo más impresionado que nunca con la Segunda, con lo que ella era capaz de hacer, lo que aprendía, y entonces sus celos y frustración regresaron. Se volteó hacia Erastis—. Ella recibe una espada de sangre. ¿Y yo por qué no recibo una espada de sangre? ¡O lo que sea! ¡Al menos una… pluma de sangre!

De repente, la Segunda entró en acción, todo curvas y gracilidad violenta, y lo golpeó en el pecho con tal fuerza que lo hizo caer sobre la silla que ella, de alguna forma, había sacado de debajo de la mesa. Él fue a dar allí, aturdido.

Era tan rápida.

Lo había *tocado*.

Podía sentir la huella de su mano como una quemadura que latiera en su esternón.

—Es tu *maestro* —lo amonestó la Segunda—. No se le habla así a un maestro.

Erastis dejó escapar una risita:

—Ay, lo hace constantemente. No permito que me afecte. Pasé décadas sin tener un aprendiz. No lo hubiera escogido de no ser porque lo merece.

Ella emitió un ruido gutural.

—¡Hey! —Lon la miró enojado y se frotó el pecho, justo donde ella lo había golpeado.

La Segunda lo miró. Resultaba extraño: cuando era niño se había ganado la vida gracias a su capacidad para leer a las personas, pero no conseguía saber qué sentía ella en ese momento. ¿Molestia? ¿Desprecio? Probablemente. Así era como lo miraba siempre. Pero al verla cerrar la mano, no pudo evitar pensar si sentiría en su palma la misma pulsación cálida que él sentía en su pecho.

Lon desvió la mirada.

—Lo merezco —declaró, poniéndose pie—. Y se los voy a probar.

Sin aguardar a que ella respondiera, buscó la calavera con la vista y parpadeó. El Mundo Iluminado apareció ante él, una red interconectada de resplandor.

Había una fractura finísima en la mandíbula. La siguió a través de los hilos centelleantes de la vida del viejo Bibliotecario.

—En el tiempo en el que Morgun era un aprendiz, un día iba caminando por un pasillo cuando el aprendiz de Soldado le saltó por detrás.

A su lado, la Segunda agregó:

—Morgun cayó de frente y se fracturó la mandíbula contra la baranda. Qué estupidez. Los Soldados no saben guardar la compostura.

Ella también debía estar leyendo la calavera, tan rápida como él para aceptar el desafío. Lon la miró, y su corazón casi se detuvo.

En el Mundo Iluminado, ella se veía literalmente *radiante*. Como un cometa. Como la devastación y la soledad. Toda de fuego y calor al rojo vivo, resplandeciente y retadora a través de la negrura.

—Averiguaste la segunda cosa —dijo Erastis, divertido—. Falta la tercera.

Lon examinó el cráneo en busca de otra marca, otro referente, sin encontrar nada. Se acercó hasta él, lo tomó para voltearlo entre sus manos, estudiando los recovecos ennegrecidos.

Y fue en ese instante cuando se dio cuenta: había unas protuberancias muy profundas en el hueso temporal, donde debería haber estado el canal auditivo. Jamás lo hubiera notado tan sólo con sus ojos, pero en la red luminosa podía ver más allá del hueso, hasta los espacios vacíos de la calavera. Rio.

—Lo viste —dijo Erastis.

—¡Era sordo! —graznó Lon—. ¡Morgun era sordo! Estas protuberancias óseas le cerraron los canales auditivos cuando era niño.

Parpadeó y la luz se desvaneció.

—¿Lo ves? —se volvió a la Segunda, sonriente, levantando la cabeza en alto.

Pero ella frunció el entrecejo y negó en silencio. Sus pupilas eran más pequeñas que la punta de un alfiler, apenas visibles en sus ojos café oscuro. Ella debía seguir usando aún la Visión.

—¿Dónde? —preguntó, sin rastro de irritación hacia él.

En otro momento habría querido jactarse, pero ahora no. Ante ella no.

Lon le entregó la calavera, y percibió las palmas de las manos de ella que se deslizaban sobre el dorso de las suyas. Luego le señaló la cavidad en el hueso temporal:

—Aquí.

Los ojos de ella se ensancharon, y él supo que estaba viendo a Morgun de niño, llevándose las manos a las orejas y llorando de dolor. Veía a un doctor que hacía sonar un diapasón para acercarlo a los lados de la cabeza del niño. Veía a Morgun frotándose las orejas con los dedos, intentando distinguir aunque fuera un retazo de sonido, y acostumbrándose poco a poco a una vida rodeado de silencio.

La Segunda parpadeó de nuevo y sus pupilas volvieron a adquirir su tamaño normal.

—¿Cómo supiste que estaba ahí? —le preguntó ella.

—Tiene un buen maestro —dijo Erastis, volviéndose a poner los anteojos.

Lon rio. La Segunda lo miraba y las comisuras de su boca se torcían muy levemente hacia arriba. Una sonrisa. En todo el año que había pasado desde que la conoció, jamás la había visto sonreír. Era algo mágico. Cuando ella se dio cuenta de que la miraba, su sonrisa se hizo más grande. Y esta vez, él no desvió sus ojos.

CAPÍTULO II

La página doblada

Tanin alimentó el fuego con una hoja tras otra, y allí las vio curvarse sobre sí mismas, cual lenguas ardientes, antes de marchitarse y convertirse en cenizas. A su alrededor, entre el humo, los rastreadores se reían y contaban historias procaces que hubieran hecho sonrojar de vergüenza a cualquier otra mujer. Sin embargo, Tanin sonreía tolerante al oír los chistes. Le gustaba pensar que estaba por encima de sentimientos insignificantes, como la vergüenza. En otra ocasión incluso se les hubiera unido, ya que ella también podía contar anécdotas subidas de tono.

Pero no estaba de ánimo esa noche.

Recorrió con su dedo las hojas en el borde de la fogata, trazando las letras que estaban escritas allí:

S UN LIBRO

Frunció el entrecejo. Habían tardado tres meses en averiguar que la chica existía, y otros dos para descubrir que seguía en Oxscini, pero ya estaban cerca. Lo suficientemente cerca como para que Tanin abandonara lo que estaba haciendo y se uniera a la Asesina en las húmedas selvas del Reino del Bosque. Tan cerca que casi alcanzaba a sentir la atracción que ejercía el Libro, como el magnetismo de un imán sobre las limaduras de hierro.

Atraparían a la chica en tres días.

Levantó una hoja con nervaduras moradas y la hizo girar entre sus dedos. La chica debía haber escrito esa frase cientos de veces. A medida que Tanin y los rastreadores reducían la distancia entre ellos, las palabras se hacían más y más evidentes, talladas en troncos, garabateadas con carbón entre las piedras, como si la chica estuviera dejando deliberadamente un rastro para que la siguieran.

Para los rastreadores, las palabras tenían el mismo significado que un montón de heces o ramas quebradas, señales del paso de la chica pero nada más. Y Tanin eliminaba cada letra que encontraban para mantener las cosas en esa situación.

Si la curiosidad de uno de los rastreadores superaba su discreción, Tanin lo eliminaba también.

Más que ninguna otra cosa, la imprudencia de la chica le irritaba. Si sus padres le habían enseñado a escribir, también habían debido inculcarle que fuera más cuidadosa. Debían haberle enseñado que las palabras son peligrosas. Que si caen en manos equivocadas, podría significar el final de un plan que llevaba gestándose generaciones.

Juntó las hojas que faltaban y las echó a la fogata, donde se encendieron y flotaron hacia arriba como páginas negras que arden. Se recostó para observar las hojas apagarse en el suelo.

A su lado, la Asesina fulminaba a los rastreadores con la mirada, y la oscuridad de la selva se elevaba tras ella como un par de alas oscuras. Al igual que su maestro, que había sido llamado a cumplir una misión en la capital de Oxscini, vestía de negro, y bajo su capucha, sus ojos de un azul pálido iban y venían de un hombre a otro a medida que las bromas se hacían más y más vulgares.

Un hombre robusto llamado Erryl la empujó suavemente con el codo, le hizo un guiño torpe y le ofreció una cantimplora con licor.

—Estás muy callada. ¿Por qué no te relajas?

La pálida mirada de la Asesina se paseó por las manos y la cara del hombre antes de desviarse otra vez.

Erryl soltó una carcajada. Sus mejillas grasientas brillaron a la luz del fuego.

—Anda, bebe. Estás haciendo que todos nosotros parezcamos una pandilla de idiotas.

Vacilante, la Asesina recibió la cantimplora y se la llevó a los labios. Un instante después, la alejó de sí, tosiendo. Cuando los rastreadores rieron, su piel blancuzca e irregular se sonrojó de vergüenza y pareció encogerse entre las sombras.

Erryl le arrebató la cantimplora de las manos, carcajeándose:

—Diablos, eso es. Así se hace.

Tanin entrecerró sus ojos grises como advertencia para el hombre, pero éste estaba demasiado borracho para notarlo.

—Siempre se puede juzgar a una mujer por la manera en que bebe estas cosas —rio—. Si las traga o...

—Siempre se puede juzgar a un hombre por lo que dice —las palabras de Tanin eran precisas como una hoja afilada que cortara la piel—. Mientras más tiene que decir de algo, menos sabe.

Los demás rieron. Erryl farfulló furioso.

—De hecho, a juzgar por lo mucho que hablas, yo diría que sabes muy poco de cualquier cosa —su voz lo golpeó de nuevo—. Más vale que mantengas la boca cerrada el resto del tiempo que estés con nosotros. A lo mejor aprendes algo.

—Sólo trataba de divertirme un poco...

—¿A costa de mi teniente? —rio Tanin con frialdad—. Voy a ponerte algo bien claro: tú eres prescindible. Ella no lo es. Y por eso, mostrarás respeto y deferencia hacia ella hasta el punto de ser obsequioso. Si no lo haces, ella tiene mi permiso para desmembrarte tan rápida o lentamente como le plazca.

El hombre palideció. Sus ojos enrojecidos volaron a la espada de la Asesina. La vaina negra estaba decorada con intrincados detalles que a ojos de los legos no resultaban ser más que figuras, pero para lectoras como Tanin y la Asesina eran cientos de diminutas palabras inscritas a mano en el cuero: hechizos para proteger al portador de la espada, maldiciones contra sus enemigos. Como si respondiera al miedo del hombre, un acre olor a cobre serpenteó de la vaina e invadió el aire.

Tanin se puso en pie y se limpió las manos.

—Y con eso, señores, les deseo muy buenas noches —se retiró el negro pelo entrecano del rostro y salió del círculo iluminado por la fogata. Al volver la espalda, los rastreadores empezaron a hablar de nuevo, en voz más baja, y cuando se perdió entre las sombras, miró hacia atrás, a la Asesina, que le devolvió una sonrisa.

La noche colgaba de las ramas superiores como negros cortinajes y, mientras su visión se acostumbraba a la oscuridad, fue encontrando su camino entre las raíces y los troncos caídos, para llegar hasta un claro iluminado por la luz de las estrellas.

Sacó una hoja doblada de su chaleco. El papel era viejo y estaba arrugado, ya no rígido al tacto sino flexible como una tela. La caligrafía era apresurada y abigarrada, los márgenes desbordaban preguntas y anotaciones precipitadas, pero hubiera podido recitar cada frase y recordar cada signo de puntuación con los ojos cerrados.

Era la copia de una copia. La mayor parte del Fragmento original había sido consumida en el Gran Incendio, donde las páginas aletearon y se deshicieron en cenizas, todas sus palabras pasaron a ser polvo. Había ordenado que lo que quedaba de él fuera guardado en la Bóveda, pero antes copió esta página.

Estaba incompleta, desesperantemente incompleta, con párrafos chamuscados en los bordes, palabras enteras borradas por el fuego, y con los años, sus apuntes habían invadido el texto con conjeturas y oraciones sin terminar, hasta el punto que nadie más que ella era capaz de leerla.

De repente, miró hacia arriba. Las estrellas habían cambiado de posición en el cielo. Debía llevar horas allí, estudiando el papel.

—No sé por qué dejas que te moleste —le dijo a la oscuridad.

La Asesina dio un paso, materializándose de la nada frente a la línea formada por los árboles.

—Para usted es fácil decirlo. Usted les agrada.

Tanin sonrió en medio del olor a cobre que la envolvía. Había aprendido uno o dos trucos de los Asesinos a lo largo de los años, pero jamás lograría desaparecer en las sombras como ellos sabían hacerlo.

No le importaba, pues a ella no le interesaba ser invisible.

—Me temen —dijo—, igual que deberían temerte.

—También me temen —la Asesina se tocó el raído puño de la blusa.

—Si te temieran, te respetarían —Tanin se sentó en un tronco, y dio una palmada en la húmeda madera para invitar a la Asesina a sentarse a su lado—. Y yo no tendría que intervenir por ti.

—No tenía que hacerlo —murmuró la Asesina, sentándose.

—Por supuesto que sí.

A pesar de que los votos de su orden le prohibían tener familia, Tanin aún recordaba a sus hermanas menores de la vida anterior a la inducción: versiones menos bellas, torpes, poco populares y tercas de sus hermanas mayores, a quienes seguían como los cachorritos siguen a su madre. Pero las amaba, ¿no es así? Por su frescura, su lealtad, y porque eran parte de su familia.

Y aunque Tanin no tuviera parentesco con la Asesina, la *sentía* como parte de su familia.

Tanin ojeó la página, como si las palabras hubieran podido cambiar de lugar mientras no las miraban. Pero no era así, y volvió a meter el papel doblado en su chaleco. Nunca logró averiguar los detalles, pero siempre supo que lograría recuperar el Libro.

Y ahora sabía cuándo.

En tres días.

La Asesina recostó la cabeza en el hombro de Tanin.

—En todo caso —le dijo—, gracias.

Tanin apoyó su mejilla sobre la cabeza de la Asesina, y sus sentidos se impregnaron del olor a cobre. Cerró los ojos, suspirando:

—Cuando lo necesites.

CAPÍTULO 12

El chico de la cabaña

Sefia y Archer habían llegado a los bosques de niebla desde los Montes Kambali, la última cordillera antes de que el terreno descendiera abruptamente hacia la costa norte de Oxscini. En esas selvas de montaña, los lagos y riachuelos atraían manadas de venados y también a los grandes felinos que los cazaban, con lo cual había muchas presas. Tres veranos antes, Sefia había ido allí con Nin, para comerciar con las familias de cazadores y tramperos que vivían en las muchas cabañas que salpicaban la cordillera. Como Sefia siempre había sido una niña solitaria, no supo cómo relacionarse con los demás niños. Mientras ellos jugaban o apostaban para ganarse unos kispes de cobre, ella les robaba sus tesoros más preciados.

Una rama se quebró en el bosque, debido al empuje de algo grande a juzgar por el sonido, y ambos salieron del camino para ocultarse agazapados entre las hojas.

Desde el camino les llegaron unas voces.

—Ése es el problema con las enfermedades que consumen a los animales. Aquel año el bosque estuvo plagado de cadáveres putrefactos. No podíamos aprovechar nada de ellos. Ni la carne ni las pieles servían.

—¿Y qué hiciste?

Dos personas aparecieron en una curva del camino. El muchacho era un jovencito algo menor que Archer, aunque no mucho, de ojos castaños y manos pequeñas. El hombre era alto y flaco, de cara redonda y con arrugas de expresión alrededor de los ojos. Cargaba el cuerpo de un venado en los hombros, con las patas estiradas y la cabeza caída. Bajo el brazo del hombre había una escopeta de caza. Los dos tenían unas gorras iguales.

—Tu abuelo solía decir: "Mañana será un día mejor".

—¿Y fue un día mejor?

El hombre rio.

—A veces sí, a veces no. Eran tiempos difíciles. Entonces, decía lo mismo de nuevo: "Mañana será un día mejor", y por alguna razón siempre le creí.

Pasaron al lado de Sefia y Archer, que seguían ocultos entre los matorrales, y siguieron hacia el norte por el sendero, mientras sus voces se iban alejando en el bosque.

—¿Y por qué, si sabías que no era cierto? —preguntó el muchacho.

—En realidad no se trata de que el día sea mejor, ¿sabes? —respondió el padre—, sino de hacer todo tu esfuerzo y creer que puedes seguir mejorando.

Sus voces se fueron desvaneciendo al doblar el camino y desaparecieron entre las enredaderas y los verdes helechos. Debían ir camino a casa.

Mientras esperaba a que el padre y el hijo se adelantaran, Sefia hurgó en el suelo con sus dedos, levantando ramitas y hojas marchitas. Había algo en el chico que le había producido desazón… quizás habían sido sus manos tan pequeñitas o la manera en que inclinaba la cabeza para escuchar las historias de su padre, y miró de nuevo a Archer, pero él estaba observando los dedos de ella en su danza entre la tierra y las hojas del suelo, y no parecía nada perturbado por haber visto al padre con su hijo, así que Sefia guardó silencio.

Cuando la tarde se convertía en crepúsculo, Sefia y Archer llegaron a la cima de un risco que daba a un pequeño lago redondo. El agua era verde debido a las algas, y los árboles se asomaban a su superficie lisa. Desde el dentado risco de piedra podían avistar kilómetros y kilómetros de terreno.

Se sentaron en unas piedras, dejando que sus pies colgaran desde el filo, y compartieron unos cuantos sorbos de la cantimplora mientras el sol se hundía cerca de los picos de las montañas, y las nubes pasaban del blanco al rosado. Un fuego anaranjado brotó en el extremo norte del lago. El campamento de Hatchet. Sefia entrecerró los ojos.

Hacia el oriente, unos kilómetros más abajo del risco, una columna de humo salió por entre el follaje. Archer la señaló e inclinó la cabeza, tocándose la sien con los dedos de la otra mano.

—Probablemente sean los que vimos antes, el padre con su hijo —dijo ella.

Archer asintió. La luz le dio de lleno en los ojos y los dotaron de un aspecto cálido y dorado. El rastro de una sonrisa sobrevoló su rostro.

Cuando las sombras se alargaron sobre el agua, Sefia suspiró, se puso en pie, y se colocó la mochila al hombro de nuevo.

—Ven. Tenemos que encontrar dónde acampar.

Archer le dio un toquecito en el brazo.

—¿Qué sucede?

Esforzándose por ver mejor, logró distinguir un movimiento en la arboleda, a la orilla del lago. Eran siluetas al acecho. Metió la mano en su mochila, rebuscando hasta dar con el viejo catalejo de Nin.

—Al suelo.

Se tendieron boca abajo sobre la tierra.

Sefia se apoyó en los codos y miró hacia el lago con el catalejo. Seis personas se dirigían al oriente a través del bosque. Su respiración se aceleró. Reconoció ese andar pesado. Cinco llevaban fusiles, y el último cargaba unas largas tenazas que formaban un gran círculo negro en un extremo.

—Los hombres de Hatchet —murmuró, pasándole el catalejo a Archer—. ¿Adónde irán? —examinó las copas de los árboles—. ¿Estarán cazando?

De repente, Archer dejó caer el catalejo y retrocedió arrastrándose. Sus manos cavaron en la tierra, para sacar raíces y puñados de arena.

—¿Qué te pasa?

Retrocedió hasta un árbol. Con la escasa luz, el blanco de sus ojos relumbraba.

Sefia observó el valle de nuevo.

—¿Qué viste?

Archer levantó las manos temblorosas, colocó los dedos a la altura de su garganta, donde empezaba la cicatriz, y rodeó su cuello con ellos como si fueran un par de garras.

Las tenazas.

Lo suficientemente grandes como para apresar el cuello de un niño. Lo suficientemente calientes como para quemarlo.

—El chico —murmuró Sefia. Se puso en pie de un salto y miró hacia el valle. La cabaña estaba a unos tres kilómetros del campamento de Hatchet, junto al lago, y a casi cinco del risco. Tendrían que darse prisa.

Sefia recogió el catalejo, alzó la mochila, y volvió junto a Archer, que no se había movido.

—Vamos —le dijo—, tenemos que ir a prevenirlos.

Pero Archer no conseguía enderezarse. Estaba tan aplastado contra el tronco que la áspera corteza rasgó su camisa, y también la piel bajo la tela.

Sefia se arrodilló y le puso la mano en el hombro. Era la primera vez que lo tocaba desde que le había limpiado las heridas dos semanas antes, y sintió la camisa mojada de sudor, la piel caliente bajo su mano. Levantó su otra mano. Con deliberación, asegurándose de que él lo pudiera ver, cruzó los dedos medio e índice.

Un signo.

Su signo.

—Jamás tendrás que volver a hacer eso —le dijo, mirándolo a los ojos.

Archer la contemplaba, con los ojos abiertos.

Ella estaba *con* él.

—Te lo prometo.

Se estremeció una vez más y después se tranquilizó. Con la boca cerrada, se puso en pie.

Y luego empezaron a correr. El cielo parecía arder en llamas, anaranjado y surcado por el humo. En la oscuridad, los árboles se cernían amenazantes. Los murciélagos volaban entre las ramas y las aves nocturnas ululaban.

Corrieron. Iban casi patinando ladera abajo, saltando para atajar los giros bruscos del sendero que serpenteaba entre los troncos. El risco desapareció tras ellos en la oscuridad, a medida que el terreno se fue allanando.

Por el camino, la luna salió pálida y redonda a través de las hojas. Los árboles emitieron un brillo plateado donde la luz se proyectaba y el suelo se veía de color azul, como el agua.

Siguieron corriendo. Las piernas les ardían. Los pies les vibraban. Corrieron más deprisa, moviendo los brazos con más fuerza, lanzando los pies hacia adelante. Los pulmones les dolían.

En un cruce de caminos, tomaron el sendero hacia el oriente, con la esperanza de que fuera el correcto. Sabían que no habría una segunda oportunidad si se equivocaban. Pasaban entre ramas y hojas que se les enredaban en los brazos y el pelo. Corrían tan veloces que parecía que fueran a explotar. Hasta el aire que les llenaba el pecho estaba lleno de fuego.

Salieron a un claro en el cual estaba la cabaña en medio, rodeada de tendederos que formaban una rara telaraña en el patio, donde la luz que salía de las ventanas rozaba los extremos de las herramientas y las pieles tensadas. Una cornamenta adornaba el vértice del tejado, y una columna de humo se elevaba por la chimenea, como un faro. Sefia y Archer llegaron hasta la puerta convulsionados, mientras el aliento entraba y salía agitadamente de sus agotados pulmones.

Sefia golpeó a la puerta. El sonido hueco de sus nudillos resonó en todo el claro, pero la cabaña permaneció en silencio. Golpeó de nuevo.

Se oyó algo que raspaba el suelo en su interior, como si alguien arrastrara una silla, seguido de unas pisadas rápidas. Las cortinas se movieron en la ventana.

—¿Quién anda ahí? —preguntó una voz de mujer, áspera y desconfiada.

—Abra la puerta —las palabras salían como torrentes de agua por la boca de Sefia—. Corren un gran peligro.

La cerradura chasqueó y la puerta chirrió al abrirse. Una mujer vestida con pantalones de tirantes que le llegaban muy por encima de la cintura bloqueaba la entrada. Tenía una escopeta, y el dedo muy cerca del gatillo. Sus manos eran pequeñas y delicadas, como las del muchacho.

Detrás de ella chisporroteaba alegremente una estufa, y a través de la puerta, Sefia alcanzaba a distinguir la esquina de una mesa de comedor, con platos, tazas y una olla humeante de estofado, pero no se veía nadie más.

—¿Qué clase de peligro? —preguntó la mujer. El cañón de la escopeta se levantó varios centímetros.

Sefia retiró el pelo de su rostro, impaciente.

—¡Inscriptores! —exclamó.

La mujer dio un paso tambaleante hacia atrás y la puerta se abrió por completo. El hombre de cara redonda que habían visto antes se plantó allí, enmarcado por la entrada. Los miró entrecerrando los ojos, y las arrugas a su alrededor se hicieron más marcadas.

—¿Inscriptores? —su voz era profunda, interrogadora.

—No son más que cuentos —dijo la mujer.

—No —Sefia señaló el cuello de Archer—. Es verdad.

El chico se asomó detrás de sus padres.

—Mírale el cuello, mamá.

Archer se tocó el borde de la cicatriz con la punta de los dedos.

—Acércate a la luz, muchacho —dijo la mujer.

Sefia contuvo la respiración mientras Archer avanzaba. Levantó la mandíbula para que la luz alumbrara mejor su cicatriz. Instintivamente, la mujer levantó la escopeta. El hombre escupió una maldición.

El muchacho palideció. Sefia pudo leer en su rostro lo que se le cruzaba por la mente, tan claramente como si lo tuviera escrito allí: *Podría haber sido yo.* Ella le clavó la mirada. Parecía tan pequeño, tan nervioso, tan suave. No sobreviviría ni un día si tuvieran que intercambiar lugar... si ella terminara viviendo en una cómoda casita con dos padres amorosos y él tuviera que velar por sí mismo a la intemperie. Por unos instantes, lo odió.

Archer miró al muchacho y extendió ambas manos hacia él, con las palmas para arriba. Al muchacho le tembló un párpado.

—Quiere ayudarte —dijo Sefia.

—¿Ayudarle a qué? —preguntó la mujer. Seguía sin bajar su arma.

—Los hombres que le hicieron esa cicatriz se dirigen hacia *este* lugar. A ustedes los matarán y se llevarán a su hijo, a menos que se marchen de aquí ahora.

El hombre sacó una escopeta de detrás de la puerta.

—Esta cabaña ha pertenecido a mi familia durante generaciones —dijo él.

—Seis inscriptores vienen hacia acá —replicó Sefia—. Si se quedan, no tendrán escapatoria.

—Y si nos vamos, ¿quién podrá decir que no hemos dejado que nos robaran todo lo que teníamos? —la mujer la miró de arriba abajo: la mochila al hombro, el rostro sucio y sudoroso, el pelo negro y despeinado.

Durante unos momentos, Sefia se quedó sin habla. Sentía como si le hubieran dado una bofetada. Archer seguía repitiendo el mismo gesto, cada vez más apremiante. Pero nadie se movió.

Entonces, el muchacho tocó el codo de su padre:

—Papá...

El hombre no le hizo caso.

—Incluso si aparecieran, no le tememos a un pequeño derramamiento de sangre.

Sefia logró encontrar su voz de nuevo.

—No será un *pequeño* derramamiento de sangre. Será la sangre de usted, de su esposa y de su hijo —señaló a cada uno al decirlo, para terminar en el muchacho, que la miraba con la boca muy abierta—. ¿Es eso lo que quiere?

Sefia volteó a mirar al bosque plateado. ¿Cuánto tiempo habían perdido allí, discutiendo?

Despacio, muy despacio, la mujer bajó su escopeta.

—¿A cuánto están de aquí?

El alivio se extendió en el ánimo de Sefia como la tinta en el agua.

—Aparecerán en cualquier momento.

El hombre y la mujer se miraron. Sefia casi distinguía el diálogo mudo entre los dos, como si fueran flechas.

¿Adónde podrían llegar si corrían?

¿Qué debían llevarse consigo?

¿Podían confiar en la chica?

El muchacho miró a Archer, prestando atención al tamaño de sus brazos, de sus pies, a la cicatriz en su cuello. Archer tocó la empuñadura de su cuchillo de caza y llevándose una mano a la oreja, hizo ademán de escuchar los ruidos que provenían del bosque.

La luna se alzó en el cielo. Sefia jugueteó con los tirantes de su mochila. Los hombres de Hatchet se aproximaban. Llegarían pronto.

Al fin, el hombre y la mujer empezaron a abrir armarios y a sacar abrigos. La familia se convirtió en un torbellino en movimiento, en busca de prendas de vestir, pistolas, cartuchos.

—Hay una cueva en las montañas nada fácil de encontrar —la mujer se embutió un revólver en el cinturón—. ¿Qué harán ustedes? —en su voz no había ni el menor asomo de invitación.

Sefia no esperaba que huyeran con Archer y ella. Tampoco habría aceptado si los hubieran invitado. Pero en todo caso, el veneno se coló en sus palabras.

—Salvar a su familia y después huir también.

La mujer la miró con lástima, pero no dijo nada más.

El hombre fue el último en salir de la cabaña. Cerró la puerta tras él, y puso un bulto envuelto en cuero en manos de Sefia.

—Mis cuchillos —dijo en voz baja para que la mujer no lo oyera—. Son buenos, y fáciles de lanzar.

Sefia asintió.

Se caló la gorra hasta las cejas de manera que sólo quedara visible la parte inferior de su rostro, como una media luna, y se dio la vuelta.

Mientras lo seguía alrededor de la cabaña, Sefia echó de menos a su padre. Él hubiera acogido a los dos jóvenes vagabundos hasta llevarlos a un lugar seguro. Movió la cabeza de lado a lado, pensando en su casa, en las habitaciones secretas, en su ubicación alejada en la cima de la colina, y en cómo jamás tuvieron compañía. *Mi padre nos hubiera acogido, ¿o no…?*

A espaldas de la cabaña, la mujer ya se internaba en el bosque cuando el muchacho se detuvo. Aguardó a Sefia y Archer mientras tamborileaba en su escopeta.

—Clovis —lo llamó en voz baja la mujer desde las sombras.

El muchacho tomó la mano de Archer, y éste estaba tan ansioso que casi se resiste, pero el chico insistió, apretando con sus pequeños dedos. Intentó sonreír pero sólo fue capaz de dibujar una mueca.

—Gracias.

Archer tragó saliva. La cicatriz subió y bajó sobre su manzana de Adán.

El muchacho le soltó la mano y siguió a su madre hacia el bosque. El hombre se alejó por último, y no miró hacia atrás al fundirse entre las sombras.

Archer cerró los dedos sobre la palma su mano, donde el muchacho lo había tocado. Torció la boca.

Sefia le entregó el paquete con los cuchillos.

—Hicimos algo bueno —dijo. Y de verdad lo creía así, pero también se sentía furiosa y vacía por dentro, con un zumbido caliente como el que produce un enjambre de abejas. A Archer nadie le advirtió del peligro. Ni tampoco a ella.

Las voces que subían por el sendero la sacaron de su enojo. Archer y ella se agazaparon. El claro relumbraba con la luz que irradiaba la cabaña. Se veía todo. Se ocultaron tras un montón de leña en el extremo más alejado del claro, y respiraron en silencio.

Sefia tomó del brazo a Archer y señaló al bosque. Aún estaban a tiempo de escapar.

Archer hizo caso omiso, y empezó a sacar los cuchillos y a sopesarlos. La luz de la luna se reflejó en los pulidos mangos de hueso.

Quizá no le había entendido. Tiró nuevamente de su brazo, pero él se zafó. Sus manos hicieron una secuencia rápida de signos: las tenazas en el cuello que había mostrado en el risco; su señal para irse de cacería; tres dedos para indicar la familia. Estaba dispuesto a pelear. Iba a darle tiempo a la familia para alejarse.

Sefia estaba a punto de protestar cuando los hombres de Hatchet entraron en el claro.

Se oyó un chasquido repentino en el momento en el que la puerta de la cabaña cedió. Las botas resonaron en el piso de madera como si fuera un tambor.

—¡Nadie, maldita sea! —y unos momentos después—: ¡La comida aún está caliente! No pueden haber ido muy lejos.

Otra voz respondió, grave y áspera. Sefia la recordaba. Era el de la barba rojiza, al que le gustaba la violencia, el que llevaba las tenazas.

—Busquen en el bosque cercano —gruñó.

Dos siluetas aparecieron por el lado de la cabaña, haciendo danzar sus sombras en el suelo. Llevaban fusiles.

Archer la miró. Sus ojos parecían extrañamente brillantes en la oscuridad, como los de un animal. Señaló al bosque, lejos del claro, y no necesitaba palabras para comunicar lo que quería dar a entender.

Escóndete.

Sefia corrió a gatas hacia los árboles, levantando la tierra bajo sus manos y pies. Encontró un hueco pequeño en un tronco cortado y como pudo se metió dentro. Sintió trozos podridos de madera alrededor de sus hombros y orejas, que cayeron dentro del cuello de su camisa. Sobre su piel sintió andar arañas o escarabajos. A duras penas había alcanzado a ocultarse cuando oyó el primer alarido, que se interrumpió de repente. Venía de su izquierda, hacia el claro.

Escuchó atentamente en la oscuridad.

—¿Qué fue eso?

Insultos reprimidos.

—Es Landin. Le acaban de cortar el cuello.

Trató de calmarse. Los segundos se prolongaron en minutos. Oyó el roce de la ropa y el crujido del cuero. Alguien quitó el seguro de un revólver. Se recriminó por haber escogido un escondite con tan escasa visibilidad. No tenía más alternativa que imaginar lo que estaba ocurriendo.

¿Dónde estaría Archer?

Sus piernas acalambradas pedían a gritos que las moviera. Cambió de posición tan silenciosamente como pudo, pero su arco y la aljaba rozaron el interior del tronco hueco. Se crispó cuando la madera crujió, haciendo un ruido de avalancha para sus sentidos exacerbados.

Se quedó quieta. Tenía su arco.

Salió del hueco del tronco y desató el arco y la aljaba de su mochila. Escuchó, atenta a cualquier cambio en su entorno, pero los árboles cercanos permanecían en silencio y sus hojas plateadas quietas.

Tomó una flecha y la puso en el arco, mirando por encima del tronco en el que se había escondido. El brillo anaranjado del claro recortaba la silueta de un hombre en el borde del jardín, que buscaba entre los árboles con el fusil al hombro. Tras unos momentos, dio media vuelta y se alejó para patrullar todo el perímetro del claro.

Cuando estuvo segura de que no miraba hacia donde estaba ella, Sefia salió y avanzó agazapada, tal como habría hecho de estar cazando. Apretó la mandíbula. En realidad *sí* que estaba de caza.

En silencio, se arrastró hacia adelante y se detuvo antes de llegar al círculo iluminado. El hombre estaba rodeando los secaderos de pieles, en el otro extremo del claro. Al apuntar con el arco, Sefia lo reconoció. Era el hombre del parche, el que había construido una camilla para sus amigos muertos y que había cargado con ellos para incinerarlos en el bosque. Si soltaba la cuerda ahora, la flecha lo alcanzaría. Había atravesado pájaros a distancias mayores, pero vaciló. La cuerda se enterraba en la yema de sus dedos.

Hazlo, se dijo. Era un inscriptor. Se lo merecía, por lo que le había hecho a Archer.

No puedes fallar otra vez.

Sus dedos titubearon. Una mano pesada se posó sobre su hombro y la derribó.

Su cuerpo se levantó del suelo y fue a caer en el claro. El impacto le arrebató el arco y la flecha de las manos. La cabeza le dio vueltas. Trató de sentarse.

Al otro lado del claro, el hombre del parche siguió dando su rodeo hacia el frente de la cabaña y desapareció.

Un hombre enorme y corpulento se cernía sobre ella. Era tan grande que el revólver que tenía en las manos parecía de juguete. Jamás se había sentido tan pequeña en toda su vida. El hombre sonrió, con lo cual la cicatriz que tenía en el labio inferior se estiró.

—De manera que tú eres la que provocó todo este problema —su voz era ardiente y seca, pero le produjo escalofríos.

Un disparo resonó desde el otro lado de la cabaña. No hubo gritos. Se volteó, intentando ver qué había sucedido. Se imaginó a Archer tendido en el suelo, inmóvil, muerto. Se agazapó, fulminando con la mirada al inscriptor que tenía enfrente.

—Sí —escupió—. *Soy* yo.

El hombre amartilló su revólver.

Un ojo negro redondo y la luz de la luna en el tambor plateado.

Una sonrisa deformada por una cicatriz.

Sefia respiró por última vez. Todo sonido desapareció del claro. Ni siquiera oyó el roce contra la tierra mientras se arrastraba hacia atrás.

160

Parpadeó.

Y su Visión lo invadió todo.

Los labios del hombre se abrieron, y su boca, su barbilla, las venas de su cuello, las coyunturas, su hombro, su brazo y su muñeca, todo se convirtió en luz. Bandas luminosas inundaron su cuerpo, enrollándose en su torso y cruzándose en sus extremidades, formando espirales que bajaban por sus piernas hasta cubrir sus botas.

El hombre apretó el gatillo, pero no fue una bala lo que salió hacia ella sino una columna de luz.

Había visto la luz antes, pero nunca de esa manera. Hilos luminosos irradiaban del cuerpo del hombre, se tejían y entrecruzaban, una y otra vez, y más aún, en un remolino alrededor de ese instante. El mundo giró.

En las espirales de luz vio al hombre caer cuando era apenas un niño. Perdió pie en un muelle resbaloso. Su cara se hirió con un borde afilado. Así había sido marcado con la cicatriz.

Las corrientes cambiaron y vio su nacimiento. La madre del hombre había sido una mujer de pelo ensortijado con una verruga a un lado del cuello, y le había puesto al niño el nombre de Palo por el padre de ella, Palo Kanta. Ése era su nombre. Sefia vio a sus hermanas y hermanastros y a los gatos viejos y hambrientos que el niño rescataba de las calles; peleas, sangre, el olor a alcantarilla; la primera vez que el muchacho empuñó una pistola, su primer asesinato; la mujer a la que amaba o que pensaba que amaba pero que en realidad sólo quería poseer. Vio una pesadilla recurrente en la que él trataba de escapar de una marea que crecía pero, sin importar lo rápido que corriera ni la fuerza con que moviera sus brazos, alcanzaba sus pies, sus piernas, su cuerpo, y siempre lo devoraba.

Las náuseas la invadieron, y Sefia jadeó. Vio la muerte del hombre, acuchillado frente a una taberna, después de medianoche, sin testigos.

Podía ver todos los hilos interconectados que ataban la vida de este hombre, y cómo había llegado hasta ese punto, a la muerte de ella. La veía venir, completamente: La luna y la columna de humo que llegaba al cielo, el proyectil disparado hacia su cuerpo, la luz que salía de ella en oleadas. Las cuerdas de su vida estaban tensas, iban a romperse.

Sefia no quería morir. Le quedaban demasiadas preguntas por responder. De repente se sintió llena de una furia ardiente y ácida. Odiaba a este hombre de la cicatriz en el labio, este hombre que le impedía hacer lo que se había comprometido a cumplir.

Encontró sus pies. Puso toda su fuerza en sus piernas y se impulsó hacia arriba, moviendo la mano entre las corrientes de luz. Sintió que los músculos le quemaban, que los huesos se doblegaban con la presión. Pero las mareas cambiaron. Una ola dorada se alejó de ella, brillando con su espuma blanca.

Ésta ya no era su muerte.

Quizás era un trueno, o ¿acaso el sonido de la explosión del disparo que llegaba con retraso?

El hombre se desgarró.

Sus hilos se rompieron, haciéndose pedazos.

El sonido llegó de nuevo al mundo.

Sefia se miró el brazo, a la expectativa de encontrar carne abierta y huesos fracturados, pero estaba intacto. El mundo giraba en espirales cada vez más estrechas alrededor de su cráneo. Miró a todos lados, buscando al hombre de la pistola, pero no lo vio. Estaba tendido en el suelo, jadeaba. Tenía un agujero en el cuerpo.

Mareada, logró llegar hasta él. Ya no era un hombre. Ya no estaba lleno de luz, ésta se le escapaba y lo volvía cada vez más opaco. La cicatriz de su boca ya no parecía amenazadora. Su rostro aún se veía retorcido, sí, pero triste, como un reflejo en un espejo agrietado.

Él la miró pero no dijo nada. Tal vez ya no podía. Tal vez las palabras también se le habían escapado. La miraba, y de repente ya no la miró más. Ya no veía nada más.

Sefia cayó de rodillas y puso las manos sobre la herida del hombre. Sintió la sangre viscosa y tibia entre sus dedos. Sus manos se tiñeron de rojo.

Esto es lo que significaba matar a alguien.

Alzó la vista y vio a Archer de pie en la esquina de la cabaña, la miraba.

Bajó la vista otra vez. El mundo se tornó húmedo y borroso. ¿Estaba llorando?

Palo Kanta. Ése había sido su nombre.

Luego, Archer llegó a su lado y le ayudó a incorporarse. Tomó sus manos, tranquilo, y las sostuvo entre las suyas. Apoyó su frente en la de Sefia en silencio.

Ella intentó zafarse.

—¿Dónde están los demás?

Él tiró de ella hacia sí y negó con la cabeza. Alzó tres dedos y apuntó al noroccidente, hacia el campamento de Hatchet.

Sólo la mitad de los inscriptores había sobrevivido al encuentro. Archer debía haber matado a dos.

—¿Huyeron?

Él asintió.

—¿Por mi causa?

Asintió de nuevo.

Mientras él la llevaba hacia la cabaña, Sefia intentó explicarle. El hombre le había disparado. La bala iba hacia ella. Y no supo cómo, pero había conseguido repelerla. Ella había visto la historia del hombre, y luego la había cambiado, provocando la muerte de él.

Lo había cambiado todo.

Archer la llevó junto a la puerta de entrada y le acercó una olla con agua que vertió sobre sus manos. El líquido salpicó su piel y cayó al suelo formando un pequeño charco de barro. Archer frotó suavemente las manchas de sangre. El color. La viscosidad. Sefia lo dejó hacer.

Él se metió en la cabaña a buscar provisiones, abrió cajones y sacó cosas de los gabinetes, y ella se quedó sentada y aturdida en la puerta, frotándose los dedos uno a uno. Había matado a un hombre. Seguía viendo en su mente aquella expresión vacía, aquella mandíbula inerte. Le dolía la cabeza.

—No tenía intención de matarlo —encontró las palabras lentamente, como si buscara objetos extraños en la penumbra.

Silencio en el interior. Luego, Archer se sentó junto a ella. Sus dedos subieron hasta la cicatriz del cuello. Él entendía que a veces uno hacía cosas por necesidad, cosas horribles, o turbias, en el mejor de los casos. Cosas que no habría hecho de tener alternativa.

—Siempre supe que en algún momento querría matar a *alguien* —dijo la chica—, pero a él no, y tampoco de esa manera...

Fuera cual fuera *esa* manera.

Archer le puso la mano en el hombro. Ahora él también tenía una mochila llena de cosas. Un rastro de sangre seca le ensuciaba la sien izquierda. El disparo que Sefia había oído antes. La bala debió rozarlo.

—Te hirieron —susurró.

Él se tocó la sien con las yemas de los dedos y luego se las mostró. La sangre ya estaba coagulando. Entonces, él recogió el arco y ayudó a Sefia a levantarse. La llevó alrededor de la cabaña, pasando al lado del cuerpo del segundo hombre que había matado. El del parche en el ojo. Le había cortado la garganta, y el suelo junto a él estaba oscuro. Sefia intentó concentrarse en el punto donde ponía cada uno de sus pies.

Cruzaron hacia la arboleda. Las hojas plateadas crujieron. Sentía el suelo suave y esponjoso bajo sus pasos. Archer consiguió que Sefia lo llevara al sitio en el que se había escondido, en el tronco hueco, donde aún estaba oculta su mochila, y luego se internaron en el bosque. Archer señaló el camino, Sefia se mantuvo a la zaga.

CAPÍTULO 13

Las coincidencias no existen

Todo fue tan rápido, tan improbable, que si Tanin no lo hubiera visto antes, si no lo hubiera vivido ella también, jamás lo habría creído.

Hubo un disparo.

Un golpe de humo y un latigazo de fuego.

Y la chica devolvió la bala trazando espirales hacia el pecho del hombre.

Agazapada apenas detrás de la línea de luz, Tanin luchó por aquietar su respiración. De repente tenía conciencia de su cuerpo, de sus pulmones, del dolor que atormentaba su pecho. Tras ella, los rastreadores levantaron sus fusiles, a la espera de su señal, pero ella no se movió.

La chica se miraba las manos, como si no fueran parte de sí. Esas manos tan conocidas, fuertes y delicadas como huesos de pájaro. Tanin se maravilló al verlas, al ver a la chica. Era tan joven, pero tenía el mismo pelo negrísimo, los mismos ojos oscuros.

Y conocía la Manipulación. Si ya había dominado el segundo nivel de la Iluminación, resultaba imposible saber qué más era capaz de hacer.

—Ahora —dijo la Asesina. Se ocultaba en la noche con tal facilidad que hasta su voz no era más que una sombra, como el aliento de una brisa inexistente.

—Todavía no.

La chica intentaba restañar la herida. Iba a fracasar.

Se parecía a *ella*. Tanin no contaba con eso. No pensó que fuera a importar tanto.

Algo crujió entre los matorrales, un hombre surgió entre los árboles detrás de ellos, con la cara redonda deformada por la ira. Miró a Tanin y a los rastreadores y levantó su fusil.

Esto sí lo podía controlar Tanin.

Una mirada a sus hombres, un chasquido de sus dedos.

El jefe de los rastreadores le abrió la garganta de un tajo al hombre, y cargó el cuerpo en su caída hacia el suelo. La cabeza colgó hacia adelante, la gorra cubrió sus ojos sin vida.

La Asesina se adelantó, casi hasta pisar la zona iluminada.

—¿Por qué no?

—No la conociste… a ella —dijo Tanin con una mueca. Incluso después de todo el tiempo transcurrido, no era capaz de pronunciar su nombre.

—No es *ella*.

No, *ella* estaba muerta. Y Tanin no había estado allí para presenciarlo. Para sostenerle la mano o limpiarle la frente o hacer lo que se supone que uno hace cuando sus seres queridos agonizan.

Tenía que hacer algo ahora. Para eso había venido, ¿no es así? Tanin paseó la mirada por el claro, examinando la cabaña, el arco y las flechas caídos en el suelo, el cuerpo.

—No tiene el Libro consigo.

—Puedes obligarla a que nos diga dónde está. Sería fácil.

LAS 168

Tanin vio a la chica tambalearse, y al muchacho que la sostenía. La luz de la cabaña se reflejaba en la cicatriz de su cuello.

Era un candidato.

Tanin sacudió la cabeza. De todos los compañeros que la chica hubiera podido escoger, se había decidido por un candidato.

—Mírale el cuello —murmuró, con la voz temblorosa. ¿Cuándo había sido la última vez que le había temblado la voz?

La Asesina no le quitaba los ojos de encima a la chica.

—¿Y qué? —su voz destilaba condescendencia—. Los secuaces de Serakeen llevan a uno nuevo a La Jaula cada tantos meses.

Tanin se pasó la mano por el bolsillo oculto de su chaleco, donde guardaba la página doblada.

—Edmon solía decir que no existen las coincidencias, sólo el significado.

Desde hacía diez años, Serakeen pagaba a los inscriptores para que le llevaran asesinos jóvenes surcados de cicatrices.

Desde hacía veinte años, ella había estado buscando el Libro.

Y ahora, ahí estaban, juntos los dos.

Debía tener algún significado.

—Podemos llevarnos al chico también, si a eso te refieres —la Asesina sacó su espada unos centímetros de su vaina. El olor a cobre se desplegó a su alrededor.

Tanin la tomó por el codo.

—Te dije que no.

La Asesina la miró con rabia, pero la atención de Tanin había pasado a otra cosa.

El muchacho tomó a la chica entre sus brazos y la llevó hacia la cabaña. Ella se desplomó en los escalones, con sus rodillas y codos afilados. Torpe. Vulnerable.

La Asesina se liberó de Tanin.

—A esto vinimos. A capturarla. A llevarnos el Libro. Debemos actuar ahora.

—Si él es el elegido, no podrías acercarte a ella ni con mil espadas.

—Sólo necesito una.

Con un gesto de la mano, Tanin ordenó a los rastreadores que volvieran al bosque, donde se ocultaron como anguilas en aguas oscuras.

Se volvió hacia la Asesina:

—Vas a obedecerme en esto o te retiraré de esta misión —su voz era cortante—. De nada sirven los subordinados que no siguen órdenes.

La Asesina cerró los puños hasta el punto que el guante de cuero de su mano izquierda crujió.

—Nunca confías en mí —dijo—. No como confiaste en ella.

—Tú no eres ella.

Los ojos de la Asesina se abrieron al oír la respuesta emponzoñada de Tanin, giró sobre sí misma y se apresuró silenciosamente hacia los matorrales.

La chica seguía sentada en los escalones de la cabaña, frotándose los dedos como si así pudiera borrar lo que había hecho. Durante unos instantes, Tanin quiso acercarse. Quizás abrazarla. No lo sabía.

Lentamente retrocedió para salir del claro y confundirse con las sombras bajo los árboles, hasta que ya no pudo ver a la chica.

Sefia.

Una lectora, asesina.

CAPÍTULO 14

Dudas

Sefia sintió la tibieza de la brisa y el movimiento de la hamaca antes de despertar del todo, y por unos instantes se cobijó en ese espacio acogedor entre el sueño y la vigilia, embriagada de placer. Todo era calidez y luz y suavidad como flores de algodón.

Pero luego despertó.

Abrió los ojos y se encontró mirando las copas de los árboles. Los sucesos de la noche anterior centellearon en su mente como un relámpago.

Palo Kanta.

Sefia se desprendió de las cobijas y se sentó. Archer estaba frente a ella, con las piernas colgando para equilibrarse entre las ramas mientras afilaba los cuchillos nuevos. Alrededor suyo, tendidas en el árbol como extrañas frutas, estaban los demás objetos nuevos: camisas robadas, un trozo de cuerda, una taza de hojalata, una cobija extra, sacos con comida.

Al verla enderezarse, limpió el cuchillo con un trapo y lo metió en su funda.

—¿Hiciste todo esto? —preguntó ella con voz débil.

La mirada de Archer se paseó por el pequeño enclave que había desplegado en los árboles. Asintió.

—Trabajaste duro.

Al bajar la vista, Sefia notó los rastros de sangre seca en los pliegues de su mano y en las medialunas de las uñas. Con una mueca, empujó hacia atrás las cutículas de una mano con la uña del pulgar. Despegó los restos rojizos que le habían quedado.

Su rostro se contorsionó. Palo Kanta. El hombre tenía toda una *vida* tras de sí... y hubiera podido tener toda una vida por delante... pero ella se la había arrebatado. Había agarrado los hilos de ese instante y los había cambiado, invirtiendo la trayectoria de la bala para que no fuera a su encuentro sino al de él. Y había penetrado en su carne, le había hecho un agujero y lo había matado.

Había matado a un hombre.

Las lágrimas salpicaron sus brazos.

Hubo un movimiento en las ramas, y luego Archer estaba junto a ella y le había tomado las manos, limpiaba cada uno de sus dedos con un trapo húmedo y limpio.

—Lo siento —murmuró ella, pero no se disculpaba con Archer sino con Palo Kanta, a pesar de que él nunca podría oír de nuevo—. Lo siento —lamentaba que todo hubiera terminado así: matar o morir. Ella o él. Un escenario imposible de cambiar.

Archer le apretó los dedos un momento y después los soltó, luego escondió el trapo.

Sefia se llevó los puños cerrados a los ojos y sacudió la cabeza.

—No, no, no. ¿Qué estoy diciendo? —había estado tan segura de que era esto lo que quería. Respuestas. Redención. Venganza.

Pero aquello no había sido una venganza.

—Me hubiera matado —dejó sus dientes al descubierto—. Era un *inscriptor*. El mundo está mejor sin él ahí afuera. ¿Por qué digo que lo *lamento*?

Archer se dio un golpecito en el pecho, sobre el corazón, y sonrió con tristeza.

—*No* soy buena persona. En todos estos meses, lo único que he querido es... Una persona de buen corazón no habría... *Dejé* que se llevaran a Nin —estas últimas palabras se le escaparon a borbotones—. Es culpa mía que la capturaran. Si no hubiera ido sola al pueblo... Si hubiera regresado antes... Yo estaba *ahí*, Archer. Sólo tenía que decir algo, y ahora...

Se golpeó los muslos. El dolor brotó bajo sus puños. Archer trató de atrapar sus manos, pero ella se movió fuera de su alcance.

—Se *suponía* que debía hacer esto. Por Nin. Por mi padre.

"Somos un equipo, tú y yo", eso había dicho su padre. "Estamos juntos en esto, sin importar lo que suceda".

Pero cuando más había importado, ella no había estado a su lado. Él había muerto en la casa vacía mientras ella jugaba, ignorante y tonta, en el pueblo. Ella era lo único que le quedaba, y le había fallado.

Sefia buscó frenéticamente el libro en su mochila. Necesitaba sentir entre sus manos lo único que le quedaba de su padre. Lo necesitaba para recordar. Para tenerlo presente. Le quitó la funda de cuero y dibujó el símbolo en la cubierta.

Dos líneas curvas para sus padres, otra para Nin. La línea recta para ella. El círculo representaba lo que debía hacer.

—Aprender para qué sirve el libro —no atinaba con las palabras—. Rescatar a Nin, si es que sigue viva... —los sollozos la ahogaron. Las lágrimas le nublaban la vista.

Pero por más que intentaba sacar a flote esa furia, esa rabia que la había mantenido activa todos esos meses, cuando intentaba llegar a ella, veía a Palo Kanta.

Veía cómo el disparo lo alcanzaba.

Veía cómo la sangre manaba de él.

Veía cómo su cuerpo caía, sin vida, a sus pies.

Sefia se abrazó al libro y lloró. Se odió por su flaqueza.

—No creo que pueda hacerlo —susurró.

Entonces, Archer se metió en la hamaca junto a ella y la rodeó con sus brazos. Sefia sintió su presión en los hombros, el roce de su mejilla, sus manos que ceñían las suyas. La clase de contacto que no había sentido en años, que la envolvía como un vendaje, hasta que todo lo roto que había en su interior quedó inmovilizado, a salvo, en el cálido anillo que formaba el abrazo de Archer.

La capitán Cat
y su tripulación caníbal

Después de que el *Corriente de fe* rescatara al Capitán Reed del *maelstrom*, y de que éste anunciara sus intenciones de poner rumbo hacia el último confín occidental del mundo, hubo cierta consternación entre la tripulación.

Dijeron que había sufrido una crisis.

Que algo le había sucedido allá, en lo profundo de las aguas salvajes.

Que esto era ir demasiado lejos.

Algunos dejaron el barco, por supuesto, pero la mayoría permaneció con él. Tal vez se habían acostumbrado tanto a oír las grandes historias de sus propias aventuras que pensaron que sobrevivirían en donde todos los demás habían fracasado. Quizá creyeron que Reed y el primer oficial jamás permitirían que el *Corriente de fe* desapareciera en el mar así como así. Tal vez pensaron que ése era el único navío en todo Kelanna que tenía una mínima posibilidad de llegar hasta allá.

Sin importar sus razones, tomaron sus considerables ganancias, se abastecieron de provisiones en las Islas Paraíso, frente a la costa de Oxscini, y pusieron rumbo hacia el azul e inconmensurable occidente. Tuvieron buena mar durante las primeras ocho semanas hasta que, al llegar al límite de las aguas que figuraban en las cartas de navegación, se toparon con un bote lleno de huesos humanos.

Pelvis, clavículas, esternones.

Entre los huesos, dos sobrevivientes contemplaron fijamente con sus ojos demacrados el curvo casco del *Corriente de fe*. Sus labios dejaron asomar el interior de las bocas tapadas con sus hinchadas lenguas.

—Esto no está bien —dijo Camey, uno de los marineros de la guardia de estribor de Meeks. Era nuevo, uno de los que habían reclutado en las Islas Paraíso, y bastante sinvergüenza. Pero nadie lo contradijo cuando repitió lo que había dicho—. Esto no está nada bien.

Mientras la tripulación miraba incómoda desde la borda, el Capitán Reed esperaba, contando los segundos, sopesando sus alternativas. ¿Acogerlos a bordo o abandonarlos a su suerte? A veces era eso lo que sucedía en el vasto mar.

Pero claro que los acogió, porque era el Capitán Reed. Bajó a buscarlos personalmente.

Uno de los sobrevivientes se desmayó tan pronto Reed puso el pie en el bote, pero el otro, que era una mujer, retrocedió, buscando asidero entre las osamentas. Iba vestida con un buen abrigo de terciopelo y un sombrero de fieltro, pero el resto de sus ropas no eran más que andrajos, y el pelo rojo se le empezaba a caer a manotadas. Tenía un fémur roto en la mano que chupaba con fruición.

Reed se sentó junto al mástil del bote y destapó su cantimplora. La mujer lo miró curiosa, como si hubiera olvidado qué era eso.

—¿Quiénes son ustedes? ¿Qué le pasó a su barco?

Un fogonazo de entendimiento se reflejó en su rostro. Su boca funcionó, se le desprendió la lengua de los dientes.

—Catarina Stills —dijo con voz ronca—. Capitán del *Siete campanas*.

Por supuesto que habrán oído hablar del *Siete campanas*. Era un barco famoso que exploraba el remoto sur, y que se aventuraba cada vez más lejos de Roku, acercándose al Hielo Eterno. La capitán Cat había heredado el barco de su padre, Hendrick Stills, el Explorador del Sur, que había muerto de neumonía en su último viaje.

Lo que nadie sabía era que, desde la muerte de su padre, la capitán Cat había estado explorando el occidente sin que se supiera, navegando cada vez más cerca de los confines del mundo.

—Soy el Capitán Reed —contestó él—. Está a salvo con nosotros.

Ella dejó caer el hueso de sus manos, y Reed corrió a sostener su cuerpo demacrado para llevarle la cantimplora a los labios. Dejó que el líquido se deslizara gota a gota en la boca de ella, humedeciendo las grietas. Con la mirada asombrada de un recién nacido, la capitán Cat lo miraba sin dar crédito, y él le hizo señales a la tripulación para subir a los supervivientes a la cubierta del *Corriente de fe*.

Los supervivientes permanecieron en la enfermería con la doctora el resto del día, pero la tripulación no podía dejar de hablar de ellos. Echaban vistazos sin querer a la escotilla principal, donde estaba la enfermería, bajo cubierta, aunque no miraban directamente. Los marineros son tremendamente supersticiosos y, mientras cumplían con sus labores del día, tenían buen cuidado de evitar la enfermería y sus alrededores, como si fueran a contagiarse de canibalismo o de mala suerte, si se acercaban demasiado.

A pesar de las recomendaciones de la doctora, la capitán insistió en comer en la cabina principal esa noche, aunque su compañero, Harye, permanecía abajo en la enfermería.

—Delira —dijo la doctora, limpiando sus anteojos—. Lo pillé buscando huesos, imagínese. Aly y yo pensamos que ya le habíamos quitado todos, pero le encontré más ocultos en las mangas de su camisa. No creo que siquiera se haya percatado de que lo hemos rescatado. En su mente, sigue en ese bote —se pasó los oscuros dedos por el pelo, cortado casi al rape—. Me sorprendería que llegara a mañana.

El Capitán Reed le pidió a Meeks que los acompañara a la cabina mayor. El segundo oficial era un aficionado a las historias como ningún otro, y podía oír una nueva y más adelante contarla palabra por palabra. Además, siempre estaba dispuesto a aceptar una invitación. Se sentó frente a la capitán, y jugueteaba distraído con los extremos de sus rizos ensortijados mientras grababa la narración en su memoria.

Cat se había lavado y sus heridas habían sido curadas. Estaba tan delgada como una estaca y sus manos temblaban al tomar los cubiertos.

—Aunque parezca increíble —comenzó ella—; esto fue lo que sucedió...

El primer oficial se inclinó hacia el frente, examinándola con cuidado, atento a las mentiras que fuera a decir.

Pero no estaba mintiendo. A veces la verdad es más truculenta que la ficción.

El *Siete campanas* llevaba ciento veintidós días navegando cuando una larga grieta se abrió en el cielo de la noche, ahogando las estrellas y las oscuras aguas con cascadas de luz.

—¿Relámpagos? —preguntó Reed.

La capitán Cat negó con la cabeza.

—Era como si el cielo se estuviera resquebrajando y dejara ver un mundo de luz detrás de él. A medida que nos acercábamos, el cielo entero iba palideciendo y el *Siete campanas* se encendió, como si hubiera amanecido. Jamás me había sentido tan insignificante. Una mota de polvo en el océano sin fin. Y había algo tan hermoso en todo ello que casi caigo de rodillas.

Pero luego la luz desapareció con un *estallido* y se desencadenó una tormenta como nadie había imaginado ni siquiera en las pesadillas más desquiciadas.

La capitán daba órdenes a voz en grito, pero el ruido los había ensordecido a todos. El viento agitaba las aguas y quebró los mástiles. El barco no pudo hacer frente a la tormenta. El casco se abrió y empezó a llenarse de agua tan rápidamente que a duras penas tuvieron tiempo de salir con la mitad de lo que había en las bodegas... y no era mucho, pues ya llevaban bastante tiempo en el mar.

Los hombres se dispersaron. El viento había derribado a algunos de las vergas. Otros se habían hundido con el barco. De una tripulación de cuarenta y dos, apenas once sobrevivieron.

En este punto de su relato, la capitán Cat guardó silencio durante un largo minuto. Cuando habló de nuevo, su voz era más ronca y débil que antes.

Describió la deshidratación, la boca algodonosa por la sed. Bajo el sol pertinaz, sus cuerpos se ampollaron y al poco tiempo estaban tan destrozados que incluso sentarse era una grave agonía.

Lenta y dolorosamente empezaron a morir los miembros restantes de la tripulación.

Al comienzo, intentaron usar su carne como cebo de pesca, haciéndola pedazos y arrastrando los trozos tras el bote. Pero los atacó un monstruo de ojos azules y lechosos, con una piel terriblemente áspera y dientes como puntas de lanza que asomaban de su maxilar inferior. Era más grande que una ballena y más cruel que cualquier tiburón. En cuestión de segundos había matado a la mitad de los que quedaban y, después de eso, no volvieron a poner hilos con carnada.

La capitán hizo una nueva pausa, jadeante. Su frente brillaba sudorosa. Las palabras salían a empellones, cada vez más rápido, como si el dique en su interior se hubiera roto y la historia pugnara por salir a borbotones.

A la quinta semana se les terminaron las provisiones y decidieron que echarían suertes. Tomaron trocitos de lienzo rasgado, uno por cada uno de los marineros, y los metieron en un sombrero.

La mancha negra significaba muerte. Marcaba al que la sacara y significaba que tendría que perecer.

Cuando le tocó a Farah, acabaron con ella y devoraran su corazón de inmediato. El resto de la carne se echó a perder en dos días y después no tuvieron más que los huesos para lamer.

Semana y media más tarde, echaron suertes de nuevo, y la mancha negra le tocó a Waxley. Su carne le duró otros doce días, y luego fue el momento de una nueva suerte.

Y así continuaron.

Uno tenía que sacrificarse para que los demás pudieran vivir. Para sobrevivir, uno es capaz de hacer cosas que jamás habría hecho, tan sólo para continuar viviendo una semana más, un día más.

—No me arrepiento de haber hecho lo que hicimos —dijo Cat—. De lo que sí me arrepiento es de haber conducido a mi tripulación allí. Siento remordimientos por haber estado tan asustada en el sur, tras la muerte de mi padre ya no me atreví a volver. Quizá, si no me hubiera dejado vencer por el miedo, aún vivirían todos. Quizás hubieran sido los primeros en cruzar el Hielo Eterno hasta lo que sea que exista más allá.

—No creo que la culparan —dijo Reed—. Decidieron seguirla.

Por primera vez, la capitán miró a Meeks, cuya oscura piel se puso de un color cenizo bajo su mirada.

—¿Qué otras opciones tienen nuestros hombres? —preguntó ella—. Son nuestros hombres.

El esfuerzo de hablar la iba debilitando cada vez más, pero la historia aún bullía en su interior. No podría descansar hasta que no terminara de contarla.

Al final, sólo quedaron dos: la capitán Cat y uno de sus hombres, Harye. Dos trozos de lienzo, y uno significaría la muerte. Cualquiera de ellos lo hubiera podido sacar, pero el de la mancha negra le tocó a Harye. Estaba marcado. Habían pasado setenta días desde el naufragio, y ese día, él iba a morir.

Pero apareció el *Corriente de fe*, y por primera vez, la mancha negra no significó muerte.

—Cuarenta personas de mi tripulación murieron —dijo—. Tan sólo dos sobrevivimos. Cuarenta hombres... Cuarenta de mis hombres... Cuarenta...

Se fue encogiendo dentro de su demacrado cuerpo, encorvándose, bajando los hombros, con sus muñecas caídas. Parecía como si contar la historia la hubiera desinflado, como si por un tiempo, la historia la hubiera llenado y sostenido, pero ahora que ya no la tenía dentro de sí, había colapsado y ya no quedaban más fuerzas en su interior.

Al terminar dijo:

—Estamos en deuda con usted, Capitán, por devolvernos a la civilización.

—¿Qué? —Meeks parpadeó, mirando hacia Reed y al primer oficial y de nuevo a la capitán—. Cap, no vamos a... ¿Vamos a regresar?

Reed tomó aire profundamente y tamborileó sobre la mesa. Ocho veces. Podía sentir que Cat lo miraba con sus ojos amarillentos.

—No —suspiró—. No vamos a regresar.

CAPÍTULO 15

Historias y piedras

Sefia arrojó el libro al suelo. Las páginas se doblaron. No le importó. Ya de pie, sacó su cuchillo con un solo y hábil movimiento, y lo lanzó hacia el árbol más cercano, éste se clavo en el tronco.

Archer levantó la vista desde donde estaba, metido en el agua hasta la cintura, lavando la ropa de ambos en una poza rodeada de piedras planas.

Ella ignoró su expresión dulce y caminó indolente hacia el árbol. Arrancó el cuchillo, le dio la vuelta, giró sobre sí misma y lo lanzó de nuevo.

La hoja se clavó en otro árbol.

Sefia caminó sobre los matorrales, sin pensar en el dolor que le producía en sus pies descalzos. Sacó el puñal del tronco, cerró los ojos y resopló, evocando el recuerdo de los ojos acuosos, la piel del rostro picada, el olor metálico en el aire y la voz como si fuera humo.

Abrió los ojos, apuntó y lanzó el cuchillo.

Justo en el momento en que se desprendía de los dedos, su recuerdo de la mujer de negro fue reemplazado por el rostro contorsionado de Palo Kanta. Un hombre que le temía al mar. Un niño que rescataba gatos callejeros.

El cuchillo chocó contra la corteza y cayó de lado en el suelo del bosque.

Soltando maldiciones, Sefia fue a recogerlo, pero Archer llegó antes que ella. Frotó el acero para limpiarle la tierra y puso el frío mango en la mano abierta de Sefia.

Ella lo recibió, pero no lo tiró de nuevo.

Archer se llevó los dedos a una sien y juntó las manos, que abrió y cerró como si fueran un libro.

Sefia cerró la mano alrededor del cuchillo.

—Porque la capitán Cat era una cobarde —dijo—, y sus hombres fueron los que acabaron pagando por eso. Ella misma lo dijo: si no hubiera estado tan asustada por la cosa que mató a su padre, jamás los hubiera puesto en peligro. Murieron porque ella tenía *miedo*. Hubiera podido evitar que se llevaran a Nin. Yo estaba ahí. Pero había visto lo que le hicieron a mi padre… y no pude moverme —desvió la mirada. Hacia el suelo. Hacia la pequeña cascada que alimentaba la poza. A cualquier cosa que no fuera Archer—. Ni siquiera sé si sigue con vida. Pero si vive… tengo que detenerlos. No puedo permitir que le hagan más daño. No puedo permitir que vuelvan a herir a nadie, nunca más —las lágrimas asomaron a sus ojos mientras envainaba el cuchillo.

Archer asintió y ella lo siguió hasta el borde de la poza, donde levantó el libro, alisó las páginas arrugadas, y colocó la pluma verde entre ellas, para no perder el sitio donde iba.

Sefia se acurrucó en la orilla y Archer se sentó a su lado mientras se secaba al sol. Había subido un poco de peso en las dos semanas anteriores, pero su espalda estaba salpicada de cicatrices. Pasarían años hasta que algunas desaparecieran, y otras jamás lo harían.

PÁGINAS, 184

Los hombres de Hatchet se habían marchado del lago tres mañanas atrás, y ella y Archer habían continuado siguiéndolos hacia el norte. Probablemente se encaminaban al puerto de Epidram, situado en el extremo nororiental de Oxscini.

Desde esa noche con Palo Kanta, Sefia había estado practicando con su Visión. Ahora podía sentirla continuamente, centelleando bajo la superficie de las cosas. Si se concentraba y parpadeaba, aparecía ante sus ojos. Pero cada vez que entraba a ese mundo de luz, la abrumaban imágenes, recuerdos, historias, hasta el punto en que terminaba sacudiéndose entre incontables fragmentos de tiempo, y luchando contra el dolor de cabeza, el vértigo y las náuseas.

Era como ahogarse. A veces se sentía tan perdida en la corriente de imágenes y sonidos y momentos infinitos en el tiempo que no estaba segura de poder encontrar el camino de regreso hacia su cuerpo.

Miró hacia donde estaba Archer. Había sido capaz de ver la vida de Palo Kanta en un fugaz borrón. Quizá lograba averiguar quién era Archer en realidad. Su historia debía estar agazapada en su interior, enjaulada en su silencio, a pesar de que las marcas que le había dejado se veían por todas partes: la cicatriz de su cuello, las otras en su espalda, su pecho y sus brazos.

Entrecerró los ojos y sintió que la Visión comenzaba a rodearla.

Quince marcas de quemaduras, alineadas como surcos en el brazo derecho de Archer.

Quince marcas.

Parpadeó y el mundo dorado se desplegó a su alrededor.

Quince señales.

Hilos de luz ondearon alrededor del brazo de Archer. Se aquietaban o arremolinaban según se moviera, chispeando con miles de diminutas partículas de luz. Sefia luchó por controlar la Visión cuando las imágenes fluyeron a su lado en una corriente de historia.

Y entonces, vio las peleas.

Habían ocurrido a lo largo y ancho de todo el reino de Oxscini: en ruedos de tierra apisonada, que habían despojado de matorrales y piedrecillas, rodeados de antorchas que teñían de negro el reverso de las hojas; en sótanos donde los pisos olían a arcilla; en jaulas de hierro a través de las cuales los espectadores podían azuzar a los combatientes con palos puntiagudos, riendo y gritando.

Siempre peleaban en un ruedo, y siempre moría alguien.

Sefia los vio relampaguear ante sus ojos, más veloces de lo que alcanzaba a distinguir, le provocaban vértigo; muchachos atravesados con lanzas; muchachos sangrando por decenas de heridas profundas, agonizantes en el suelo; muchachos con caras magulladas a irreconocibles.

Y Archer se erguía por encima de todos ellos. Archer sostenía la lanza, la daga, la piedra. Archer era sujetado en el suelo por hombres que lo doblaban en tamaño, en el centro del ruedo, mientras alguien lo marcaba con un hierro candente. Sucedía una y otra vez. El cuerpo de Archer golpeaba el piso. Un lado de su rostro quedaba contra la tierra. El olor de carne que chisporrotea. Su brazo derecho que iba coleccionando quemaduras cual trofeos. El dolor. Los vítores. Una marca por cada pelea ganada.

Estaba marcado porque había sobrevivido.

Sefia parpadeó de nuevo y la luz se apagó, ella permaneció jadeante. Las batallas se desdibujaban en su interior, pero había visto lo suficiente como para saber qué le había pasado a Archer, qué había hecho, por qué guardaba su historia encerrada dentro de sí, como un animal. Sintió que había estado bajo su piel, y que su sangre y corazón eran los suyos, una cercanía que nunca antes había experimentado, y que no se había ganado.

Era una forma cruel de hurto, inmiscuirse en los peores recuerdos de otra persona. Se sostuvo la adolorida cabeza entre las manos, luchando con los latidos que sentía en las sienes y detrás de los ojos. No volvería a hacerle eso a Archer.

Pero al menos ahora comprendía parte de todo el asunto. Buscó en el bolsillo de su chaleco hasta sacar su monedero y volcó el contenido en su mano: varios colbis de oro, una turmalina en bruto, y un trozo de cuarzo del tamaño de un dedo pulgar, con vetas de colores.

El cristal exhibía líneas negras y doradas semejantes a estrellas fugaces, y cuando uno se lo ponía ante los ojos, el mundo entero parecía llenarse de fuegos artificiales.

Archer lo miró con interés cuando ella se lo puso en su mano.

—Quiero darte una cosa.

Él tocó el cuarzo con su índice.

—Nin me lo dio cuando era niña —le explicó—. Es una "piedra de las preocupaciones". Cuando los recuerdos me abruman, por las cosas malas que han sucedido… la muerte de mi madre… mi padre… La frotas con el pulgar y te recuerda que estás a salvo. Que no hay por qué sufrir.

Al tomar el cristal, rozó la mano de Sefia con su pulgar, dejando una gota de agua en las líneas de su palma. Sostuvo la piedra en la luz, y centelleó en colores negros y dorados. Frotó su pulgar en la piedra antes de metérsela en el bolsillo. Sonrió a Sefia. Tenía una sonrisa amplia y hermosa, con los colmillos afilados.

De repente, Sefia tuvo conciencia de su piel, de los pliegues en los que las gotas de agua se agrupaban como perlas, del bronce bruñido de sus brazos desnudos. Y no supo qué hacer con sus manos, así que cruzó los brazos y sonrió incómoda. Aún sentía el agua en la palma de su mano como una estrella reluciente.

Archer hizo la señal para referirse al libro, un abrir y cerrar de sus manos como si fueran alas.

Sefia puso los ojos en blanco.

—Bueno, voy a leerte. Pero si la capitán Cat sigue comportándose como una gallina asustadiza, nos saltaremos el resto de la historia.

La capitán Cat
y su tripulación caníbal
(continuación)

La noticia le cayó como un rayo. *¿No iban a regresar?* La capitán Cat lo miró boquiabierta, pasmada.

Antes de poder responder, se oyó un crujido debajo.

—¡Socorro! —los gritos resonaron por todo el barco—. ¡Auxilio!

Reed llegó a la puerta antes de que todos los demás se hubieran siquiera levantado de sus puestos, y salió hacia la cubierta, donde la tripulación se había apiñado alrededor de la escotilla principal.

—Es el Capitán —murmuraron, quitándose del camino—. El Capitán está aquí.

En su descenso a cubierta, camino de la enfermería, sintió que un intenso pánico crecía en su interior. Empezó a tamborilear sus dedos entre sí: pulgar e índice, pulgar y medio, pulgar y anular, pulgar y meñique. *Uno, dos, tres, cuatro...*

Invirtió el orden, empezando por el meñique. Dio ocho. Ocho golpecitos. Llegó a la puerta.

La doctora lo miró desde donde estaba, de rodillas ante un enorme hombretón que sostenía un cuerpo esquelético y desmadejado entre sus descomunales manos. Había perdido la mayor parte del pelo y sus manos eran delgadas y parecían demasiado grandes para sus muñecas.

Harye. A duras penas daba la impresión de ser humano.

La doctora cerró los ojos de Harye con dos largos dedos.

El hombre que sostenía el cuerpo era Horse, el carpintero del barco. Tenía hombros anchos y brazos musculosos, sus manos eran como mazos, y la piel correosa de alguien que se ha quemado tanto al sol que su tez, naturalmente pálida, se había vuelto morena y dura como el cuero sin curtir.

—Vine a ver cómo estaba —Horse hizo un gesto para señalar la gran cantimplora que había en el suelo, a su lado. Sollozando, bajó el pañuelo amarillo que se ataba en la frente hasta taparse los ojos—. Ya saben, a ver si quería algo que lo levantara. Pero cuando entré, me miró y me embistió. No supe qué sucedía. Se me echó encima de la nada. Estaba loco, gritaba... No sé qué. Lo... lo golpeé. Para zafarme de él, ¿me entienden? Pero era tan ligero que salió disparado contra la pared opuesta de la cabina.

—No iba a pasar de esta noche, en todo caso —le dijo Reed, con un apretoncito en el hombro. Nunca era fácil eso de acabar con una vida, y menos para un hombre como Horse, un hombre que se acercaría sin inconvenientes a un perfecto desconocido para animarlo—. ¿No es así, doctora? Lo rescatamos demasiado tarde. No iba a salvarse.

La doctora asintió.

Horse retiró el pañuelo de su vista y se limpió la nariz con el.

Se oyó un grito, como un lamento animal. La capitán Cat se abrió paso por encima de Reed hasta la enfermería, donde fue a caer cerca del cuerpo, sus manos aletearon inútiles sobre las mustias extremidades del hombre.

—Lo siento, capitán —dijo Horse—. No era mi intención.

Ella miró al gigante, al que había matado al último miembro de su tripulación, y sus ojos se abrieron desmesuradamente.

—La mancha negra —murmuró, señalando con un dedo tembloroso las manos de Horse.

Estaban manchadas de negro como la brea.

Ella retrocedió y le mostró los dientes.

—Está marcado —dijo—. Será el siguiente en la lista.

—¿Qué?

Afuera, los hombres intercambiaban susurros.

—Esto no está bien —dijo Camey. Se frotaba la nariz aguileña y miraba alrededor para ver si lograba el apoyo de alguien en la tripulación—. Les digo que esto no está bien.

Greta, una robusta mujer de piel cetrina y pelo negro que parecía chorrear de su cabeza como la cera de una vela, chasqueó la lengua para mostrar su desaprobación.

Camey le dio un codazo de complicidad al grumete que había sido reclutado en las Islas Paraíso.

—No está bien, ¿cierto, Harison?

Jigo, el tripulante de más edad del *Corriente de fe*, lo empujó por detrás, gruñendo.

—Cierra el maldito pico —farfulló bajo sus grandes bigotes.

Camey guardó silencio, pero Greta chasqueó la lengua una vez más.

—Asunto cerrado —les dijo el primer oficial.

Meeks los miraba a todos con interés.

—Horse es nuestro carpintero —le explicó Reed a Cat—. Sus manos siempre están así.

La capitán retrocedió hasta dar con las literas.

—No fue culpa de Harye. Él no lo sabía. Usted no lo entiende. No era él mismo allá... Todos esos días interminables... No saben lo que fue eso.

—Usted tampoco está allá ahora —contestó Reed.

Ella lo miró con tristeza.

—*Siempre* estaré allá. Si no quiere estar allá también, conmigo, tiene que regresar.

Reed negó de nuevo.

—Con todo respeto, zarpamos para conseguir algo, y no vamos a regresar hasta que lo hayamos hecho.

Los dedos de ella parecían garras. Sus dientes, colmillos feroces.

—¿No me escuchó? —graznó ella—. ¡Todos morirán allá afuera!

La tripulación murmuraba de nuevo.

—¿Oyeron lo que dijo?

—Yo no quiero acabar así.

—Capitán —interrumpió Reed—, voy a darle una alternativa. Nosotros iremos más allá del confín occidental, con o sin su permiso. Si usted lo desea, puede venir con nosotros. Estaremos encantados de contar con su compañía. De lo contrario, es libre de tomar su bote y lanzarse por su cuenta al mar. Quizá sobreviva. Hay una ruta navegable a un par de semanas al oriente desde aquí. Pero no voy a obligarla a continuar con nosotros si no desea hacerlo.

Ella quedó boquiabierta, jadeante.

—No... no-volveré-a-ese-bote —repuso ella—. Y tampoco iré con ustedes.

El Capitán estudió su rostro, el pelo debilitado, la forma en que la piel se le pegaba a los huesos. Le tomó apenas un segundo entender lo que quería decir.

Mentalmente ella seguía allá afuera, rodeada por los esqueletos de su tripulación, y sin importar cuánto se recuperara o la distancia que pusiera entre ella y el mar, su mente siempre estaría allí.

—Capitán, usted no puede...

—Sí puedo, Capitán —dijo ella—. Y si usted no puede ayudarme, encontraré quien sí lo haga.

Había usado sus últimas fuerzas para relatar su historia y, con Harye ya muerto, estaba lista para reunirse con su tripulación. Para completar los cuarenta y dos miembros. Cuarenta y dos muertos.

Era par, el número de la tripulación caníbal.

Con esto, Reed dejó caer las manos a ambos lados y desenfundó a su Ama y Señora de la Misericordia.

Nada podía compararse al brillo que irradió del revólver bajo la escasa luz de la enfermería. El largo tambor plateado estaba adornado con hojas de álamo y racimos de semillas. La empuñadura de marfil tenía incrustaciones de madreperla. Había quien decía que era la pistola más bella que jamás se hubiera hecho, obra de un armero de Liccaro como regalo para su amante, y la más perfecta expresión de anhelo y lealtad que alguien podía entonar, como el suave y perfecto sonido de un fagot.

Inmediatamente se escucharon exclamaciones entre la tripulación. Pero la otra pistola permaneció en su funda. Bajo el inquieto pulgar de Reed se alcanzaba a ver sólo la empuñadura de un tinte casi marrón.

En ese momento, la capitán se puso en pie, con la cabeza en alto, y salió de la enfermería caminando con toda la dignidad que pudo reunir. La tripulación le abrió paso. Algunos bajaron la cabeza mientras ella subía las escaleras hacia la cubierta principal. Al resplandor de la luna, tenía ya el aspecto de un cadáver, con sombras profundas alrededor de los ojos. Se trepó por encima de la borda, rechazando la ayuda de la tripulación que trató de auxiliarla, y se aferró a las jarcias. Al soplo frío del viento, su cuerpo no se dejaba de mecer.

—Oiga por última vez, capitán —dijo Reed—. ¿Está segura de que no quiere ser parte de este álbum?

—Imposible, Capitán. Jamás he estado tan segura —respondió ella. Sujeta a las jarcias, se veía frágil pero orgullosa, desafiante.

Ninguno de los miembros de la tripulación parpadeó para no perder detalle. El Capitán levantó la pistola, la amartilló, y el sonido golpeó el navío con la intensidad de una tormenta presta a alcanzar su cenit.

—Esperamos oír sus últimas palabras —la invitó él.

La capitán lo miró fijamente. Al borde de su propia muerte, con el silbido del mar tras ella y la noche que la arropaba, parecía más alta y soberbia. Su voz resonó como una campana.

—Quizá sea usted recordado, Cannek Reed —dijo, observando a todos y cada uno de los miembros de la tripulación, hasta que su mirada se detuvo sobre Camey, que se rascaba incómodo su nariz de loro—. ¿Pero quién recordará a su tripulación?

Reed apretó el gatillo.

Hubo un fogonazo y una explosión, y luego el cuerpo de la capitán Cat se fue alejando del barco, su pelo como una estela que la seguía, sus brazos y piernas extendidos. Cayó al mar con un estruendo de agua, y entonces Catarina Stills, hija de Hendrick Stills, el Explorador del Sur, último capitán del *Siete campanas*, dejó de existir.

Pero sus palabras permanecieron. Meeks ya había memorizado su historia, y miraba el espacio vacío que ella había ocupado hacía apenas unos instantes. Fueron palabras que Reed nunca olvidaría.

¿Quién recordará a su tripulación?

CAPÍTULO 16

Artimañas

La zona oriental de Epidram era un laberinto de casuchas y callejuelas atestadas de viejas trampas para langostas y tendederos con ropa húmeda. A lo largo de las calles de tierra, por las alcantarillas, corrían riachuelos de porquería y basura que apestaban a comida podrida y líquidos fétidos.

Sefia y Archer se movían sigilosamente por las calles, buscando el símbolo 🜨 tallado en postes o sobre las puertas, pero no encontraban ni rastro. Esa misma mañana, más temprano, habían visto a los hombres de Hatchet escabullirse hacia las afueras de la ciudad, pero ahora los inscriptores no aparecían por ninguna parte.

—Vinieron por aquí, estoy segura —Sefia miró a uno y otro lado de la calle, y soltó una maldición—. No puedo seguir un rastro en sitios como éste.

Varios negocios pequeños estaban abiertos, con toldos montados sobre las amplias ventanas o con mesas dispuestas en la calle. Hacia un lado, un hombre fumaba una pipa bajo una carpa, y de los entorchados extremos de su barba ascendía humo de olor dulce. Estaba rodeado por cajones de boticario, separados en pequeños compartimentos cuadrados en los cuales, de cuando en cuando, metía los dedos para sacar una pizca de tabaco para pipa.

Al salir a la calle, Sefia se sintió más visible que nunca. Sus botas crujían. Su mochila traqueteaba. Todo lo que hacía estaba fuera de lugar o era muy ruidoso. Nunca había estado en una ciudad tan grande.

A la sombra de un toldo, Sefia distinguió con dificultad las siluetas de cinco ancianos, delgados cual esqueletos, sentados en mecedoras. Su ropa subía y bajaba lentamente al ritmo de su respiración dificultosa. Se estremeció. Tenía la desagradable sensación de que los estaban vigilando.

Archer la seguía, observando con cuidado todo lo que los rodeaba, mirando hacia los tejados y a las esquinas.

No habían llegado mucho más allá de la siguiente intersección cuando una figura conocida salió de un callejón frente a ellos. Tenía las suelas de las botas recubiertas de tierra y en el borde de su largo abrigo había una línea de polvo. Tenía pelo gris y barba roja.

Sefia tiró de Archer para ocultarse tras unas cajas.

—Ése es uno de los hombres de Hatchet —susurró, señalándolo.

Archer asintió. El de la barba roja llevaba las tenazas en el ataque a la cabaña. Archer asió el mango de su cuchillo de caza.

Esperaron a que el de la barba roja les sacara un poco de ventaja, y luego salieron tras él. Los llevó por entre las callejuelas hacia el corazón de la ciudad. Sefia y Archer lo siguieron, metiéndose en callejones laterales, escondiéndose tras postes y barriles.

Sefia no le quitaba los ojos a la nuca del hombre. Estaban tan cerca ahora. Podía intuirlo.

El hombre los llevó hasta un pequeño mercado callejero repleto de gente. Había demasiadas cosas qué ver. Puestos y compradores, carteristas y niños. Los ruidos y olores se arremolinaban a su alrededor como una nube vertiginosa. Y mientras Sefia vacilaba, el hombre se internaba entre la multitud sin titubear.

Se apresuró tras él.

A medio camino por esa calle, se metió en un edificio con ventanas mugrientas y un anuncio metálico colgado en la entrada: un tarro de cerveza desbordando espuma encerrado en un círculo formado por una soga. El tarro indicaba que era una taberna, pero la soga...

Sefia retrocedió tambaleándose. Había visto este lugar antes: ventanas sucias y una puerta verde descascarada, con un taller de cerería en el que se fabricaban velas, a un lado, y un puesto de cacharros de cocina en el otro.

Palo Kanta hubiera venido a este lugar. Se suponía que entraría por esa puerta ladeada con el resto de los hombres de Hatchet.

Mareada, se dejó caer hacia un lado, donde estaba Archer, que la sostuvo por el codo.

—Él debió haber estado aquí —dijo aturdida—. Palo Kanta debió haber venido aquí.

Archer asintió.

—Yo lo impedí.

Archer no la miró. Jugueteó con las velitas expuestas en la mesa frente al taller del cerero. Sefia se preguntó que habría hecho Palo Kanta aquí adentro. Beber, probablemente. ¿Y qué más? ¿Reír? ¿Contar historias a sus amigos?

—¿Crees que Hatchet esté ahí también? —le preguntó.

Archer miró al interior a través del sucio vidrio y se encogió de hombros.

El fabricante de velas hizo una pausa en su labor y los miró con desdén. Dos velas a medio terminar colgaban de sus maltratadas manos.

—¿Van a comprar algo, muchachos? —preguntó.

—¿Cómo se llama este lugar?

—¿La soga del verdugo? —los labios del hombre se contorsionaron en una sonrisa malévola—. No deberían entrar ahí. No es buen lugar para unos chicos.

Sefia cambió de posición, incómoda. Caminaron hasta la tienda, en el otro lado de la taberna, y allí curiosearon entre ollas y cazuelas aporreadas.

—¿Qué puede decirnos de La soga del verdugo? —le preguntó Sefia a la vendedora.

La mujer se arregló un rizo canoso bajo la cofia.

—Cuelgan a los que no pueden pagar.

—¿Sabe si un hombre llamado Hatchet viene por aquí?

—No es asunto mío, niña. Todos mis clientes pagan.

Sefia se agarró de los tirantes de su mochila y se hizo a un lado.

—¿Dónde está el de la barba roja? —murmuró.

A medida que el sol iba subiendo, Sefia estaba cada vez más nerviosa. Se sobresaltaba con todos los ruidos, con cada movimiento entre la multitud. Una y otra vez llevaba la mano a su cuchillo.

Al final ya no consiguió esperar más. Deslizándose entre los puestos del mercado, llegó hasta las ventanas de la taberna y allí se agachó para limpiar el vidrio con el puño. Ayudándose con las manos para bloquear el reflejo, se asomó al interior.

Parpadeó, tanteando las corrientes doradas de la historia que fluyen bajo el mundo que vemos todos los días. La luz se coló a través de las ranuras del piso de tablones y se reunió alrededor de las mesas, iluminando las paredes de la taberna hasta que incluso las cuerdas que colgaban se veían doradas.

Sintió que su cabeza flotaba. Había tanto para ver... peleas de bar y vasos rotos, conchas de moluscos recogidas por una escoba, palabras susurradas, y en medio de todo, Palo Kanta de pie junto a la barra, brindando, palmeando a alguien en la espalda... pero nada de todo eso permanecía lo suficiente como para echarle un buen vistazo. Alguien cruzó su campo visual, ¿el de la barba roja?, y ella volvió la cabeza para seguirlo con la mirada, pero el mundo entero giró también. Era un vórtice que volteaba todo, bramando, y que amenazaba con arrastrarla también a ella.

Sefia parpadeó y el mundo fue otra vez húmedo, frío, marrón y apestoso.

Su propia saliva tenía un sabor ácido. Como a fracaso. Escupió.

Con suavidad, Archer le dio un apretoncito en el brazo.

Ella lo miró a los ojos y sacudió la cabeza. Todo estaba allí. La información que buscaba. Pero no era capaz de encontrarla. No era lo suficientemente buena.

—Tenemos que entrar —Sefia se puso en pie, mirando el vidrio sucio. Con breves movimientos de su meñique, trazó las letras sobre la mugre del vidrio, murmurando los sonidos al escribir. No eran más que unas marcas en un rincón, así que nadie las notaría a no ser que las buscara:

PALO KANTA

Él no estaba allí, ella lo había impedido, pero su nombre sí podía estar, aunque fuera por un tiempo. Era lo menos que ella podía darle. Se limpió el dedo en los pantalones.

—Es su nombre —dijo.

Era un sitio mugriento con manchas oscuras y trozos de conchas y aserrín en el piso. En las paredes había lámparas anaranjadas, anclas viejas y oxidadas, y gruesas cuerdas. Había unos pocos parroquianos en la taberna: una mujer encapuchada que acunaba un vaso de un líquido ambarino en un rincón, un hombre manco sentado en la barra que comía cacahuates, y todos levantaron la vista cuando Sefia y Archer entraron. Al hombre de la barba roja no se le veía por ninguna parte. Sefia buscó una puerta trasera en los rincones oscuros. ¿Adónde se habría ido?

Limpiando vasos con un trapo sucio, el cantinero no estaba en mejores condiciones que el resto de su establecimiento. Tenía tierra bajo las uñas y el pelo le colgaba por los hombros como las mechas de un trapeador. Su cara, sin embargo, era notable: su mejilla derecha estaba marcada con cuatro cicatrices en forma de estrella, blancas e hinchadas en los bordes.

Esas cicatrices querían decir algo. Eran el tipo de marcas que mostraban quién era uno realmente. Sefia había oído hablar de ellas, o quizá lo había leído, pero no conseguía recordarlo.

El cantinero sonrió cuando vio que Sefia lo miraba, y abriendo bien su boca le mostró sus dientes aceitosos.

—A ver, niños —dijo—, ¿qué hacen dos jovencitos como ustedes en un lugar como éste?

Cuando Sefia se acercó a la barra, el manco se inclinó hacia ella. Tenía la mirada medio perdida y apestaba a licor dulzón. Sus dedos jugueteaban con las cáscaras de cacahuates que había sobre la barra. Sefia no pudo evitar un gesto de desagrado.

—Buscamos a un hombre de barba roja —dijo—. ¿Lo ha visto?

La sonrisa del cantinero estaba torcida por las cicatrices que le arrugaban la mejilla. Inclinó la cabeza y se llevó el sucio índice a la barbilla.

—Tal vez, tal vez —dijo, sonriendo—, pero veo a muchas personas todos los días. Es difícil recordarlas a todas.

—Estuvo aquí hará menos de quince minutos. Lo vimos entrar.

Archer se situó tras ella. Sefia sabía que vigilaba a su alrededor en busca de amenazas.

—Supongo que mi memoria ya no es lo que solía ser —dijo el cantinero—. A veces es cuestión de ponerla en marcha con algún pequeño incentivo.

Nin siempre decía que había cuatro maneras de obtener información si alguien se negaba a proporcionarla: soborno, miedo, fuerza y artimañas.

Sefia apretó la mandíbula para evitar contestarle lo que se merecía, y sacó su bolsa del bolsillo interior del chaleco para mostrar la turmalina en bruto. La sostuvo en la mortecina luz para que hiciera brillar sus tonos de color rojo sandía y verde profundo. Luego, la dejó caer sobre la barra y se echó la bolsa al bolsillo.

El cantinero se encogió de hombros.

—¿Bromea? Esa piedra vale mucho más que un poco de información.

—No me parece que sea muy valiosa. Ni siquiera brilla —se encogió de hombros una vez más, pero su mirada le indicó a Sefia que mentía y que buscaba obtener más.

Apretando los dientes, buscó de nuevo su bolsa.

Y entonces Archer sacó su cuarzo, el que ella le había regalado.

—No, Archer —dijo, intentando devolverlo al bolsillo—. Deja que yo me encargue.

OCÉANOS; 203

Pero el cantinero asintió y se relamió los labios.

—Bueno, bueno... ahora sí que nos estamos entendiendo.

Archer le acarició brevemente las manos y depositó el cristal en la barra. Incluso en la escasa luz, sus vetas negras y doradas centelleaban. El cantinero tocó un borde del cristal con su sucio dedo y lo hizo girar un poco a ambos lados.

—Esto ya es algo —dijo—, pero no te servirá para comprar mucho.

Ella lo fulminó con una mirada que hubiera podido fundir roca volcánica. Si el soborno no servía de nada, tendría que superarlo en ingenio.

—¿Qué tal si practicamos un jueguito? —Sefia le arrancó el cuarzo y sonrió con una seguridad que distaba mucho de sentir—. Le daré la turmalina simplemente porque me cae bien.

—¿Y cuál es el juego? —el hombre se colocó los grasientos mechones de pelo tras las orejas y se inclinó ansioso sobre la barra.

Era una apuesta ingenua. Los poderes de Visión de Sefia eran tan caprichosos y cambiantes como el mar, y ya ese día la habían traicionado una vez. Nin le hubiera aconsejado seguir otra vía.

Pero Nin no estaba allí. Y Sefia necesitaba averiguar adónde había ido el hombre de la barba roja.

Tomó aire:

—Usted me hace una pregunta, una pregunta cualquiera sobre su vida. Si la respondo acertadamente, me dirá lo que quiero averiguar.

El hombre sonrió:

—¿Y si no aciertas?

Sefia mostró el cuarzo:

—Esto será suyo.

El cantinero cruzó los brazos:

—A ver, eso no me parece justo. Cualquiera puede adivinar —miró a un lado y a otro—. Digamos que respondes cinco preguntas y acepto el trato.

—Dos —replicó ella.

—Tres.

Sefia miró a Archer, que asintió.

Extendió el brazo y colocó el cuarzo de nuevo en la barra.

—Pero no mienta, si acierto.

—Por mi honor.

Se dieron la mano. Sefia retiró la suya sintiéndola fría y húmeda.

—La primera pregunta —dijo él, guardándose el cuarzo en un pliegue de su delantal—: ¿Cómo me llamo?

Ella estudió su rostro: las arrugas, la nariz aguileña, la boca floja. Pero necesitaba ver más que eso. Se concentró en las cicatrices de su mejilla que asemejaban a cuatro estrellas. Se obligó a descifrarlas tal como lo hubiera hecho con una palabra desconocida de cuatro letras, cada símbolo alineado junto al anterior.

Y luego parpadeó, y el raudal de luz la arrastró. Cuatro cicatrices en forma de estrella en la mejilla izquierda: *embustero, traidor*. Podía ver las líneas doradas de la vida de este hombre que retrocedían desde este momento hacia atrás en el tiempo. Vio su soledad, su pobreza, su miedo. Años y años que se extendían en el pasado hasta llegar a su juventud, cuando trabajaba en la cubierta de un enorme barco dorado. Se le había despertado la ambición, y lo habían descubierto.

—Farralon Jones —tragó saliva—. Usted se llama Farralon Jones.

El cantinero rio:

—Pero bueno, ¿qué truco es éste? ¿Quién te lo dijo? —señaló al manco—. ¿Fuiste tú, Honeyoak? Eres un tramposo.

El hombre bebió un sorbo y rio. Habló arrastrando las palabras.

—Yo no fui, querido Jones. Jamás en mi vida he cruzado palabra con esta chica.

Sefia extravió su mirada mientras se deslizaba, mareada y con náuseas, por los ríos de la vida del cantinero. El dolor había empezado a martillearle las sienes y a irradiar desde detrás de sus ojos. Posó la mano en la barra para aferrarse:

—Va una —dijo ella—. Espero la segunda.

Jones se llevó el dedo a la barbilla una vez más.

—¡Qué interesante! Es un truco muy bueno. Voy a tener que pensar en una pregunta más difícil ahora.

—Pero no nos haga perder todo el día —le dijo Sefia cortante. Sentía que las vísceras se le revolcaban en su interior—. Tengo prisa.

—Bien, ya está —el cantinero señaló su mejilla—. ¿Cómo me hice esta cicatriz? Y no vayas a omitir ningún detalle.

La luz giró en torno a ella en espirales que le hacían nudos en el estómago. Se meció a un lado y a otro.

—Traicionó a su capitán.

—A ver, chica —se frotó la mejilla—, vas a tener que hacerlo mejor.

Sefia entrecerró los ojos. Un regusto ácido le inundó la boca.

—Usted era peón en el *Crux*, bajo las órdenes del capitán Dimarion. Las cosas hubieran podido salir bien si no se hubiera dejado llevar por la ambición. Estaban surcando las aguas de Oxscini y había una recompensa por Dimarion. La habían aumentado desde que estaba atacando barcos en la Bahía de Batteram. El dinero era tentador. Usted lo delató. Pensó que iba a salirse con la suya, pero Dimarion lo atrapó. Honeyoak rio, y el cantinero le lanzó una mirada de fuego.

—Está bien, está bien. Ya llevas dos.

Sefia sudaba. La habitación se movía y se ampliaba a su alrededor. Podía sentir el calor de la mano de Archer en su codo, y trató de concentrarse en ese punto para poder paliar el mareo, en lugar del desplome que sentía en su cabeza.

—Una más —le dijo ella.

Farralon Jones contempló el trozo de cuarzo y se pasó una mano por el rostro. Luego entrecerró los ojos y preguntó:

—¿Qué es lo más valioso para mí en este mundo?

Sefia se lanzó en busca de respuestas, inundando con sus poderes hasta los rincones más ocultos del pasado del hombre, invadiendo su historia. Vio demasiadas cosas como para poder nombrarlas: imágenes, sonidos, olores que la aplastaron una y otra vez como cruentas olas doradas, y en medio de ellas, levantaba la cabeza por encima de la superficie, luchando por respirar, hasta que vio fogonazos de una respuesta. El capitán tenía un puño tan demoledor como un mazo, y lo adornaba con cuatro anillos enjoyados. Sintió el dolor en su mejilla, como si fuera su propia carne la que magullaban. Nadie lo contrataría después de eso. Nadie querría contratar a un hombre marcado. Ni siquiera su propia esposa iba a confiar en él después de eso. Y Sefia pudo ver cuánto le había costado a él perder a su mujer y a su hija, las dos únicas personas que le importaban, además de sí mismo.

Sefia se agitó en la luz, ahogándose en ella mientras hacía lo posible por volver a su propio ser. A su cuerpo, perdido en alguna parte de las corrientes de oro y luz.

Hasta que lo sintió: el tibio contacto de la mano de Archer en su codo, que la anclaba a él y le permitía regresar.

Parpadeó, y su conciencia regresó a su cuerpo. Sus rodillas cedieron, pero Archer la sostuvo.

—Usted pretende que le conteste que son su mujer y su hija —jadeó. Sentía arcadas, la boca seca. Pero hasta el mareo era bienvenido con tal de poder regresar a su cuerpo—. Pero no es verdad. Nunca cuidó de ellas como se ocupó de sí mismo. Si las hubiera querido de verdad, jamás habría hecho lo que hizo. A usted no le importa nada más que usted mismo. Ésa es la respuesta.

Todos los que estaban en la taberna los miraban.

—¿Cómo...? —los ojos del cantinero iban de a un lado a otro—. Jamás le conté a nadie...

—Puedo *verlo* —dijo ella. Se llevó la base de cada mano a la sien, como si así pudiera detener el horrible dolor que le martilleaba. Recordó las palabras de la esposa, las últimas que le dirigió, y Sefia las dijo:

—*Eres un cobarde ambicioso, Farralon Jones, y ahora todo el que te vea lo sabrá.*

Dejó caer el vaso que tenía entre manos. Éste golpeó contra la barra y cayó al piso, haciéndose pedazos. El cantinero retrocedió. Los trozos de vidrio crujieron bajo sus pies.

—Yo no... ¿Cómo supiste...?

—Ya se lo dije —respondió—. *Puedo verlo*.

En su interior, Sefia se sintió sin aliento, mareada y enferma, pero había obtenido lo que quería. Le arrebató el cuarzo y se lo devolvió a Archer, que lo guardó ceremoniosamente.

Honeyoak todavía se reía, bamboleándose ebrio en su taburete. Sefia metió el dedo en su vaso y dibujó el símbolo ⊖

en la barra. Bajo su dedo tembloroso, los bordes quedaron irregulares.

—Este símbolo —le dijo—, ¿lo ha visto antes?

Jones lo miró aturdido.

—Nunca antes había visto esta marca.

Sefia asintió. A excepción de en la jaula de Archer, ella tampoco lo había visto.

—Entonces, hábleme del hombre de la barba roja —respiraba entrecortadamente, tratando de hacer caso omiso al nauseabundo hedor del aserrín que se usaba para limpiar el piso.

—Trabaja para alguien llamado Hatchet.

—Ya lo sé. ¿Dónde fue?

—Salió por la puerta de atrás —Jones señaló un rincón de la taberna, donde una puertecita quedaba medio oculta tras unas mesas que se hallaban en la penumbra. Sonrió, aunque Sefia no supo por qué—: se marcha con Hatchet en un barco, el *Balde de hojalata*, que zarpa esta mañana. Ahora mismo está atracado en el muelle del Jabalí Negro.

—¿Y adónde se dirige?

Se encogió de hombros.

—¿Cómo diablos voy a saberlo? El *Balde de hojalata* puede viajar prácticamente a cualquier parte del Mar Central desde aquí.

—¿Y a qué hora zarpa?

Se arrodilló para recoger los trozos de vidrio del piso, y su voz se elevó desde detrás de la barra como si fuera humo:

—En media hora.

Sefia miró a Archer, que asintió muy serio.

—No nos queda mucho tiempo —y se dirigió hacia el fondo de la taberna, caminando con vacilación y arrastrando a Archer consigo. Él cerró la puerta al salir, y ella cayó de rodillas para vomitar en la alcantarilla.

Vomitó una y otra vez, y su cuerpo temblaba por las arcadas.

Archer se sentó detrás de ella y le masajeó la espalda, haciendo movimientos ascendentes y descendentes con su mano a lo largo de la columna y sobre los omoplatos. Ese contacto la alivió, le ayudó a superar las náuseas y el violento dolor de cabeza.

Cuando Sefia se enderezó finalmente, Archer le ofreció su cantimplora. Ella la recibió sin fuerzas y se enjuagó la boca unas cuantas veces. Estaban en un pequeño solar atestado de botes de basura y viejas redes de pesca. Un callejón estrecho salía de ese solar hacia el laberinto de callecitas.

—Pensé que iba a perderme allá atrás. Como si mi mente, mis recuerdos, toda yo, fueran arrastrados, destrozados y se disolvieran en la nada —se estremeció. Los últimos vestigios del dolor de cabeza aún le martilleaban entre los ojos, y las casuchas y calles no dejaban de mecerse a un lado y otro, pero luchó por incorporarse.

—Pero tú me trajiste de vuelta —concluyó—. Gracias.

Archer sonrió.

—Vamos.

Él asintió y le recibió la cantimplora. Abandonaron el callejón tan rápidamente como lo permitieron las tambaleantes piernas de Sefia.

En la orilla, los muelles estaban atestados de botes, veleros y otras embarcaciones pequeñas. Los buques mercantes ondeaban las banderas de sus reinos, dorado si eran de Liccaro; blanco, de Deliene; y los barcos forajidos ostentaban un caleidoscopio de tonalidades, con banderas de todos colores y formas imaginables. Más allá del arco del puerto, una flotilla de barcos de la Armada Roja patrullaba la costa como una franja carmesí en el azul profundo del mar.

Marineros y estibadores se afanaban subiendo y bajando por las planchas llevando grandes redes repletas de carga que alzaban por encima de la borda; emisarios con brazaletes negros se escabullían entre los pasajeros, entregando sus mensajes antes de salir nuevamente a la carrera. Las gaviotas giraban por encima de todo, cual buitres, o se posaban ominosas en pilotes recubiertos de lapas que sobresalían por encima de las verdes aguas.

—¡Noticias del Reino del Norte! —gritó un pregonero cuando ellos pasaron—. ¡Seis meses sin tener noticias del Rey Solitario! ¡Sir Gentian regresa a Deliene!

Sefia arrojó un kispe de cobre a la lata en la que se acumulaban las monedas, y debido al ruido del puerto apenas escuchó lo siguiente que gritó el hombre:

—¡La Armada Azul golpea de nuevo las rutas marítimas de Oxscini! ¡La reina Heccata envía más naves al norte desde Kelebrandt!

A la entrada de cada muelle había una columna de madera coronada con una escultura. Sefia y Archer siguieron de largo por el muelle de la Corona, el del Canario, el del Barril Rojo, mientras esquivaban caballos y carretas y marineros que descargaban cajones. Cuando finalmente llegaron al del Jabalí Negro, con un amenazante jabalí de acero sobre la columna, encontraron que el muelle bullía de actividad, tan atestado de botecitos, balandras y marineros que era difícil caminar. Escudriñando entre la multitud, Sefia alcanzó a distinguir unos cuantos barcos grandes en el extremo del muelle. A su alrededor, los hombres se aglomeraban como hileras de hormigas.

Tiró de la manga de un marinero que pasaba:

—¿Podría decirme hacia dónde se dirige el *Balde de hojalata*?

El hombre se liberó de ella.

—Déjame en paz, niña. No trabajo aquí.

Mientras Archer vigilaba, en busca de Hatchet y sus hombres, ella intentó una y otra vez dar con alguien que supiera algo acerca del destino del barco. Incluso quiso sobornar a algunos con kispes de cobre, pero nadie quiso ayudarle.

—Si ese sucio traidor nos mintió… —jugueteó furiosa con las tiras de su mochila—. Anda, vamos a averiguar por nuestra cuenta.

Archer asintió. Se escabulleron juntos por el muelle lleno de gente, ocultándose entre grupos de pasajeros sin ver señales de los inscriptores.

Al acercarse al descuidado barco gris que debía ser el *Balde de hojalata*, se agazaparon detrás de una columna de cajones para poder observar el muelle. A gatas, Sefia se asomó medio oculta, con la mirada rápida para detectar marineros y estibadores afanados en las cubiertas y planchas.

Pero ninguno de ellos era Hatchet o alguno de sus hombres.

Sefia soltó una maldición y se arrastró hacia adelante, entre los grupos de barriles, redes viejas y toda una diversidad de cosas que esperaban ser cargadas. Miró a Archer por encima del hombro y, antes de lograr decir cualquier cosa, el hombre de la barba roja apareció de repente desde detrás de un cajón y la tomó por el cuello de la camisa, después la arrastró dolorosamente hasta el centro del muelle. Al forcejear para zafarse, vio horrorizada que el resto de los inscriptores salían de sus escondites.

—¡No! —gritó y pataleó, mordió y chilló—. ¡Corre, Archer! —pudo ver bien su asustada expresión antes de que el hombre de la barba roja la golpeara.

La cabeza le daba vueltas, y ella recordó la grasienta sonrisa del cantinero. Los había engañado. Y ella no se había dado cuenta.

Hatchet y sus hombres cercaron a Archer con sus armas desenfundadas.

CAPÍTULO 17

Miedo y dolor

Archer se lanzó hacia adelante. Tenía que llegar hasta ella. Cuatro hombres lo rodearon. Había otros detrás; podía percibirlos bloqueando su paso para escapar del muelle. El cuchillo estaba en su mano. Tenía que llegar hasta ella. Levantó la pierna para atacar al primero que tuvo al alcance. Pateó con todas sus fuerzas el abdomen del hombre y logró derribarlo. Otro se le vino encima y Archer, lo esquivó y le cortó el cuello. Sangre. Ese conocido rumor de borboteo, y sorpresa. Siempre sonaba como algo sorpresivo.

Un disparo se escuchó como un trueno. Él embistió. Tenía que llegar hasta ella. Alguien lo derribó. El hombre era pesado y parecía tener muchos brazos. Archer forcejeó para respirar, y al mismo tiempo buscó como loco a Sefia.

El hombre de la barba roja reía mientras ella se agitaba en sus brazos. La hizo girar, con un cuchillo en la garganta.

—¡Ladrona! —le espetó.

Ella se llevó las manos al cuello para liberarse, pero el hombre era demasiado fuerte.

—Por lo menos nos trajiste de vuelta lo que robaste.

Sefia pisoteó al hombre de la barba roja, quien aflojó un poco la opresión. Después le clavó su codo en el estómago y quedó libre.

—¡Archer! —gritó.

Archer levantó el cuchillo y se lo clavó al hombre que lo tenía aprisionado contra el suelo. La hoja se deslizó entre las costillas hasta la empuñadura. Archer logró liberarse pero enseguida recibió una patada en el costado. Dolía, pero debía levantarse. El hombre de la barba roja se cernía sobre él y lo pateaba para volver a derribarlo.

Archer le tajeó el tobillo. El hombre cedió. Archer estaba de nuevo en pie. Los demás lo iban cercando, pero a él sólo le importaba Sefia.

La habían atrapado de nuevo, y un hombre la había levantado por el cuello. Jadeaba para poder respirar y sus dedos intentaban desprenderla de la mano que la sostenía. La mano de Hatchet, quien finalmente apuntó una pistola a su mejilla.

—Ya basta —gritó él. Su rostro carnoso estaba colorado, sus ojos cafés, entrecerrados y amenazadores—. Quieto, muchacho.

Nunca podría lanzar el cuchillo más rápido de lo que Hatchet podía apretar el gatillo. Archer dejó caer las manos a sus costados. Estaban ensangrentadas. El muelle estaba ensangrentado. Los hombres cojeaban para ponerse fuera de su alcance. Dos no se movían, tendidos en el suelo.

—El cuchillo —dijo Hatchet.

El rostro de Sefia parecía a punto de explotar. Archer dejó caer el cuchillo de entre sus dedos y sintió que los hombres que lo rodeaban respiraban aliviados.

—¡Mírate! Qué bien alimentado te ves. Apuesto a que esta pajarita te ha estado tratando muy *bien* —la miró burlonamente—. *Te* agradezco que nos lo hayas devuelto en tan excelentes condiciones. Está en mejor forma que cuando nos lo arrebataste —acercó su rostro al de ella—. ¿Crees que no sabía que alguien me seguía? ¿Crees que iba a dejarlo huir sin más? Es el mejor luchador que he visto en mi vida. No me sorprendería que fuera el que Serakeen lleva tanto tiempo buscando. Un gran soldado para liderar su ejército.

Archer calculó el tiempo que le tomaría llegar hasta donde estaba Hatchet. Demasiado. Los ojos de Sefia se cerraban. El color de su rostro iba tornándose más intenso y oscuro.

Hatchet guardó la pistola en su funda, pero no aflojó la mano con la que apretaba la garganta de Sefia.

—Fuiste muy tonto al venir aquí, muchacho. Hubieras podido huir de no haber sido por esta pajarita.

Estaba sucediendo de nuevo. Iba a volver a pasar. La tierra apisonada y revuelta con sangre. Los puños, cuchillos y cadenas. La jaula. La oscuridad hedionda. Eso no. Cualquier cosa menos eso. Escaparía. Moriría antes que eso.

Pero no podía permitir que mataran a Sefia.

Se aprestó para recibir un golpe que nunca llegó. Lo que si hubo fue un disparo. Hatchet bufó y dejó caer a Sefia cuando saltaron trocitos de piel y hueso de su brazo. El cajón de madera que había tras él se astilló a la altura donde recibió el impacto. Sefia cayó al suelo y no se levantó.

Todos se volvieron hacia el hombre que estaba al otro lado del muelle con una pistola humeante en la mano. Era un hombre alto y delgado, y llevaba un sombrero calado hasta los ojos. Un marinero sin nada fuera de lo normal. Lo que todos miraban atentos era la pistola: filigrana de plata sobre empuñadura de marfil con incrustaciones de nácar. Una de las dos pistolas más famosas del mundo. La otra estaba aún guardada en su funda.

—Me enteré de que estaban traficando con niños —vociferó el hombre—, pero no quise creerlo.

Hatchet apretó los dientes y con su brazo sano sostuvo el miembro herido.

—No es tu maldito asunto, Reed. Deja que me lleve lo que es mío y…

Otro disparo le rozó la oreja. Brotó un poco de sangre, un mechón de pelo cayó sobre el hombro de Hatchet, quien hizo un gesto pero no gritó.

—Las personas no son cosas —rugió Reed. Por debajo del ala de su sombrero, sus ojos azules centellearon.

—Partimos hacia Jahara, fuera de tu vista —respondió Hatchet, desafiante—. Puedes quedarte con la chica, si es que está viva.

Archer miró a Sefia, que permanecía inmóvil.

—Muchacho —le dijo Reed con un gesto de cabeza—, más vale que levantes a tu amiga y te largues de aquí.

—Quizá la fama se le ha subido a la cabeza, Capitán —le dijo Hatchet en tono de mofa—, pues cree que puede aparecerse y hacer lo que quiera sólo con su pistola, cuando lo cierto es que lo superamos en número —los hombres de Hatchet amartillaron sus pistolas. Se oyó un zumbido cuando todos quitaron los seguros.

Reed rio.

—Sé contar.

Tras él surgieron todos los hombres del *Corriente de fe*. Parecían enormes, allí de pie, sonrientes y en busca de pelea.

El bando de Hatchet depuso las armas. Archer se abrió paso hasta llegar al lado de Sefia. Respiraba con dificultad pero estaba viva. Le tocó suavemente el hombro.

—Muévete, muchacho —le gritó Reed.

Archer la levantó del suelo. Era tan ligera… como una pluma o un polluelo. Recogió también la mochila de Sefia, pues ella no le perdonaría dejarla allí olvidada. La cargó con delicadeza, como si pudiera quebrarse entre sus brazos. Los hombres le abrieron paso.

El Capitán no había bajado su arma.

—Tengo hombres a lo largo de todo este reino —dijo Reed—, y si llego a enterarme de que usted sigue capturando niños, subiré a mi barco y le daré caza como si fuera un animal. No importa adónde vaya en este ancho mundo azul, lo encontraré.

Archer estaba fuera del alcance de su voz, así que no oyó la respuesta de Hatchet, sólo el tiroteo. Oyó los gritos, el entrechocar de espadas.

Sefia no tenía buen aspecto. Tenía unas feas marcas rojas alrededor del cuello. Archer tragó saliva compulsivamente, y sintió que la cicatriz de su cuello se contraía. Llegó al principio del muelle. Estaba desierto. Todos habían huido. No supo qué hacer. No era como en el bosque o en la selva, donde ella podía mostrarle hacia dónde ir. Sefia no había tenido tiempo de enseñarle qué hacer.

Todos los muelles parecían iguales: todos los botes, barcos y pilas de cargamento. No podía quedarse allí. Tenía que buscar otro lugar.

Empezó a correr. Necesitaba encontrar ayuda. Había todavía gente en los otros muelles. Tal vez podrían hacer algo.

Archer se apresuró a llegar hasta ellos. Abrió la boca.

Pero no salió ni una palabra. No tenía palabras en su interior. Podía percibir el lugar en el cual habrían debido estar, como un agujero negro dentro de él, pero allí no se encontraban.

—¿Estás bien, muchacho?

Los rostros se cernían descomunales ante él. Las manos se acercaban para tocarlo.

—¿Qué le pasó a la chica?

Se agruparon en torno a él. Todos parecían idénticos. La cabeza le daba vueltas. No sabía dónde estaba, ni adónde había llegado. Sefia respiraba con dificultad en sus brazos.

Rebuscó nuevamente las palabras, pero esta vez lo que brotó del agujero negro fue algo frío y oscuro. No podía verlo con claridad, pero era risa. Las carcajadas resonaban en su interior, llenándolo.

Había demasiada gente. Estaban demasiado apiñados en torno a él. Sus manos intentaban alcanzarlo, tocar a Sefia. Sus palabras fueron haciéndose incomprensibles y ruidosas. Lo iban cercando, lo doblegaban. Tenía que salir de allí. Huir a un lugar seguro.

Oscuridad. Eso era lo que necesitaba. Un espacio reducido. Un sitio donde no pudieran darle alcance, donde estuviera a salvo.

Veía venir el miedo y el dolor, y esta vez la voz suave y oscura de Sefia no estaría allí para frenarlos. Las marcas lívidas en su cuello le habían robado la voz, y ahora ella estaba inconsciente en sus brazos.

Así que hizo lo único que sabía hacer. Ocultarse. Encontró un cajón vacío de carga en uno de los muelles, recostó a Sefia adentro, y se metió a gatas tras ella, cerrando el cajón una vez estuvieron en su interior. Y luego no hubo nada más que negrura y el sonido de pisadas y voces en el exterior.

Tenía las manos pegajosas de sangre, pero se quitó las mochilas e hizo lo que pudo por despejar el pelo que cubría el rostro de Sefia antes de poner una de las mochilas bajo su cabeza, a manera de almohada. Luego, se sentó apoyando la espalda en un lado del cajón, abrazó sus rodillas y escuchó la respiración de ella a la espera de que despertara, atento a cualquier ruido que indicara que los seguían.

CAPÍTULO 18

La primera aventura de Haldon Lac

El suboficial Haldon Lac estaba molesto. Era demasiado temprano. A decir verdad, cosa que él no estaba interesado en reconocer, se había despertado demasiado tarde. ¿Y por qué no iba a estar molesto? Era un joven que entraba a la madurez y necesitaba sus horas de sueño. Este nuevo horario, más temprano, no le sentaba bien. No tenía tiempo para su acostumbrada taza de café con crema y tres cucharaditas de azúcar. El sol que se colaba entre las nubes le parecía demasiado deslumbrante, la brisa que soplaba desde el mar, demasiado fría, y el olor del pescado demasiado penetrante para su delicado sentido del olfato. Hizo un mohín con sus labios perfectos y contempló las láminas de madera astilladas y las redes abandonadas de las cuales provenía el desagradable olor a pescado. Lac se llevó la manga a la nariz y tosió.

—Respire por la boca, señor —dijo Hobs, su subordinado, que sonrió al ver su incomodidad. Hobs era un hombre de apariencia divertida, con ojos rasgados y una cabeza prácticamente esférica. Puntual y minucioso, tenía un buen sentido de la ética del trabajo y ninguna ambición, lo cual encajaba perfectamente con el suboficial Lac, que tenía mucha ambición y poca ética de trabajo, por decirlo de alguna manera. Formaban un buen equipo.

—Cállate, Hobs —dijo Fox. Ella era un asunto completamente aparte. Aunque de un rango inferior al de Lac, era la combinación perfecta de diligencia, talento y empuje. Todos ellos eran nuevos miembros de la dotación naval de la ciudad pero, si hemos de creer los rumores, ella ya se había labrado un nombre en Epigloss, la ciudad hermana de Epidram situada al occidente. Además, como Lac lo había observado a menudo desde que ella había sido transferida a su unidad, era una auténtica belleza. Morena y delgada como un trozo de cuarzo ahumado, con la dentadura perfecta y unos ojos que remataban el conjunto. Se peinó un rizo que se le había soltado, metiéndolo tras la oreja—. ¿Nos falta mucho para el Mercado Oriental?

Lac miró hacia un lado y otro del callejón y se encogió de hombros. Se suponía que debían relevar a otra patrulla, pero ¿quién sabía la ubicación de las cosas en ese sector laberíntico más parecido a un nido de ratas? En la ventana de la casa más cercana había algas marrones puestas a secar, y barriles con agua estancada, y cajones abandonados que plagaban el solar. Las voces de los vendedores y el traqueteo de las carretas se elevaban en el aire, aunque el mercado no se veía por ninguna parte.

Un par de jóvenes delgados con manchados delantales de herrero pasaron con el cuello de la camisa abierto. Uno de ellos se desentendió de la mirada de Lac pero el otro, que con su cojera daba una especie de brinco cada tantos pasos, lo observó directo a los ojos. Lac sonrió. Tenía fe en su sonrisa. Era una medialuna perfecta que había enfriado más de un ánimo caldeado y le había ganado más favores de los que podía contar.

El joven rio y siguió su camino. Ah, tenía unos hombros *excelentes*. Lac lo miró con añoranza.

—Creo que estamos perdidos, señor —dijo Hobs.

—¿En serio? —gruñó él y se volvió a mirar desde donde habían venido—. Jamás me acostumbraré a esta ciudad.

—Con un poco de suerte, no tendremos que hacerlo —dijo Fox—. Quiero embarcarme tan pronto como pueda. Toda la acción está en la mar.

—Estoy completamente de acuerdo —sacó pecho y se apoyó en el barril más cercano. Lo hizo tambalear y se salpicó su reluciente casaca roja con el líquido hediondo que contenía—. ¡Puaj! —una viscosa pasta café-verdosa empezó a penetrar en la tela. Haldon Lac jadeó—. Acababa de mandarla lavar.

—Tiene mal aspecto, señor —agregó Hobs, solidario.

Fox lo miró alzando la cabeza y suspiró.

—Me advirtieron cuando vine a Epidram, pero no hice caso.

—¿Por qué *solicitó* ser transferida? —preguntó Hobs—. Nunca nos lo ha dicho.

Ella vaciló durante un momento tan largo que Lac levantó la vista de la mancha de su casaca para observar su expresión. Parecía como si estuviera…. triste. Nunca la había visto de otra manera que no fuera impaciente o concentrada. Su tristeza era callada y delicada, como una hoja caída.

Antes de que Lac pudiera decir cualquier cosa, la puerta trasera de una de las edificaciones vecinas se abrió, y por ella salió un hombre con una poblada barba roja. Lac lo reconoció de inmediato. Jamás había visto al hombre en carne y hueso, pero lo conocía por los carteles de "Se busca" que había en la base. Según los rumores, este hombre de barba roja y otro, llamado Hatchet, estaban involucrados en un negocio de tráfico de personas, aunque ningún testigo los había delatado y nadie parecía tener prueba alguna de ello. Llevaban años evadiendo a la armada, siempre escabulléndose de la ciudad antes de que cualquiera lo notara, y dejando problemas tras ellos.

Lac sujetó a Fox y a Hobs, y los arrastró hasta que los tres quedaron ocultos detrás de los contenedores de basura. Se llevó un dedo a los labios.

El suboficial Haldon Lac era perezoso. Para ser sinceros, cosa que él no estaba dispuesto a ser, llevaba mucho tiempo sorteando sus problemas gracias a su buena pinta y su encanto natural, pero muy en el fondo de su piel sin la menor cicatriz o mancha, poseía talentos verdaderos, entre ellos, un buen olfato para las situaciones importantes. Y podía afirmar que ésta, a pesar de parecer inocua, era una situación importante.

Se volvió hacia Fox, que asintió.

Salieron de detrás de los contenedores y siguieron al hombre de la barba roja hasta el comienzo del callejón, donde se unió otro hombre. Lac, Fox y Hobs se acurrucaron tras un montón de redes de pesca para poder espiarlo.

—Hatchet tenía razón —murmuró el hombre de la barba roja—. Una vez que permití que esos mirones me vieran, me siguieron hasta La soga del verdugo.

—¡Qué bien! —dijo el otro—. ¿Y Jones sabe qué hacer?

—Es un ambicioso. Intentará extorsionarlos, si es que puede.

—Pero ¿va a hacer lo que se le pide?

—Sí —el hombre de la barba roja miró por encima de su hombro y se subió el cuello de la chaqueta—. Vamos al *Balde*. No me gusta que me ande siguiendo ese chico… o la muchacha, en este caso.

La cabeza de Lac daba vueltas. Debía ser la falta de café. ¿Qué balde? ¿A qué chico se refería? Estaba muy consciente de la presencia de Fox junto a él y, para ser sinceros, cosa que no estaba dispuesto a ser, tenía la secreta esperanza de que ella estuviera fijándose en lo bien que él manejaba la situación.

—El *Balde de hojalata* atracó en el muelle del Jabalí Negro hace dos días —murmuró Fox—. Va y viene a Jahara llevando carga.

Haldon Lac cayó en la cuenta, en medio de su aturdimiento, de que ella debía estar informándose sobre todos los barcos que entraban y salían de Epidram. Era tan ambiciosa como Lac y es probable que también esperara un ascenso.

A la entrada del callejón, el hombre de la barba roja y su compañero doblaron la esquina y se perdieron de vista.

Haldon Lac se puso en pie, y se arregló el pelo.

—A ver —dijo a Hobs y Fox que estaban incorporándose. Podía sentir que era su momento. Él, el suboficial Haldon Lac, estaba en posesión de su instante de gloria y quería que todo fuera perfecto—. Vamos a hacer un reconocimiento de la situación. El Jabalí Negro no está muy lejos, y una vez que sepamos qué se trae entre manos Hatchet, podremos mandar a alguien a la base para dar la información concreta —hizo un gesto de desagrado al notar la mancha en su casaca, el lunar que emborronaba su instante de gloria se secaba rápidamente al sol de la mañana. Ahora no podía hacer nada al respecto, por lo menos ya no apestaba.

Dejaron el callejón y se dirigieron al norte entre las callejuelas laberínticas, por unos desvíos imprevistos, y muchos de ellos equivocados, que Lac esperaba nadie notara. ¿Ya había dicho lo mucho que *detestaba* esa parte de la ciudad?

Pero Fox sonreía, con una sonrisa taimada y fiera, como la de un coyote.

—Me pregunto cómo logra ese rojo en la barba —dijo Hobs de repente.

—¿Cómo?

—Tiene el cabello entrecano, ¿cierto? ¿Se lo teñirá de ese color? ¿O lo que se tiñe es la barba? —Hobs asintió y tiró de su labio inferior.

—Cállate, Hobs —le increpó Fox.

—Quizá la mete en...

—¡Cierra el pico, Hobs!

En el camino a los muelles, Haldon Lac ensayaba mentalmente lo que diría cuando él y sus hombres entregaran a Hatchet. *Sólo cumplí con mi deber, señor*, y sonreiría, para que sus superiores recibieran todo el impacto de su natural encanto. *¿Un ascenso, señora? Bueno, si usted insiste. ¡Voy a sacar a todos esos desgraciados azules de nuestras rutas comerciales! ¡El Rey Darion se enterará de lo que significa meterse en líos con la Armada Real de Oxscini!* Iba tan ocupado practicando sus discursos que olvidó prestar atención al camino y Hobs tuvo que decirle que habían pasado de largo por la ruta que daba al puerto y que ahora iban en la dirección equivocada.

Cuando finalmente llegaron al muelle del Jabalí Negro, Lac refunfuñó. Había muchísima gente. Tardarían siglos en dar con el hombre de la barba roja entre la multitud.

De repente, escucharon un disparo. La multitud rompió a gritar. Lac brincó. Miró alrededor, pero nadie parecía haberlo notado. La gente huía a su lado, apartando a codazos a quienes estorbaban.

—Calma, calma —dijo Hobs, con ese tono mesurado que lo caracterizaba—. No hay por qué preocuparse. Aquí está la Armada Real. Abran paso a la Armada Real.

Nadie le prestó la menor atención.

Se oyó otro disparo.

Fox se lanzó a través de la muralla de gente, esquivando estibadores y saltando por encima de los cajones de carga. Haldon Lac la siguió. Para ser sinceros, cosa que él no estaba dispuesto a ser, podía ser que hubiera metido la pata esta vez. Podía sentir que su instante de gloria se le escapaba entre los dedos.

Los tres llegaron al comienzo del muelle en cuestión de minutos, y se agazaparon detrás de unas cajas que los cubrían. Fox tenía la mejor perspectiva, pero Lac alcanzó a divisar, por entre el triángulo que formaba el brazo de Fox y su cuerpo, un joven como de su edad, que levantaba del suelo a una chica de pelo negro y se iba corriendo, pasaba junto a ellos y se alejaba. Sintió que iba a desmayarse. La chica estaba inconsciente y el muchacho tenía las manos ensangrentadas.

Hobs levantó las cejas para señalarlos pero Lac rechazó su propuesta. Fox hizo una serie de señas con las manos, y Lac se esforzó por recordar su significado. Eran números pero ¿cuáles? ¿Cinco? ¿Quince? ¿Veinte? Sus dedos se movían con una rapidez tal que parecían colibríes que pasaran de una palabra a otra.

Una voz resonó por todo el muelle:

—Tengo hombres a lo largo de todo este reino —dijo—, y si llego a enterarme de que usted sigue capturando niños, subiré a mi barco y le daré caza como si fuera un animal. No importa adónde vaya en este ancho mundo azul, lo encontraré.

Era el momento de Lac. Una lástima que se hubiera perdido la escaramuza inicial, pero ahora su deber era impedir que continuara. No había tiempo de solicitar refuerzos. Lac tomó aire y salió de detrás de su cajón, soltando un disparo al aire con su pistola.

—Ya estuvo bien —anunció—. De aquí en adelante, nosotros…

Una bala le impactó en el brazo. Primero sintió el dolor y luego oyó el disparo. ¿De dónde había venido? Gritó de manera bastante poco atractiva y cayó al suelo.

El embarcadero se encendió de violencia. Se veían deslumbrantes relámpagos de fuego provenientes de pistolas y rifles. El acero brillaba al sol. Lac se recostó contra un barril, aferrando su pistola con ambas manos. Su hombro sangraba. Y dolía mucho.

Fox y Hobs peleaban contra un puñado de hombres corpulentos y malencarados, pero no estaban solos. Se les había unido una banda de marineros que gritaban animosamente mientras lanzaban tajos con sus espadas y hacían fuego con sus armas.

Haldon Lac parpadeó. Los reconocía de la misma manera en que uno reconocería un personaje que se sale de su historia para meterse en la de uno. Aquel gigante con el pañuelo amarillo. Aquel otro, de movimientos veloces y trenzas de rasta. Peleaban con un abandono salvaje que él jamás había visto ni imaginado, e iban acorralando a los hombres de Hatchet en el extremo del muelle, hacia el agua. El propio Hatchet retrocedía, acariciándose un brazo herido, tambaleándose ante la carnicería. Le lanzó una mirada venenosa a todo el conjunto y se clavó de cabeza en la apestosa agua del embarcadero. A pesar del dolor en el hombro, Haldon Lac se sintió decepcionado. Su momento de gloria se le escabullía entre la espuma verde.

La pelea había terminado. Se esforzó por sentarse, pero el dolor en el hombro era demasiado. Uno de los marineros se le acercó. El suboficial Haldon Lac se encogió y lo miró a través de los párpados entrecerrados.

El hombre se inclinó hacia él. Tenía los ojos de un azul profundo, incluso más bonitos que los de Lac, para ser sinceros, cosa que él no estaba dispuesto a ser. Sintió que lo levantaban de un tirón y le sacudían el polvo.

—No fue la mejor de las ideas eso de aparecerse aquí, pistolas en alto —dijo el hombre—. Pero al final salió bien.

Riendo y manipulando sus pistolas, los demás marineros rodearon al resto de los hombres de Hatchet. Sólo quedaban tres, medio tendidos en el muelle y sangrando por sus heridas. Había cuatro muertos. El de la barba roja, a quien Lac había visto hacía menos de una hora, yacía en el suelo con sangre en el tobillo y en el pecho, que iba tiñendo su barba de un rojo más intenso. Tenía los ojos abiertos y la boca congelada en una mueca desafiante.

Fox le entregó a Hobs una cuerda y le dijo:

—Haz algo de utilidad.

Hobs se arrodilló para atar las manos de los hombres de Hatchet.

—¿Dónde está el suboficial Lac?

Haldon Lac sintió que una mano firme lo empujaba.

—Lo llaman —dijo el hombre. Lac avanzó vacilante, vagamente consciente de la sangre y la mancha en su casaca.

Fox fijó la vista detrás de él.

—Gracias, Capitán Reed —dijo—. Nos ha ayudado a detener a tres hombres vinculados con el criminal conocido como Hatchet.

¿El Capitán Reed? Lac no podía creerlo. ¿Era este hombre? Intentó sonreír, pero nadie lo miraba.

Reed rio sin muchas ganas.

—Sólo cumplía con mi deber.

Cumplía con su deber. La sonrisa de Lac se esfumó.

—Me aseguraré de que nuestros superiores se enteren de quién nos ayudó —continuó Fox.

—Se lo agradezco mucho, señorita —se llevó la mano al sombrero, a modo de despedida y se alejó, dejando al suboficial Lac aturdido en el muelle. Entre risas y charlas, los demás marineros lo siguieron. Ahora Lac reconoció a los tripulantes del *Corriente de fe*: Horse, el descomunal carpintero con el pañuelo amarillo atado alrededor de la cabeza; Meeks, el coleccionista de historias con sus trenzas de rasta…

Hobs levantó la vista y sonrió.

—Ahí está, señor. Pensé que se había perdido toda la acción.

Haldon Lac negó con la cabeza.

—Esa herida necesita presión —dijo Fox.

Obediente, hizo presión en el hombro con su mano y observó la sangre en el muelle, los cadáveres. Éste no era ningún momento de gloria, se dijo. Habían llegado sin tener órdenes de hacerlo, y ni siquiera habían atrapado a Hatchet. Alguien más había aparecido y les había arrebatado la gloria, y Fox iba a atribuírsela, como debía ser, para ser sinceros. No, éste era un capítulo de una historia ajena, probablemente uno que no era importante, y Lac no había movido un dedo para figurar en él.

Bueno, levantó un brazo, eso sí. Y había que ver las consecuencias que eso le había acarreado.

—Hatchet escapó —dijo.

Fox se encogió de hombros:

—Tenemos prisioneros. La próxima vez lo atraparemos —¿le sonreía a él? Fox tenía una herida en la pierna y la frente manchada de sangre pero sí, le sonreía a él. Con esa sonrisa de coyote salvaje.

Haldon le respondió con otra sonrisa.

CAPÍTULO 19

El nuevo cajón

Cuando Sefia volvió en sí, era tal la oscuridad a su alrededor que dudó si en realidad había abierto los ojos. Oyó pisadas, voces ásperas, crujido de cuerdas. El aire tibio y encerrado la envolvía como una manta. Tosió y se estiró, para luego preguntar con voz ronca:

—¿Archer?

Un objeto fresco entró en contacto con sus manos, y sus dedos rozaron los de Archer mientras él le llevaba la cantimplora a la boca. El agua goteó entre sus labios, corrió por su garganta. Ella se enderezó y habló de nuevo:

—¿Dónde estamos? ¿Nos atraparon?

La mano de él le dio un apretoncito a la suya. Estaban a salvo.

—Gracias —susurró ella.

Al recostarse de nuevo, Archer sacó algo de su bolsillo y empezó a moverlo entre sus dedos. Ella estiró la mano y en la oscuridad tocó la piedra de las preocupaciones, que descansaba en una mano de Archer.

Afuera, las olas murmuraban en la lenta respiración de la marea. Estaban cerca del agua, puede que en uno de los muelles. Su escondite era pequeño, con duras paredes de madera, apenas del tamaño suficiente para que cupieran ambos.

—¡Un cajón! —sus dedos rozaron la ropa de Archer.

Una mano de él buscó la de Sefia, y levantó dos dedos cruzados en la oscuridad. Se sentían pegajosos (¿de sangre?) pero ella supo lo que significaba.

Estaba con él. Estaban juntos. Así que él estaría bien.

Sefia se recostó de nuevo, y la mano de Archer permaneció sobre la suya. En la oscuridad, la presión de sus dedos parecía la única cosa real en el mundo, y si ella lo soltaba, todas las piezas de su mundo se dispersarían, girando enloquecidas hacia la negrura. Se habían tocado antes, pero nunca había sentido lo que sentía ahora.

No retiró su mano.

—¿Qué hay afuera?

El hombro de Archer subió y luego bajó. Ella tomó otro trago de agua.

—Lo siento —se disculpó, en voz baja y entrecortada—. Debí ser más cuidadosa. Debí darme cuenta… Pero no podía controlar mi Visión… —calló—. Hatchet dijo que tú ibas a encabezar un ejército.

Archer no respondió, pero ella supo que seguía frotando el cuarzo. Serakeen ya había tomado posesión de amplias zonas del mar. Ahora también quería tierra. Liccaro, con sus regentes corruptos y su armada en bancarrota, sería presa fácil.

¿Era por esa razón que necesitaba raptar muchachos? ¿Para su ejército? Pero por la manera en que Hatchet había hablado de Archer en el muelle, parecía pensar que él era especial. No carne de cañón, sino un líder. Un capitán. Un director de violencia. Archer ya había matado a quince muchachos, pero Serakeen quería aún más. Legiones más.

—Jamás —apretó con fuerza los dedos de Archer entre los suyos—. Nunca más tendrás que matar para ellos.

Él se inclinó hasta apoyar su mejilla sobre la cabeza de Sefia.

Tras unos momentos, Sefia extendió el brazo y tanteó la forma familiar de su mochila con el libro dentro.

—No averiguamos hacia adónde iban.

Archer dio unos toquecitos en el dorso de su mano.

—¿Dijeron algo al respecto?

Él asintió y ella empezó a repasar nombres de lugares: Corabel, Kelebrandt.

—¡Roku! —rio la chica. El menor de los reinos era una isla volcánica envuelta en vapores que apestaba a azufre y cenizas. Aunque antes había sido territorio de Oxscini y aún exportaba piedra volcánica y pólvora a su antiguo dueño, era demasiado pequeño y estaba demasiado aislado hacia el sur para tener alguna implicación—. Ya lo sé. Nadie va a Roku.

A pesar de eso, no tardó mucho en hallar la respuesta correcta:

—Jahara —susurró—. Se dirigían a Jahara.

Parecía que Archer iba a responder cuando oyeron pisadas que resonaron afuera: pasos rápidos y leves, como los de un pájaro. Se quedaron helados en el interior del cajón. Recostada contra el hombro de Archer, Sefia sentía su propio pulso latir en su cuello. Las pisadas se oyeron más fuertes, hasta detenerse. Alguien estaba muy cerca, sólo los tablones que formaban el cajón los separaban.

Se oyó una rasguñadura, como un animal que cava su madriguera, como fuego en la madera seca. Crepitó y crujió alrededor de ellos, llenando el cajón de ruido.

Entonces, se escuchó una voz áspera:

—¡Hey, tú!

El ruido cesó y escucharon a alguien escapar a hurtadillas.

—¿No era ésa la chica que…?

—Nooo. Ésta era demasiado mayor. La otra apenas era una niña.

Las voces se acercaron, y alguien dio una palmada en un lado del cajón. Sefia se sobresaltó.

—Después del enfrentamiento en el Jabalí Negro, todos estamos retrasados. El Capitán nos quería ya en camino hace una hora.

—Si hubiéramos partido hace una hora tampoco habría sido suficiente para el Capitán.

Rieron.

La mano de Archer se tensó sobre la de ella.

El cajón se sacudió. Algo grande y pesado lo estaba sujetando. Cuerdas. Lo amarraban como si fuera un paquete de regalo. Sefia se afirmó contra los lados del cajón. Había estado en barcos antes y sabía lo que vendría ahora.

Sintió como si el suelo en el que estaba posada, desapareciera de repente. Su estómago se agitó. Los izaron, y quedaron en el aire, bamboleándose de acá para allá. El movimiento la lanzó sobre Archer, y las mochilas cayeron contra su espalda. Chocaron el uno contra el otro, entre codos, rodillas, cabezas y tiras que revoloteaban.

Luego, los depositaron en el suelo. Sefia se mordió el labio para no hacer ruido por el impacto.

Estaban rodeados por gritos y crujidos y cosas que se movían. Sefia y Archer yacían inmóviles en el fondo del cajón, acurrucados donde habían quedado. El brazo de él junto al de ella. La respiración entrecortada de ella entre el ensortijado pelo de él. Y en medio de tanta conmoción, él no le había soltado la mano. Afuera, se oían los gritos y la prisa de la gente.

Se oyó un *crujido* sonoro: una compuerta que se cerró sobre ellos, y quedaron solos. Las voces se oían distantes.

Los habían embarcado en un buque.

Sefia sintió un estremecimiento. Eran polizones, y los polizones siempre eran prescindibles. Había oído lo que se decía al respecto. Si el viaje era corto, entre los reinos o siguiendo la costa, podía ser que los hicieran esclavos para venderlos en el siguiente puerto. Si el barco iniciaba un viaje largo, los matarían de inmediato y arrojarían sus cuerpos al mar sin miramientos.

El cajón, que momentos antes le resultaba seguro y cálido, ahora se cerraba en torno a ellos como una cárcel.

Archer temblaba. Su respiración era rápida. Bajo su mano, Sefia podía sentir el pulgar de él frotando sin parar el cuarzo. Lo abrazó y apoyó su mejilla en la cabeza de él, intentando amortiguar su temblor con la presión de su cuerpo.

—No te preocupes —sus palabras apenas se escucharon, pues las susurró algo alejada de su oído—. Todo saldrá bien.

¿Cuánta comida tenían?

—Todo saldrá bien.

¿Cuánta agua?

—Todo saldrá bien.

¿Cuánto tiempo podrían sobrevivir en las entrañas del barco?

—Todo saldrá bien.

CAPÍTULO 20

Ella

Tanin se apoyó en la barandilla de la embarcación a sus anchas, los codos sobre la barra y los antebrazos cruzados a la altura de las muñecas. No era su barco, por supuesto, y *no* era parte de la tripulación, pero desde la cubierta del viejo cúter tenía una panorámica completa del muelle y, unos cincuenta metros más allá, el cajón que contenía a la pareja de muchachos.

A su lado, la Asesina se cortaba las uñas con la punta de su cuchillo, lanzando pequeñas astillas plateadas a la verde espuma del agua. Bajo sus botas, la cubierta estaba resbalosa por la sangre del vigía, que ahora yacía muerto en el fondo de la escotilla.

—Me sigue pareciendo que perdemos el tiempo —dijo la Asesina.

Tanin no despegó la mirada del cajón.

—Y eso tendría importancia, si a mí me importara lo que tú crees.

La Asesina calló, pero irradiaba oleadas de frustración.

Tanin suspiró.

—Lo siento. Sé que eres impaciente. Yo también. Pero si entramos en acción antes de recopilar toda la información relevante, podría ser que perdamos el Libro, y ése es un riesgo que no estoy dispuesta a correr.

—¿Y cómo puede resultar relevante vigilarlos mientras están metidos en una caja? —la Asesina envainó su cuchillo.

—Si son tan importantes como creo, todo es relevante.

Tanin no le hizo caso. Hubo un mínimo movimiento en el muelle, y una silueta grácil salió apresurada de detrás de una pila de cajones, con el largo pelo negro atado en la espalda. Se movía con los pasos rápidos propios de un ladrón, o de un mirlo que está cazando insectos, tan segura y elegante que a Tanin se le atragantó el aire.

No, no puede ser ella.

Tanin estaba demasiado lejos para verle el rostro con claridad pero, mientras la observaba, la mujer se detuvo junto al cajón. Un cuchillo relampagueó entre sus manos. Miró a su alrededor para asegurarse de que nadie la miraba y empezó a tallar.

Tanin se enderezó repentinamente. Hubiera reconocido esa postura en cualquier parte.

La mujer estaba escribiendo.

Tras saltar por encima de la barandilla, Tanin corrió por la plancha hacia el muelle. A través de la multitud, vio a dos hombres que se aproximaban al cajón. La mujer menuda de cabello oscuro levantó la vista una vez, demasiado lejos para que Tanin pudiera distinguir sus rasgos, y se agachó para quedar oculta entre el gentío.

La mirada de Tanin paseó entre niños y marineros, sirvientes y comerciantes y mensajeros presurosos que corrían en todas direcciones con sus gorras negras.

La Asesina se le unió en el muelle.

—¿Es ésa...?

La mujer salió de detrás de un grupo de pasajeros y se alejó a toda prisa. Tanin corrió tras ella.

Podía ver a la Asesina por el rabillo del ojo, corriendo a su lado mientras esquivaban a la gente y apenas lograban evitar estrellarse contra carretas y hombres que hacían rodar barriles sobre planchas de madera. Frente a ellas, la mujer saltaba por encima de montones de redes y se deslizaba, pateando, sobre las tapas de cofres y baúles, pasando entre corpulentas mujeres de negocios y grupos de viajeros confundidos.

Mientras corría, Tanin no dejaba de tener *esperanza*, lo esperaba realmente, de que la mujer volteara, aunque fuera por un instante. Apenas lo necesario para que la alcanzara a ver con cuidado. Para asegurarse de que era ella realmente, aunque fuera imposible.

Pero la mujer no volteó ni una vez.

La persiguieron hasta el extremo del muelle y allí, sin bajar el ritmo, la mujer trepó por encima de unos cajones y dio un gran salto, abriendo los brazos como si fueran alas.

La Asesina levantó su cuchillo que centelleó bajo el sol.

—¡No! —Tanin la empujó en el momento en que lo soltaba.

Se clavó en el brazo de la mujer justo antes de que ella des pareci El cuchillo cayó en el agua, pero no salpicó. Era como si la mujer hubiera dejado de existir en un parpadeo.

Tanin se quedó inmóvil.

Teletransportación. Ese nivel de magia tan avanzado que hasta los maestros de la Iluminación rara vez usaban. Pero aquella mujer, no podía...

La Asesina se frenó y golpeó una de las cajas con su puño enguantado. La caja se rompió, sus paredes se convirtieron en astillas para el fuego. Unos cuantos estibadores se le acercaron pero cuando los fulminó con una mirada malévola, levantaron las manos y retrocedieron, meneando la cabeza.

—¿Por qué me detuviste? —reclamó.

Tanin examinó el espacio donde había estado la mujer momentos antes.

—No quería que la mataras —dijo muy quedo.

La Asesina pateó los trozos de madera que quedaban en el muelle.

—No la habría matado, pero sí que habría evitado que se teletransportara. Habríamos obtenido las respuestas que buscas.

—No podía correr ese riesgo.

—¿Pero era *ella*?

Tanin volteó el rostro, pues las lágrimas le emborronaban la vista.

—No lo sé —susurró. Sus palabras se interrumpieron y su voz, siempre tan controlada, se fracturó como el hielo.

La Asesina resopló.

—¿Por qué te importa tanto?

Unas lágrimas más brotaron de sus ojos y ella se las limpió apresuradamente, arreglándose la ropa.

—Porque era parte de mi familia.

—Nosotras no tenemos familia. Eso fue lo que juramos —la Asesina espetó sin mirarla al rostro—. A veces parece que ni siquiera deseas recuperar el Libro.

Cualquier rastro de decepción en Tanin se borró de golpe. Tomó la muñeca de la Asesina y la torció con maldad.

Gritando, la Asesina tuvo que apoyar una rodilla en el suelo, para resistir la manera en que Tanin le apretaba y retorcía la mano.

—Me agradas, Asesina —le dijo con dulzura. Su voz de siempre había vuelto, tan sutil y afilada como un florete—.

Bajo circunstancias normales, incluso me gustan tus obstinados rebuznos y tu testaruda devoción a la causa —con cada palabra, ejercía más y más presión sobre la muñeca, hasta que la articulación empezó a ceder y los ojos de la joven se llenaron de lágrimas—. Pero éstas son circunstancias extraordinarias, y si no eres capaz de dejar de comportarte como una bestia estúpida cada vez que abres la boca, te enviaré de regreso a la Central para que los Administradores te domen, cual si fueras una mula salvaje, que es lo que pareces.

Imprimió un último apretón a su muñeca y la soltó.

La Asesina jadeó, y se llevó la mano lesionada al pecho.

Tanin sonrió.

—Ahora, permíteme que te lo deje bien claro: esa mujer, quienquiera que fuera, transformó ese cajón. Los está protegiendo. Si alguien con semejante poder está vigilando a estos chicos, ellos deben ser importantes. Si intentaras capturarlos ahora, serías en verdad tonta.

A pesar del dolor, la mirada de la Asesina centelleó ante el reto.

Tanin se enderezó, echó hacia atrás los hombros y elevó la barbilla. La brisa marina hizo revolotear su pelo negro-plateado, alejándolo de su rostro.

—Pase lo que pase, sabemos adónde van. Podemos seguir su barco —hizo una pausa—. Estarán a salvo, si tienen cuidado.

A sus pies, la Asesina parecía a punto de escupir veneno, pero calló.

—Ven —Tanin la tomó del brazo y la ayudó a levantarse, le ayudó incluso a limpiar las astillas de madera de su manga negra—. Te debo un cuchillo nuevo.

CAPÍTULO 21

El significado de las estrellas

Lon estaba en pie frente a la pared de vidrio de la Biblioteca, mirando hacia las montañas. Grises dedos de luz de luna se colaban entre las nubes, iluminando riscos azules y negros árboles salpicados de nieve. Tomó aire y parpadeó, para permitir que el Mundo Iluminado inundara lo que tenía a la vista.

Bajo el manto de blanco invernal, los peñones y árboles brillaban con hilos de luz dorada que formaban remolinos y ondulaciones con el paso del tiempo.

Observó crecer los árboles y presenció los incendios forestales que arrasaban el paisaje, vio los rayos que golpeaban los picos de granito, y sufrió el lento e inevitable avance del hielo glaciar. A su alrededor giraban vidas enteras mientras él apenas notaba el paso de los minutos y su aliento dibujaba abanicos de vapor en el vidrio.

Erastis siempre le había dicho que necesitaba un referente, algo del mundo físico a lo cual anclarse en los mares de luz. Pero Lon era mejor. Le había tomado meses de práctica, pero ahora podía absorber décadas de información sin marearse ni perderse en las olas luminosas.

—Pensé que te encontraría aquí.

Lon parpadeó y el Mundo Iluminado se esfumó. Se volvió hacia la Segunda, que estaba de pie a su lado despidiendo ese característico olor metálico. En la penumbra, pudo ver que llevaba su negro traje de Asesina, con la escarcha aún prisionera entre su oscuro pelo. La curva espada pendía a un lado de su cuerpo.

—Regresaste —le dijo. A pesar de que habló en voz baja, su voz resonó débilmente en el salón de mármol.

La Segunda no lo miró, pero asintió. Había algo diferente en ella. Tras su encuentro en la Biblioteca habían pasado los seis meses siguientes cultivando amistad, al tiempo que ella forjaba su espada de sangre y él practicaba la Visión. Y de repente un día, hacía poco más de cinco semanas, ella y su maestro habían desaparecido. Nadie decía adónde habían ido, y cuando presionó a Erastis para que le respondiera, éste se había limitado a menear la cabeza:

—Te advertí que no te aferraras a ella, Lon. Los Asesinos no tejen vínculos que no puedan cortar después.

Y ahora, aunque sus palabras expresaban familiaridad, ella parecía tan distante como el día en que se conocieron.

—¿Adónde fuiste? —preguntó él.

—Estaba en una misión —sus palabras formaron un hilo de condensación en el vidrio, que se desvaneció velozmente.

—Ah.

Durante un minuto completo, lo único que se movió fueron los copos de nieve afuera.

—¿Cuánto tiempo vas a quedarte?

—Tanto como se me ordene.

—Ah —Lon la miró intensamente. Ella había participado en misiones antes de recibir su espada de sangre, antes de que se hicieran amigos. Pero no recordaba haberla visto así entonces, tan fría y remota como el frígido Confín del Norte.

La Segunda tomó su espada y sacó un tramo del largo de una mano de la vaina. Su mirada vagó por el acero cobrizo inscrito con cientos de palabras que se agolpaban sobre la hoja en espirales perfectas. Tras forjar la hoja, había pasado tres meses utilizando la Transformación para grabar su arma, concediéndole propiedades mágicas. A la luz de la luna, las letras parecían brillar.

Sin saber qué hacer, Lon tomó sus largas mangas con las manos. No le gustaba pensarlo, pero cada aprendiz había sido asignado a su división por alguna razón. A los dieciocho, la Segunda ya había estado en, al menos, doce misiones, cada una implicaba matar a alguien, y a medida que se hiciera más poderosa, empezaría a operar por su lado, independientemente del Primero, duplicando así su mortífero alcance. Algún día, Rajar, su querido amigo de gran corazón y con dificultad para acallar todo lo que acudía a su cabeza, llegaría a tener en sus manos las vidas de cientos de Soldados. También el aprendiz de Administrador, que era tan viejo como su anciano y enfermo maestro, había sido elegido tiempo atrás por su aptitud para los venenos y la tortura.

Lon todavía anhelaba demostrar sus capacidades, pero ya no envidiaba a los demás aprendices.

—¿Quieres hablarme de la misión? —preguntó en voz baja.

La Segunda vaciló unos momentos antes de devolver la espada a su vaina con un *chasquido* definitivo.

—¿Qué estabas haciendo aquí?

Lon tragó saliva.

—Miraba los glaciares.

Hubo un asomo del brillo de su antigua amistad en sus ojos.

—Debes haber mejorado desde la última vez que te vi.

Él se encogió de hombros.

—Pero aún no soy capaz de ver el futuro.

—Sólo un vidente de cada mil tiene esa capacidad.

—Eso es lo que dice Erastis también —Lon habló despacio, marcando mucho las palabras para imitar al Maestro Bibliotecario—: "Se requiere un talento especial y muy poco frecuente para poder ver las historias que aún no han sido contadas, mi querido aprendiz. ¿Cómo puedes verlas si no sabes qué serán?" —puso los ojos en blanco—. Pero eso no quiere decir que no pueda intentarlo.

La Segunda alzó una ceja:

—Supongo que en unos años además querrás teletransportarte al futuro.

—¿Y por qué no?

—Porque *eso* jamás se ha hecho.

—Lo cual no significa que no pueda hacerse.

Una luz apareció en el corredor al otro lado de la Biblioteca y la Segunda tomó la mano de Lon para conducirlo hacia las puertas de cristal que daban al invernadero e internarse juntos en el aire tibio, y con olor a tierra que había dentro.

Después de cerrar la puerta se agazapó con él tras un arriate de crujientes amapolas de invierno, y observaron a Erastis entrar a la Biblioteca con una lamparilla de aceite pendiendo de una mano. Él sostenía que era un derroche de energía usar las lámparas eléctricas tan sólo para él.

Lon hizo una mueca.

—Pensé que hoy dormiría más tiempo.

—Shh.

El Maestro Bibliotecario usaba en la noche la misma túnica larga de terciopelo que llevaba durante el día, la cual se meneaba y crujía al rozar el piso cuando subía los escalones hacia alguno de los nichos. La luz que arrojaba la lamparilla palidecía cuando Erastis desaparecía tras las estanterías.

—Me reprende por escabullirme en la Biblioteca de noche, pero acerca *lámparas* encendidas de los libros —gruñó Lon.

—Él es quien está a cargo de la Biblioteca, así que él pone las reglas.

—Pero algún día yo seré el Maestro Bibliotecario, y te aseguro que no me arriesgaré a incendiar la Biblioteca.

Erastis salió de detrás de los estantes cargado con un tomo encuadernado en rojo bajo el brazo. Dejó la Biblioteca otra vez y su luz se vio flamear por el pasillo.

—Tienes suerte de convertirte en Bibliotecario. El resto de nosotros… —la Segunda hizo una pausa, su boca se torció en un gesto y la frase cambió de dirección abruptamente— no puede entrar aquí y llevarse lo que le plazca. Ni siquiera el Director puede hacerlo.

Los poderes de observación de Lon, perfeccionados durante su época de vidente callejero, le indicaron que algo andaba mal. Que su última misión había sido diferente, que la había conmovido de alguna manera, y los pedazos de su ser que se habían desprendido en esa conmoción ahora daban vueltas golpeteando en su interior. Pero no se atrevió a preguntarle de nuevo.

—Yo tampoco puedo hacerlo.

—Pero algún día podrás —sonrió tristemente, pero él supo, por el dolor que veía en su mirada, que la tristeza no tenía nada que ver con él.

Cuando Lon calló, ella se abrazó a sus piernas dobladas y miró al cielo a través del techo de vidrio. Allí, entre las nubes, podían contemplar las constelaciones… cada grupo de estrellas con su historia grabada en minúsculos puntos de luz y las líneas que los conectan entre sí.

—¿Conoces la historia de la gran ballena? —preguntó la Segunda.

Lon asintió.

—De niño, cuando mis padres me daban las buenas noches, solían contarme todo tipo de historias sobre la luna y las estrellas y la forma de los árboles. Al menos cuando estaban en casa. Antes de que su compañía de teatro tuviera que marcharse quién sabe adónde.

—Cuéntamela —su voz temblaba, como las diminutas olas rizadas en la superficie quieta de un lago.

Él la miró unos segundos, pero ella no quiso devolverle la mirada. Así que buscó las estrellas que formaban la figura de la ballena, inhaló el intenso aroma a tierra que lo rodeaba, y comenzó el relato. Su voz fue ajustándose con facilidad a la cadencia de los cuentos de antaño.

—Érase una vez… Ése es el principio de toda historia.

"Érase una vez una ballena inmensa, tan grande como un reino insular, y tan negra como la misma noche. Cada día, la ballena nadaba a través de los mares y se elevaba al atardecer con un enorme salto hacia el cielo llevando miles de gotas de agua prendidas a su piel. Durante toda la noche nadaba a través del firmamento y, cuando llegaba el amanecer, la ballena se lanzaba al mar de nuevo para repetir el ciclo: en el agua durante el día, en el cielo durante la noche.

"En aquella época hubo un ballenero famoso cuyo nombre se ha olvidado, aunque no sus hazañas. Había cazado más ballenas que cualquier otro hombre que haya vivido antes y después que él. Se decía que su barco estaba hecho de huesos de cetáceos y que él bebía en vasos tallados en dientes de ballena. Todas las noches veía al gran cetáceo surcar el firmamento a nado y sabía que, sin importar cuántas ballenas normales hubiera cazado, nunca llegaría a ser el mejor ballenero si no cazaba también a ésta.

"Tardó muchos años en prepararse, hasta que un día estuvo listo. Al amanecer, cuando la reluciente ballena negra volvió al mar, el ballenero lanzó sus arpones. Había cazado a la gran ballena. Pero era un animal tan fuerte que siguió nadando. Durante todo el día nadó a través de Kelanna, arrastrando consigo al pequeño ballenero.

"A medida que se acercaba la noche, el ballenero preparó su barco para volar. Pero cuando la ballena saltó hacia el cielo, las cuerdas se partieron y el barco se quedó en el mar. Muchos hombres cayeron por la borda y se perdieron en las oscuras aguas. Sin embargo, nada iba a detener al ballenero. Junto con lo que quedaba de su tripulación, se lanzó a navegar por el aire… Pero era demasiado tarde. La gran ballena ya estaba en mitad del firmamento, y aunque el hombre persiguió a su presa durante lo que quedaba de la noche, el sol lo alcanzó y desapareció en la luz junto con su barco.

"A la siguiente noche apareció un nuevo grupo de estrellas: era el ballenero, condenado a perseguir a su presa hasta el final de los tiempos. Y la gran ballena nadó libre a través de los océanos y del firmamento, sin preocuparse por el acecho de los hombres.

Cuando Lon terminó su historia, las manos de la Segunda buscaron su espada, y el olor del metal brotó en el invernadero.

—¿Eso te lo contaron tus padres? —murmuró.

—¿Los tuyos no te lo contaron a ti?

Su mirada oscura se fijó en él.

—No tengo padres —repuso ella.

—Claro, "Renuncio a mis lazos de sangre y patria" —dijo Lon, repitiendo las palabras del juramento que habían hecho—. Pero en algún momento *sí* que tuviste padres.

Sus dedos se cerraron con fuerza sobre la vaina y Lon pudo ver las cicatrices y pequeños cortes que había en su piel moverse sobre los tendones.

Al fin, soltó la espada. Sus hombros se relajaron y se encorvó sobre sus rodillas dobladas contra el pecho.

—¿Me cuentas otra? —preguntó.

Durante unos momentos, Lon la observó. Había cerrado los ojos y la luz azul grisácea delineaba su frente, sus pestañas, su nariz y sus labios. Nunca había visto a nadie mostrarse tan vulnerable e impenetrable a la vez.

—¿Conoces la historia del hombre-oso que separó las Islas Gorman? —preguntó.

La Segunda sacudió la cabeza para negar de forma casi imperceptible.

Apoyándose hacia atrás en sus manos, Lon miró al cielo.

—Érase una vez… —empezó él.

Y le contó historia tras historia, saltando de una a otra como si fueran piedras en medio de la oscuridad y allí desaparecieran sin hacer ruido. Ella no dijo nada de su misión y él no preguntó, pero pasaron el resto de la noche en el invernadero, hasta que el cielo fue clareando y el olor del verdor y las plantas que crecen sustituyó al de la sangre y el hierro.

CAPÍTULO 22

Los polizones

Sefia no sabía cuánto tiempo había transcurrido desde que Archer se había quedado dormido, pero a juzgar por los ruidos del barco que gradualmente iban desvaneciéndose (las voces, los pasos, las velas que desenrollaban de repente con un ruido como de páginas que pasan), ya era de noche cuando terminó por dormirse.

Se despertó con el silencio con que hacía todo lo demás, apenas moviendo las puntas de los dedos. Sefia sintió que se enderezaba en la oscuridad.

—Tenemos suficiente comida y agua para tres días, si las administramos con cuidado —empezó a tantear los bordes del cajón—. Hay que encontrar una manera de salir de aquí.

Tras un rato de empujar y forzar, uno de los lados del cajón cedió. El aire fresco entró por la abertura y respiraron profundamente, sintiéndose aliviados. Sin embargo, el consuelo duró apenas unos momentos porque, al empujar con más fuerza, el costado de la caja se atascó y no fue posible abrirlo más.

Archer lo golpeó con el hombro, lo embistió con manos, pies y cuerpo. Sefia se apartó para dejarlo hacer. Archer se lanzó contra todos los lados del cajón, con puños, cabeza y piernas. El cajón parecía encogerse sobre ellos. Los olores imaginarios de sangre y orina, paja y pisos sucios los envolvieron.

—¡Archer, por favor!

Él no le hizo caso. Arremetió con todo contra el lateral del cajón. Ella podía percibir su pánico, tan palpable como el sudor.

Luego, con un chirrido, la pared de la caja terminó por ceder. Archer salió arrastrándose a la bodega del barco. Se quedó quieto y acurrucado un buen rato en la semioscuridad. Sefia contuvo la respiración.

Pero no había señales de que alguien hubiera oído su escape: ni un sonido de la guardia ni una pisada.

Al poco tiempo, Sefia salió también y estiró las piernas. El resto de la bodega estaba atiborrada de cajones, barriles, costales. Archer inspeccionó la escotilla que llevaba a la cubierta que había sobre ellos, pero no notó indicios de movimiento alguno.

Hacia la parte de proa de la bodega, Sefia forzó la cerradura del pañol de víveres y encontró papas, carne salada, zanahorias, quesos maduros envueltos en tela, mantequilla, manteca, huevos y, en un rincón, un farol apagado con el globo de vidrio roto.

Parpadeó y la historia del farol pasó ante sus ojos: la mar gruesa que azotaba el barco en el momento en que se quebró, de dónde venía, imágenes tan fugaces y mezcladas que no logró enfocarlas bien. Las náuseas la invadieron y se tambaleó hasta golpearse la parte posterior de las piernas contra un cajón próximo.

¿Por qué su Visión funcionaba unas veces y otras no? Tras sacudirse la cabeza, lo intentó de nuevo. Parpadeó, pero una vez más se encontró a la deriva en un mar de manos, rostros, y fogonazos de lugares oscuros. Su Visión saltó del pasado al futuro: se vio encendiendo el farol, las sombras del rostro de Archer en la oscuridad, y luego se deslizó por el tiempo hasta el taller de un vidriero, sintiendo el calor contra el rostro, para ver los globos de cristal girando en la punta de varas de hierro como enormes bolas de caramelo de vidrio.

Parpadeó para volver al presente, donde Archer estaba ante ella con una sonrisa que le iluminaba los ojos. Sefia sintió que se le volteaba el estómago, pero no a causa de las náuseas. ¿Cuánto tiempo había estado allí, observándola? ¿Qué aspecto tenía ella en ese trance? Casi soltó una risotada, y se cubrió la boca con la mano para guardar silencio.

La sonrisa de Archer se ensanchó.

Sefia se empeñó en buscar algo qué hacer mientras se apaciguaba el calor que sentía en las mejillas: recogió el farol y buscó hasta dar con aceite para encenderlo. Y luego ella y Archer se retiraron de nuevo a su cajón.

Durante los siguientes días, comieron primero de sus provisiones, y cuando éstas se terminaron, empezaron a robar, tomando siempre un poco menos de lo que necesitaban: medio puñado de chícharos, una taza de agua, un pequeño trozo de carne de cerdo. Estaban permanentemente hambrientos. El estómago les gruñía, pero no podían arriesgarse a sentirse satisfechos.

Aprendieron a reconocer el día y la noche por la manera en que se desvanecían los ruidos del barco, y marcaban las horas con el alboroto repentino de los cambios de guardia. Sólo salían cuando el resto del barco se había ido a dormir. Y únicamente se quedaban fuera lo necesario para estirarse y reunir provisiones.

Un día, estaban recogiendo trozos de queso cuando oyeron pasos en la cubierta de arriba. Se ocultaron tras el cajón más cercano justo cuando la luz de un farol inundaba la oscura bodega. Se escuchó el ruido de las ratas escabulléndose hacia los rincones.

Una larga sombra cruzó la bodega hasta el pañol de víveres, donde el grumete abrió la puerta y empezó a rebuscar entre los barriles: una silueta con extremidades largas y rizos se dibujó en las cuadernas.

—Mantequilla —dijo—, mantequilla, mantequilla, mantequilla... jamás había visto a alguien pedir tanta mantequilla en toda mi vida. Vamos a tener que conseguir una vaca y prepararla nosotros mismos al ritmo que me la piden —la encontró, envuelta en un rincón del pañol, tomó un trozo y salió escaleras arriba, todavía gruñendo entre dientes.

Tras esa experiencia, no volvieron a tomar más mantequilla.

Resultó que los viajes a la bodega eran bastante regulares, y que se producían unas cuantas horas antes de cada comida, con apenas algunas visitas inesperadas, y Sefia y Archer se acostumbraron a las idas y venidas del muchacho, y a sus refunfuños.

Dormían durante el día, ovillados el uno junto al otro, y se despertaban únicamente con el sonido de los pasos sobre sus cabezas, para quedarse muy quietos, respirando apenas, hasta que las pisadas se alejaban y quedaban solos de nuevo.

En las horas que pasaban despiertos, en lo profundo y más callado de la noche, Sefia practicaba con su Visión. A veces funcionaba. A veces veía pastizales en Deliene, suaves colinas con vacas blanquinegras que pastaban a la sombra del pico Korozai, donde las trincheras invadidas de matorrales y los muros de piedra atestiguaban el sitio que se había producido siglos atrás, en lo peor de los enfrentamientos Ken-Alissar.

A veces veía manos maltrechas que escogían cuerdas y las entretejían de nuevo, con la sal en el aire y la brisa en las velas. Pero cada momento de Visión le traía vértigo y náuseas, y no conseguía prolongarla durante mucho tiempo.

Otras veces, cuando consideraba que había la suficiente tranquilidad, encendía el farol en su reducido cajón. Archer se recostaba a su lado, con la luz brillando en su barbilla, sus pómulos, sus ojos dorados. Y leía. Su voz los rodeaba de historias hasta que quedaban saturados del mundo que habitaba dentro del libro y llegaban a respirarlo y a oír, no los crujidos de su propio barco, sino los del que figuraba en la historia: el de casco verde que navegaba en busca de los confines occidentales del mundo.

El *Corriente de fe* y la isla flotante

Dejaron a la capitán Cat y los huesos de su tripulación caníbal atrás, y siguieron navegando. Cuando encontraron la isla flotante, habían pasado ya más de seis meses desde que abandonaran las Islas Paraíso, y estaban sintiendo los efectos de la hambruna. Ni siquiera Cooky, con todos sus trucos para cocinar cáscaras de vegetales y caldo de hueso, lograba apaciguar el vacío en sus tripas. Algunos días, el Capitán Reed sacrificaba una de sus comidas para cedérsela a Harison, el grumete que habían reclutado en las Islas Paraíso, o a Jigo, el hombre de más edad en los turnos de guardias. Pero todos estaban hambrientos.

Mientras el resto de la tripulación se afanaba en ir a buscar sus fusiles y espadas cuando vieron la isla, Jigo y el primer oficial se unieron a Reed en la proa.

El primer oficial dejó que la brisa húmeda azotara su rostro maltratado por la intemperie.

—A juzgar por el viento, diría que vamos rumbo a esa tormenta.

A su lado, Jigo asintió y se frotó la cadera con sus manos de grandes nudillos deformados.

—Es una tormenta feroz, sí. Va a durar toda la noche —después de una caída fuerte desde los aparejos veinte años atrás, afirmaba que era capaz de predecir la duración de una tormenta por el dolor que le provocaba en los huesos. Hasta donde todos sabían, jamás se había equivocado.

Reed miró las nubes erizadas de lluvia.

—A mí tampoco me gusta ir al encuentro de una tormenta, como a cualquiera de ustedes, pero no llegaremos mucho más lejos si no buscamos algo en esa isla.

Jigo gruñó y se alejó cojeando para unirse al resto de la guardia de babor.

Los muertos ojos grises del primer oficial no parpadeaban.

—¿Será hoy el día?

—No, hoy no será el día —Reed se quitó el sombrero y se pasó los dedos entre sus cabellos—. Voy a dejar a Aly contigo. Mándela a buscarme si le parece que las cosas se complican. Esa tormenta se nos viene encima, y más vale que para entonces estemos todos a bordo, y nuestra carga también.

Estaban lo suficientemente cerca de la isla como para ver que abundaba en plantas: árboles dos veces más altos que el barco, y bajo ellos, una densa cubierta de matorrales y hierba alta.

—Difícilmente podrán conseguirlo.

—¡Ja! —Reed se encasquetó de nuevo el sombrero y sonrió—. Me he visto en circunstancias más comprometidas.

La isla se movía rápidamente, pero el *Corriente de fe* podía ir a la par sin problemas. Se detuvieron a su lado, a la vista de playas sombreadas y pastizales. Venados de talla pequeña con cuernos vagaban entre los arbustos, y aves refulgentes cual joyas surcaban a través de la oscuridad.

El viento les besaba el rostro y les acariciaba los brazos. Y de repente, en la cubierta del barco, los marineros dejaron escapar gritos de dicha y su algarabía hinchó las velas.

La isla en realidad no era tal, sino una gigantesca tortuga marina con un caparazón que se elevaba unos treinta metros por encima del agua. Sus enormes aletas hacían subir y bajar las olas, como un pájaro que aleteara lentamente. Su descomunal cabeza se levantaba por encima del agua en un largo cuello blanco que más abajo estaba adornado por lisas escamas marrones, ojos antiguos con pesados párpados, y una boca similar a un pico afilado, capaz de partir a un hombre en dos.

Horse se ajustó el pañuelo en la cabeza.

—Vaya, Vaya, esto sí que es increíble.

A su lado, Harison murmuró con la misma voz maravillada.

—Es increíble, sin duda.

Al ver el gesto del Capitán, Jaunty, el timonel, quiso competir a la carrera contra la tortuga. Rio como un chiflado. Nadie jamás lo había visto tan entusiasmado, con la cabeza hacia atrás y la boca bien abierta, reía tanto que podían vérsele las muelas. Toda la tripulación, aferrada a las batayolas, silbaba y gritaba a su lado.

El Capitán se adelantó hasta el bauprés, y allí se quedó, colgado sobre el mar, aullando por el puro gozo de hacerlo.

Y por unos momentos, se olvidaron del hambre. Porque experiencias como ésas eran mejores que todas las provisiones que lograran conseguir.

Cuando se acercaron lo suficiente para lanzar sus garfios, el Capitán se montó sobre el pasamanos. A su alrededor se oía el sonido del agua, el murmullo de las olas en la orilla, y la cacofonía de las enormes aletas de la tortuga al hundirse en el mar y volver a salir.

¡Abordar una criatura así de antigua! ¡Más antigua que todas las historias que hubieran podido oír! Y quizá, más que todos los mundos que había en el mundo.

Era increíble, sin duda lo era.

Tan pronto como desembarcaron, el Capitán les ordenó dispersarse:

—Tomen lo que necesitamos, pero no arrasen con todo —dijo—. Este lugar es demasiado hermoso como para que alguien como nosotros lo arruine.

Se distribuyeron de dos en dos para dispersarse por toda la isla en busca de provisiones. Entre los matorrales abundaban los tubérculos, las cebollas silvestres y la rúcula de sabor intenso; los árboles estaban cargados de fruta verde y amarilla. Roedores de gran tamaño curioseaban entre las raíces y mordisqueaban contentos las nueces caídas.

En la maleza, Harison se agachó y recogió del suelo una larga pluma verde con un raro rizo en el extremo que seguramente formó parte de la cola de algún ave. La hizo girar entre sus dedos unos momentos y luego se la puso en un ojal de la camisa.

—Mi mamá lleva años coleccionando plumas, desde niña —explicó—. Tiene por lo menos cien, y es capaz de contar la historia de cómo encontró cada una de ellas.

Le prometí llevarle plumas de todos los lugares que visitáramos.

El Capitán le dio una palmadita en la espalda.

—Estaré atento si veo más.

Continuaron cavando para sacar tubérculos, y Camey y Greta llegaron corriendo hasta ellos. Camey cargaba un jabalí sobre sus hombros, y Greta sostenía tres aves con su enorme mano de martillo.

Harison hizo una mueca cuando se acercaron. Reed comenzó a reír.

Ninguno de los dos era especialmente popular entre la tripulación. Se mantenían aislados la mayor parte del tiempo. Hacían lo que se les pedía y nada más. Pero formaban parte de su tripulación, y Reed los trataba igual que a los demás.

—Sería más fácil si pudiéramos acorralarlos con fuego —dijo Camey, palmeando los cuartos traseros del jabalí. Tenía buena puntería: el animal había recibido el disparo justo entre los ojos—. Lo hemos hecho muchas veces en casa, ¿cierto, Greta?

—Las ratas salían de sus madrigueras al instante —sonrió Greta al recordarlo, mostrando sus dientes amarillentos de tantos años de fumar. Se pasó la mano libre por el grasiento pelo, y una nube de caspa se asentó en sus anchos hombros—. Era como dispararle a una fila de botellas alineadas en un cercado... poner el ojo en el blanco y v...

—¡Ah! ¡Es que esto no son las islas de donde ustedes vienen! —dijo Reed—. Ésta es una isla viviente, y los seres vivientes se defienden de un ataque. Si encienden fuego aquí, la isla se hundirá y no conseguiremos más que perecer.

—Así debe venir la muerte: por aguas o por espada, ¿no cree, Capitán? Eso es lo que buscamos los que vivimos al margen de la ley —Greta chasqueó la lengua arrepentida y, al notar la caspa en su camisa, comenzó a limpiarse las escamas más grandes con los dedos—. No está mal.

—Creo que sólo un tonto corre al encuentro de la muerte —murmuró Reed, más para sí mismo que para Greta—. Incluso si corremos para huir de ella, todos terminamos perdiendo esa carrera, ¿eh?

Irritado, Camey respondió con un refunfuño, luego acomodó las patas del jabalí para sujetarlo mejor, y siguió su camino ladera abajo hacia la playa, murmurando una queja al tiempo que producía con sus zapatos un sonoro *toc, toc, toc.*

Olisqueó después el olor grasiento del jabalí a sus espaldas y chasqueó la lengua como para dar a entender: *¿Qué le vamos a hacer?*, Greta lo siguió, con las aves muertas golpeteando en su mano.

—¿Cuánto tiempo llevan así? —preguntó el Capitán, mientras los observó alejarse.

Harison se encogió de hombros con timidez y se pasó una mano mugrienta por los oscuros rizos de su pelo:

—Desde que los conozco, mi Capitán.

—Nos causarán problemas si no llegamos a los confines del mundo pronto.

A las dos horas comenzó a llover. La tripulación corrió entre los árboles y el buque para llevar a bordo carne y huevos, coles silvestres y barriles de agua dulce. Grandes goterones caían sobre la hierba y la superficie del mar. Los animales desaparecieron para refugiarse del agua y los hombres empezaron a dar cuenta de todo lo que pudieron encontrar: bayas de color rojo sangre, duras nueces, pájaros de alas blancas y grisáceas que no eran capaces de volar.

Los truenos resonaron sobre sus cabezas. Los relámpagos encendieron grandes trozos de cielo.

El Capitán empezó a tocar cada uno de los cajones y barriles antes de cargarlos al barco. Incluso por encima del fragor de la tormenta, podían oírlo contar: *seis, siete, ocho...*

Harison y Jigo se alejaron para buscar más tubérculos en el bosque.

La lluvia arreció. Los relámpagos hendían el cielo como un tridente, y durante un segundo completo, la isla entera se iluminó con una brillante luz cegadora.

Las gotas de lluvia chispeaban en el negro cielo.

Las aletas de la tortuga eran como enormes piedras móviles por las que corría el agua.

Los venados muertos esperaban ser llevados a bordo, con la piel empapada y las patas inertes.

Truenos. Un fogonazo anaranjado y una columna de humo en el bosque.

El impacto del rayo había iniciado un incendio entre los árboles.

Reed dio la orden de embarcar lo que quedaba de la carga y luego se apresuró ladera arriba y se metió entre los matorrales, buscando al resto de la tripulación.

Jules y Goro.

Theo y Senta.

Pareja por pareja, los envió de regreso al barco, hasta que sólo faltó una: Harison y Jigo.

La lluvia caía pero no sofocaba las llamas. Las hojas arrancadas revoloteaban a su alrededor, y las ramas se convertían en brasas y cenizas.

—¡Jigo! —el humo le quemó la garganta mientras se internaba entre los arbustos enredados—. ¡Harison!

A su alrededor, los árboles estaban todos encendidos. Ya no podía oír el agua, ni la lluvia ni el movimiento de las aletas en el mar, sólo los chasquidos del fuego devorando árboles antiguos y plantas tiernas.

En medio de ese caos, casi choca contra Jigo. El viejo estaba en el suelo, tratando de entablillarse una pierna con una rama humedecida. Miró al Capitán a la luz de las llamas con los ojos enrojecidos por el humo.

—Me caí —gruñó él—. Esta maldita cadera.

Con dedos veloces le ayudó a amarrarse la rama.

—¿Dónde está Harison?

El viejo señaló hacia la cumbre de la colina con un dedo torcido.

—Dijo que no podía dejarlos morir.

Reed soltó una maldición.

—Ve al barco. Yo me encargo de encontrar al muchacho.

Jigo bajó renqueando hacia la playa, y Reed se adentró entre los árboles.

El aire llameaba. El fuego saltaba de un árbol a otro, encendiendo las copas. Las ramas se quebraban y caían, levantando nubes de chispas.

—¡Harison!

—¡Capitán!

El chico estaba en el centro de un claro, sus rizos negros estaban pintados con cenizas. En sus brazos cargaba su sombrero como si llevara algo precioso dentro. Un costal vacío tapaba a medias la abertura.

El Capitán Reed tomó a Harison de la mano, sin hacer caso de su grito de alarma, y tiró de él para sacarlo del claro. Las llamas les lamieron sus manos y antebrazos. Salieron corriendo de los árboles entre oleadas de humo y chispas. Al salir a campo abierto, los relámpagos rasgaron las nubes.

Juntos, atravesaron el campo a trompicones. La ladera estaba resbalosa por la hierba mojada, y bajaron con los pies que se les deslizaban sin control. Cuando llegaron a la playa, la isla entera se agitaba enloquecida bajo ellos.

Cerca de la mitad de la carga ya estaba a bordo, pero las olas se aceleraban y las amarras del *Corriente de fe* se habían tensado. La tripulación se apresuraba en la playa, pasando barriles de agua y sacos de vegetales para subirlos al barco.

—Recuerdo lo que dijo usted —señaló Harison con voz ronca, doblando parte del costal para abrirlo. Cuatro pares de ojitos brillaron en la sombra y hubo un aleteo leve.

Pájaros. Harison había estado rescatando polluelos.

—No podía dejarlos así, señor.

La isla se sacudió de nuevo. Estaban subiendo la carga tan aprisa como podían, pero no lo suficiente. Incluso Camey y Greta hacían su parte, extrañamente silenciosos para ser ellos. Todos cargaban y estibaban, envolvían y amarraban. A medida que el fuego se extendía, las sacudidas de la isla empeoraban.

De repente, oyeron al primer oficial que daba la voz por encima del fragor de la tormenta: "¡Corten amarras!"

En cuestiones relacionadas con el *Corriente de fe*, nadie discutía con el primer oficial. Tomaron todo lo que pudieron y se encaramaron a los cabos de los garfios de abordaje.

Reed fue el último hombre en abordar. Al trepar por encima de la borda, el barco se escoró hacia un lado. La última amarra se cortó. El buque se alejó a la deriva, con el viento empujándolo en su dirección y la tortuga nadando en sentido opuesto, inclinándose para que las olas le subieran por el lomo y sofocaran el incendio.

El Capitán oteó entre la lluvia. La cubierta era un caos. Algunos de los miembros de la tripulación estaban encaramados en las vergas, recogiendo las velas; otros estaban abajo en el piso. ¿Habían logrado embarcarse todos?

Como respuesta, el primer oficial apareció a su lado. El agua le rodaba por los ojos grises nublados y, cuando habló, su voz parecía hueca:

—Jigo no está.

Reed volvió a la borda, en busca de indicios de su tripulante. La última vez que lo había visto, Jigo era una silueta encorvada renqueando hacia los arbustos en llamas. Se suponía que debía llegar. Se suponía que debía estar allí.

Pero no.

La isla ya desaparecía en la lluvia, los esqueletos de los árboles humeantes se recortaban contra el cielo. En el agua, los animales perdidos nadaban con sus pequeñas patas y buscaban tierra, pero uno a uno, todos ellos se fueron ahogando.

Jigo estaba en alguna parte, muriendo allá afuera, o perdido cual náufrago en una isla desierta. Quizá estuviera viéndolos alejarse en ese preciso momento, adolorido y temeroso, sabiendo que pasaría sus últimos instantes allí, solo, sin nadie que lo incinerara ni recordara su nombre.

Harison lloraba. Aún sostenía su sombrero con los cuatro pajaritos dentro.

Reed se limpió los ojos.

—Lo vi. Lo envié de vuelta al barco. Yo lo *vi*.

Un relámpago alumbró el cielo y se reflejó en el mar picado, pero Jigo no estaba allí y el agua no mostraba nada.

—Ella me lo advirtió —dijo Reed.

CAPÍTULO 23

Un asesino en el barco

—Jamás podría abandonarte a tu suerte —Sefia depositó la pluma verde entre las páginas y cerró el libro.

Archer apuntó al borde de su cicatriz. A la escasa luz del farol, una sonrisa le cruzó el rostro, como un retazo de humo.

Aún faltaban un par de horas para el amanecer y el aire estaba frío y tranquilo, cargado de los sueños de hombres dormidos. Pronto, el cocinero enviaría al grumete a la bodega en busca de un costal de arroz o un trozo de carne de cerdo. Su llegada indicaría que era el momento de que Sefia y Archer apagaran el farol, se metieran de nuevo en su cajón, e hicieran lo posible por dormir hasta que la noche llegara de nuevo. Llevaban cinco días viviendo de esta manera y estaban decididos a continuar así mientras les fuera posible. Ninguno de los dos se quejaba. Era preferible a la muerte o a la esclavitud.

Archer cerró la tapa del cajón y se recostó. Se tendían en el espacio cerrado, curvando la espalda para que sólo las rodillas se tocaran entre sí.

En la oscuridad, Sefia recorrió los bordes del libro con sus manos, palpó las hojas secas que sobresalían de entre las páginas, hasta que dio con la suave pluma que Archer le había regalado. Una pluma verde, como la que Harison había recogido en la isla flotante para su madre.

Su madre no había tenido el menor interés en coleccionar nada, ni conchas ni botones ni piedras brillantes. No, a su madre le gustaban las cosas vivas. Solía pasar horas en la huerta, desmalezando y sembrando, podando y recogiendo fruta, con el cuello arqueado como los elegantes pescuezos de las aves, y su negro pelo suelto frente a su rostro. A menudo olía a tierra negra y fértil.

Una vez, cuando Sefia le preguntó por qué le gustaba tanto cultivar la huerta, su madre había suspirado y se había sentado sobre sus talones. Se encorvó como si estuviera cansada, aunque apenas era media mañana y después de un rato respondió: "Hay suficiente muerte en este mundo. Quiero ayudar a que las cosas crezcan". Por un momento, sus ojos castaños se vieron radiantes a pesar de la mirada triste. Y luego sonrió y acarició la mejilla de Sefia, ensuciándola con tierra.

Habían pasado once años desde su muerte y a veces Sefia ya no conseguía recordar su rostro, pero sí la textura de las finísimas arrugas en sus manos, y el olor a tierra.

Se enjugó las lágrimas y alisó la pluma hasta que aguzó la punta. El libro siempre le revivía el pasado, le alborotaba los recuerdos. Los hacía volver. Los hacía reales.

Mientras su mente vagaba, empezó a temblar. Sentía frío; su piel estaba húmeda. Empezó a respirar aceleradamente. Algo andaba mal. Sus dedos tantearon la oscuridad, las piernas se movieron sin querer. Todo en su interior le gritaba que huyera a toda prisa. De repente se sentía empequeñecida y asustada.

Podía percibir el malicioso olor del metal caliente.

Un olor brillante, ácido, que le zumbaba entre los dientes. Vio fogonazos del día en que se llevaron a Nin: la mujer de negro. La sombra de una voz. Nin mirándola entre las hojas.

No, se dijo. *No estoy allá. Estoy en un barco, con Archer. Puedo sentirlo a mi lado. Estoy con Archer.* A medida que los fogonazos cesaron, abrió los ojos y se sentó.

Archer también estaba despierto, sentado muy erguido, tenso y alerta. Pero él no sabía todo eso. No había estado allí. Sefia metió el libro en su mochila y pasó por encima de Archer hacia la bodega. El olor era más intenso afuera. Le provocaba dolor de cabeza. La luz amarilla de un farol alumbró las vigas. En las escaleras, alguien refunfuñaba:

—Si no es mantequilla, entonces es tocino —el grumete—. Tocino, tocino, tocino.

¿No lo olía? ¿No lo percibía? Alguien estaba a punto de morir.

Pero ella podía prevenirlo. Tenía que intentarlo.

Sacó su puñal y salió de entre los cajones a tiempo para ver al muchacho al pie de las escaleras con el farol en la mano y los ojos desorbitados al verla aparecer, y luego la figura negra detrás de él, el centelleo de un arma con filo.

—¡No! —gritó Sefia.

El grumete se volteó demasiado tarde. Un grito ahogado, interrumpido al final. La sangre salpicó el suelo.

Se desplomó al suelo como una hoja de papel que alguien hubiera arrugado.

Tras él estaba la mujer de negro.

La espada curva.

El rostro cubierto de cicatrices.

Los desagradables ojos de color turbio.

Ella.

La mujer sonrió al reconocerla y abrió los brazos ampliamente, haciéndole señas a Sefia, con la mano izquierda enguantada, para acercarla a ella.

Sefia apretó su cuchillo. *Hazlo* se dijo. *Por Nin.*

Pero mientras vacilaba, el grumete yacía en el piso, con ambas manos a un lado del cuello, y entre sus dedos corría el rojo como agua de una presa agrietada.

Matar o morir.

Él o ella.

Una decisión imposible.

Sefia cayó de rodillas y se quitó el pañuelo de la cabeza, presionándolo sobre el cuello del muchacho. Él le aferró las manos y tragó. Tenía los ojos desorbitados y horror en la mirada.

Archer sacó su puñal y embistió a la mujer de negro. Estaba a punto de alcanzarla cuando el arma de ella lanzó un tajo. Archer saltó hacia atrás, sangrando.

Sefia los oía moverse, los rápidos impactos de sus brazos y manos, pero los cuchillos no hacían ningún ruido. La sangre se acumulaba en el pañuelo, entre sus dedos.

—Me llamo Sefia —le dijo. Los labios del chico se movieron pero no se oyó el sonido. La sangre corrió más veloz—. Shh —dijo ella—. Todo saldrá bien. Aquí estoy, contigo.

El tempo de la pelea cambió. Sefia levantó la vista. Entre las torres de cajas y barriles, el movimiento era tan frenético que parecía un baile, con complicados pasos de amago y contraataque.

Se oyó un grito desde el descanso de las escaleras. Algo ininteligible, una especie de chillido animal lleno de furia y miedo, y de repente alguien se posó de rodillas junto a Sefia. Olía a especias y a grasa de cocina:

—Presiona con fuerza, niña —dijo. El hombre se quitó el delantal de un tirón y lo hizo una bola entre sus manos—. Más fuerte.

Estaba presionando tanto que temía estrangular al muchacho, pero la sangre fluía tan rápido.

—Necesita que lo atienda la doctora. Quédate con él —y el hombre se marchó. El rojo tiñó el delantal. Ella presionó con más fuerza.

—Tranquilo —dijo ella, mirando los ojos vidriosos y asustados del muchacho. Podía ver las olas de luz dorada que se arremolinaban en torno a él. Fluían desde sus ojos hacia sus mejillas, brotaban de los pliegues del pañuelo en su cuello. Sefia parpadeó y empezó a ver pasar rápidamente los episodios de la vida del grumete. Las espirales envolventes de la memoria la marearon, pero eso no importaba. Lo que importaba era que alguien lo había querido y entendido, que alguien estaba con él.

Su niñez pasó fugazmente, su adolescencia en las Islas Paraíso, la navegación en esquifes, las jornadas de caza con lanzas junto a sus amigos, el gorjeo de los pájaros en el porche de la casa de su madre, y entonces…

Entonces supo quién era el muchacho.

Durante unos instantes se preguntó si ella habría ido a parar al interior del libro, si Archer y ella iban ahora camino del fin del mundo y los extraños días de hambre que les esperaban.

Sacudió la cabeza.

El grumete era unos años mayor que en el libro, pero tenía los mismos rizos, los mismos ojos oscuros muy separados. Pero esto no era el libro. Era real. Y el muchacho estaba agonizando. Y luego vio algo más oscuro, más frío, con luces rojas que parpadeaban en lo profundo. Se cernía sobre la vida del muchacho como la sombra de un edificio que cae sobre uno en el frío de la tarde... un edificio al que no quieres entrar a pesar de saber que tienes que hacerlo. El muchacho estaba asustado. Y ella sentía miedo por él, por la oscuridad y el frío y las luces rojas. Parpadeó y salió de su Visión, jadeando.

El grumete la miró. Tenía lágrimas en el rabillo de los ojos.

—No te mueras —puso su boca cerca del oído de él, y anheló que la sangre dejara de brotar, que regresara y se quedara en el interior del cuerpo del muchacho, donde pertenecía—. No te mueras, Harison —y en ese momento hasta su sangre se volvió dorada, relumbrante, se llenó de minúsculos puntos de luz que parecían estrellas fluyendo fuera de su cuerpo a la velocidad de las constelaciones que giran en el cielo. Sefia contempló cada gota de luz que brotaba de la herida con lentitud dolorosa. Cada gota de su vida.

En el otro extremo de la bodega, Archer hirió a la mujer en el rostro y su puñal centelleó a la luz del farol. Ella lo esquivó con destreza y le lanzó un tajo en la parte posterior del brazo. Archer retrocedió. El brazo le ardía. La cabeza le zumbaba con el candente olor metálico. La cubierta inferior estaba tan abarrotada de carga que formaba pasillos estrechos en la bodega. No había mucho espacio para maniobrar y era fácil quedar atrapado.

Entonces, la mujer comenzó el ataque, lanzando puñaladas y clavando su cuchillo. Archer apenas lograba esquivar el filo que lo perseguía, que silbaba al pasar junto a su piel.

Finalmente se separaron.

La mujer esperó con el cuchillo hacia abajo y la mano izquierda en el aire para protegerse el cuello.

Archer atacó de nuevo, pero ella le atrapó la muñeca de la mano armada y le inmovilizó el brazo, con lo cual pudo abrirle un tajo en el abdomen. La sangre salió a borbotones.

Él tiró de ella, y su muñeca se torció bajo la presión de la mujer. La hirió de una puñalada. Se separaron. La manga de su blusa negra estaba rasgada. Archer se inspeccionó el brazo y el tajo en el estómago. Dos veces. Lo había herido dos veces. No estaba muy seguro, pero le pareció que hacía mucho tiempo que nadie hacía algo así.

La pálida mirada de la mujer pasó de él al cajón en el que Sefia y Archer se habían estado escondiendo. Quería el libro. Archer le dio la vuelta al cuchillo en su mano, imitándola, sosteniéndolo como si fuera un picahielo. No le permitiría pasar más allá. Al fondo se oía el canturreo tranquilizante de la voz de Sefia:

—Shh —le decía al grumete—, todo está bien. Estoy aquí contigo.

Pero las cosas no estaban bien. Archer reconoció la gravedad de la herida sólo con verla. El muchacho no saldría de ésta.

La mujer atacó. Y él, tal como ella le había hecho, pasó el lado romo del cuchillo por encima de la muñeca, atrapándole el brazo, que procedió a retorcer. Los ojos de la mujer se abrieron desmesuradamente y él logró herirla con una puñalada en el abdomen antes de que ella se zafara y quedara fuera de su alcance de nuevo.

La mujer abrió la boca y dejó ver unos dientes blancos muy pequeños. Reía: una risa queda y entrecortada, como nubecitas de humo.

Estaban frente a frente, los cuchillos iban y venían, y ellos rechazaban un lance, lo esquivaban, se abrían pequeños cortes en manos, brazos y piernas. Era la pelea más veloz en la que Archer se había involucrado; cada ataque le llegaba más rápido de lo que podía pensar, y era únicamente la rapidez instintiva de sus extremidades lo que le permitía ir a la par que ella.

Hicieron una pausa, frente a frente, para reponer el aliento. ¿Cuánto tiempo llevaban así? ¿Minutos? ¿Apenas unos segundos? Alguien más apareció bajando las escaleras, dando pisadas como si fueran martillazos:

—Presiona con fuerza, niña —dijo una voz ronca—. Más fuerte.

La mujer arremetió de nuevo con una puñalada lateral hacia la mano con la que Archer sostenía el puñal. Él la rechazó y el siguiente ataque no provino de su cuchillo. Fue un puñetazo de su mano enguantada contra su esternón. Había esperado el golpe, pero no tenía idea de que lo hiciera arrodillarse. Algo se había roto. Se quedó sin aire. Le lanzó una puñalada al caer al piso. La mujer retrocedió fuera de su alcance. El mundo le dio vueltas. Nunca lo habían golpeado con una fuerza semejante. Se puso en pie con mucho esfuerzo.

La mujer estiró los dedos. El guante de cuero crujió.

Ella se apresuró, atacó de nuevo, furiosa e impaciente. Archer retrocedió ante un lance que casi le hiere la mano con la que sostenía el cuchillo. Otro casi le alcanza la pierna. Su espalda dio contra algo duro que no se movía. Barriles. El ataque de la mujer lo había arrinconado contra ellos. Luego, vio el puño enguantado venir hacia él y supo que si lograba conectar en el rostro, le destrozaría los huesos. Se agachó. El barril se hizo pedazos a sus espaldas. Un fuerte estrépito inundó la bodega. Durante apenas un instante, el flanco izquierdo de la mujer quedó expuesto. Archer atacó y la punta del cuchillo le hirió el cuello, pero ella no se amilanó. Lo atacó de nuevo, una y otra vez.

Archer apenas lograba reaccionar a tiempo. La herida en las costillas lo hacía más lento. Ella conseguía alcanzarlo con el cuchillo. Había perdido la cuenta de cuántas veces lo había herido ya.

Una vez.

Y otra vez.

Y otra más.

La mujer era tan rápida que Archer sólo se dio cuenta de que había conseguido desarmarlo cuando ya era demasiado tarde. Su cuchillo cayó repiqueteando contra el piso. Ella hubiera podido acabarlo allí, pero la tripulación entera estaba despertando. Se le terminaba el tiempo. Dentro de poco, decenas invadirían las bodegas y entonces no importaría cuán veloz fuera ella. Los adversarios serían demasiados.

Archer logró dar un buen vistazo al rostro de la mujer. Estaba sangrando. Sangre roja brillante que le chorreaba de la frente hacia los ojos. Entonces ella corrió, y subió las escaleras a saltos para desaparecer en las sombras de la cubierta superior.

Tomó el cuchillo y se apresuró tras ella, dando un salto para llegar a las escaleras por encima del cuerpo inmóvil del grumete. Puede que Sefia lo llamara, pero él no la escuchó.

Hubo un grito por encima de su cabeza pero no pudo identificar las palabras. Llegó a la cubierta inferior. A través de los tablones que formaban la escalera, vio una silueta descomunal que arremetía contra la mujer de negro. Ella levantó su mano armada, presta a atacar. Archer reconoció el movimiento que trazaba su mano.

Sintió su cuchillo, sólido y bien equilibrado en su mano. "Son buenos, y fáciles de lanzar".

Se clavó en el antebrazo de la mujer, que se hallaba a medio camino de arremeter con una puñalada, y se alojó profundamente en el músculo. Ella no gritó.

En los instantes que Archer necesitó para rodear la escotilla, ella se sacó el cuchillo y atacó al hombre enorme, que retrocedió tambaleante. La mujer salió deprisa al aire libre.

Archer se detuvo para tomar al hombre por el antebrazo y ayudó a levantarlo, corrió después escaleras arriba hasta la cubierta superior, donde recibió su primera bocanada de aire fresco en varios días. Hacía frío y el barco estaba envuelto en neblina. De los camarotes de proa emergieron hombres y más hombres. Sus gritos sonaban agudos en la noche.

La mujer de negro desenvainó una espada. El olor del metal se esparció en el aire frío con sus movimientos. Archer jadeó. El acero olía a sangre. La espada, al trazar un giro, dibujó un arco de color cobrizo, que lo desafió a aproximarse.

Oyó el disparo casi al mismo tiempo que vio el fogonazo detrás de la mujer. Ella giró. Archer jamás había visto a nadie reaccionar con tal rapidez. Un chorro de sangre le brotaba del hombro pero ella seguía firme y en pie. El proyectil la habría matado de no haber esquivado su letal trayectoria.

Luego, en un solo movimiento sincrónico, se dejó caer en el aire por encima de las barandillas del barco. Con los brazos extendidos, su cuerpo, como el de un ave pescadora, no era más que una sombra en la niebla densa.

Hubo otro disparo. La alcanzó en su trayectoria descendente y le atravesó el cráneo. Los brazos y las piernas de la mujer pendieron sin vida, y ella se precipitó al agua como una piedra.

Silencio. Una silueta alta y delgada atravesó la cubierta con una pistola humeante en alto. El hombre se detuvo junto a la barandilla, mirando al agua, pero no vio más que el murmullo de las olas contra el casco.

A pesar de la escasa luz, Archer reconoció el arma: enteramente negra, con olas talladas y repujadas en oro opaco. El Verdugo. Un arma maldita. A lo largo de los años, el Verdugo había cambiado de manos tantas veces que nadie recordaba a quién había pertenecido originalmente. Pero todos sabían de quién era ahora.

Archer perdió el equilibrio, mirando al hombre que se acercaba.

Ahora el Verdugo pertenecía a Cannek Reed, capitán del *Corriente de fe.*

Sintió que los miembros de la tripulación se volvían hacia él. No habían bajado las armas. Eran once contra él. ¿No lo reconocían? ¿No recordaban haberlo visto en el muelle? Deseó que Sefia estuviera a su lado. Ella hubiera podido explicar todo. Era consciente de su herida sangrante, de la manera en que el cuchillo de la mujer le había abierto un tajo. Se dispuso a pelear.

—Déjenlo —dijo alguien. El hombretón al cual Archer había ayudado en las escaleras se abrió paso entre el círculo formado por los marineros: Horse, el carpintero del barco—. El muchacho me salvó la vida.

Titubearon, pero Archer no bajó la guardia. Su mirada los estudió, contó las armas y buscó los puntos débiles.

El Capitán Reed miró por encima del hombro de Archer al primer oficial, que permanecía detrás del redondel que formaba la tripulación.

—¿Y bien? —preguntó.

El primer oficial asintió.

—Horse tiene olfato para estas cosas. También hay una chica allá abajo… con Cooky y la doctora —suspiró él—. Harison está muerto. Le abrieron la garganta.

Los hombres empezaron a murmurar y Archer levantó las manos para defenderse, pero Reed los silenció. Seguía con el Verdugo en alto.

—Ésta no es la primera vez que tenemos problemas en nuestro barco, y no será la última. Horse, lleva al chico a la cabina principal.

Archer sintió la mano del hombretón que lo tomaba del brazo, pero se zafó. El Capitán daba órdenes a tal velocidad que Archer, mareado por la sangre que había perdido, tenía dificultades para seguirlo, pero luchó contra el malestar hasta que oyó que hablaba de Sefia.

—… busquen a la muchacha y llévenla a la cabina también.

Archer intentó moverse, parpadeando veloz para aclararse la vista. Sus piernas no parecían responder. Pero no estaba dispuesto a permitir que se la llevaran.

—Tranquilo, muchacho —Horse le puso la mano en el hombro.

El resto de la tripulación se dispersó. Reed se aproximó caminando ligero, manteniendo la distancia. El Verdugo parecía absorber toda la luz que le llegaba, como una sombra en la mano del Capitán.

—Te reconozco —murmuró él—. No sé cómo pudiste colarte en mi barco ni qué estás haciendo aquí, pero más te vale no causar problemas si quieres que la chica y tú salgan de ésta con vida.

Archer asintió y dejó que Horse lo tomara por el codo y lo condujera a través de la cubierta principal. Miró al cielo un último momento antes de que la puerta se cerrara tras él.

CAPÍTULO 24

Tan ciego como siempre

A medida que el primer oficial y los integrantes de la guardia de babor descendían por la escotilla principal hacia el nivel inferior del barco, la bodega se llenó con el retumbar de pisadas y el crujido de las asas de los faroles. Mientras los hombres buscaban señales de los polizones, el primer oficial recorrió el lugar, revisando el interior de un cajón aquí, levantando la tapa de un barril allá. A pesar de su ceguera, podía decir que a las piezas de carne salada les faltaban trocitos en la parte de abajo, y que parte de la fruta más madura y más verde había desaparecido. No era tan notorio para que alguien lo percibiera, pero suficiente como para confirmar que los muchachos del muelle del Jabalí Negro se habían ocultado allí desde que zarparon de Epidram.

Le incomodaba el asunto. Con su agudo sentido para saber lo que sucedía en el barco, debió haber percibido a los dos polizones tan pronto como abordaron. Con las ratas que daban cuenta de pequeños pedazos de sus provisiones todos los días, era fácil disimular un pequeño robo aquí y allá, pero ocultar por completo a dos personas era algo que no había sucedido antes. En el *Corriente de fe* no.

Jules había encontrado algo cerca del centro de la bodega. El primer oficial lo supo desde que ella enderezó los hombros y se sonrojó con satisfacción. Antes de que exclamara "Lo encontré, señor", él ya iba en camino hacia ella.

—¿Y bien? —inquirió—. ¿Dónde está?

Jules vaciló, cosa que no solía suceder. Junto con su contraparte en la guardia de estribor, Theo, ella encabezaba los cantos mientras la guardia izaba las velas, mientras sudaban y empujaban los cabrestantes. Era confiable y decidida en una posición donde el ritmo era lo más importante. Rara vez titubeaba.

Se oyó un murmullo confuso por parte del resto de la tripulación.

Estaban sorprendidos.

El primer oficial debía estar bromeando.

—¿Señor? —preguntó Jules. Su voz, por lo general firme, temblaba como la seda sobre el agua—: Está precisamente frente a usted.

El primer oficial había sido capaz de comunicarse con los árboles del bosquecillo que su abuela cuidaba en Everica desde que ella murió. Había recibido su don. Al final de las Guerras de Piedra y Agua, cuando las provincias de ese reino combatieron entre sí por la tierra y los recursos, la madera de esa arboleda se había usado para construir un esbelto buque que ostentaba un árbol en el mascarón de proa. Desde entonces, los maderos del *Corriente de fe* le contaban lo que sucedía a bordo con tal claridad que a menudo se olvidaba de que ya sus ojos no veían. Pero ahora, por primera vez en mucho tiempo, recordó que era ciego, completa y absolutamente ciego. Y, a juzgar por el sonido de sus voces, a la tripulación le sucedió lo mismo.

Consciente de esa sensación de alarma que aumentaba en Jules y los demás, el primer oficial tendió las manos hacia adelante y dio unos pasos inseguros tanteando con los pies al andar, adoptando una forma de caminar que había pensado que no volvería a usar. Se sintió viejo, con las manos buscando a tientas en el aire, los pies deslizándose por el piso, hasta que las yemas de sus dedos rozaron el borde rígido de un cajón.

—Pues que me… —recorrió el borde con las manos, como si no estuviera del todo convencido de que estaba allí.

Pero su incapacidad para verlo no era la causa de la profunda inquietud que lo embargaba. Había algo aún más desconcertante adentro.

—Jules, ¿hay algo particular en el contenido de este cajón?

El asombro aleteó sobre la ancha cara de Jules como un murciélago al anochecer.

—No, señor —dijo, metiendo la mano en el cajón.

Al primer oficial se le secó la garganta. El musculoso brazo tatuado de Jules había desaparecido por completo en el interior del cajón. Así debieron escaparse los polizones de su atención. Todo lo que había dentro del cajón también era invisible. Aunque sólo para él.

—Tan sólo dos mochilas y unas cobijas —Jules se enderezó, sacando las mochilas del cajón. Para el primer oficial fue como si se hubieran materializado en el aire en ese mismo instante.

Una oleada de vértigo lo golpeó. Sintió que sus rodillas cedían. La mochila más pequeña, más desgastada que la otra, pendía de la mano de Jules como vísceras de animal. Había algo adentro que lo mareaba y lo hacía sentir pequeño, muy pequeño, como una partícula diminuta no mayor que una mota de polvo. Apestaba a magia.

Tomó las dos mochilas de manos de Jules. Aunque la pequeña era más ligera de lo que se imaginaba, daba la impresión de ser pesada y difícil de manejar, como un balde tan lleno de agua que estuviera punto de desbordarse.

—Sigan buscando —dijo, encaminándose a las escaleras—. Asegúrense de que no nos aguardan más sorpresas aquí abajo.

Los demás lo miraron fijamente, preguntándose qué era lo que andaba mal.

Por qué había palidecido cuando Jules sacó las mochilas.

Por qué estaba asustado.

—Y suban ese cajón —dijo sin mirar atrás—. El Capitán querrá verlo.

Encontró a Reed en la cubierta, con la guardia de estribor, revisando el perímetro del buque. El aire estaba fresco y cargado de humedad.

—Es imposible ver más allá de la propia nariz en esta niebla —dijo el Capitán cuando se acercó. El hombre sopesaba el Verdugo en su mano y seguía su recorrido—. ¿Encontraste dónde se escondían los muchachos durante todo este tiempo?

El primer oficial posó su mano sobre la borda y avanzó sin soltarse. La curva de la madera lo ataba al barco y sus sentidos se extendían por la cubierta, las velas y los cabos. Desde la enfermería, donde Cooky velaba el cuerpo de Harison, hasta la cofa, donde Aly aguardaba agazapada, tratando de atisbar en el frío.

Las mochilas colgaban de su otra mano. Le contó a Reed lo que había encontrado.

—¿Algo peligroso? —preguntó el Capitán.

—Extraño, más que peligroso —con sus agudos sentidos, tanteó el contenido de las mochilas sin abrirlas, evitando con cuidado el objeto que estaba en el fondo de la más pequeña.

Mientras tanto, el Capitán Reed contempló las mochilas, pensativo.

—Pensé que no volveríamos a ver a este par de chicos después de la escaramuza en el Jabalí Negro. Cuando los interroguemos, pon las mochilas en el suelo —dijo—. Quiero observar su reacción.

Jules, junto con los demás, sacó el cajón de la bodega y lo llevó cargando hasta la cubierta principal, donde el primer oficial le permitió retirarse. Reed tomó uno de los faroles cercanos y se acercó al cajón con cautela, o al menos eso era lo que el primer oficial pensó que estaba pasando. Hizo una mueca, molesto por su incapacidad para percibir dónde se encontraba.

El Capitán rio al ver su incomodidad y extendió los brazos hacia el frente.

—Jamás pensé que algo te cegaría en el *Corriente de fe*.

—Supongo que depende de usted —respondió el primer oficial con amargura—. Tendrá que convertirse en mis ojos.

Reed rio suavemente y se puso a gatas, para desaparecer hasta la cintura. El primer oficial palideció, pues sólo percibía la mitad del cuerpo del Capitán, desmembrado de su torso pero vivo. El resto de su cuerpo reapareció unos minutos después, con dos cobijas en la mano que procedió a doblar con cuidado y dejar a un lado. Después, se enderezó para doblarse por la cintura como si hiciera una reverencia.

Depositó el farol sobre el cajón. Al primer oficial le daba la impresión de que flotaba extrañamente en el aire y examinó una de las esquinas del cajón. Debió ver algo porque, sea lo que fuera, arrasó con su buen ánimo. Se dio unos golpecitos en el pecho y se enderezó.

—¿Capitán?

—Ven acá —le dijo Reed. Al aproximarse, el Capitán agarró la mano del primer oficial y llevó sus dedos a la esquina del cajón. Rasguños. Los bordes astillados le rasparon la piel, pero no lograba entender qué era eso.

—No tengo ni idea de lo que es —dijo el primer oficial—, pero no me gusta nada.

El Capitán se irguió y miró hacia la popa, donde los polizones aguardaban en la cabina mayor con la doctora y Horse. Hizo girar el tambor del revólver negro con su pulgar una y otra vez, produciendo un sonido que parecía el castañetear de dientes.

Reed no se había enojado así desde hacía mucho tiempo. La ira irradiaba de su cuerpo como corrientes de calor, tan fuertes e intensas que incluso sin acercarse, el primer oficial podía percibir fogonazos de dolor en su pecho: visiones de líquidos negro y ámbar, vergüenza. El primer oficial se estremeció, pero no quiso ir más allá.

—¿Qué planea hacer con ellos? —preguntó.

Reed no respondió.

En el silencio frío, Cooky asomó la cabeza por la escotilla principal. Tenía los ojos hinchados de llorar y, al sorberse los mocos, docenas de aros de plata tintinearon en los lóbulos de sus orejas.

—Capitán —dijo, acercándose a ellos. Su voz era ronca, lacrimosa. Al llegar a la barandilla, se frotó la nariz—. Qué bueno encontrarlos.

Al ver el rostro entristecido de Cooky, Reed se sobrepuso a su ira:

—¿Cómo estás, Cooky?

El hombre se pasó la mano por la tersa calva.

—Bien, Capitán, gracias. La doctora está atendiendo al muchacho ahora, pero me pidió que le dijera algo antes de que entre allí —sorbió otra vez—. Dijo que… que le sorprendía que Harison hubiera vivido lo suficiente como para que yo hubiera tenido tiempo de ir a buscarlo. Supongo que con una herida como ésa, la mayoría se desangra en unos pocos minutos. Dijo que era bastante notable.

Eso era algo para tener en cuenta. La doctora había visto todo tipo de heridas de batalla y dolencias místicas. No hubiera dicho nada de ésta si no fuera porque valía la pena hacerlo. De alguna manera, la chica le había concedido a Harison unos minutos extra, aunque no fueran suficientes para salvarlo.

Reed asintió cortante.

—Gracias, Cooky.

El cocinero cambió de postura y se limpió la nariz.

—Ah, una cosa más, Capitán…

—¿Sí?

—No sea muy duro con ellos, por favor. Parecen buenos chicos.

El Capitán se caló el ala del sombrero hasta los ojos.

—Eso fue lo que pensé cuando los rescatamos de las manos de Hatchet. Pero luego se colaron en mi barco.

—Sí, Capitán.

Mientras el cocinero volvía a la cocina, Reed sacudió la cabeza.

—No me gusta matar muchachos… podríamos dejarlos en algún lugar. Hay un par de islas por aquí. Puede ser que alguien los recoja.

Las islas que se hallaban entre Oxscini y Jahara eran apenas unos islotes arenosos con poca vegetación para guarecerse y sin agua dulce en ellas.

—¿Puede ser que los recoja quién? Dimarion anda detrás de nosotros, en alguna parte. Usted ya sabe la suerte que correrán si los encuentra —el primer oficial hizo una mueca—. ¿No va a interrogarlos primero?

—Por supuesto. Tengo demasiadas preguntas que buscan respuesta —su ira estalló de nuevo en chispas candentes, aunque el único indicio externo fue que apretó con fuerza la empuñadura del revólver negro—. De una manera u otra...

CAPÍTULO 25

Una historia que salve sus vidas

Mientras Archer yacía tendido sobre la larga mesa de la cabina con los rasgados restos de su camisa a los lados, Sefia observaba a la doctora que lo curaba. Los oscuros ojos de la mujer recorrieron el cuerpo en busca de heridas, como un búho que caza en la noche. Luego, sus manos abrieron los cierres de metal de su maletín negro y empezaron a sacar botellitas de líquidos translúcidos, vendas, relucientes tijeras plateadas, fórceps, agujas curvas e hilo. Cada sutura fue quedando perfecta, punto tras punto, hasta que quedaron alineadas sobre las heridas de Archer cual letras negras, como si cada serie de suturas fuera una palabra sanadora que la doctora hubiera escrito para mantener la piel cerrada.

Se oyó un estrépito afuera de un objeto pesado que cayó sobre la cubierta. Los tablones del piso retumbaron.

Sefia se levantó pero Archer tomó su mano y se aferró a ella. La miró, suplicándole con los ojos que se quedara. Había tanta sangre... en la mesa, en el piso, en su rostro, en sus manos y en su pecho... y cuando se movía, los cortes de sus brazos y piernas se abrían como pequeños ojitos rojos. Ella se dejó caer nuevamente sobre la banca.

No se había pronunciado ni una palabra acerca de dónde había venido la mujer de negro, ni se sabía si vendrían más tras ella. Sefia miró hacia la puerta, que permanecía cerrada.

—Entonces, ¿tú estabas con él, con Harison, cuando murió? —en el extremo de la mesa, Horse, el carpintero del barco, la miró levantando la vista de la enorme licorera que acunaba entre sus manos del tamaño de unas enormes palas. Se había bajado el pañuelo amarillo de la cabeza casi hasta cubrirse los ojos.

—Sí —murmuró ella—. Le hablé.

La doctora, mientras remataba una pulcra hilera de puntos, emitió un *murmullo* de asentimiento.

Horse se limpió las mejillas. Cuando levantó la vista de nuevo, sus ojos estaban llenos de lágrimas:

—Me alegra que estuvieras con él, niña.

Sefia asintió… más por un sentimiento de obligación. Era difícil alegrarse de haber visto a alguien morir. De haber visto a alguien llorar y respirar con dificultad entre sus brazos un momento para luego… dejar de hacerlo.

Y después…

… nada.

Como Palo Kanta.

—A pesar de todo, no tiene sentido —añadió Horse, volviendo a tomar la licorera en su mano—. ¿Por qué estaba esa mujer en la bodega? No había nada valioso allá abajo.

Sefia y Archer cruzaron la mirada. *Ellos* estaban allá abajo. El *libro* estaba allá abajo. Miró nuevamente hacia la puerta. Quizás estuviera escondido todavía en el cajón pero, con todo lo que había sucedido, no seguiría oculto mucho más tiempo.

La mano de Archer apretó la suya y su rostro se contorsionó, pues la doctora le estaba cosiendo una herida en la mano derecha. El chico hizo una mueca de dolor cuando la doctora utilizó unas pinzas para levantar la piel a su alrededor.

—No es demasiado tarde para echarse un trago —dijo, sin dejar de hacer la sutura.

Archer apretó los labios.

—Como quieras.

Horse, tumbado en su silla, soltó una risita y tomó un enorme sorbo de su licorera.

—A Harison tampoco le gustaba mucho beber. No después de la primera vez —tampoco parecía que esperara una respuesta, así que Sefia guardó silencio.

El carpintero del barco era tal cual se lo había imaginado: las moles redondeadas de sus hombros; la cara morena y con arrugas de la intemperie, el pañuelo atado en la frente; sus manos maltrechas, rasguñadas por las astillas, llenas de cicatrices y brea. Incluso olía como se esperaba: a estopa y aserrín.

Horse levantó la vista, como si sintiera la atenta mirada de Sefia. Tenía los ojos adormilados.

—¿Qué?

Sefia sintió que se sonrojaba.

—Éste es realmente el *Corriente de fe*, ¿verdad? —preguntó ella—. Usted y la doctora… todos… ¿todos están aquí?

Horse la miró burlón.

—Por el momento —murmuró.

Ella miró a su alrededor. Todo era exactamente como lo describía el libro, hasta el hecho de que las cosas estuvieran en número par: las perchas en la puerta, las sillas, los gabinetes de las paredes. Las vitrinas contenían montones de recuerdos: un rubí del tamaño del puño de un hombre, un trozo de oro con forma de sándwich, hasta el Gong del Trueno, del cual había leído en el libro. Se sentía como si la hubieran dejado caer entre las páginas, entre las letras, o como si el libro de alguna manera hubiera traído al barco hacia ellos, como si todo hubiera estado ya predestinado a suceder así. Se meció.

Archer la miró, y las comisuras de sus labios se curvaron hacia arriba, formando hoyuelos en sus mejillas. *Ellos* estaban allí, y estaban juntos.

En su antebrazo, las manos de la doctora iban y venían, veloces y silenciosas como sombras.

—No puedo creer que no los reconociera antes —tosió Horse—. Ustedes son los muchachos del Jabalí Negro.

—¿Usted estaba en el muelle?

Horse sacudió su enorme cabeza unas cuantas veces para asentir.

—¡Qué pequeño es el mundo!

—Sí —dijo Sefia en voz baja. Su mirada fue atraída otra vez hacia los objetos de las vitrinas: una oxidada llave de hierro. Una caja negra con incrustaciones de marfil. Un collar con zafiros azules de forma cuadrada rodeados por brillantes cubiertos de polvo, salvo por algunas huellas de dedos que permitían que la luz los atravesara. Parpadeó, y en su Visión vislumbró fogonazos del Capitán Reed tomando el collar entre los dedos. Una nube de polvo. Y la mujer más hermosa que hubiera visto, con el collar colgado al cuello: la eterna juventud. Eso era lo que otorgaba el collar. Y si uno poseía hermosura pues… pues le permitía conservarla. Sin importar su avanzada edad, la mujer siempre estuvo rodeada… de hombres, de flores, de risas, de niños… y luego de enfermedad, gritos y humo.

—Los diamantes malditos de Lady Delune —cerró los ojos y se frotó las doloridas sienes.

—Cuentan que el Capitán es el único hombre que logró que ella se quitara esos diamantes. Se convirtió en polvo apenas él le desabrochó el collar —Horse suspiró—. Supongo que eso es lo que ella quería, al final. Lady Delune no tuvo una vida muy feliz.

Sefia pensó en la mujer de su Visión: aunque no la afectaba la edad, cada vez se fue haciendo más fría con el paso de los años, a medida que sus padres o sus maridos o sus hijos y nietos iban cayendo víctimas de pestes e incendios y accidentes de carreta y suicidios y vejez.

—Hay cosas más importantes en la vida que la juventud y la belleza… o la felicidad, si vamos al caso —Sefia pensó en su propia vida. No la vivía para ser *feliz*. Hacía mucho tiempo que no perseguía algo tan sencillo como *la felicidad*.

—Ésa es la verdad, niña.

—Me llamo Sefia —lo corrigió.

Horse asintió y le dio otro trago a su bebida.

—Muy bien, Sefia. Ustedes sí que son todo un par. Espero que…

La puerta se abrió y un golpe de aire frío inundó la cabina, haciendo temblar a Sefia. Horse se enderezó en la silla, y ocultó la licorera al ver entrar al primer oficial, que traía las dos mochilas colgando de una mano. Sefia buscó ansiosamente con la vista el rectángulo del libro y le produjo alivio distinguirlo a través del cuero de su mochila. El primer oficial dejó caer ambas mochilas en el centro de la estancia, y ella notó que retiraba el brazo impulsivamente, como si estuviera ansioso de librarse de ellas. Sefia se contuvo para no correr hacia su mochila a toda prisa.

El Capitán entró. Lo reconoció por sus ojos tremendamente azules, su aire de mando, y la pistola negra que llevaba en una mano. La expectativa de verlo, al verdadero Capitán Reed, la había entusiasmado, pero su entrada le congeló la emoción en el estómago. Tenía aspecto de estar enojado. La ira le bullía por debajo de la piel y detrás de los dientes. Ése no era el Reed de los relatos.

—¿Cuál es su estado? —preguntó.

Archer se irguió para quedar sentado, haciendo muecas de dolor. La doctora suspiró y empezó a suturar una herida en su hombro.

—Once heridas en total. Seis que requirieron sutura y dos costillas rotas. Creo que incluso usted estaría orgulloso, Capitán.

Reed hizo caso omiso al tono jocoso del comentario.

—¿Y la chica?

Sefia habló.

—Estoy bien, señor. Archer fue el que peleó, no yo.

El Capitán la miró largamente, tanto que ella deseó tragarse sus palabras y desaparecer entre los tablones del piso, pero no desvió la mirada.

—¿Horse?

El enorme carpintero desestimó la pregunta con un gesto de su descomunal mano:

—Apenas unos moretones en la espalda, Capitán.

Reed hizo un ademán con la cabeza, señalando la puerta:

—Entonces, puedes irte.

Horse se puso en pie de inmediato, pero le hizo un guiño a Sefia. Al pasar frente al Capitán, se inclinó hacia él y le susurró, lo suficientemente alto como para que ella pudiera escucharlo:

—Son buenos chicos, Capitán. Si depende de eso, puede contar con que comeré un poco menos y trabajaré un poco más para que se queden. Hasta puede tomar de mi sueldo los gastos, si lo considera necesario.

Sefia sonrió levemente.

Si el Capitán se sorprendió, no dejó entrever nada, y Horse salió por la puerta hacia el frescor de la noche. La doctora aprobó las palabras de Horse con gestos de asentimiento y continuó sanando a Archer.

Con un tacto tan delicado que comunicaba mucho.

El Capitán se sentó en la silla que Horse había desocupado y descansó su pistola negra sobre la mesa. Sefia la miró con recelo. El primer oficial se situó en pie detrás de él, y Reed desenrolló una funda de cuero y sacó un juego de instrumentos que alineó cuidadosamente. Sin decir palabra, empezó a limpiar su pistola: la abrió, retiró las balas, revisó el tambor. Dispuso un cuadradito de tela en el extremo de una varilla metálica y empezó a meterla en el tambor y las recámaras, ocho veces. Era evidente que no hablaría hasta que la doctora saliera, así que Sefia se limitó a observar.

La pistola negra era hermosa, tenía incrustaciones de oro sobre ébano muy pulido, pero ya de cerca pudo ver lo estropeada que estaba: golpeada y arañada, marcada por los años y por actos de violencia que se habrían olvidado hacía mucho. A lo largo de la empuñadura había una grieta que seguía una veta de la madera, y que resultaba muy visible a pesar de que la habían reparado con delicadeza.

Entrecerró los ojos, tanteando hasta encontrar las luces que bullían bajo el mundo físico, y luego parpadeó para deslizarse a su Visión, que para ella empezaba a merecer una V mayúscula. En el momento en que Reed comenzó a limpiar el Verdugo con un cepillito pequeño, la historia del revólver negro le fue revelada.

293 CIVILIZACIONES

Una ráfaga de disparos, un chorro de sangre, y el *crujido* seco de un cuerpo que cae al agua. Luego, la Visión cambió de perspectiva y vio al anterior capitán del *Corriente de fe*, un hombre de rostro amable y nariz bulbosa, que se llevaba el Verdugo a la sien.

Una explosión: fuego, carne y hueso.

El revólver negro cayó sobre la cubierta, y la empuñadura se rompió con el impacto.

Reed, goteando agua de mar que hacía que la camisa se le pegara al pecho y delineara el paisaje de músculos y tatuajes bajo ella, trepó por la borda hasta la cubierta. El mar formó un charco a sus pies mientras se agachaba para recoger el arma rota.

Sefia tragó saliva y se enderezó en su silla, parpadeando velozmente. Su mirada se lanzó a las mochilas.

La doctora terminó de vendar las heridas de Archer y cerró su maletín negro con un chasquido. Al ponerse en pie, empujó hacia arriba los lentes hasta el puente plano de su nariz, y miró al Capitán:

—¿Cooky le contó? —preguntó.

Reed dirigió la vista hacia Sefia y asintió.

¿Qué habría dicho Cooky? ¿La culparía por la muerte de Harison? ¿Quizá no habría hecho la suficiente presión como para frenar la hemorragia? Había tanta sangre, y corría tan rápido. Se mordió el labio.

La doctora hizo un gesto de despedida con la cabeza, primero hacia Archer, luego hacia Sefia, que hubiera querido darle las gracias, pero el pétreo silencio de la habitación lo impedía. Así que se limitó a devolver el saludo. La doctora salió, y Sefia y Archer quedaron a solas, con el Capitán Reed y su primer oficial.

Reed terminó de limpiar el revólver y empezó a aceitar todas las partes móviles, haciéndolas funcionar unas cuantas veces. Todo lo hacía en números pares, como contaban las leyendas. Después enrolló el estuche de instrumentos de limpieza, depositó el revólver en la mesa y alineó las balas que quedaban en una hilera de cuatro.

—Los recuerdo del muelle —dijo, trazando dos círculos interconectados sobre la mesa, y su dedo pasaba de uno a otro, una y otra vez—. Pero no esperaba verlos de nuevo.

—No, señor.

—¿Sabes quién soy y en qué barco estás?

Sefia asintió.

—Entonces, sabrás lo insólito que es para nosotros encontrar intrusos. Hoy capturamos a tres y uno de mis hombres murió. Eso me deja unas cuantas preguntas. Dependiendo de tus respuestas, puede ser que los mate o que me sienta misericordioso y los abandone en una isla desierta para que los recoja el siguiente barco que pase. ¿Fui claro?

Sefia miró por encima de su hombro y el primer oficial volvió sus ojos lechosos hacia ella. La sobresaltó notar que el gris que los cubría era debido a la cicatrización: como pinchazos que habían sanado con el tiempo. Tragó saliva. Todos los rumores decían que el primer oficial era capaz de oler una mentira, cual sabueso. Tendría que decir la verdad. Una verdad que los conduciría, a ella y a Archer, a la muerte.

Miró a Archer, sentado a su lado, acunando la mano de ella en la de él, vendada.

Él asintió, y sus ojos dorados no se despegaron de los suyos.

Lo que fuera que ella dijera ahora, decidiría si vivirían o morían. Él los había mantenido a salvo en el muelle del Jabalí

ENTERAS. 295

Negro, y ahora le tocaba a ella. Tomó aire, inhalando profunda e irregularmente, y miró a Reed.

—Comprendo.

El Capitán hizo girar el tambor del Verdugo, y disparó la primera pregunta:

—¿Quiénes son ustedes?

—Me llamo Sefia y éste es Archer.

—¿Y él no puede responder?

Sefia miró a Archer y negó con la cabeza.

—No puede hablar —respondió la chica—. Creo que no recuerda cómo hacerlo.

La mirada de Reed se desvió hacia arriba, hacia su primer oficial, que debió asentir.

—¿Cómo se introdujeron en mi barco? —preguntó.

—Estamos aquí desde que salieron de Epidram, donde nos escondimos por accidente en uno de los cajones de su carga.

—¿Por accidente?

—No sabíamos que formaran parte de su carga. Tan sólo necesitábamos un lugar para ocultarnos.

—¿Y cuántos de ustedes hay por ahí?

Sefia sacudió la cabeza, confundida.

—Sólo nosotros dos, señor.

—¿Cómo murió Harison?

—Aquella mujer lo acuchilló, en la garganta. Intenté salvarlo pero... —las lágrimas le brotaron por los ojos, y se las enjugó. Pero no podía dejar de pensar en cómo el chico se había quedado tan quieto de repente—. Intenté salvarlo pero, para cuando la doctora llegó, ya había muerto.

—¿Quién era esa mujer?

Sefia sintió frío. Cerró los puños.

296

—No lo sé pero raptó a mi tía —no mencionó el asunto del olor metálico y cómo ese mismo olor flotaba en el aire el día en que su padre había muerto.

—¿Y por qué?

Su mirada voló a su mochila. ¿Debía hablarles del libro? Sería peor que la pillaran diciendo una mentira.

—Buscaba el libro —hizo una pausa. Ni Sefia ni Archer tenían idea de en qué barco estaban. ¿Cómo lo había averiguado la mujer? ¿Cuánto llevaba siguiéndolos? Sefia sintió que se le iba el color de las mejillas. ¿Cómo había sabido dónde buscar? ¿Querría eso decir que Nin...?

—¿Un *lipro*? ¿Qué es eso? —la voz del Capitán Reed la sacó de sus temores.

—Un *libro* —le corrigió ella—. Es... es esta cosa que tengo aquí —tomó su mochila del piso y empezó a buscar en su interior, tanteando con los dedos hasta dar con el objeto. Lo sacó. Tras los perturbadores sucesos de la hora anterior y la repentina coincidencia de su viaje y el del *Corriente de fe*, el libro se le hacía de una consistencia sólida y familiar. Sefia abrió la cubierta de cuero y, al hacerlo, el primer oficial gruñó a sus espaldas, como si le hubieran dado un puñetazo en el estómago. Archer se volvió y Reed frunció el ceño, pero nadie dijo nada.

—Esto es un libro.

Se lo tendió al Capitán y éste, con un movimiento rápido, se puso en pie y alargó la mano para tocar el borde de la cubierta.

Pero no lo recibió. Lo miró con desconfianza unos momentos antes de abrir los broches y levantar la cubierta, como si el libro fuera una caja y él esperara mirar en su interior para encontrar algún objeto mágico.

Reed se volvió hacia ella. Antes de que pudiera reaccionar, había empuñado el Verdugo y tenía el cañón apuntándole entre sus ojos.

Archer la apartó de un empujón. El libro salió volando de sus manos con las páginas abiertas, dispersando los marcapáginas. Ella cayó al suelo. Tras ellos, el primer oficial había sujetado a Archer. El chico quedó paralizado.

Sefia se sentó, frotándose el codo. Sólo quedaban tres balas sobre la mesa. El Capitán había cargado y amartillado el arma en una fracción de segundo.

—Tranquilo, Archer —dijo ella, y luego se dirigió a Reed—: No es peligroso. No le hará daño.

El primer oficial se movió:

—El chico salvó a Horse —dijo él.

El Capitán dejó el Verdugo sobre la mesa y regresó a su asiento.

—Ésa es la razón por la que aún respira…

Archer se agachó para ayudar a Sefia a levantarse, pero ella le hizo ademán de que se sentara. Empezó a recoger sus marcapáginas del piso: la pluma verde, las hojas secas. Ahora ya no podría volver a encontrar el lugar en el que habían estado… todas las historias que habían leído quedarían extraviadas entre sus páginas infinitas. Lentamente, fue poniendo los marcapáginas en el interior del libro y luego lo depositó sobre la mesa.

—¿Por qué hizo eso? —examinó el rostro del Capitán, las arrugas formadas por la confusión y la ira. No le gustaba lo que había visto. Le causaba desconfianza y, tal vez, temor.

Reed se rascó el pecho:

—¿Qué son esas marcas?

—Palabras.

—Las palabras son cosas que se hablan, no cosas que se ven.

—Éstas también son palabras..., pero con una forma diferente.

Reed entrecerró los ojos.

—¿Y qué tienen de especial?

—No lo sé.

El primer oficial hizo un leve movimiento detrás de ella.

—Ésta es la última vez que me mientes —ahora el Capitán no la encañonó con su arma. En lugar de eso, deslizó las tres balas restantes en las cámaras vacías y llenó las que quedaban con las que sacó de un bolsillo de su estuche de limpieza. Devolvió el tambor a su lugar y enfundó el revólver. Sefia cayó en la cuenta de por qué lo había estado limpiando: sólo podía hacerlo después de matar, pues cada vez que el Verdugo salía de su funda, alguien moría. Al mismo tiempo, ella entendió que si lo sacaba de nuevo ahora era porque iba a matarla.

—Quiero decir... —buscó las palabras precisas—. No lo entiendo del todo, pero hay algo mágico en ellas. El libro me enseñó a hacer...

—¿Dices que te enseñó?

—Sí, supongo que sí. Puedo ver cosas...

—¿Como el primer oficial?

—No, no exactamente así —inclinó la cabeza, pensativa—. ¿O tal vez sí? Puedo ver dónde ha estado algo, a quién perteneció. Ese tipo de cosas.

—¿Y ésa es la magia que los ocultó del primer oficial?

—No lo sé. Pasamos la mayor parte del tiempo metidos en el cajón. Tratábamos de no hacer ruido.

Reed desestimó esa teoría con un ademán de la mano.

—Él hubiera podido detectarlos a pesar de eso —le lanzó una mirada al libro—. ¿Y esto es lo que esa mujer quería?

Sefia palpó el símbolo ⊖ de la cubierta.

—Sí —la respuesta fue apenas un susurro.

—¿Por qué?

—Creo que mis padres lo estaban protegiendo de ella.

—¿Y por qué?

—No lo sé. Ni siquiera sabía que lo tenían hasta los nueve años… cuando mi padre fue asesinado —continuó trazando la silueta del símbolo. Respuestas. Redención. Venganza.

—¿Por esa mujer?

Sefia asintió, aunque no tuvo el valor de mirarlo, de admitir que otra vez había fracasado. Si la mujer de negro la había encontrado, era porque Nin había revelado su existencia. O sea que Nin, bien podría estar muerta. Sefia llegaría tarde. Cerró los puños y clavó sus uñas en las palmas de las manos, buscando el dolor, una forma de castigo, anhelando que algo cambiara porque nunca iba a poder hacer lo que tenía.

—Eso creo —susurró.

—¿Y cómo encaja Hatchet en todo esto?

Sefia se miró las palmas de las manos, cuatro medialunas perfectas se habían dibujado en su carne.

—Él quería a Archer, y yo… es una larga historia.

El Capitán Reed miró al primer oficial por encima del hombro de Sefia, tras un momento suspiró:

—Bueno, chica, te diré algo: no creo que estés aquí para hacerme daño, ni a mi barco ni a mi tripulación, así que no voy a matarlos. Eso les deja dos opciones: una, los llevo a una isla, como dije antes, o navegan con nosotros.

Sefia se enderezó al oírlo, pero Reed siguió hablando:

—Cooky y Horse me recomendaron que confiara en ustedes, también la doctora... Pero yo aún tengo preguntas que exigen respuesta. Lo que pido a cambio es lo siguiente: tú nos cuentas tu historia, quién eres realmente, qué buscas y lo que sabes de este *lipro*. La solidez de tu historia decidirá si se quedan o se van. ¿Te parecen aceptables esas condiciones, jovencita?

Sefia asintió y levantó la barbilla. Una historia que salve sus vidas. Ella era capaz de contar una historia. Al menos podía intentarlo.

—Me llamo Sefia —comenzó.

El lugar de los descarnados

*E*n Kelanna, cuando uno muere, su cuerpo es depositado en una barcaza flotante. El cadáver corona una pila de leños, rocas volcánicas, hojarasca y astillas, y se echa a navegar ardiendo.

No se encienden velas. No se queman varitas de incienso fragante ni montones de papel para guiar el camino del difunto. No se ponen monedas sobre sus ojos para pagarle al barquero que lo llevará al otro lado. No creen en la existencia del tal barquero. En Kelanna no hay vida después de la muerte a la cual el barquero pueda conducir a nadie.

En Kelanna, cuando uno muere, simplemente ya no está. No creen en el alma. No creen en fantasmas. No creen en espíritus consoladores que lo acompañan a uno cuando su amigo, su hermana o su padre mueren. No creen que se puedan recibir mensajes de los muertos. Los muertos dejan de existir.

En Kelanna, cuando uno muere, nadie reza, porque no hay cielo ni dioses a los cuales elevar las oraciones. No hay reencarnación; uno no regresará de entre los muertos. Sin cuerpo, uno ya no es nada, nada más que una historia.

En Kelanna, el duelo por los difuntos es contar sus historias, como si esas historias mantuvieran a los dolientes más cerca de los muertos. Creen que si cuentan las historias lo suficiente, durante el *tiempo suficiente, los muertos no serán olvidados. Albergan la esperanza de que las historias los mantendrán vivos, al menos en la memoria.*

Pero algunos de ellos, una minoría triste y esperanzada, cuentan que existe un mar muerto. En el lejano occidente, en las aguas salvajes más allá de todas las corrientes conocidas: el lugar de los descarnados. Se dice que en las noches, cuando el cielo está más oscuro, las olas brillan como rubíes. Se cuenta que en realidad son los mil ojos rojos de los muertos, aunque son más de mil, y no siempre permanecerán muertos.

Muy en lo profundo, bajo la superficie del mar, lejos de donde llegan los tibios rayos del sol, hay un mundo ciego donde no existe la diferencia entre la noche y el día. No hay colores ni formas ni sombras. Allí estarán los muertos suspendidos en el vacío, incapaces de saber si están inmóviles o no, porque no habrá ningún hito que puedan reconocer. No habrá nada que les diga dónde han estado o adónde van. Estarán solos.

Ése será el negrísimo mundo salvaje del fondo del mar, un lugar en el que sólo habrá monstruos y fantasmas.

Pero entonces, un día al fin, tras años interminables de espera, escucharán el llamado. Se levantarán, ascendiendo a través de la oscuridad como rayos de luz. Llegarán al azul profundo, donde las ballenas cantan sus tristes cantos y los hambrientos tiburones nadan kilómetros enteros en busca de presas. Pasarán entre calamares, tortugas marinas, nubes de camarones, cardúmenes de peces resplandecientes, y entrarán al claro mundo turquesa que hay justo bajo la superficie. La blanca y deslumbrante parte inferior del cielo y el sol que golpea el agua.

Atravesarán el aire como lanzas. Recordarán lo luminoso que es el mundo, el brillo de las olas, el imperdonable azul del cielo. Recor-

darán la manera en que el viento los empuja, tira de ellos, los riñe y los desgasta. Y el sonido de todo aquello: el golpeteo de las olas en un casco de madera, el crujido del navío, los chillidos de las gaviotas, las ásperas y salinas voces de los marineros y el traqueteo de la actividad en cubierta, el resonar de los martillos al golpear costas distantes, la risa de los niños, el enfrentar de las espadas, los disparos de las pistolas, las voces de la gente que habla, grita y canta.

Les dirá que han regresado.

es esto un libro

CAPÍTULO 26

Barcos en la niebla

Era poco después del amanecer cuando a Sefia y a Archer se les permitió salir de la cabina mayor. El Capitán Reed no había dicho si podían permanecer a bordo, pero había un funeral al que tendrían que asistir, y alguna otra cosa de la que el Capitán y el primer oficial no hablaron. Aunque el sol ya había salido, la niebla opacaba buena parte de la luz matutina y, para el espabilado cerebro de Sefia parecía como si flotaran en un espacio limítrofe entre la noche y el día, el aquí y el allá, la realidad y la ficción. A su lado, Archer bostezaba y gesticulaba, tocándose las costillas fracturadas.

El resto de la tripulación se había reunido en la cubierta principal, en donde una balsa improvisada y cargada con negras piedras de carbón mineral estaba a la espera de que la depositaran en el agua. Sobre la pira, el cuerpo de Harison yacía con una pluma roja entre sus rígidos dedos.

Para su madre.

—Parece que estuviera simplemente dormido, ¿verdad? —murmuró Horse.

Sefia apretó la mandíbula. El chico parecía *vacío*, no como una persona sino como un montón de carne y hueso bajo la forma de una persona, y lo que hacía que él fuera Harison, lo que le hacía reír, murmurar y retroceder, había desaparecido. De sus ojos no brotó ni una lágrima mientras contemplaba la niebla arremolinarse sobre las grises aguas.

Por regla general, los funerales en alta mar eran ceremonias bastante rápidas, y la mayor parte del duelo se llevaba a cabo en las semanas posteriores, pues los que conocían al difunto contaban una y otra vez las historias de su vida. Así que no había mayor ritual: el tañer de la campana de a bordo, la antorcha, y el descenso de la pira hasta el mar.

Dos hombres empujaron la balsa en llamas para alejarla del barco, y Jules dio un paso hacia adelante, retorciendo su gorra entre las manos. Sefia la reconoció por las leyendas sobre el *Corriente de fe*: una fornida marinera con la piel del color de la miel cuando es atravesada por el sol, y brazos tatuados con pájaros y flores. Ella era la que encabezaba las canciones que entonaba la guardia de babor durante sus labores, cantando verso tras verso, y el resto de su guardia los repetía mientras bajaban velas o hacían girar el cabrestante. Su voz era fuerte pero fina como la seda, con una leve vibración en las notas finales, y se elevó por encima de todos mientras la pira se alejaba flotando, y el fuego y el humo negro se fundían en la niebla:

Como un eco suave, me desvanezco,
y desvaneciéndome, desaparezco.
Pero permanezco. Escucho y espero,
espero que prosigas.
Una vez más, una vez más,
cuéntame mi historia una vez más.
Repítela de nuevo antes de que me olviden,
te lo ruego, cuéntamela una vez más.

Theo, el que encabezaba los cantos de la guardia de estribor, se unió con su alucinante voz de barítono al coro, y uno a uno, todos los marineros corearon, hasta que la canción fue un tapiz de sonidos apilados uno sobre otro en una armonía asombrosamente perfecta. La música llevó a Sefia a pensar en la manera en que desaparece una ciudad en el horizonte, haciéndose cada vez más pequeña a medida que el barco se aleja de ella, hasta no ser más que una sombra difusa, un borrón, un punto imaginado en el vasto azul del mar.

Cuando se desvanecían las últimas notas, Horse susurró:

—Se le extraña tanto.

Y el resto de la tripulación repitió su frase:

—*Se le extraña tanto.*

Luego, todo terminó y la tripulación regresó a sus labores. Los marineros se encaminaron al castillo de proa, a la cocina, a la cofa. Alguien puso en manos de Sefia una taza humeante y un tazón con papilla de arroz, y otro se llevó a Archer a la enfermería. Ella apenas tuvo tiempo de decirle que todo estaría bien cuando él ya desaparecía bajo cubierta.

Sefia subió vacilante por las escaleras hacia el alcázar, sosteniendo su desayuno. El cajón estaba sobre la cubierta, con el lado que Archer había forzado para abrirlo. Detrás de él, el Capitán Reed iba y venía junto a la barandilla, mirando con igual intensidad primero a la niebla y después al cajón. Sefia se preguntó por qué razón lo irritaría tanto. El primer oficial estaba de pie junto al cajón, que rozaba con los dedos de tanto en tanto, como para asegurarse de que aún seguía allí.

Tomó un trago apresurado de café y comió unas cuantas cucharadas de papilla de arroz, que resultó cremosa y suave como una nube, con un toque de jengibre y rojos trozos de salchicha. Bastaron unos bocados de la comida preparada por

Cooky para calentar su interior, y de inmediato se sintió más despierta.

Reed le indicó que se apresurara a comer. Ella, obediente, se embutió varias cucharadas en la boca.

—¿Qué puedes decirme de este cajón? —preguntó el Capitán.

Sefia tragó. El cajón tenía estampados los sellos con las insignias de todos los navíos en los que había viajado: cada sello estaba tachado con una diagonal negra que indicaba que el cajón había sido descargado, y recibía un nuevo sello antes de subirlo al siguiente barco. Pero eso no era nada fuera de lo común. Sefia se acercó más, y lo que vio por poco la hace tirar su desayuno.

Allí, en la esquina superior, talladas en los tablones que formaban el cajón, había palabras.

¡Palabras!

Pasó los dedos sobre ellas. Los bordes astillados se clavaron en las yemas de sus dedos.

TOTALMENTE INVISIBLE

Las letras eran de un trazo tan preciso que debió tomar años perfeccionar una técnica así. Entonces, había otros *escritores*. Otros *lectores*.

Sefia sintió que le movían el piso bajo los pies. El rasguñar que habían oído en los muelles… alguien había *grabado* estas palabras en la madera mientras Archer y ella estaban ya en el cajón. Alguien los estaba protegiendo. ¿Quién?

Tuvo la repentina sensación de que había algo malo relacionado con el cajón. No, quizá no fuera algo *malo*, sino *extraño*, porque desaparecía y reaparecía de su visión, como si estuviera hecho de algo más que tablones y clavos de hierro.

Posó una mano sobre la caja para equilibrarse, para asegurarse de que el cajón seguía allí.

Retiró la mano. Eso era lo que el primer oficial hacía al rozar con los dedos la superficie del cajón, porque *no podía verlo*. Resultaba *totalmente invisible* para él, que era capaz de ver todo lo que sucedía a bordo del *Corriente de fe*. ¿Pero cómo era posible? ¿Eran las palabras las causantes de esto?

Al explicarle lo que decían las palabras, el Capitán Reed echó un vistazo al primer oficial, cuyo ceño seguía fruncido, haciendo más profundas las arrugas de su arrugado rostro.

—Pero yo no sabía que las palabras pudieran hacer *esto* —dijo ella.

Reed sacó su cuchillo.

Sefia se puso tensa y miró al primer oficial, pero su lúgubre expresión parecía impasible.

El Capitán le tendió el cuchillo, con el mango hacia ella, y le entregó un trozo de madera.

—Prueba. Veamos si eres capaz de hacer que algo desaparezca.

Titubeó un momento antes de tomar el cuchillo y empezar a grabar las letras. La noche anterior le había contado todo. Todo lo que sabía del libro y del símbolo, de sus padres y de los inscriptores, de Archer y Serakeen, de lo que significaba leer y de cómo había aprendido a escribir. Clavó la punta del cuchillo en la madera, marcándola, talló las curvas de las letras, hasta que la madera más clara que había bajo la superficie apareció.

TOTALMENTE INVISIBLE

Hizo un gesto al ver su imperfecta escritura, con las letras torcidas y desiguales.

—¿Y bien? —preguntó el Capitán.

El primer oficial tomó el trozo de madera de manos de Sefia y tanteó las letras talladas.

—Nada —contestó.

Reed recuperó su cuchillo, sopló para limpiar las astillas que quedaban en la hoja, y lo dobló para metérselo de nuevo en el bolsillo. Tamborileó pensativo sobre su pecho y parecía a punto de hablar cuando algo en el agua llamó su atención. Se inclinó por encima de la borda, y su mirada buscó entre las olas, siguiendo sus formas.

Sefia reconoció esa manera de mirar. Reed estaba *leyendo*. Quizá no pudiera leer palabras, pero sí sabía hacerlo con el agua. Podía navegarla sin mayor esfuerzo, como si los mares se llenaran de destellantes caminos líquidos. *Nadie* conocía el mar como él.

—Hay algo allí afuera —murmuró.

—¿El barco en que venía esa mujer? —preguntó el primer oficial.

—No lo sé.

Sefia oteó los bancos de niebla y miró por las escaleras hacia la cubierta principal. Si venían más en busca del libro, era hora de huir. Archer estaba en la enfermería; el libro, en la cabina principal. No estaba dispuesta a irse sin ellos.

—¡Vela a la vista a estribor! —gritó Meeks desde la cofa.

Reed observó la niebla.

—¿Qué tipo de embarcación es?

—No lo sé, Capitán. Desapareció antes de poder distinguirla.

El primer oficial preguntó a sus espaldas:

—¿Será hoy el día?

Sefia miró al Capitán, que negó con la cabeza.

—No, hoy no será el día —dijo él.

Con las coletas revoloteando tras ella, Aly, la camarera del barco, corrió para entregar a Reed un catalejo. Él se lo llevó a un ojo. A lo largo de la cubierta, los marineros oteaban en la niebla. Durante unos instantes todo estuvo inmóvil, salvo la niebla.

Sefia se acercó a las escaleras, lista para lanzarse a toda prisa por ellas.

El primer oficial la sujetó por la nuca. Se resistió brevemente, pero la mano del hombre la atenazó con fuerza y ella desistió.

—No me parece que sea una buena idea, niña.

Ella lo fulminó con la mirada.

Desde arriba, Meeks gritó:

—¡Ahí está de nuevo, Capitán!

Un barco asomó entre la niebla, poco más que una sombra con hilos de nube enredados en su casco. Reed le pasó el catalejo a Aly.

—Necesito tus ojos, chica. ¿Quién anda ahí?

La alta camarera levantó el catalejo. Después de un momento se lo retiró del ojo y sacudió la cabeza.

—Hay demasiada niebla para poder saberlo, señor.

Reed soltó una maldición.

Los recios dedos del primer oficial pellizcaron la nuca de Sefia.

—Dijiste que eres capaz de ver cosas.

Ella trató de zafarse, pero él insistió, y ella miró hacia el barco, haciendo caso omiso del dolor y de las náuseas. Parpadeó y ondas de luz dorada surgieron tras la difusa embarcación. Vio relampaguear uniformes, costas rocosas en las que gente de Everica luchó contra otro bando del mismo reino antes de que el Rey Darion uniera a todas las facciones para combatir a los colonizadores de Oxscini. Se tambaleó hacia el frente, parpadeando.

El primer oficial tiró de ella para levantarla de nuevo.

—¿Qué te pasa, niña?

—Es de Everica —hizo una mueca debido a un ataque de vértigo—. De la armada.

Un músculo se contrajo en la mandíbula del primer oficial.

—¿Estás segura?

Ella se frotó las sienes.

—Sí, segura.

Meeks dejó oír otro grito desde lo alto.

—¡Es un buque de la Armada Azul, Capitán! ¡Y viene hacia nosotros!

Reed no pudo evitar un gesto de asombro.

—¡Qué increíble truco, niña!

—¿De allí vino la mujer? —preguntó Sefia.

—La Armada Azul no entrena asesinos como ella. Al menos no solía hacerlo.

Sefia echó un vistazo al mar. El barco se acercaba, crecía entre la niebla como una sombra al atardecer.

De repente, estalló fuego entre la niebla. Dos explosiones anaranjadas encendieron la blancura como si fueran bengalas.

—¡Al piso todos! —gritó Reed.

Sefia fue empujada contra el piso de cubierta. El primer oficial aterrizó sobre ella, protegiéndola del impacto. Les llegaron sonidos de cañonazos lejanos, pero no se vio madera rota, ni salpicadura de hierro en el agua. La chica logró salir de debajo del primer oficial y le ayudó a levantarse una vez que estuvo de pie.

El Capitán ya estaba junto a la borda, mirando al agua.

—Parece que no nos alcanzaron. Eso no iba dirigido a nosotros.

La niebla se disipó para develar un segundo navío de contornos borrosos y colores opacos. El buque de la Armada de Everica iba camino de encontrarse con éste.

—¿Puedes reconocer quiénes son, Aly?

La camarera se llevó el catalejo al ojo.

—Lo siento, Capitán.

Sefia corrió hacia la borda.

—¿De *allí* fue de donde vino la mujer de negro?

Reed asintió.

—Puede ser.

Sefia enderezó la espalda y entrecerró los ojos. Los dos barcos se enfrentaban como caballeros en una justa que entrecruza sus afiladas lanzas y la niebla los envuelve mientras se preparan para la batalla. Si ése era el buque de la asesina, ella debía poder averiguar de dónde provenía, quién más iba a bordo. Parpadeó y su Visión se llenó de luz dorada.

Vio cañones. Barriles de pólvora. Balas y munición. Luego, un espejo que reflejaba pasillos de mármol y la puerta circular de una bóveda de acero pulido. Un ojo de cerradura en forma de estrella con agudas puntas y pájaros en vuelo grabados alrededor de los bordes.

A través de su Visión caían oleadas de luz cual cascadas que le impedían ver con claridad. La niebla se iba cerrando alrededor de los dos barcos, cobijando velas y popas. Vio tormentas, lluvia, gotas de agua que se formaban y despedazaban al golpear la superficie del mar. Se revolvió en su Visión en busca del barco, pero éste había desaparecido. Las corrientes doradas la arrastraron, llevándola a las profundidades de la luz y la memoria. Franjas de azul. Calor. El blanco disco del sol. La luz la cercó con una espiral, alejándola cada vez más de su propio cuerpo, hasta que sintió que los bordes de su conciencia iban desvaneciéndose, disolviéndose en el interminable mar de luz.

Y entonces...

Alguien la sujetó. Lo sintió muy en la distancia. Unas manos la capturaron por los brazos. El dolor se extendió por los codos y de allí subió hasta sus hombros. Sintió que tiraban de ella hacia atrás para devolverla a su propio cuerpo, surcando los mares dorados hasta que se encontró consigo misma.

Parpadeó, y no consiguió ver más que densos grumos de niebla.

Y luego comenzó a toser. Sofocada, se inclinó hacia el agua sintiendo los brazos de Archer que la envolvían. Sintió sus heridas que sangraban a través de las vendas, en su esfuerzo por detenerla.

Sefia se sacudió con ira y agotamiento.

—¡No...!

Pero el barco se había ido. Oyeron el lejano tronar de los cañones, vieron florecer llamaradas en la niebla.

Sefia se reclinó en Archer.

—¡Eran *ellos*, lo sé!

La madera se clavó en su piel cuando empezó a golpear la borda con los puños.

Archer agarró sus manos e hizo que Sefia las abriera. Las retuvo, calientes y maltrechas, entre las suyas.

Ella dio media vuelta y apoyó la cabeza en el pecho de Archer.

—Lo siento —le dijo—. Lo intenté.

La doctora estaba al pie de las escaleras que subían al alcázar.

—Oímos los cañonazos —dijo ella—. Y no quiso hacerme caso cuando le dije que estarías a salvo en compañía del Capitán y el primer oficial.

Tras ellos, el primer oficial murmuró:

—El *Crux* no pudo haber llegado tan pronto hasta acá. ¿Podría haber sido el *Azabache*?

—No buscarán pelea con la Armada Azul cuando desean el tesoro tanto como nosotros —respondió Reed. Se dio un golpecito en la hebilla del cinturón—. Desde luego no pienso quedarme por aquí para ver quién sale con vida. Que los hombres suban a las vergas.

—¡Espere! —Sefia se zafó del abrazo de Archer mientras el primer oficial se alejó hacia la cubierta principal gritando órdenes—. Es posible que sepan dónde está mi tía Nin. Quizás esté en ese mismo barco.

El Capitán negó con la cabeza.

—No vale la pena correr ese riesgo.

—¡Mataron a mi padre! ¡Mataron a Harison!

—¿Y crees que no lo sé? —respondió—. Ese chico estaba bajo mi responsabilidad. Yo soy el que tendrá que decirle a una madre que su hijo está muerto. No haré eso por nadie más de mi tripulación. Hoy no.

Le dio la espalda, y Sefia guardó silencio mientras los marineros se trepaban por las jarcias. Se oyeron crujidos de cuerdas y golpes de velas, y el *Corriente de fe* avanzó cada vez más veloz. La doctora tiró de Archer para llevarlo a la enfermería para cambiarle las vendas, y Aly desapareció tan silenciosamente que Sefia ni siquiera se percató de cuándo se había ido. Se quedó a solas con el Capitán.

El tronar lejano de los cañonazos se desvaneció en el silencio y fue reemplazado por el silbido del barco partiendo las olas. Estaban acodados en la borda y Sefia luchaba con la apremiante necesidad de vaciar su estómago en el mar.

—¿Qué fue lo que sucedió? —preguntó el Capitán.

Sefia sostuvo su adolorida cabeza entre las manos.

—Pensé que era mi oportunidad de averiguar las respuestas que llevo tanto tiempo buscando.

—Parecía que estuvieras muriendo.

Ella se mordió el labio.

—Creo que así era.

—Y tu muchacho te salvó.

—No es mi… —su voz no continuó—. Sí, él me salvó.

Los azules ojos del Capitán destellaron bajo el ala de su sombrero.

—Ustedes son unos chicos afortunados.

Sefia trazó el símbolo ⊜ en la borda.

—Yo no diría que somos *afortunados*.

Reed permaneció en silencio mientras observaba el mar color gris acero.

—Dijiste que iban en dirección a Jahara —soltó al fin.

—Allí es adónde se dirigía Hatchet. Pensé que podríamos encontrar el símbolo nuevamente una vez que desembarcáramos.

Reed la miró desde arriba, con una inquisitiva mirada azul.

—¿Has estado en Jahara alguna vez?

Sefia negó con la cabeza.

—No, Capitán. Mi tía Nin me dijo siempre que era demasiado peligroso.

—Tiene razón —miró las olas y se dio unos golpecitos en el pecho—. Sería mejor que te olvidaras de eso. Hatchet es una cosa, pero Serakeen no es alguien con quien uno querría toparse de frente.

El viento le hizo revolotear el pelo, azotándole el cuello y las mejillas mientras partían las olas coronadas de blancura.

—Tengo que salvar a Nin.

—Si es que aún vive.

—Sí.

—¿Y luego?

—Detenerlos de una buena vez —echó un vistazo hacia la escotilla principal y hacia la enfermería—, o nadie que me importe estará jamás a salvo.

Reed tamborileó con los dedos.

—¿Y qué pasa si fracasas?

Sefia se volvió hacia el cajón y escarbó con una uña entre las letras, sacando astillas que arrojó al mar:

—Ya he fracasado —le dijo.

Reed dibujó el círculo vacío que tenía en la muñeca. Había un *maelstrom* en su codo, seguido por un esqueleto que devoraba sus propios huesos, árboles en el caparazón de una tortuga: todas las historias de cómo habían arribado al confín occidental del mundo, pero no había ninguna del borde en sí.

—A veces uno consigue lo que quiere —murmuró él—, y a veces uno preferiría no haberlo hecho.

—Tal vez —al responder, Sefia se pinchó con una astilla. En su dedo se formó una gota redonda de sangre, y la chupó, para escupir luego en el mar—. Pero al menos tengo que intentarlo.

CAPÍTULO 27

En este entramado de luces y sombras

La luz del farol parpadeaba por las portillas y a medida que las sombras se alargaban en el suelo, las paredes del pequeño camarote parecían cerrarse sobre ella. En este entramado de luces y sombras, Tanin se inclinaba sobre el escritorio, alisando los bordes del papel una y otra vez hasta que las yemas de sus dedos quedaban rojas y en carne viva. Había llorado tanto en las últimas horas que le parecía imposible hacerlo más.

Su boca se torció en una mueca cuando el dolor la sacudió de nueva cuenta. Las lágrimas le nublaron la vista.

Tenía una carta más por escribir.

Hundió su pluma en un tintero, y en todo momento se sintió pesada, como si sus extremidades fueran de piedra y los huesos fueran a hacerse polvo con cualquier movimiento. A lo ancho de la hoja escribió *Querido Erastis:*, con caligrafía insegura.

Se pasó los dedos por los ojos, chorreándose tinta negra en la blusa. Soltó una maldición y humedeció la pluma en la tinta una vez más. Las palabras se veían borrosas en la hoja:

La Segunda ha muerto.

Hizo una pausa, y su mirada fue a dar con las cuatro cartas selladas que ya había preparado: una para cada uno de los Maestros, con el objeto de informarles de los acontecimientos acaecidos la noche anterior, y de su fracaso. Había escrito cinco veces esas palabras, y seguían sin ser suficientes. No conseguían describir la manera en que el mundo había quedado *reducido*, como si la ausencia de la Asesina hubiera apagado de repente las luces de todas las ciudades de Kelanna, y los objetos que momentos antes habían sido sólidos y definidos, ahora fueran difusos, vagos, y estuvieran a punto de desaparecer.

Presionó la pluma contra el papel y siguió escribiendo con el recuerdo de la ira que sintió cuando la teniente del navío le había contado que la Asesina había desaparecido. La buscaron apresuradamente en todas las cubiertas y su frustración pasó a convertirse en preocupación y pánico profundo cuando entendió que ya no estaba a bordo. El crujido de las cuerdas con las que los marineros bajaron su bote al agua, al costado del barco, resonó.

La noche había sido negra y gris, entre la niebla que se tragó el pequeño bote y envolvió sus brazos mientras se afanaba con los remos. En sus manos se formaron ampollas.

Y entonces oyó el disparo, como un trueno en la oscuridad.

El frío de la noche la alcanzó hasta la punta de todos sus dedos, y fue trepando por sus extremidades hacia su pecho. Empezó a tiritar.

Luego, escuchó un golpe en el agua.

Un cuerpo que caía al mar.

En alguna parte, entre la niebla, se oían voces que murmuraban frases indistinguibles, sonidos difusos y palabras a medio formar. En su bote, Tanin se llevó las manos al estómago y se meció hacia adelante y hacia atrás, adelante y atrás, y las lágrimas rodaron por sus mejillas, pasando de largo por su boca abierta, donde sus labios gesticulaban palabras que no lograban pronunciar.

No, no, no, no, no...

Estaba muerta.

La habían matado.

Y era culpa de Tanin.

Si tan sólo le hubiera permitido actuar antes... Si no hubiera sido tan dura con ella... Si no se hubiera permitido que la muchachita la distrajera...

Se oyó que golpeaban a la puerta.

Con los ojos hinchados, levantó la vista del papel. ¿Qué había hecho? A duras penas lograba descifrar su propia escritura. Limpiándose las lágrimas, cerró la ornamentada tapa del escritorio para esconder sus instrumentos de escritura.

Se aclaró la garganta:

—Adelante.

La puerta se abrió, y entró la teniente del barco. Escalia era una mujer formidable, tan ancha de hombros y pecho como un hombre, con una estatura que hacía que todas las habitaciones a las que entraba se redujeran de tamaño.

Le hizo un saludo formal a Tanin.

—El buque de Everica ya se retiró, señora. Huyó hacia la niebla y no lo vimos más —su voz era audaz y áspera por la intemperie, pero aún retenía un brillo broncíneo.

Tanin asintió:

—Gracias, teniente.

—¿Quiere que organicemos una batida? —Escalia sonrió y sus dientes de oro relumbraron a la luz del farol.

Tanin sabía que, tarde o temprano, esto iba a suceder, este conflicto entre la Armada Azul del Rey Darion y ella. Era una consecuencia inevitable de sus respectivos disfraces. Pero eso no hacía que dejara de ser un problema. No tenía tiempo de luchar contra la Armada Azul cuando iba en busca del *Corriente de fe*.

—No —dijo ella—. Continúe rumbo a Jahara.

—Sí, señora.

Tanin la miró un instante.

—¿Eso es todo?

La teniente inclinó la cabeza hacia un lado.

—¿Todo sobre qué, señora?

—¿No va a cuestionar mis órdenes?

—No, señora.

—Bueno, es un consuelo —dijo Tanin con voz cansada.

Escalia se encogió de hombros.

—Yo sigo órdenes, no las cuestiono.

—¿Y qué sucede con su opinión?

—Soy una persona de poca educación, señora. Las opiniones se las dejo a mentes más ilustradas que la mía —hizo una pausa y jugueteó con una de las bandas metálicas que llevaba en los brazos—. Sé que siempre hay una razón para que usted haga lo que hace. Las cosas siempre resultan como las planeó.

Tanin presionó las cortadas de su piel con las yemas de los dedos.

—¿Es eso cierto?

—Sí, señora. Creo que siempre es así, incluso en una tragedia como ésta.

—Gracias, teniente. Puede retirarse.

Con otro saludo, Escalia salió y cerró la puerta de la cabina, la cual dejó escapar un *chasquido*.

Tanin miró fijamente la parte trasera de la puerta. Se trataba de un espejo con un marco plateado de páginas y olas: las letras rompían hacia arriba en crestas de olas espumosas, con fuertes corrientes y remolinos de palabras en la parte inferior, en un grado de detalle tal que el marco parecía estar hecho de metal líquido.

Siempre había pensado que no existían las coincidencias, que todo sucedía por una determinada razón. ¿Pero cuál era el motivo de la muerte de la Asesina?

Hubieran podido conseguir el Libro en el camarote, en Kambali. La Asesina quería hacerlo pero Tanin lo impidió. Por la chica.

Abriendo de nuevo la tapa del escritorio, Tanin ojeó la carta. Su mirada se detuvo en las palabras:

La Segunda ha muerto.

Pero ahora se sintió aturdida, como si a la quinta vez de repetirlas, de tirarse contra las piedras de su pena, al fin éstas se hubieran erosionado, para dejar únicamente un vacío frío y liso. Plegó la carta, lúgubremente, con movimientos escuetos, y marcó los dobleces.

Todo se reducía a la chica. Ella tenía el Libro. Conocía la Iluminación. De alguna forma había liberado a un candidato, y juntos habían descubierto que la prueba final tendría lugar en Jahara.

Y además era peligrosa.

Con una cerilla, Tanin calentó una barrita de lacre hasta que cayeron varias gotas derretidas, una a una, sobre el papel. Pasó la lengua por el sello de bronce para humedecerlo y después lo estampó con firmeza en el lacre.

Una lectora y una asesina.

La idea se esparció en su interior mientras el lacre se enfriaba y endurecía bajo la presión del sello.

¿Era por *eso* que había muerto la Asesina?

¿Para que hubiera una vacante en sus filas?

El sello había dejado una impresión en el lacre, y Tanin la palpó con sus maltratados dedos. Un círculo inscrito con cuatro líneas, que ahora le resultaba tan familiar como su propio rostro.

Todo encajaba. Era casi perfecto. La chica era un poco mayor para la inducción, pero podían hacerse excepciones. Al fin y al cabo, no tenía a nadie. Ni familia ni lazo existente.

Podría convertirse en una excelente Asesina.

Todo lo que había bajo el sol cerraba un círculo completo: las estaciones, las estrellas, los ciclos de la misma vida. Era como poesía.

Con cuidado, Tanin reunió las cinco cartas y las alineó entre sus dedos, para ir luego hacia el espejo. Su rostro, por lo general pálido y liso, blanco como la tiza, estaba enrojecido e hinchado por el llanto. Observó su imagen con desagrado.

Era la Directora, la líder de su orden, aquélla a la que todos los maestros y aprendices acudían en busca de protección y orientación, y como tal, no debía mostrar debilidad.

Edmon había sido débil, y eso le había acarreado la muerte.

Miró sus ojos grises y se atusó un mechón de negro pelo tras la oreja, evocando las palabras de su juramento como si fueran un encantamiento de protección.

—Antes vivía en la oscuridad, pero ahora llevo la luz —susurró ella—. Seré su portadora hasta que la oscuridad venga de nuevo por mí...

Se enderezó el cuello de la blusa color marfil, abrochó los botones de su chaleco y, a medida que fue poniendo su ropa en su lugar, fue recuperando su determinación.

—Mi deber será proteger el Libro de ser descubierto o mal utilizado, y establecer la paz y la tranquilidad para todos los ciudadanos de Kelanna.

Se pasó el dedo bajo los ojos para limpiar los restos de las lágrimas, inhaló unas cuantas veces y levantó la barbilla.

—No tendré miedo de ningún reto. No temeré ningún sacrificio. En todos mis actos, procederé de manera que nada me pueda ser reprochado.

La mirada de Tanin se paseó sobre su imagen en el espejo.

—Soy la sombra en el desierto —murmuró—, y el faro en la roca. Soy la rueda que mueve el firmamento —con cada frase, su voz sonaba más fuerte, hasta que resonó como el acero y brilló como el hielo. Y cualquiera que la oyera quedaría convencido hasta el tuétano de que ella era tan dura e impenetrable como un escudo, y que nada la haría cambiar de parecer.

Harison salva el palo mayor

—*C*on *las historias sucede lo mismo que con algunas personas* —dijo Meeks, y sus ojos cafés brillaron en la luz, cada vez *más escasa del atardecer—, mejoran con los años. Pero no todas las historias permanecen, y no toda la gente llega a vieja.*

"Ocurrió treinta y dos días después de dejar la isla flotante, y la noche estaba calmada y silenciosa como la muerte. Recuerdo que las estrellas tenían un brillo particular, como copos de nieve sobre una mesa negra. Era posible ver todo el maldito cielo reflejado en el agua, y también a nosotros, las velas, nuestras luces de guardia, como si estuviéramos en dos lugares al mismo tiempo: a bordo del Corriente de fe, *cortando las aguas; y bajo la superficie de éstas, cabeza abajo y necesitados de aire.*

"Primero nos llegó la brisa, y nos apresuramos a arriar las velas, pero no fuimos lo suficientemente veloces. El viento empezó a soplar con mucha fuerza desde el nororiente y las olas subían por el lateral de proa, batiendo el casco como si muchas manos gigantes asomaran por el mar.

"Luego el cielo se rasgó en dos y la luz penetró por un agujero con el brillo del amanecer. ¡Qué estruendo! Estábamos en las vergas, y el viento nos mecía como si fuéramos hojas. No había tiempo de mirar ese hueco en el cielo, como habían hecho la capitán Cat y su tripula-

ción caníbal, porque corríamos el riesgo de que las velas se rasgaran y los mástiles se quebraran.

"Después vinieron los truenos y el mundo se oscureció. El retumbar atronador nos impidió oír cualquier otra cosa, y trabajamos en completo silencio… no oíamos el viento, no oíamos al Capitán ni a Jules ni a Theo si nos gritaban, no se oía nada.

"El barco descendía al seno de las olas, una tras otra, las velas se rasgaban y se rompían con el viento. La vela del estay se reventó; la gavia se partió de cabo a rabo. Todos nos afanábamos hacia el bauprés o trepábamos al palo mayor, con el viento azotándonos, rugiendo, aunque no lo pudiéramos oír. Yo estaba seguro de que el maldito barco iba a partirse y que caeríamos a las olas para convertirnos en alimento para peces.

"Entonces, la vela mayor se soltó y quedó aleteando enfurecida, con lo cual el palo mayor tembló como una rama.

"El Capitán gritaba órdenes. Yo veía que su boca se abría y sus ojos nos miraban enloquecidos. El palo mayor iba a romperse si nadie arriaba la vela o la arrancaba.

"En medio de ese caos, el único que supo qué hacer fue Harison. Subió en dos brincos y recogió la vela con sus largos brazos. Hubo momentos en los que el viento sopló tanto que casi lo arranca del mástil, pero él siguió con lo suyo, entre el oleaje y el rugido de la noche que hacía imposible cualquier otro sonido. Por su propia cuenta, arrió la vela. Salvó el palo mayor, salvó el barco, sin ayuda de nadie.

"Fueron actos audaces como ése los que nos permitieron pasar la noche, hasta que los vientos perdieron fuerza y las aguas se calmaron. Nos vimos obligados a trabajar mucho durante las semanas siguientes para reparar los daños que había dejado ese temporal, pero gracias a Harison dispusimos de vida para hacerlo.

"Ese chico se ganó su lugar entre nosotros esa noche, así sin más.

CAPÍTULO 28

Está escrito

Las cosas marchaban bien.
El sol brillaba por encima del barco y las nubes eran como copos de algodón en el cielo. El *Corriente de fe* navegaba a gran velocidad, por el agua lisa como la seda. A este paso, llegarían a Jahara en diez días.

A cambio de su ayuda con la mujer de negro, su sinceridad al relatar su increíble historia y la garantía de sus servicios durante más tiempo, Sefia y Archer habían logrado que los llevaran hasta Jahara, con la condición de que el libro y las ganzúas de Sefia se guardarían en lugar seguro, aunque ella tendría autorización para leer cuando no estuviera de guardia, hasta que desembarcara, momento en el cual se le devolvería todo en sus condiciones originales.

Hasta el momento no había tenido tiempo de leer. Les habían asignado incontables tareas a Archer y ella: lavar las cubiertas, restregar ollas, picar alcachofas para Cooky, que les gritaba si no lo hacían con suficiente rapidez; y dichas tareas los mantenían tan ocupados que, cuando al fin tenía ella un momento libre, caía exhausta en su hamaca y dormía hasta su siguiente turno de guardia.

Pero después de tres días de labor agotadora, al fin empezó a acostumbrarse a la vida en el mar, y hoy iba a ver el libro de nuevo. Sefia se tocó los callos que estaban formándose en sus manos y aguardó en el alcázar.

Sobre su cabeza, Horse y Archer estaban en las vergas, sobre pequeños baldes de madera, pintando las jarcias con brea. Sus manos se movían siguiendo las cuerdas, y las brochas de cerdas duras goteaban. De tanto en tanto, el olor oscuro y acre de la brea se hacía sentir en el barco.

Estos últimos días en el *Corriente de fe*, Archer había parecido más contento y relajado que nunca. Su sonrisa era más amplia, su carcajada, más suelta (una mezcla de risa entrecortada y jadeo que le subía hasta los ojos). Era como si, al alejarse de Oxscini, de Hatchet, y de los lugares donde habían sucedido todas las cosas horribles, él finalmente creyera que podía continuar.

Como si sintiera que ella lo estaba observando, Archer miró hacia abajo y ladeó la cabeza. Perfilado contra el plano cielo azul, se apoyaba sin esfuerzo en la verga, con el desenfado y el perfecto equilibrio que mostraría un gato. A pesar de que a esa distancia no podía verle con claridad los ojos, sentía su mirada en ella, en sus labios, en su rostro.

Sefia se sonrojó y desvió la mirada. Por alguna razón, no podía dejar de sonreír.

El sonido de las pisadas en la escalera la sobresaltó, y volteó para encontrarse con el primer oficial, que atravesaba el alcázar con los brazos extendidos al frente, sosteniendo el libro como si fuera un ser viviente y peligroso, como una culebra. Rio mientras él lo depositaba en sus manos ansiosas.

Abrazó el libro e inhaló su olor familiar. Sintió los bordes que se clavaban en sus brazos.

—¿Por qué lo lleva así? —preguntó Sefia.

El primer oficial se sacudió como un perro que sale del agua y cruzó los brazos por detrás de la espalda.

—No sé qué hay allí dentro —contestó—. Mientras más lejos esté de mí, menos probabilidades hay de que me alcance cualquier cosa que pueda salir de él.

—Pero si dentro no hay más que palabras —dijo ella.

—¿Has visto todo lo que hay en su interior?

Ella negó en silencio.

—Entonces no te consta, ¿verdad? —su voz era firme, realista.

Sefia lo examinó. El primer oficial debió ser un buen mozo en su juventud, con su mandíbula cuadrada, su boca carnosa, pero la piel de su cuello empezaba a colgarle, y las arrugas de su rostro eran como cañadas profundas. Mientras observaba sus canas, una cicatriz en el puente de su nariz, sintió que el mundo de luz dorada empezaba a aparecer más allá de su campo visual.

—Eres una impertinente, ¿no?

Su sentido de la Visión se desvaneció y Sefia se enderezó bruscamente.

—No quería…

—Claro que sí.

Sefia tragó saliva.

—Lo siento.

—No lo vuelvas a hacer.

—No, señor.

El primer oficial suspiró.

—Sabes que yo también veo cosas. Todo lo que ocurre en este barco —cuando Sefia asintió, continuó—. Reconocí lo que te sucedió esa mañana. Estuviste a punto de perderte.

—Sí —la chica se inclinó hacia adelante—. Aunque mi Visión funciona de otra forma, creo. No puedo ver el presente, como usted, pero a veces alcanzo a dar un vistazo a cosas que ya pasaron —incluso después de encontrar a Archer, había estado muy sola en esto, abriéndose paso entre las palabras, luchando por controlar la Visión, sin nadie que le ayudara a entender lo que sucedía, lo que quería decir—. Y la historia es un mundo entero —dijo ella en voz baja.

—Cuando me uní a la tripulación, al principio solía marearme mucho, pero no por el balanceo del barco, no, sino por la abundancia de sensaciones. Puedo percibir todo lo que hay en este navío, no sólo a las personas, sino también las cosas. Y las ratas —hizo una mueca—. Una persona no está hecha para llevar semejante carga.

—¿Y cómo aprendió a controlar ese don?

Se encogió de hombros.

—Al igual que controlas cualquier otra cosa, con práctica.

—¿Pero sólo en el barco? ¿En ninguna otra parte?

Una sombra de tristeza cruzó su rostro.

—No, en ninguna otra parte.

Sefia levantó la vista para mirarlo.

—¿Y por qué?

—Son los árboles —murmuró él—, son ellos los que me lo cuentan todo.

Permanecieron en silencio, a la escucha de los crujidos y traqueteos de los maderos, el silbido del viento en las velas. Sefia depositó el libro en el hueco que formaba un rollo de soga, se puso en pie y se limpió las manos en los muslos.

—¿Podría enseñarme?

Él la miró con sus ojos grises y muertos, y ella sintió como si mirara en su interior. ¿Qué vería? ¿Sería ella tan valiente o tan buena como se imaginaba? ¿O sería una muchachita tonta y tozuda que había conseguido que raptaran a Nin? ¿Y que además había matado a Palo Kanta? Irguió la espalda y enfrentó su mirada inerte y desconcertante.

Finalmente, asintió.

—Muy bien, niña. Presta atención y haz lo que te diga.

Sonrió. Normalmente odiaba que la llamaran así, pero la manera en que lo hacía el primer oficial le recordaba a Nin, que muy pocas veces le decía por su nombre. Cada vez que Nin la llamaba "niña", indicaba que alguien se preocupaba por ella. Que no iban a dejarla atrás.

—¿Qué tal si empezamos con esta cicatriz? —señaló la que tenía en el puente de la nariz.

Sefia asintió.

—No te fijes en todo el conjunto, te marearás y no podrás encontrar el sentido de nada cuando estés tendida boca arriba intentando no vomitar el desayuno. Concéntrate en una sola cosa y desentiéndete de lo demás.

Sefia parpadeó y el mundo se llenó de luz dorada. Hilos de luz se entretejían por encima de los rasgos angulosos del primer oficial, y entraban y salían como arroyos chispeantes. Pudo ver la infancia de él antes de que perdiera la vista: la rocosa costa de Everica, una mujer anciana que reía, el olor penetrante de las hojas y ramitas que forman el suelo del bosque, y árboles, muchos árboles que susurraban y crujían y reían y hablaban. Las imágenes y los sonidos se agolparon a su alrededor y se hicieron difusos en un solo cauce de recuerdos.

—Es como buscar a una persona entre la multitud —las palabras del primer oficial llegaron a ella en medio del caos—. Una voz. La que estás buscando. Que todo lo demás no sea más que ruido de fondo.

La cicatriz en su nariz. Todos los hilos del pasado del primer oficial giraban alrededor de ella, cuanto más los miraba iban cada vez más rápido, pero ése en particular brillaba más que los demás.

—¿Ya la tienes? —preguntó.

La abuela de él había sido capaz de hablar con los árboles. Había vivido toda su vida entre ellos, entre la luz verde y dorada que los atravesaba, y la fragancia mentolada de su corteza. Cuando los padres de él murieron en un accidente en las minas, se fue a vivir con su abuela a esa arboleda, y aprendió a cuidar de los arbolitos jóvenes para que se convirtieran en gigantes descomunales con sus hojas susurrantes en forma de abanico.

Al cumplir once años, llegaron los hombres. Llevaban sierras y hachas y fusiles y carretas. Iban acompañados por soldados de uniforme azul y charreteras plateadas. La armada necesitaba barcos, dijeron, y no importó lo que la abuela les rogó ni lo que les dijo: talaron el bosque. Las hachas hirieron y tajaron los troncos. El primer oficial vio uno de los árboles más viejos tambalearse y gemir hasta precipitarse al suelo, mientras intentaba asirse con sus ramas a sus vecinos, como si éstos pudieran impedir su caída.

Su abuela escupió a los soldados, maldiciéndolos. Sus uñas dejaron profundos arañazos en la piel de esos hombres, pero no logró detenerlos. La arrinconaron en su propia casa y luego le prendieron fuego. Pudo escuchar el crepitar y los silbidos de la madera encendida. Pudo percibir el olor a pelo chamuscado y piel achicharrada.

El primer oficial corrió tras ella, pero los soldados lo apresaron antes de que lograra entrar en la casa. Arremetió contra ellos con sus puños de niño. Uno de ellos levantó su fusil.

La culata impactó sobre el rostro del primer oficial, quien sintió una explosión tras sus ojos. Sangre. Humo.

Cuando despertó, estaba ciego, y no había árboles. No podía oír los susurros de sus hojas ni oler la fragancia mentolada y medicinal de su corteza. No le llegaba más que el tufo de las cenizas y la tierra arrasada.

Alguien, un hombre de voz suave como la gamuza, ajustó unas vendas sobre su nariz y sus ojos.

—No había necesidad de dejarte ciego —dijo tristemente—, pero hay gente cruel.

Asintió. El rostro le ardía en su esfuerzo por no llorar.

—Ahora tienes una opción —dijo el hombre—: ven conmigo y estarás a salvo. Dispondrás de una buena vida en la Biblioteca —y describió todas las maneras en que la Biblioteca era adecuada para los ciegos: la rutina, los muebles que nunca cambiaban de lugar, los pomos y perillas de las puertas de la cocina con sus diversas texturas. Se le daría un hogar, y él sólo tendría que cuidar la Biblioteca. Sacudir el polvo de las mesas, atender la huerta. Una vida sencilla, lejos de la crueldad de los hombres—. O bien puedes trazar tu propio camino —dijo el hombre al terminar—, pero el mundo no tendrá contemplaciones con un niño ciego.

—Ya sabes cómo fue —dijo el primer oficial. Sefia parpadeó y las luces giraron y se desvanecieron. Tragando saliva cautelosamente, pensó que vendrían las náuseas, el dolor de cabeza, pero nada la molestó. Sonrió:

—¿Quién era el hombre? ¿Fue con él? —las preguntas bullían en su interior con tanta emoción—. ¿A la Biblioteca? ¿Qué es una Biblioteca?

El primer oficial se encogió de hombros.

—Nunca llegué a saberlo.

—¿Rechazó su propuesta? ¿Por qué?

Frotó sus manos contra la lisa y gastada barandilla, con los dedos extendidos sobre las vetas de la madera.

—No podía llevarme de inmediato, así que me dejó al cuidado de una familia en un pueblo vecino, hasta que me recuperara. Para cuando regresó, yo ya me había ido.

—¿Por qué?

—Cuando murió mi abuela, debió transmitirme su poder, porque podía oír a los árboles que me llamaban. A lo largo y ancho de todo el reino, los oía llamarme por mi nombre —el primer oficial cerró los ojos, y Sefia se dio cuenta de que estaba escuchando al barco, a los mismos maderos que lo componían—, y tuve que ir con ellos. Les había fallado una vez, pero no iba a dejar que me los arrebataran de nuevo.

No era el mismo tipo de magia que el de su Visión, pero era lo más cercano que Sefia había experimentado hasta ahora. Quizás el primer oficial podría ayudarle a controlarla, para así la siguiente vez poder encontrar las respuestas que buscaba.

Sefia se envolvió un par de mechones de pelo en un dedo y miró el libro, que estaba en su nido de cuerda enrollada, como un huevo listo para romper su cascarón.

—Pongámonos a trabajar —dijo ella.

El primer oficial la hizo practicar durante horas: lanzándola a su Visión para luego salir de ella, estudiando el cabrestante, los cañones de popa, el anillo de ámbar que él usaba en el meñique derecho. Para cuando se oyeron las cuatro campanadas, Sefia estaba exhausta, pero podía usar su Visión con la misma precisión que un cuchillo de filetear. De quererlo,

338

hubiera podido enterarse de la historia de los cañones en sus portillas, del barco, o incluso del cielo, del mar, del mismo aire que soplaba a su alrededor.

—¡Aún no, niña! —gruñó el primer oficial—. Falta mucho todavía.

Ella rio.

—Largo de aquí. Vete a incordiar a alguien más —la despidió con un movimiento de los dedos, y ella recogió el libro y bajó las escaleras hacia la cubierta principal.

Un leve traspié en el último escalón y Sefia saludó a Jaunty con la mano. El timonel, un delgado y demacrado cincuentón, jamás abandonaba el puente. Sin importar el estado del tiempo, allí estaba, con pieles e impermeables, y sólo se alejaba de su puesto unas horas cada noche para dormir en un diminuto armario en el alcázar, a escasos metros del timón. Nunca le había respondido a Sefia con nada mejor que un gruñido, y ningún miembro de la tripulación parecía disfrutar de su compañía, pero era capaz de gobernar un buque mejor que nadie en Kelanna.

En la cubierta principal, se dejó caer entre las cuerdas y los baldes de brea que Horse y Archer habían dejado allí. Abrazó el libro contra su pecho, calentado por el sol, y se recostó.

Archer estaba en el palo mayor, y el sol brillaba en su erizado pelo, haciéndolo parecer un haz de trigo. Por un instante observó, las sombras bailaban sobre sus brazos mientras pintaba con brea las jarcias, con movimientos rápidos y seguros de su brocha sobre las cuerdas.

Sus movimientos eran tan gráciles que se preguntó por qué no lo había notado antes.

Los marcapáginas estaban amontonados en un solo lugar, las historias que señalaban habían desaparecido. Tomó la pluma de Archer, verde iridiscente y fucsia, y se acarició la mejilla con ella antes de ponerla en su pelo.

Las letras crepitaban con promesas. ¿Qué leería ahora? ¿Qué increíble aventura sería esta vez? Se inclinó sobre el libro y comenzó a leer.

Al internarse en la página, sumergiéndose en las palabras, lo primero que vio fue niebla, niebla profunda como la nieve, que la aislaba de los sonidos del mundo... y los ruidos del viento y las olas parecían caer a su alrededor.

Se estremeció fascinada cuando las palabras empezaron a formar imágenes en la niebla. Postes de cercas. Sombras vagas de barriles y carretillas. Se imaginó la hierba húmeda de rocío que azotaba sus zapatos y la parte baja de sus pantalones.

La luz del sol atenuó a medida que iba leyendo y alejándose más y más en el mundo silencioso del libro. Un escalofrío corrió por su espalda cuando una casa apareció frente a ella, más arriba. Al principio no era más que una sombra entre la niebla pero, al acercarse pudo distinguir la difusa forma de una colina cubierta de hierba, unos cimientos de piedra y paredes blancas. En ambos extremos de la casa, una chimenea de piedra se erguía sobre el tejado inclinado.

Sefia jadeó. Sabía dónde estaba, adónde la había llevado el libro. Y sabía lo que encontraría dentro de la casa. Sabía lo que iba a ver, y se quedó helada en el momento en que la puerta se abrió y se enfrentó al frágil silencio que había adentro.

Pero una parte de sí, muy en lo profundo de su ser; una parte que no lograba someter, lo deseaba. Quería verlo de nuevo allí tendido en el piso de la cocina, aunque no sería él, en realidad no.

Siguió leyendo. No podía parar. Vio cómo la casa se rompía en pedazos diminutos y se desmoronaba. Vio a la niña del libro entrar, temblando, con sus zapatos mojados que dejaban huellas de barro y trocitos de hierba en los tapetes. La vio atravesar la sala y el comedor... los tapetes se deshacían y la mesa se astillaba y los cuadros en las paredes se convertían en polvo.

Llegó a la cocina, y era tal como la recordaba: las alacenas blanqueadas con cal, con sus esquinas maltrechas; el mesón de azulejos inclinado hacia el fregadero; la madera en la tabla de picar, marcada por la edad. Hasta las migas en los tablones del piso eran las mismas, de la tarta de huevo y verduras que habían cenado la noche anterior.

Había llegado allí.

Allí, en la página y en su memoria, lo veía doble, lo veía todo de nuevo... quería desviar la vista pero a la vez necesitaba desesperadamente seguir leyendo, verlo una vez más.

Supo que era él sin siquiera tener que mirarlo de cerca. No podía mirarlo de cerca. Supo que era él por las pantuflas de piel de cordero, por la forma de sus pantalones, por el enorme suéter deshilachado. Lo supo sin tener que verle la cara, porque ya no era posible vérsela. Ya...

Sefia tomó uno de los recipientes con brea que había a su lado en la cubierta. A duras penas podía ver con los ojos anegados en lágrimas. Levantó la brocha.

... no había rostro alguno.

Arrastró las cerdas por la página, eclipsando las palabras.

Quienes asesinaron a su padre habían hecho mucho más que simplemente matarlo.

Cada palabra.

Lo habían hecho.

Cada imagen.

Le habían arrancado las uñas, las rótulas, los lóbulos de las orejas, los ojos y la lengua.

Cada recuerdo.

Bajó la brocha, las frases se oscurecieron y se hicieron indescifrables. El olor a humo le llenó el cuerpo. Arrojó el recipiente de brea lejos de sí, y se derramó sobre la cubierta, negro y pegajoso. Dejó caer la brocha. Gotas de brea salpicaron su ropa, sus manos y brazos, su barbilla.

¿Oía pasos? ¿Estaba retrocediendo hacia la sala, a la chimenea con la escalera oculta?

Alguien la agarró. ¡La habían atrapado! Así no habían sido las cosas. Luchó por zafarse. No había logrado llegar a tiempo al túnel. Iban a llevársela. La matarían. Habían asesinado a su padre y ahora iban a hacer lo propio con ella. Gritó.

—¿Qué te pasa, Sefia? —preguntó una voz como los fuelles de una forja. Grandes brazos y manos la sujetaron por detrás—. ¿Qué sucedió?

Alguien más se arrodilló frente a ella, y tomó sus manos. Dos dedos cruzados, resistentes como un cordel. Parpadeó. El rostro de Archer apareció ante su vista. Sí, Archer. Era Archer, y Horse estaba detrás de ella, preguntándole qué pasaba. Estaba en el barco. Mecida por el viento. Pero ese día no soplaba el viento. Con mucha delicadeza, Archer le retiró un mechón de pelo de la frente, lo pasó junto a su sien, para colocarlo tras su oreja. Era Archer. Cedió a su abrazo.

—Yo estoy en el libro —murmuró ella.

Bajó la vista a la página desfigurada, con sus horribles marcas negras, las palabras brotaron hacia ella, cuencas vacías y mandíbulas abiertas. Estaba atrapada. La arrastraban junto a ellas, hacia el libro, la metían en esa oscuridad, en ese frío cubo de negrura que era su pequeña habitación del sótano, en donde se acurrucó sollozando sobre el piso de tierra.

Su padre estaba muerto. Estaba muerto y no volvería más.

CAPÍTULO 29

Esta noche, **un** beso. Mañana, la vida entera

Lon caminó por los corredores con los pies descalzos y dolorosamente fríos contra el helado mármol. Apretó las mandíbulas para resistir mejor y pasó bajo los arcos de mosaico tan furtivamente como pudo. Jamás podría lograr el silencio asombroso de la Segunda cuando seguía o acechaba algo, mientras que él podía oír su propia respiración entrecortada y las pisadas de sus pies al deslizarse por los pasillos abovedados.

De entre las sombras, los ojos de los retratos de los directores anteriores parecían seguirlo, con caras austeras y labios inmóviles. Su apariencia era tan real que a veces tenía la sensación de que fueran a saltar de los marcos, en medio de la noche, para agarrar cosas con sus manos planas, con sus ropajes ondeantes en el viento invisible.

En la Biblioteca, las largas mesas curvas estaban vacías; las lámparas de lectura, apagadas. Los estantes con sus manuscritos bien ordenados dormitaban en las sombras, mientras que en lo alto, la pálida luna entraba por los vitrales, iluminando las estatuas de bronce de antiguos Bibliotecarios que vigilaban las galerías.

Lon vaciló en el umbral, pero no había señales de movimiento. Tenía al menos dos horas antes de que el Maestro

Bibliotecario se despertara de su intermitente sueño y viniera a revisar alguna referencia cruzada, un pie de página o una glosa entre las estanterías. Lon se introdujo en la Biblioteca, avanzó pegado a las paredes, tal como la Segunda le había indicado, pretendiendo que él también podía fundirse entre las sombras y manchas de luz sobre el piso de mármol.

Pasó junto a la Bóveda, recorriendo con su mano los mecanismos de acero, los agujeros de la cerradura con su forma de rosa de los vientos, y apoyó la oreja contra la puerta, como si pudiera oír el crujido del pasar de páginas en su interior. Pero, como siempre, no escuchó nada, y siguió hacia las estanterías de más adelante. Lon tamborileó con los dedos en el lomo de cuero de cada uno de los libros y sacó uno en particular. El aroma de piel, papel y pegamento lo envolvieron, haciéndolo sonreír. Sólo había un olor que le gustaba más que el de los libros.

Como siempre, la Segunda había llegado antes que él, y el tenue aroma metálico todavía flotaba en el aire. Había dejado las puertas del invernadero entreabiertas, apenas lo suficiente para que él pasara de lado; y al entrar en el jardín, inhaló profundamente.

Afuera, los copos de nieve caían del negro cielo trazando espirales para aterrizar sobre los muros de vidrio, donde se derretían instantáneamente. Pero el aire en el invernadero era cálido y húmedo, y olía a tierra. Lon caminó sin hacer ruido hacia el centro de la pradera cubierta y miró a su alrededor. Bajo los árboles, veía florecitas blancas agazapadas, y entre los setos y las piedras, como extrañas formas de nieve, había ciclámenes con sus hojas verde-plateadas.

—Llegas tarde —la conocida voz de la Segunda brotó de las sombras.

Lon le dedicó una sonrisa nerviosa. Ella hacía todo tan silenciosamente que él nunca sabía bien por dónde iba a aparecer, como un pez que asoma a la superficie de un estanque negro, y cada vez que la veía se sentía testigo de una rara criatura que desaparecería si él llegaba a parpadear.

—No demasiado —le entregó el libro.

La Segunda iba vestida con un pijama verde oscuro, y su negro pelo flotaba suelto alrededor de sus hombros, fundiéndose entre las sombras de las curvas de su espalda. Estaba descalza, y los pantalones del pijama se le subían más allá de los tobillos, sentada entre la hierba, con el libro en su regazo. Recorrió los bordes de la cubierta y lo miró.

—¿Qué es?

Lon se sentó a su lado.

—Un manual para transformar el agua en hielo. Creo que te gustará. Durante el invierno, en las Guerras del Norte, la general Varissa se quedó sin municiones, así que empezó a fabricar lanzas de hielo para atacar a los barcos enemigos. No eres Soldado, lo sé, pero pensé que tal vez podrías aplicar el mismo principio para algo más pequeño.

La Segunda sonrió.

—Más pequeño e imposible de rastrear.

—Ajá.

Ella sacó una serie de estrellas de entre los pliegues de su pijama. Estaban hechas de un metal oscuro y opaco, que parecía fabricado especialmente para los Asesinos. Las sostuvo en alto y sonrió:

—¿Todavía te aburre hacer malabares?

Lon ya casi cumplía los dieciséis, y tres años después de su inducción, finalmente había pasado al segundo nivel de la Iluminación: la Manipulación. Era una magia más compleja

345

que implicaba dirigir las corrientes de luz del Mundo Iluminado para trasladar objetos de un lado a otro.

Tras cuatro semanas de lento y doloroso entrenamiento en la sala de prácticas, Erastis sólo le había permitido manipular un objeto a la vez en ejercicios tediosos. Así que había empezado a verse con la Segunda en secreto. A pesar de que ella, a los diecinueve, estaba fuera con más frecuencia y sus lecciones eran poco frecuentes, Lon sentía que bajo su tutela había progresado lo suficiente como para satisfacer sus ambiciones.

Pero al ver las estrellas hizo una mueca. Había hecho malabares con ella antes, pero siempre con unas bolsitas del tamaño de una mano llenas de frijoles, que podía atrapar si fallaba. Pero hoy no podría. No le gustaban ni siquiera los cortes que se hacía con las hojas de papel, y le estremecía pensar en un corte o rasguño con las estrellas metálicas.

—Párate allí —señaló la Segunda un claro entre la hierba—. Puedes empezar con una, y yo te iré dando otras más si te sientes preparado para hacerlo.

Lon respiró hondo y se situó donde ella le indicaba, mientras permitía que su sentido de la Visión despertara dentro de él. Entonces parpadeó, y el invernadero entero comenzó a brillar con hilos dorados de luz que formaban remolinos y olas y corrientes, y se movían con el lento ritmo del crecimiento de los árboles, de la misma forma en que las flores se levantan buscando el sol.

—Listo…

Una estrella voladora se le acercó silbando en la oscuridad. Apenas la vio venir. En el último momento dio con el hilo dorado de su trayectoria y movió sus manos en el aire. La estrella ascendió girando hacia la negrura.

PARECE 346

—No tan alto —dijo con severidad la Segunda.

El arma iba directo al techo de vidrio. Antes de que lo alcanzara, Lon levantó la mano y la hizo bajar de nuevo. Quedó suspendida en el aire un instante y regresó de nuevo hacia él. Fue dominando la estrella, arriba y abajo, con las manos tirando y aflojando de las corrientes doradas como si fueran arroyos de agua. Arriba y abajo, una y otra vez, mientras la Segunda se dedicaba a estudiar el texto de Comentarios que él le había traído. Con el pelo sobre los lados del libro, flexionaba y estiraba los dedos como ensayo a las técnicas descritas en las páginas.

Justo cuando sus movimientos se hicieron automáticos, ella le lanzó otra estrella. Instintivamente, se agachó para esquivarla, pero alcanzó a rozarle el hombro.

—Tienes suerte de que no estuviera apuntando hacia ti —dijo la Segunda sin levantar la cabeza.

Lon no tuvo tiempo de responder. La estrella se dirigía a la pared de vidrio. Esforzándose por mantener la otra dibujando círculos en el aire, logró encontrar el curso refulgente de la segunda estrella, y tiró de ella. El dolor en su hombro fue rápido y limpio, pero le siguió ardiendo un buen rato después de que consiguiera controlar las dos estrellas. Intentó moverlas a ambas gracias a la Visión, con las manos hacia arriba y hacia abajo, arriba y abajo, una y otra vez.

Poco a poco, la Segunda le ayudó a mantener las cinco estrellas en el aire, trazando círculos por encima de sus cabezas, y su forma extraña y oscura hacía pensar en murciélagos. Después, ella fue sacándolas de sus órbitas para atraerlas a sus manos. Lon no supo cómo las atrapaba sin cortarse; debía ser una destreza propia de los Asesinos.

Sudoroso y jadeante por el esfuerzo, Lon se derrumbó en la hierba junto a ella. Por el rabillo del ojo pudo ver que ella cerraba el libro y se echaba el pelo hacia atrás.

—¡Erastis opina que no estoy listo, pero mira lo que puedo hacer! —graznó él.

La Segunda alzó las cejas escéptica:

—Con mi ayuda.

—Claro está —le sonrió e hizo un ademán para apuntar a la Biblioteca, a oscuras—. Cuando yo sea el Maestro Bibliotecario, no pasaré tanto tiempo encerrado aquí. Para realizar cambios de verdad, tienes que salir al mundo. He leído sobre Bibliotecarios de otras épocas que viajaban por todo Kelanna, resolviendo disputas fronterizas. Otros pasaron toda su vida estudiando la naturaleza para lograr avances científicos. ¿Sabías que gracias a eso tenemos electricidad? ¡No es algo que saliera del Libro, sino del *mundo*!

—¿Y no se te ocurre que es exactamente así como Erastis participa en la causa? ¿Al quedarse en la Biblioteca estudiando el Libro?

—Por supuesto que lo he pensado, pero eso no es suficiente. A mí no me bastaría —Lon miró a través del techo—. Cuando yo sea Bibliotecario, haré grandes cosas. Cosas que parecerían imposibles para cualquier otro.

La risa de la Segunda se arremolinó a su alrededor como cenizas.

—Ya lo veo. Serás el responsable de esa paz duradera de la que Edmon siempre está hablando.

—Sí. ¿Por qué no?

—Porque eres descuidado —señaló con su dedo la manga rasgada de Lon, y la estrecha costra que tenía debajo.

—Aprenderé —rio él—. Erastis no se irá a ningún lado, así que tengo tiempo.

La Segunda volvió a echarse el pelo a la espalda, exponiendo los pliegues perfectos de su oreja.

—¿Te gustó el libro? —preguntó él.

Ella asintió.

—Observa.

Lon se enderezó y ella levantó los dedos. Se alzaron en el aire gotas de rocío de la hierba que tenían a su alrededor, reluciendo cual perlas mientras ella las transformaba en proyectiles de hielo. Las hizo girar en el aire un momento y chasqueó los dedos como si estuviera jugando. Volaron lejos y las perdieron de vista en la oscuridad del invernadero.

—Muy bonito, ¿y? —preguntó él.

La Segunda inclinó la cabeza hacia él y dejó el libro en el suelo, para levantarse con gracia y caminar sobre la hierba. Volvió con un ciclamen diminuto entre sus dedos pulgar e índice. Al sentarse de nuevo, se lo ofreció a Lon, que empezó a reírse por lo bajo.

Cada uno de los pétalos había sido atravesado por un dardo de hielo, y exhibían perforaciones minúsculas que titilaban como libélulas en la luz.

—Eres increíble —dijo.

Ella dejó de sonreír y desvió la vista. Lon no podía ver más que su nuca y la curva de su hombro. La amistad entre ambos funcionaba cuando estaban trabajando, cuando ella le enseñaba cosas o él le buscaba Fragmentos para que ella estudiara. Pero si Lon intentaba preguntarle quién era, cómo se sentía, cómo le iban las cosas, la Segunda se encerraba en sí misma. No era su culpa. Como aprendiz de Asesina, carecía de una identidad, opiniones o sentimientos.

—Lo siento —dijo, sabiendo que no debería hacerlo. A ella no le gustaban las disculpas, ya que no hacían más que empeorar las cosas.

La Segunda siguió en silencio. En la oscuridad nocturna del invernadero, parecía disolverse en las sombras.

Lo cual está muy bien, pensó Lon. Su tarea era matar, para luego desaparecer como si nunca hubiera estado allí. *Estar allí*... tener familia o amigos, forjar los lazos humanos que le daban significado a la vida... era privilegio de otros. Erastis le había dicho a Lon que eso era lo que se les exigía a los Asesinos, si es que pretendían dominar su arte. Para ser el asesino perfecto, uno no debía *existir*.

—¿Lon? —dijo ella, y su nombre flotó en la oscuridad.

—¿Sí?

—Quiero que me leas.

—¿Qué?

Ella se volvió: el extremo de su ceja y la curva de su mejilla, el brillo húmedo de sus ojos, la sombra de su nariz.

—Léeme.

Palideció sólo de pensarlo. Uno no leía a otras personas. Tan pronto como dominó la Visión, lo entendió. Leer a alguien resultaba algo muy atrevido. Era una intrusión en el corazón mismo de la persona. Más profunda de lo que una aguja o una lanza podrían hacer. Quizá se les podría hacer a los enemigos, pero nunca el uno al otro.

—Pero...

Ella le puso una mano en el hombro.

—Quiero que veas.

Lon tragó saliva. La idea le resultaba repulsiva, pero a la vez le atraía. Leerla, a *ella*, que tanto lo hechizaba y fascinaba y desafiaba... ¿Verla de *verdad*?

Probó a concentrarse en su rostro, en el pelo que caía sobre su hombro, en sus movimientos precisos y decididos, pero su mirada parecía rodar como las gotas de agua sobre el plumaje. ¿Sería por algo que los Asesinos hacían? ¿Algo que los hacía impenetrables incluso para la Visión?

Su mirada cayó en la mano de ella, cubierta de cicatrices. Muescas en su piel. Pequeñas líneas y puntos más claros. Relucían con el lastre de la historia. Parpadeó y de repente la vio practicando, con sus movimientos de bailarina, en un piso de madera muy liso. El chasquido seco de sus nudillos. La sangre roja que brotaba de ella.

Vio su infancia. A su madre envolviéndola en un abrazo, riendo, sus dedos que corrían como arañas sobre su estómago. Los chillidos de alegría inundando la cocina, con su mesa de madera y las ollas de hierro colado, y su padre junto a la estufa sonriendo, con una espátula sobre un sartén chispeante.

Ella solía observar a sus padres mientras atendían pacientes en la sala de su casa. Accidentes de minería. Víctimas de quemaduras. Sábanas manchadas y botellas de vidrio translúcido. A veces, el olor del alcohol de las friegas y de la sangre permanecía durante días en la casa.

Cuando sus padres notaron que ella no se alteraba con su oficio, estuvieron encantados. "¡No debería sorprendernos!", decían. Era una señal de que no la indisponía ver sangre. ¡Iba a ser doctora, igual que sus padres!

Las corrientes de luz cambiaron y Lon vio su ceremonia de iniciación. El juramento. El ritual de arrebatarle el nombre, como un viento que saliera aullando de la oscuridad, arrastrando las sílabas hacia la nada.

Vio su trabajo, las muertes, una tras otra, la manera en que se apagaba la luz de cada una de sus víctimas y los cuerpos como costales de piedras.

La vio a los dieciocho, empuñando su nueva espada de sangre mientras subía los escalones de losas de piedra hacia una pequeña cabaña. Entró en la sala y se vio inundada por los recuerdos de ese lugar. Allí estaba la misma mesa de operaciones, las mismas jeringas de vidrio.

La casa de sus padres.

La vio desenvainar su espada de sangre. La hoja refulgió, la sangre recubrió el acero.

Primero, su padre.

Luego, su madre, que acunó a su llorosa hija a pesar de estar muriendo, y le murmuró suavemente entre sus cabellos:

—Mareah, Mareah. Mi pequeña Mareah.

Lon parpadeó, y las luces del Mundo Iluminado desaparecieron. La Segunda lo observaba, la circunferencia de su faz ascendía frente a él como la luna.

Había matado a sus padres.

¿Sería *eso* lo primero que hizo con su espada de sangre?

¿Sería *eso* lo que su maestro la obligó a hacer?

Renunciar a todos los lazos de sangre y patria. Para garantizar (y probar) su lealtad. Era de una crueldad impensable. Pero, a pesar de eso, alguien había decidido que fuera así. Su orden había decidido que fuera así.

Lon levantó la mano. Tocó su rostro, con el pulgar rozando la barbilla de ella.

—Mareah —susurró.

La palabra hizo brillar sus ojos. Sonrió, con una sonrisa torcida, con un nudo de dolor en su estómago. Ella tenía un nombre.

Y luego, él la abrazó. Rozó sus labios con los suyos, temeroso al principio, pero ella respondió con más ímpetu, como si la presión de su boca pudiera ayudarle a olvidar el dolor y el horror y el remordimiento. Mechones de pelo de ella se enredaron en los dedos de Lon. La boca de ella era suave, mucho más de lo que él hubiera podido imaginar, y cuando parpadeó vio explosiones de chispas como fuego y oro. Fogonazos de sus vidas trenzadas. Besos robados. Respiración agitada. El *futuro*. Juntos harían grandes cosas. Magia como nadie hubiera podido soñar.

Y entonces él ignoró a la Visión para no sentir nada más que el movimiento de los labios de ella, y lo que su olfato percibió fue únicamente el viento y el cobre de su piel, y lo que vio al abrir los ojos fueron las sombras de sus mejillas, sus pestañas como hojas de guadaña, y el techo de vidrio salpicado de nieve.

CAPÍTULO 30

El **libro** que lo contiene todo

Cuando Sefia despertó, se vio sobre una cama. Había pasado tanto tiempo durmiendo en el suelo, en los árboles, atravesada en una hamaca en las tripas de un barco, que pasó un minuto entero memorizando la firmeza del colchón, la sensación de la almohada de plumas. Si mantenía los ojos cerrados podía creer incluso que tenía nueve años y estaba en su cama de entonces, abrazada a su cocodrilo de peluche.

Las lágrimas le rodaron por las mejillas.

Su padre.

Entrecerró los ojos a causa de la luz que entraba por los ojos de buey. A su alrededor había frascos de medicinas, potes de ungüento, y velas a medio fundir. Ramilletes de hierbas secas colgaban del techo, llenando el aire con el aroma de matricaria y naranja amarga.

—Miren quién despertó.

Al oír la voz de Reed, Sefia se enderezó. Sentía el cuerpo pesado y frío, como si hubiera estado durmiendo en la nieve. Se limpió las mejillas con el dorso de las manos.

—¿Qué sucedió?

—Si tú no lo sabes... —estaba sentado en un taburete a los pies de la litera, con un brazo tatuado rodeándole una rodilla. Le tendió una taza metálica—. La doctora dijo que debías beber esto al despertar.

Sefia se llevó la taza a los labios. El líquido era acre, de sabor cítrico, pero al primer sorbo la hizo sentir menos vacía, menos helada por dentro.

El Capitán se apoyó contra la pared, trazando dos círculos sobre su rodilla, empezando uno al terminar el otro, como dos serpientes entrelazadas.

—Tu muchacho está de guardia, pero volverá a las ocho campanadas. Prácticamente no se ha despegado de tu lado.

Sefia inclinó la taza en sus manos ateridas.

—¿Cuánto tiempo dormí?

—Medio día. Fuera lo que fuera que viste, te estremeció por completo.

Sefia desvió la mirada y fue entonces cuando notó el libro en un mueble lateral. Alguien lo había cerrado, guardando todas las eras de la historia entre sus dos broches dorados. Era un misterio que no hundiera el barco y los arrastrara a todos al fondo del mar.

—Me vi a mí misma —murmuró—, el día en que asesinaron a mi padre.

El Capitán Reed se enderezó, con los ojos azules ardiendo de interés:

—¿Estás en el libro?

Sefia asintió.

—Todos estamos en el libro. Debe ser por eso que lo buscan con tanta insistencia… quienes hicieron todo esto. Creo que el libro contiene todo lo que ha sucedido y sucederá. La historia. El conocimiento. Todo.

Las cejas de Reed se arquearon hasta quedar bajo el ala del sombrero.

—Habías dicho que no eran más que historias.

—Eso fue lo que pensé —tomó otro sorbo—, pero ahora creo que son un registro de todo lo que hemos hecho y lo que nos queda por hacer.

—¿A mí?

—A usted, a mí. A todos.

—Estoy en el libro —parpadeó unas cuantas veces y se pasó la mano por el rostro, repitiendo—: Estoy en el libro. ¿Puedes mostrarme dónde?

Sefia se inclinó hacia el frente, dejó la taza y tiró del libro hasta que cayó a sus brazos, ¡y lo sintió tan conocido y tan terriblemente desconocido a la vez! Si hacía uso de su Visión ahora, sabía lo que vería: un bulto de luz tan densa que sería como mirar al sol, pues todas las corrientes refulgentes de la historia se cerraban en espirales una sobre otra.

Ese momento estaba contenido también en el libro. Durante un momento vaciló, asustada de pensar que al abrirlo estaría allí, allí mismo, mirándose mientras leía el libro. Podía verse, una y otra vez, como el reflejo en dos espejos enfrentados, un corredor sin fin:

Leyendo que ella leía el libro.

Leyendo que ella se leía leyendo el libro.

Leyendo que ella se leía leyéndose a ella en el libro.

Quizás alguien la estaba leyendo ahora y, si levantaba la vista, vería los ojos que la miraban, siguiendo cada uno de sus movimientos. Quizás alguien estaba leyendo a su lector.

Sintió un escalofrío.

Pero cuando abrió los broches, nada especial sucedió. Hojeó las páginas en busca del nombre de Reed entre los polvorientos párrafos y frases inconexas, pero las historias habían desaparecido.

—Lo siento. Es demasiado largo. Podría pasarme la vida entera sin encontrarlo.

El Capitán suspiró y se reclinó.

—Era pedir demasiado, lo reconozco.

—¿Qué quiere decir?

—Si yo estuviera en el libro, me refiero permanentemente, y allí hubiera un lugar en el cual pudiera descansar, o existir, incluso después de mi muerte, tal vez no tendría que hacer todo esto.

—¿A qué se refiere, Capitán?

—A todo —se encogió de hombros—. Esta búsqueda del tesoro en la que Dimarion me involucró. El Tesoro del Rey.

Pilas de oro tan altas que uno podía escalarlas como montañas verdaderas y deslizarse hacia abajo, entre sonidos metálicos y reflejos de luz.

—Entonces, por eso se dirige a Jahara —dijo ella.

Él sonrió tristemente:

—Me prometieron una buena historia.

Sefia cerró el libro. En la cubierta, él símbolo ⊖ le hizo un guiño, como si fuera una especie de ojo con cataratas:

—Aprender para qué sirve el libro —murmuró ella—. Rescatar a Nin —hizo una pausa, con el dedo en la parte superior del círculo—. El libro contiene las respuestas que he estado buscando todo este tiempo.

—Sefia…

—Si uno supiera cómo usarlo, sabría lo que alguien va a hacer incluso antes de que esa persona tenga la idea de hacerlo. Podría encontrar el sitio donde se encuentran los tesoros o los secretos de los reyes. Hasta podría encontrar a sus enemigos, y averiguar la manera de matarlos —cuando alzó la vista, tenía los ojos brillosos de desesperación—. Están aquí, en alguna parte. Si los encuentro, sabré quiénes son. Sabré dónde estarán, y entonces podré...

—Sefia.

—¿Qué?

—Dijiste que podrías pasarte la vida entera buscando.

Con los ojos de la imaginación, Sefia se vio encorvada sobre el libro, cada vez más frágil y miope a medida que los años se acumulaban tras ella y las luces de su vida ardían con menos fuerza. La oscuridad la cercaba. Ella buscó entre las páginas, como si fueran a chillar bajo sus dedos.

—Después del *maelstrom*... —dijo el Capitán mirando pensativo el libro, aunque no se movió para tomarlo—, después de enterarme de cómo voy a morir, hubiera podido dejar de navegar —seguía trazando los círculos interconectados sobre su rodilla—. Sabía que sería en el mar. Podría vivir por siempre si me mantuviera en tierra.

—¿Y por qué no lo hizo?

—¿Teniendo que jurarle lealtad a señores o señoras a quienes yo les importaba poco o nada? ¿Hacerme una vida a partir de árboles y piedras? No era así como yo quería vivir —el Capitán la miró de frente—. Tienes la opción de escoger, Sefia. O controlas tu futuro, o dejas que éste te controle a ti.

Arriba, la campana del barco comenzó a sonar. Una, dos... ocho veces. Los tañidos resonaron en el gélido pecho de Sefia.

Y luego, Archer apareció en el umbral, con el rostro brillante de sudor, el pelo y la ropa húmedos; y Sefia sonrió con una sonrisa verdadera. La piel bronceada, los ojos dorados de Archer... todo en él parecía irradiar calor.

Y él no pareció notar cuando Sefia pasó el libro a Reed por encima de su hombro, con los broches destellando como un ruego para ser abierto.

Ella estuvo a punto de atraerlo de nuevo hacia sí.

Pero Reed lo tomó de sus dedos suavemente y se lo llevó por el pasillo, mientras ella percibía el magnetismo del libro cada vez más débilmente, hasta que dejó de sentirlo.

Archer se arrodilló a su lado, trazando con los dedos los rasgos de su rostro.

Dondequiera que tocara, todo empezaba a emanar calidez, y el frío candente que envolvía su corazón comenzó a resquebrajarse. Sefia tomó la mano de Archer y se la llevó a la mejilla, piel contra piel.

—Vi a mi padre —susurró ella.

"El joven que vino del mar"
La canción preferida de Harison

Fue en una cálida y lejana noche de verano
cuando el joven salió del mar.
Su piel era azul, blanco su pelo,
y ya me amaba.
Era indómito y sincero, y supe entonces
que ya me amaba.

Durante años navegamos juntos por los mares,
libres y sin ataduras,
y dedicó sus días a su infinita devoción,
porque él me amaba.
Pensé que sucedería, y una y mil veces lo aplacé,
aunque él me amaba.

Un día, las olas lo arrastraron del barco
y lo dejaron caer en el azul del mar.
Mientras su piel se tornaba agua, y peces su pelo,
me preguntó si yo también lo amaba.
Demasiado tarde, entre el viento y el agua, le grité:
Te he amado siempre, y siempre te amaré.
Te he amado siempre, y siempre te amaré.

CAPÍTULO 31

La Guerra Roja

Más tarde esa noche, mientras se suponía que Sefia descansaba, Meeks, Horse y otro par de miembros de la guardia de estribor se apiñaron en la enfermería para jugar a la Nave de los necios, con monedas y dados y una mesa de juego que, con muchos esfuerzos, Meeks y Theo lograron introducir en la reducida cabina.

Pecoso y con anteojos, con un desaliñado pelo color canela, Theo era una especie de biólogo aficionado, y había adoptado hacía poco al lorito rojo de Harison, un ave pequeña con alas de punta azul, a la que a menudo se le veía trepada al hombro de Theo. A veces le cantaba con su hermosa voz de barítono y el loro silbaba acompañándolo. En el forcejeo para instalar la mesa, el rojo pájaro se mecía levemente y abría las alas para equilibrarse, gorjeando molesto.

Archer se sentó en la litera, junto a Sefia, y su rodilla quedó apoyada contra la de ella. Levantó un dedo y acarició la pluma verde que ella se había colocado en el pelo, y Sefia vio la forma en que la sonrisa le iluminaba el rostro como una vela que batalla con la oscuridad.

—Toma, Sefia. Ponte a hacer algo útil —Meeks dejó caer una pieza cuadrada y pequeña de tela ante ella, y Theo le puso una brocha pequeña y un bote de pintura negra en la mesa.

—¡Cómo! —rio ella—. ¿No dijeron que venían a jugar?

Meeks sonrió, dejando ver su diente desportillado.

—Sí, claro, vinimos a jugar. Pero *también* nos hemos enterado de lo que le dijiste al Capitán esta tarde acerca de que estamos todos en el libro y demás.

—¿Sí?

—Y nos estábamos preguntando si podrías escribir nuestros nombres.

Marmalade se deslizó en el estrecho espacio junto a la cabecera de la cama y se colocó el pelo de color rojizo y miel tras las orejas. Era la contraparte de Harison en la guardia de estribor, la niña del barco, y no mucho mayor que Archer. Sonrió expectante y se le formaron hoyuelos en las mejillas.

—Por supuesto —respondió Sefia.

—¡Fantástico! —Meeks aplaudió—. Empieza con Harison.

Asintió. Llevaba días oyendo hablar de Harison, y finalmente podía hacer una contribución para que lo recordaran, algo que perdurara más que las palabras o su memoria.

Horse, que era demasiado grande como para caber en la diminuta enfermería, acercó un banquito y se plantó en la puerta, su voluminosa musculatura quedaba ceñida entre las paredes. Le hizo un guiño a Sefia cuando destapó la pintura y hundió en ella la brocha.

Mientras escribía, los demás se inclinaron hacia ella para mirarla esculpir las letras, como si cada una fuera una obra arquitectónica de trazos y curvas. Cuando terminó, le mostró el retazo a Marmalade, que se hallaba a su izquierda, antes de pasárselo a Archer, que estaba en el otro lado. Tras unos momentos se lo entregó a Theo, que se lo pasó a Meeks, quien lo miró un buen rato antes de dárselo a Horse.

El carpintero sostuvo el letrero entre sus gruesos dedos manchados de brea y murmuró:

—Se le extraña tanto.

Los demás asintieron.

—Se le extraña tanto.

—¡Ahora mi nombre! —gritó Meeks.

Archer le hizo un guiño a Sefia. Ella sintió que se sonrojaba.

Poniendo los ojos en blanco, Marmalade sacó un montón de trozos de tela de un bolsillo de su holgado saco hecho de retazos, y los puso sobre la mesa con un manotazo.

Sefia se dedicó a su trabajo mientras los demás realizaban la primera apuesta con monedas de tamaños variados y diversos grados de limpieza: loyes de Deliene, casperos y angos de Everica, alguien tenía incluso una única moneda de esquintes de Roku. Eran esos detalles nimios los que mostraban los profundos lazos del más pequeño de los reinos con sus colonizadores de Oxscini: la moneda era casi idéntica a los kispes de cobre, salvo por el agujero cuadrado del centro. Archer, tras rebuscar en su bolsillo, añadió unas cuantas monedas también.

—¿Y ésas, de dónde las sacaste? —preguntó Sefia.

—¡Se las ganó anoche! ¡Me las ganó a mí! —exclamó Theo, para irritación del loro que seguía en su hombro—. Le presté unas para que pudiera empezar, pero qué error el mío. Es casi tan bueno en este juego como Marmalade.

Archer sonrió con picardía.

Todos agitaron los cubos de madera a la vez y voltearon sus cubiletes. La Nave de los necios era un juego sencillo que se practicaba en todos los barcos de Kelanna. Los jugadores tenían cinco dados y tres rondas para ganar puntos, y antes de cada ronda se apostaba.

Primero, los jugadores trataban de sacar un seis, un cinco y un cuatro, en orden descendente. Cada número representaba algo diferente: el seis, un barco; el cinco, un capitán; el cuatro, tripulación. Uno no podía tener tripulación sin haber sacado primero el capitán, y era imposible tener un capitán sin tener primero un navío. O al menos ésa era la lógica del juego. Archer puso a un lado dos dados con un cinco y un seis, y recogió los otros tres de la mesa.

Por el rabillo del ojo, Sefia vio el fino vello de sus antebrazos que brillaba a la luz del farol. Cada uno de los vellitos crecía en la misma dirección, y por un momento sólo quiso recorrer los brazos de Archer con el dorso de sus dedos, adivinando la forma de los músculos bajo su piel.

Su mano resbaló, y una gruesa mancha de tinta apareció al final del nombre de Meeks. Se sonrojó y arrugó el lienzo antes de alcanzar uno nuevo.

Horse se inclinó sobre la mesa.

—¿Cómo te sientes, Sefia? ¿Después de lo que pasó hoy?

Ella se encogió de hombros mientras los demás jugaban los dados otra vez. Cuando los jugadores ya tenían navío, capitán y tripulación, buscaban conseguir carga: un tres para un cajón, un dos para un barril, y un uno para un costal. Se podían conseguir puntos adicionales para más carga, y lo máximo a lo que uno podía aspirar eran dos cajones, o seis puntos. El truco estaba en decidir cuándo dejar de jugar los dados, porque siempre cabía la posibilidad de terminar sin nada. Archer recogió un cubo con cuatro puntos y metió los dos restantes en su cubilete, poniendo además una moneda de cobre en la olla que usaban para las apuestas.

—Bien, supongo.

Meeks sacudió la cabeza.

—Debe ser una cosa muy rara eso de ver tu pasado.

—Listo… —terminó la "s" final de su nombre con una floritura y colocó el trozo de tela a un lado.

—¿Alguna vez has visto tu futuro en el libro?

—¿Qué? No.

Jugaron los dados por tercera vez. Horse miró los suyos con una mueca y los volvió a meter en su cubilete. Theo soltó una maldición e hizo lo mismo. El loro gorjeó. Marmalade consiguió un seis, un cinco, un cuatro, un tres y un uno, le dio un vistazo a los dados de Archer, y rio encantada. Tomó todas las monedas apostadas y las apiló ordenadamente frente a ella.

—Pero el Capitán dijo que el libro contenía la historia de todo en su interior —agregó Meeks, rascándose la cabeza.

—Sí, pero no lo he visto todo.

—De manera que el Capitán sigue siendo la única persona que conozco que sabe su futuro —sacudió la cabeza incrédulo, y luego se dirigió a Archer—: Además de ti, por supuesto.

Sorprendido, Archer se tocó al anillo de piel clara del cuello.

—Sí, ya sabes… lo del chico de la cicatriz.

Theo y Marmalade miraron incómodos a Meeks, primero, a Archer, después, y se volvieron a Meeks.

—Conocemos la historia —dijo Sefia recelosa—. Serakeen lo quiere para encabezar un gran ejército o algo así.

Desconcertado, Meeks se enderezó e inclinó la cabeza a un lado.

—¿Y qué hay del resto?

Horse se limpió la boca con el dorso de la mano.

—Déjalo así, Meeks.

—¿A qué te refieres? —preguntó Sefia.

El segundo oficial frunció el ceño.

—Que la historia no termina ahí, Sefia.

Theo se acomodó los anteojos, incómodo.

—No es más que un cuento. No tiene sentido contártelo si no lo has oído ya.

—De acuerdo —gruñó Horse.

El loro sacudió la cabeza.

Sefia miró a Archer, que asintió.

—No. Queremos oírla.

Meeks suspiró pesadamente y se recogió los tirabuzones para despejarse el rostro.

—Cuentan que encabezará un gran ejército y que vencerá a muchos enemigos. Será el líder militar más grande que se haya visto, y conquistará las Cinco Islas en un sangriento altercado que se conoce como la Guerra Roja —la intensidad de su voz fue disminuyendo más y más a medida que lo relataba, y la última frase se quedó apenas en un susurro—. Será joven cuando lo haga pero…

Archer se había puesto de un color verde grisáceo enfermizo. Habían oído la parte del ejército, pero nada del resto. La "Guerra Roja". No tenían ni idea. Se encorvó, con una mano sobre el abdomen y la otra tamborileando sobre la cicatriz.

—Pero ¿qué? —exigió Sefia.

Los ojos oscuros del segundo oficial brillaron tristes a la luz del farol.

—Pero morirá poco después de su última campaña, en soledad.

Se hizo silencio en la cabina.

—Perdóname, Archer —a modo de disculpa, Meeks le tendió la mano por encima de la mesa, pero Sefia se la retiró de un manotazo. La pintura salpicó algunos dados.

—No creo ni una palabra de eso, y ustedes tampoco deberían hacerlo —exclamó—. Archer no es *ese* muchacho. Jamás vuelvan a pronunciarlo.

Si Meeks no hubiera estado ya arrinconado contra la mesa de trabajo de la doctora, habría retrocedido un paso. En lugar de eso, asintió apenado:

—Lo siento.

Sefia metió la brocha en la pintura de nuevo y cruzó sus dedos, uno sobre otro.

—Cuando dije que nunca más tendrías que pelear, lo decía en serio —le dijo a Archer—. Nunca más.

Él acarició los dedos de ella y asintió.

La chica estrechó su mano y le dio un apretón antes de mirar de nuevo hacia Meeks:

—¿Y cómo sabes todo esto?

El segundo oficial se dio unos cuantos tirones en el pelo:

—Colecciono historias.

Horse se inclinó hacia Archer, ladeando la mesa de manera que las monedas y los dados empezaron a resbalar hacia él. Los demás se aprestaron a detenerlos.

—No eres tú, ¿está bien? —su voz era baja, grave y apremiante—. No eres tú.

—No *quisiera* que fuera Archer, Sefia. Pero te mentiría si dijera que no me gustaría ser parte de esa historia —Meeks no la miró, mientras estudiaba el retazo que formaba su nombre—. Nuestro paso por el mundo es muy breve, ¿no es así? Acortado por la maldita locura de los hombres. Peleas de taberna, rivales fuera de la ley, guerras que se cobran la vida de miles de personas. Nuestra existencia es tan insignificante que la mayoría de nosotros sólo le importamos a un puñado de personas: al Capitán, la tripulación y tal vez a un par de personas más. En cambio, ¡ser parte de una historia como ésa! ¡Una historia que desbancará a todas las demás por su grandeza y su alcance! No me alargaría la vida, pero si yo fuera parte de algo como eso, tal vez mi existencia no sería tan insignificante. Quizá podría dejar un legado antes de que se acabara mi tiempo. Quizá mi recuerdo importaría.

Sefia quería seguir enojada con él, pero percibía una desesperación triste en sus palabras, la misma que había visto en el Capitán Reed cuando pidió verse en el libro, la misma que había oído en el funeral de Harison cuando cantaron para acompañar el cuerpo en la mar, entonces su irritación se evaporó como el agua. Tomó la brocha de nuevo y miró a Meeks a través de la mesa.

Él sonrió triste.

—¿Y a Serakeen no se le menciona en la profecía? —preguntó ella.

Meeks negó con la cabeza.

—Sólo al chico.

—Pero si Serakeen controla al chico, será él quien gane la guerra —dijo ella. No le sorprendió que sus padres quisieran mantener el libro lejos de Serakeen. Si él supiera cómo usarlo, averiguaría cómo ganar cualquier guerra que entablara.

Theo hizo un ruido gutural de disgusto.

—Los que vivimos fuera de la ley solíamos tener principios. Podías reclamar tu barco, tu parte del botín. Pero los mares eran para todos.

—Sin embargo, Serakeen ambiciona algo más que los mares —dijo Sefia—. ¿Por qué, si no, iba a estar raptando a todos esos chicos? Quiere los reinos, así como los mares.

Para sorpresa suya, los otros rieron.

—Nadie creerá eso —dijo Marmalade—. No hay manera de que lo logre.

Theo asintió con tanto vigor que el lorito desplegó sus alas y se escabulló bajo el brazo.

—Oxscini y Everica dejarán de lado sus diferencias para ponerlo en su lugar —dijo él.

El loro pasó de Theo a la mesa y luego a la mano de Archer, que se enderezó con sorpresa.

—Pero todos esos chicos… —empezó Sefia.

—Ni siquiera se acercan a lo que tienen los otros reinos —dijo Theo.

—Así es —agregó Meeks—. Y si crees que el Capitán o cualquier fuera de la ley que se respete le haría reverencias a *otro* hombre, no tienes idea de lo que vendrá.

Theo se ajustó los lentes.

—No tienes por qué preocuparte, Archer. Como dijo Marmalade, nadie lo creerá posible. La Guerra Roja es un mito.

Horse asintió.

—¿Oíste eso, Meeks? Un *mito*.

El segundo oficial levantó las manos.

—Te oigo, Horse. Pero Serakeen cree que es cierto. No se detendrá únicamente porque alguien le diga que está persiguiendo un espejismo.

Marmalade agitó su cubilete de dados con impaciencia.

—¿Vamos a jugar o qué?

Mientras lanzaban los dados, Sefia miró a Archer, que le devolvió la mirada. En su mejilla, un músculo se movía involuntariamente.

—No —murmuró ella—. Alguien va a detenerlo.

CAPÍTULO 32

Al margen de la ley

Unos mechones de pelo color paja se escapaban bajo el sombrero de Jaunty y alrededor de sus orejas, y hacían pensar en manojos de hierba seca. Se rascó el rostro, y sus uñas rasparon los rastros disparejos de su barba sin afeitar. Las sombras que formaban las arrugas de su rostro, curtido por el viento, se veían oscuras bajo el sol de la tarde.

El Capitán Reed estaba a su lado, alto y desgarbado, con el sombrero que protegía del sol sus ojos azul mar. Junto a su boca generosa había pliegues curvos que mostraban que estaba de buen ánimo, aunque no sonriente, mientras observaba el horizonte.

Archer, meciéndose suavemente al ritmo del cabeceo del barco, los observaba a ambos. Jaunty nunca le decía mayor cosa durante las largas guardias de cuatro horas, y cuando el Capitán se reunió con ellos, tampoco aportó mayor cosa a la conversación, pero eso no era problema. A Archer no le disgustaba el silencio.

Examinó la cubierta, como hacía cada tantos minutos, y divisó a Sefia sentada en el borde del alcázar, encorvada con el libro en su regazo. Su largo pelo negro estaba recogido en una coleta que el viento insistía en despeinar sobre su rostro, su mirada. Ella se lo retiraba con los dedos, pero estaba tan concentrada en la lectura que su mano pronto caía sobre la página y el pelo escapaba otra vez, para volar enloquecido en el viento. Archer sonrió.

Jaunty giró el timón tres cabillas a babor, cruzando las manos al hacerlo. Un minuto después, la brisa sopló con más fuerza hinchando las velas con el ruido del lienzo que se tensa. El barco empezó a avanzar con más rapidez por el mar, impulsado por el nuevo viento.

El viejo timonel le hizo un guiño a Archer, los siguientes minutos transcurrieron en silencio.

—Ha pasado una semana desde que encontramos a la asesina y aún seguimos sin dar con el barco del cual vino —dijo abruptamente el Capitán, con una voz tan áspera como la lija—. ¿No te parece peculiar?

Archer asintió. Algo debería haber sucedido desde entonces. Si alguien estaba tan desesperado como para enviar a una asesina al *Corriente de fe*, un primer intento no debía ser suficiente para darse por vencido.

—Te da qué pensar, ¿no es así? —dijo el Capitán—. ¿O será que supiste alejarlos?

Archer se encogió de hombros de nuevo.

Jaunty rio. Hasta su risa era seca, más parecida a un ladrido.

El Capitán también rio:

—No seas tan modesto, muchacho. Horse dijo que lanzaste ese cuchillo directamente al brazo de esa mujer por las escaleras.

Archer se tocó el borde de la cicatriz con desconcierto, tanteando la piel irregular y tensa.

—Me enteré de que Meeks metió la pata al contarte lo de la Guerra Roja.

Asintió.

El Capitán suspiró entre dientes.

—¿Sabías algo de eso antes?

Archer negó. Sus recuerdos comenzaban la noche que Sefia lo había liberado de la jaula. Recordaba la luz en el piso, el aire fresco y penetrante, y su voz: "Ven conmigo. Ven conmigo, por favor". Pero antes de eso… sólo fogonazos. Distintos sabores de dolor. Gritos. Oscuridad. Fuera lo que fuera su vida antes de que ella lo rescatara, no parecía que valiera la pena recordarla.

—¿Crees que esa historia habla de ti? —pregunto el Capitán.

Archer se frotó el brazo, contando las marcas de las quemaduras. Quince. Y después había matado a esos hombres en la selva. Dos más en el muelle. Pero le asustaba haber asesinado a más. Lo hacía demasiado bien. Pero no le gustaba. Lo hacía porque no tenía otro remedio.

—Te vi pelear en el muelle del Jabalí Negro. Hubieras podido liquidarlos a todos.

Jaunty gruñó para expresar que estaba de acuerdo, pero Archer sacudió la cabeza. No hubiera sido lo suficientemente rápido como para salvarla, para detener a Hatchet antes de que la matara. Había dejado caer el cuchillo.

Metió la mano en su bolsillo y sujetó el trozo de cuarzo que Sefia le había dado. Con movimientos lentos y deliberados, empezó a frotar las caras del cristal con el pulgar, cada cara sucesivamente antes de girarlo y comenzar de nuevo.

El Capitán Reed lo miró pensativo.

—Construí mi vida a partir de las historias que hablan sobre mí. ¿Sabes qué he aprendido?

Archer negó.

—Lo que haces se convierte en lo que eres. Si lo único que haces es asesinar, entonces, eres un asesino.

Archer asintió y señaló su cuello.

El Capitán resopló.

—Te he visto hacer cosas que no son matar, muchacho. Salvaste a Horse. Protegiste a tu chica. Un asesino la hubiera dejado morir en el muelle con tal de vencer a sus enemigos. Pero tú no.

Archer miró hacia el alcázar, donde estaba Sefia. Apenas se había movido, su mano estaba ladeada sobre las páginas, y se le habían soltado más mechones de pelo con el viento, pero tenía esa arruga ya conocida en la frente, los labios fruncidos que ya había visto tantas veces: apretados en las comisuras, lo cual hacía que se vieran más redondos en el centro. Poco a poco soltó la piedra de las preocupaciones y la sintió caer en el fondo del bolsillo mientras sacaba la mano.

—Escapé de mi casa a los dieciséis años —dijo el Capitán. Frunció el ceño mirando el agua, y los pliegues en su frente y alrededor de sus ojos se hicieron más pronunciados—. Supongo que conocerás esa parte por las historias que se cuentan sobre mí.

Archer asintió. Jaunty ajustó sus manos en las cabillas para extender un índice de manera que pudiera sentir de dónde soplaba el viento.

—No era más que un muchachito tonto —continuó Reed—. No tenía a nadie como Sefia para cuidarme… y me capturaron tan pronto como dejé Deliene. Eso no aparece en las leyendas sobre mí —suspiró—. No sé quiénes fueron, porque no me retuvieron mucho tiempo, pero hicieron cosas… malas, malvadas… y hasta el día de hoy no he logrado entender la razón. Eso de no saber, empeora las cosas —se rascó el pecho, y sus dedos hicieron un ruido de rasguños en la camisa de algodón—. Tampoco sé por qué me dejaron marchar. Cuando lo hicieron, me prometí a mí mismo que moriría antes que perder mi libertad otra vez. Por eso me lancé a la vida al margen de la ley.

Archer se llevó los dedos a la frente, era su manera de hacer una pregunta.

El Capitán soltó una risita filosa:

—Sin más rey o señor que el viento, sin más ley que el mar.

Jaunty asintió.

Al ver el ceño fruncido de Archer, el Capitán se quitó el sombrero y se pasó la mano por el pelo.

—Me refiero a que somos libres. Decidimos qué queremos hacer y quiénes queremos ser. A veces hay que luchar duro por conseguirlo, pero vale la pena… escoger por ti mismo.

Jaunty curvó los labios en una sonrisa ladeada, dejando ver unos cuantos dientes manchados.

—Pero no hay que vivir al margen de la ley para hacer esto —dijo.

Archer miró al Capitán, que asintió con la cabeza y se encasquetó el sombrero de nuevo, dando por terminada la conversación. Tanto él como el timonel volvieron a su tarea de observar el agua.

Pero Archer no había terminado con el asunto. Desde que Sefia lo había sacado de ese cajón, había sido una persona a medias, reaprendiendo tareas tan simples como alimentarse y vestirse; y un animal a medias, matando sin remordimientos y sin pensarlo dos veces. Podía sentir a esa apestosa criatura enloquecida del cajón sedienta de sangre dentro de él, sus rasgos demacrados acechantes tras su propio rostro, pero quizá las cosas no tenían por qué ser así. Quizá podía decidirse a ser una persona entera y completa: Archer, cazador, protector, pinche de cocina, jugador, grumete, guardacuarzos, amigo. Esta idea empezó a materializarse en su interior, despacio al principio, pero luego más rápido, con fiereza, hasta que se sintió candente y rebosante de ella.

Quizá podía darse el lujo de escoger.

Encontró a Sefia exactamente donde la había visto la última vez que había mirado hacia allá: doblada sobre el libro, sus hombros desnudos y esbeltos bronceados por el sol. Sonriente, se dirigió hacia ella a paso rápido y se sentó a su lado.

Al levantar la cara hacia él, el viento la azotó en el rostro con un mechón de su pelo y no pudo saludar con claridad mientras se libraba de él.

—Hola.

Al verla sonreír, a Archer se le aceleró el corazón. Se inclinó, atreviéndose a rozarle la frente con los dedos, atemorizado de que ella retrocediera. Pero no lo hizo, y él sonrió y le deslizó el mechón de pelo hacia la oreja.

Ella sonrió, dejando ver apenas una ranura de sus dientes.

—Gracias.

Archer no recordaba haber deseado tanto algo como besarla en ese momento. Estar *así* de cerca de ella, boca contra boca, tanteando la forma de sus dientes y sus labios. Era como si en realidad nunca hubiera deseado nada, y ahora este deseo refulgía en su interior como un farol, cuya luz salía de él con el mismo brillo que un faro.

Pero no se atrevió.

Rodeó la barandilla con los brazos e hizo su señal para referirse al libro.

Y Sefia empezó a leerle, con voz clara y fuerte en el viento, y eso era suficiente. No importaba lo que dijera el libro o qué leyendas narrara. Lo que importaba era que Sefia estaba *allí*, meciendo los pies ociosamente desde el borde del alcázar, bañándolos con la brisa y el sol de la tarde. Lo que importaba era que estaban juntos… y él se sentía feliz.

Aún les quedaban dos horas libres antes de su siguiente turno de guardia.

CAPÍTULO 33

Jahara

Jahara era una isla prácticamente neutral, gobernada por un consejo de representantes de cada uno de los Cinco Reinos, aunque dada su proximidad a la costa sur de Deliene, el voto del consejero de ese reino pesaba el doble que el de los demás. El angosto Estrecho Callidiano la separaba del Reino del Norte, y su ubicación en el Mar Central la convertía en un puerto ideal para el comercio. Toda suerte de personajes, desde criminales hasta forajidos y embajadores de las cortes, eran bienvenidos a la ciudad, bajo la promesa de que nadie en Jahara podía ser acusado o asesinado por los crímenes que hubiera cometido en otro lugar. Por respeto a la neutralidad de la ciudad, los visitantes generalmente acataban esta regla cardinal, ya que además la necesidad de un puerto seguro para comerciar y abastecerse era mayor que la de resolver sus venganzas personales, aunque obviamente había excepciones cuando creían que podían salirse con la suya.

El *Corriente de fe* llegó a la ciudad al atardecer, cuando el sol era un disco de vidrio fundido que se hundía en las oscuras aguas. Los faroleros ya estaban trabajando y las colinas titilaban con cientos de diminutas llamas parpadeantes. Los largos muelles que se alargaban mar adentro, bordeados con faroles, se entrecruzaban en una retorcida red de barcos y embarcaderos, de manera que la ciudad entera aparecía como un reluciente laberinto, hirviente de vida.

Cuando la pasarela tocó el muelle, algunos de los hombres vitorearon. Contaron sus monedas y reunieron sus cosas, planeando la noche en tierra.

Sefia miró hacia el muelle y se sintió muy pequeña. Todavía estaban muy lejos, separados de la tierra firme por una colección de barcos de todos los rincones de Kelanna. Balandros y cúteres, bergantines y corbetas, ondeaban sus banderas rojas y azules y verdes.

—Crecí en Deliene —murmuró Sefia—. En la provincia de Shinjai —Deliene estaba dividida en cuatro provincias: la Tierra Corabelina en el sur; el Centro, donde los pastizales y huertos estaban separados entre los dos antiguos enemigos, Ken y Alissar, por la cordillera conocida como la Muralla del Viajero; Shinjai, la región montañosa que proporcionaba la mayor parte de la madera del reino; y las Islas Gorman, en el lejano norte, una tierra de islas rocosas y aguas heladas.

Archer la miró, sobresaltado.

Ella se encogió de hombros.

—Pero ya no la siento como mi hogar.

Mientras se preparaban para desembarcar, la tripulación del *Corriente de fe* se aproximó para despedirse de ellos. Sefia y Archer recibieron abrazos y apretones de manos, y sinceras invitaciones para unirse nuevamente al barco cuando terminaran su misión. Algunos de los miembros de la tripulación incluso les dieron regalos.

Cooky y Aly los aprovisionaron con suficientes vituallas como para llenar sus mochilas a rebosar: carnes ahumadas, frutas secas y carnosas, y bastantes galletas para abastecerlos durante semanas.

—Las preparo con una receta especial —dijo Cooky—, que les da mejor sabor y las hace durar más que cualquier panecillo que consigan en tierra.

Meeks les dio dinero.

Jaunty les dirigió un gesto seco con la cabeza, que era la mejor despedida que podía esperarse de él.

—¿Dónde está Archer? —Horse apareció entre Jules y Theo, que se apartaron de buen grado—. Ven acá, muchacho.

Archer se adelantó, desconcertado. A pesar de que no era para nada bajo de estatura, junto al enorme carpintero parecía un enano.

—Este chico me salvó la vida —anunció Horse. Al hablar, extendió las manos con las palmas para arriba y abrió los dedos, que era la señal de Archer para ofrecer o prestar ayuda—. Tengo una deuda de sangre con él que algún día pagaré —le dio unas palmadas en la espalda—. Hasta ese momento, tengo algo para ti.

Theo, Meeks y Marmalade sonreían y murmuraban y se intercambiaban golpes con los codos. Entre todos, le presentaron a Archer una espada en una vaina de madera bien pulida y una pistola. Horse tomó estos objetos con gran solemnidad y bajó la cabeza un instante antes de decir:

—Le pertenecieron a Harison. No creo que le importe que te los dé a ti.

Archer sacó la pistola de su funda y la sostuvo entre sus manos. Era un revólver con mango de castaño, sin ornamentos pero perfectamente útil.

—Su papá le dio esa pistola.

Archer asintió, y la metió con cuidado en su funda antes de sacar la espada de la vaina. Al igual que la pistola, era un arma sin mayor ornamento, pero tenía buen filo y estaba bien conservada. La dejó relucir unos momentos a la luz de los muelles, antes de introducirla de nuevo en su vaina. Con cierta ceremonia recogió las armas y le hizo una pequeña reverencia a Horse, que le dio una palmadita en la espalda.

Cuando estaban ya terminando las despedidas, el primer oficial se acercó y le entregó a Sefia una delgada varita de madera, recta y lisa.

—Éstas no las regalamos sin pensarlo bien.

La tripulación murmuró para expresar su acuerdo.

Ella tomó el palito y lo recorrió con los dedos. Olía ligeramente a menta y a medicamento.

—¿Qué es?

—Una varita hecha de la misma madera que el *Corriente de fe*. Sirve para llamarnos, si necesitan nuestra ayuda. Sin importar el momento que sea, vendremos a la carrera —y explicó que la misma magia que lo unía al barco, también lo hacía con la varita, y que si Sefia o Archer le hablaban, él podría oírlos tan bien como si estuvieran junto a él—. Pero no la usen si no están en problemas, ¿está bien? Somos forajidos, al margen de la ley, no niñeras.

Sefia asintió y se guardó la varita en el cinturón, como una espada.

—Gracias, señor.

Él le palmeó en el hombro.

—Eres una buena niña.

Ella contuvo las lágrimas con esfuerzo. Aparte de Archer, los tripulantes del *Corriente de fe* eran los primeros amigos que había tenido en su vida, y la idea de no verlos ya todos los días le producía un dolor que no hubiera esperado. Los miró uno a uno, tratando de encontrar las palabras, pero todo lo que logró manifestar fue una sonrisa medio ahogada.

Archer hizo una reverencia, un gesto formal, y los demás asintieron con aprobación.

El Capitán Reed bajó a grandes pasos la pasarela, embutido en un largo abrigo y con el sombrero encasquetado hasta los ojos. Con una mano iba jugando con un paquetito envuelto en cuero y en la otra llevaba el libro.

Al tenerlo cerca, Sefia sintió el peso de su mirada sobre ella:

—Mucha suerte en la búsqueda del tesoro, Capitán —dijo la chica—. Espero oír historias sobre ustedes y el Tesoro del Rey a partir de hoy.

Los ojos azules del Capitán resplandecieron.

—Algún día así será, niña, pero por ahora tenemos que resolver un pequeño problema antes.

—Por eso es que será una buena historia.

Él rio y le devolvió sus ganzúas, que ella guardó en el interior del chaleco, y luego le dio el libro. Ella lo recibió con solemnidad y lo apretó contra su pecho.

—Siento mucho no haber podido encontrar el lugar donde usted aparecía en el libro, señor —dijo ella.

El Capitán le hizo un guiño y se dio una palmadita en el bolsillo, donde guardaba el retazo de tela que ella le había dado una semana antes.

—En todo caso tengo mi nombre, ¿no es así? Nos diste un regalo a todos, Sefia. No lo olvidaremos.

El resto de la tripulación asintió. Se les notaba la fiebre en los ojos y en el corazón, y era tanta que no podrían descansar mucho tiempo. Para ellos, la vida valía lo que valiera la siguiente aventura, y perseguían las más grandes, tal como los balleneros iban en busca de los más gigantescos cetáceos a lo largo y ancho del amplio mar.

El viento que soplaba los despeinaba y les azotaba la ropa. El Capitán Reed levantó la cabeza y oteó el aire.

—Tengan cuidado. Sea lo que sea lo que esperan encontrar en este sitio que Hatchet mencionó, si tiene algo que ver con Serakeen, no será nada bueno.

—A pesar de todo, tenemos que hacerlo.

—Ahora ustedes dos también están fuera de la ley. No tienen obligación de hacer nada.

Sefia sonrió triste.

—Tenemos que encontrarlo. Tenemos que saber.

Reed la miró, y por debajo del ala de su sombrero, sus ojos se veían muy azules, y muy tristes. Empezó a bajar por la pasarela, y sus botas resonaron sobre las tablas.

—A veces uno encuentra cosas que quisiera no haber encontrado —dijo en voz baja—. A veces uno querría que hubieran seguido perdidas.

Una vez que Reed hubo desaparecido por el muelle, en compañía de Jules y Marmalade, las corredoras más veloces de todo el barco, y que los demás miembros de la tripulación se dispersaron en sus diversas tareas y aventuras nocturnas, Sefia y Archer se quedaron con Horse y Meeks, que les había encontrado un guía: un hombrecillo con pinta de hurón, vestido con un raído abrigo verde.

—Éste es Gerry —dijo el segundo oficial con orgullo—. No hay mejor guía que él en todo Jahara.

Horse lo miró incrédulo, pero Gerry asintió con escasa amabilidad, y se arregló una de las deshilachadas mangas.

386

—Entonces, ¿adónde vamos, Sefia? —preguntó Meeks.

Ella miró a Archer, pensando en la noche en que se habían conocido: los hombres de Hatchet cruzando la selva, el olor del asado y la charla ociosa. La mitad de ellos estaban muertos ahora… Patar y Tambor en el claro del bosque, Landin y el tuerto (cuyo nombre nunca supo), y Palo Kanta en la cabaña, y al menos dos más en el muelle. Pero ella y Archer seguían allí.

—La Jaula —dijo—. Los oí hablar de un lugar llamado La Jaula.

Gerry le lanzó una mirada torva.

—Primero mi dinero.

Meeks sacudió un dedo frente a su rostro.

—No, la mitad ahora, y la otra mitad después.

El guía gruñó y empezó a andar por el muelle, dejando que los otros lo siguieran.

Según Meeks, en el Puerto Principal se establecía todo tipo de gente, y se servían de una red de pasarelas y desvencijadas planchas de madera para conectar sus barcazas y lanchas. Se decía que uno podía caminar más de un kilómetro en cualquier dirección sin llegar a poner pie en tierra firme. Los comerciantes ricos construían amplias plataformas que llevaban directamente a sus almacenes, mientras que los pobres luchaban por establecerse donde se pudiera. La red de tiendas y barcos y puentes podridos cambiaba con tal frecuencia que pasado un mes, el puerto era un laberinto completamente diferente.

—¡Y por eso es que uno siempre necesita contratar un guía! —declaró Meeks al pasar junto al último de los grandes barcos que flotaba al final del muelle—. No hace falta que les cuente las aventuras que he pasado por ir sin guía.

Delante de ellos, Gerry resopló.

—El Capitán no ha contratado ningún guía —señaló Sefia.

—Sí, pero él es el Capitán, ¿no es verdad? Él no lo necesita.

—Y tampoco iba con guía el resto de la tripulación.

—Bueno, si vas a ponerte tan quisquillosa... Pero, entiendes a lo que me refiero, ¿no? Es un sitio muy poco seguro.

El guía los llevó más allá de los muelles exteriores, hasta el mercado flotante. Durante el día, el mercado estaba lleno de toldos de colores y vendedores de todo tipo pero, en la noche, las barcazas eran espacios desiertos y vacíos, salpicados con desechos y restos de fruta en estado de putrefacción. Enormes ratas de puerto correteaban entre las sombras.

Mientras más se internaban en el laberinto, los faroles de vidrio se hacían más escasos, hasta que la única iluminación que se encontraban era una antorcha por aquí o por allá, o el farol de algún bote que alumbraba los tablones medio podridos. Archer y Horse estaban callados y alertas, atentos a cualquier movimiento que surgiera de las sombras. Por encima de sus cabezas, el cielo poseía un tinte de moretón amarillento.

Pasaron junto a casetas derruidas y muelles que iban a dar a pozos de aguas sucias, y bajo los desvencijados techos merodeaban figuras oscuras: mujeres viejas y cansadas, sin dientes y con vestidos de mal gusto, hombres gordos que fumaban y que los seguían con la mirada, perros tan escuálidos que era posible contarles las costillas mientras gruñían tirando de sus cadenas.

—En esta zona, a la gente le da igual hacer tratos contigo que matarte —susurró Meeks—, así que tengan cuidado.

Archer asintió y señaló sus ojos. Había estado vigilando.

—¿Recuerdas lo que te dije de mis aventuras, Sefia?

—Lo recuerdo.

Al fin, se detuvieron en una pasarela angosta, flanqueada a ambos lados por tabernas destartaladas. Bajo siniestros faroles amarillentos, un puñado de clientes se arrastraba por la calle, riendo y con un caminar torcido. El guía les señaló una edificación cercana que parecía abandonada. Era una taberna sin ventanas, sólo con paredes de un color verde grisáceo manchadas de moho y salitre. Sobre la puerta colgaba una jaula de pájaros que dejaba oír un chirrido quejumbroso cuando la movía la brisa.

—¡Qué curioso! —Horse tocó la pared con su mano áspera y examinó la mugre que se le había pegado a los dedos—. He pasado muchas veces por esta calle, pero no había reparado en este sitio antes.

Meeks asintió, seguro y confiado.

—Así son las cosas en el Puerto Principal.

—Cállate, Meeks. Tú tampoco habías visto esta taberna antes —se volvió hacia Gerry, que soltó un respingo ante su descomunal sombra—. ¿Estás seguro de que éste es el antro que buscamos?

El guía asintió.

—Pregunten por ahí. La Jaula es el único lugar al que viene a beber Hatchet —miró a un lado y a otro de la calle, nervioso, sus pequeños ojos se movían inquietos de arriba para abajo.

Horse golpeó la pared.

—Ni siquiera parece que esté abierto.

El hombrecillo se encogió de hombros y se arregló el deshilachado cuello.

—A ver, yo no ando con bromas. Ustedes querían venir a La Jaula, y los traje a La Jaula —se aclaró la garganta y se frotó los dedos mirando a Meeks.

—Está bien, está bien —el segundo oficial le puso en la mano un loy de plata, y el hombre se escabulló sigilosamente por el callejón, dejándolos solos frente a la taberna.

—No tienes que hacer esto, Sefia —dijo Horse—. Puedes venir con nosotros.

—Será una historia increíble —agregó Meeks.

Ella observó sus rostros. Los ojos separados de Horse y su sonrisa constante formando unos hoyuelos como paréntesis alrededor de su boca. La ancha nariz de Meeks y su diente desportillado. Y por un momento, titubeó.

Pero luego miró hacia arriba, y en el piso de la jaula, como una araña en el centro de su tela, estaba el símbolo que ella había estado buscando.

Era lo suficientemente pequeño como para pasar desapercibido si uno no lo estaba buscando, pero Sefia lo conocía tan bien que hubiera sido capaz de verlo a kilómetros de distancia.

Dos curvas por sus padres, una curva por Nin. La línea recta era ella. El círculo, su misión: descubrir para qué sirve el libro. Rescatar a Nin de la gente que mató a su padre. Y exigir su venganza.

—Miren —señaló ella.

Archer asintió con solemnidad.

—Bueno, pues… —murmuró Horse. Y después los abrazó a los dos contra su enorme pecho de barril—. Si ven a Serakeen, si llegan siquiera a oír un rumor de que anda por ahí, deben huir, ¿de acuerdo? —su voz tronó sobre la mejilla de Sefia—. Huyan tan deprisa como puedan.

Ella lo abrazó con más fuerza.

—Déjame oírte decirlo: que no vas a meterte en líos con Serakeen.

—Sí, Horse.

Una vez que el gigantesco carpintero los soltó, con unas cuantas palmadas en la espalda por si acaso, Meeks los miró ansioso:

—¿Tienen la varita que les dio el primer oficial?

Sefia señaló su cinturón.

Meeks los abrazó, primero a Archer, luego a Sefia.

—Ya sé que buscas tus respuestas, Sefia —le susurró al oído—. Las buscas igual que yo busco historias y, si eres como yo, no descansarás hasta que las consigas.

Ella asintió.

—Usen la varita si lo necesitan. Incluso, si fuera necesario, esta misma noche.

Horse y Meeks se alejaron por el callejón, y siguieron mirando a los dos jóvenes, hasta que finalmente voltearon una esquina y se fueron.

Sefia tocó la varita que les había dado el primer oficial.

—Supongo que aquí empieza todo.

Archer asintió y empujó la puerta, pero ésta no se abrió.

—¿Está cerrada? —Sefia buscó sus ganzúas en el chaleco y se puso manos a la obra. En cosa de un minuto, los dientes de la cerradura chasquearon y la puerta se abrió. Había poca luz dentro, pero podían distinguir el piso manchado, las mesas redondas en la penumbra, e hilera tras hilera de botellas amarillas cubriendo la pared que se alzaba a su derecha. No se veía al cantinero por ninguna parte.

Entraron sigilosamente, atentos a una emboscada, pero el lugar estaba desierto. Al respirar el aire viciado, Sefia sintió cierto mareo. Conocía este sitio.

391

—Se supone que Palo Kanta debía venir aquí también —susurró.

Archer la miró fijamente.

—Aquí —se plantó en el extremo de la barra y miró hacia la taberna vacía. Luego, dio un paso—, y aquí —por todo el recinto podía ver visiones del hombre alto con la cicatriz dibujada a través de la mandíbula: riendo, con la boca abierta y las muelas a la vista. Sus dedos jugueteando con un mai de oro, y la tierra bajo sus uñas.

Se internó entre las mesas, sintiendo que seguía los pasos de aquel hombre, y se detuvo al fondo del salón. Le pareció oír gritos lejanos.

—Y aquí —murmuró.

Archer llegó hasta su lado.

—Debía estar aquí… y ahí debajo —se agachó, tanteando el piso con las manos, hasta dar con una manija metálica con la forma del símbolo ⊖.

—Pensé que esta taberna estaba en una barcaza flotante, como las demás —dijo en voz baja.

Con ayuda de Archer, abrieron la trampilla para revelar una estrecha escalera de piedra, iluminada desde la parte de abajo. Los gritos, que Sefia pensó que eran producto de su imaginación, se oían claramente ahora, emocionados y agitados.

—Se supone que Palo Kanta debía bajar por ahí —de su mochila, Sefia sacó una brocha y el tarrito de pintura que Horse le había dado como regalo de despedida. Cuidadosamente, escribió el nombre de Palo Kanta en la parte interior de la trampilla, cerca del gozne. Sopló para secar las palabras, y murmuró: *Se le extraña tanto.*

Los ojos de Archer se veían grandes y brillantes en la escasa luz. Mientras tapaba el tarrito y lo guardaba en su mochila junto con la brocha, Sefia recordó lo que habían dicho los hombres de Hatchet: *Un gran felino, con esos ojos dorados.*

Bajaron juntos la escalera. Mientras más se internaban en los pasadizos, más ruido y luz había, y con cada paso, Sefia percibía que Archer iba poniéndose cada vez más tenso, hasta parecer duro y frágil a la vez, como el vidrio.

—¿Qué sucede? —tendió la mano pero no lo tocó, temerosa de que fuera a romperse bajo sus dedos.

Él negó con la cabeza.

Cuando llegaron al final, se encontraron en una estancia baja con paredes de piedra, donde había una apestosa multitud aglomerada en el centro. Gritaba: números, cantidades, apuestas… y reía ruidosamente. Las paredes de piedra estaban mojadas por la condensación, y el aire caliente olía a sudor, a hierro y a licor.

La respiración de Archer se aceleró. Sacudió la cabeza de nuevo y sujetó la empuñadura de su espada con tal fuerza que los nudillos se tornaron blancos. De alguna parte del centro del recinto provino un sonido seco: ¡pum, pum, pum! Metal sobre madera. Archer se estremeció.

—Oh, no —el corazón de Sefia se hundió en su pecho—. Es un ruedo de pelea.

CAPÍTULO 34

La Jaula

Jadeando, Archer buscó apoyo en el muro de piedra, con los ojos completamente abiertos por el pánico. Sefia tiró de él hacia la escalera.

—Anda, ven, volveremos después.

Pero ya era demasiado tarde. Un hombre viejo, medio calvo, se separó de la multitud y fue hacia ellos, apoyándose en una escoba.

—¿Qué hacen ustedes aquí?

A Sefia le asombró su delgadez, como si se hubiera consumido allí abajo, y todo lo que lo sostenía ahora fuera la escoba, a la que se aferraba como si se tratara de un bastón. Alrededor del mango de la escoba, las manos del hombre parecían lisas y duras, como cantos rodados.

—¿Quién anda ahí? —gritó alguien entre el gentío. Los demás empezaron a mirar. Tenían ojos avariciosos y brillantes, nudillos raspados. Pistolas y espadas y cuchillos ocultos. Eran personas acostumbradas a la violencia, que la consumían como si fuera cerveza.

Archer se estremeció pero permaneció al lado de Sefia.

—Soy Sefia, y éste es Archer.

—Yo soy el árbitro —dijo el hombre de la escoba—. ¿Qué buscan en este lugar?

Árbitro. Sefia reconoció la palabra. Los árbitros eran los que controlaban las peleas, hombres que trabajaban para Serakeen. Se le secó la garganta.

—Vimos el símbolo que hay debajo de la jaula.

El árbitro miró a Archer de arriba abajo, y su mirada se detuvo fugazmente en el cuello del muchacho. Archer tragó saliva con tanto esfuerzo que Sefia sintió todo su cuerpo temblar.

—Ya tenemos dos candidatos para esta noche —dijo el hombre.

—¿Muchachos? —Sefia miró a la multitud. ¿Eran inscriptores? ¿Raptores y degolladores como Hatchet? Archer no estaría seguro aquí. Ella deslizó su brazo en el de él.

—*Candidatos* —recalcó el árbitro, y se volvió hacia la multitud—. Está bien. Tiene la marca —con un movimiento de su gran mano les indicó a ambos que se acercaran—. Acompáñenme, entonces. Es esto a lo que vienen, ¿o no? —sin esperarlos, volvió hacia el gentío, que se dividió para abrirle paso como lo hubiera hecho el agua ante una piedra.

La escalera ascendía en una negra espiral que quedaba detrás de ellos. Todavía podían escapar por allí si tenían que hacerlo.

Sefia miró a Archer. Eran sus enemigos. Tenía que ser decisión suya enfrentarse a ellos.

Él asintió.

Sefia le apretó la mano con más fuerza y juntos se acercaron a la multitud.

La gente se había cerrado detrás del árbitro, y se empujaron unos a otros cuando ella se acercó a la amplia depresión que había en el centro del recinto. Algunos los miraron con desprecio. Ella vislumbró expresiones burlescas, lenguas que se movían despectivamente y ojos provocadores. Más allá, vio un túnel al otro lado del salón. Podría ser otra ruta de escape en caso de que tuvieran que luchar por salir.

Cuando llegó al hoyo central, podía sentir a Archer temblando a su lado y con una mano en el puño de su espada. Adentro, unos tres metros más abajo, el piso estaba cubierto de paja y aserrín. En los extremos opuestos del pozo había dos puertas de madera manchadas y teñidas de sangre seca, y detrás de ellas, en unos estrechos pasillos de piedra, había dos muchachos.

Uno de ellos era alto y grácil como un látigo, con un tupido mechón de pelo oscuro que le caía sobre los ojos. Se apoyaba en una lanza, inmóvil y silencioso, observando al otro chico por las rendijas de la puerta.

Su oponente era más bajo y ancho, con la complexión de un buey, con mejillas anchas y cejas pronunciadas, y golpeaba y se lanzaba contra la puerta, haciéndola temblar a golpes de espada. Cada vez que impactaba contra ella, Archer se estremecía, y se aferraba más y más a su propia espada.

Ambos muchachos estaban descalzos y sin camisa, tal como apareció Archer cuando Sefia lo encontró, y tenían los brazos marcados con quince quemaduras, una por cada pelea que había ganado.

Cuarenta y cinco peleas.

Teniéndolos en cuenta a los tres, habían matado a cuarenta y cinco muchachos. Por lo menos.

La mano de Sefia se deslizó hacia su cuchillo. Estas personas eran capaces de hacer esto. Una y otra vez. Con semejante agresividad.

Iba a averiguar quién era Serakeen. Averiguaría qué le había pasado a Nin. Y entonces…

—¿Tiene la marca? —alguien se abrió paso a empujones entre la multitud. Una mujer de pelo canoso, nariz de gancho y una cicatriz que le cruzaba la mejilla. De su cuello colgaba un collar con dientes de ballena, del tipo que era común en la zona norte de Deliene.

—Sí, Lavinia, está marcado —gruñó el árbitro.

—No puede estar aquí a menos que también tenga las quince marcas en su brazo —dijo un hombre cuya vieja gorra militar de color azul lo identificaba como antiguo miembro de la Armada de Everica.

Sefia observó el gentío. Agrupados en uno de los extremos del foso de pelea había inscriptores del reino pétreo de Everica. Desde lo alto, espoleaban y animaban al chico bajo, el cual respondía embistiendo la puerta con su espada. En el extremo opuesto, los inscriptores de Deliene esperaban a su líder, Lavinia, mientras su muchacho aguardaba abajo, quieto y callado.

Los demás debían ser espectadores, apostadores que venían a divertirse con el resultado de la pelea. Sefia sintió náuseas.

El árbitro se apoyó en su escoba y miró a Sefia y Archer.

—¿De dónde vienen?

—De Oxscini —repuso ella. Seguía teniendo a Archer aferrado de la mano, y lo sentía temblando como una hoja prendida a su tallo.

—¿Es uno de los de Garula?

Sefia negó con la cabeza.

—¿De Berstrom?

—No.

—¿De Fenway?

¿Cuántos inscriptores habría? Negó nuevamente con la cabeza.

—No es de nadie, él es dueño de sí mismo.

—Entonces, son unos ingenuos si vienen aquí —el árbitro se rascó la frente—. ¿Al menos saben en qué se están metiendo?

Sefia tomó aire.

—Serakeen —pronunció ella—. Díganos dónde encontrarlo.

¡Pum, pum, pum! Los golpes resonaron desde el foso.

—¿Tiene las quince marcas en su brazo? —dijo el hombre de la gorra azul.

Sefia lo fulminó con la mirada.

—¿Y qué importancia tienen esas dichosas marcas?

—Así es como Serakeen somete a prueba a sus candidatos. Tiene inscriptores operando en todos los reinos menos en Roku. Los candidatos pelean quince veces en su propio territorio y, cuando concluyen, los traen a La Jaula. Si ganan aquí, son enviados a Serakeen —el árbitro se encogió de hombros—. Nadie sabe qué les sucede después.

—¡Porque lo que importa es que a nosotros nos pagan! —gritó alguien. Hubo una ronda de espantosas carcajadas burlonas.

Sefia le apretó la mano a Archer.

—No queremos pelear.

Se oyeron más risas entre la multitud.

—Tiene que pelear, muchachita —explicó el árbitro—. Nadie sale de aquí sin pelear.

Las rodillas de Archer cedieron y él se tambaleó. Los demás rieron.

—Nunca antes hemos tenido una pelea de tres —dijo Lavinia, mirando atentamente al árbitro.

—En cualquier caso, no puede pelear sin las quince marcas —repitió el hombre de la gorra azul.

—Lo sé, Goj —le respondió el árbitro de forma cortante—. Deja eso, ya.

—¡Un momento! —gritó Sefia—. ¡Él no viene a pelear!

—Entonces no verán a Serakeen.

Ella se llevó la mano a su bolsa.

—Estoy dispuesta a pagar...

Lavinia rio. Tenía los colmillos largos y afilados.

—La última persona que intentó sobornar a un árbitro salió de aquí con la lengua cortada.

—Entonces, qué tal si...

—Muéstranos las marcas o salgan de aquí —dijo Goj.

—¡Él tiene presa a mi tía! Tenemos que averiguar...

—No averiguaréis nada si el chico no pelea —el árbitro señaló a Archer, que negó de nuevo con la cabeza—. Y parece que no tiene intenciones de hacerlo. O pelea o se van. Ésas son sus opciones.

Sefia hubiera querido fulminar al árbitro con la mirada, pero los ojos de él parecían de piedra y su rostro mostraba determinación. No necesitaba la Visión para saber que no cambiaría de idea. Entonces, se volvió hacia Archer.

La multitud se había abierto a su alrededor, y estaba solo, con la luz de los faroles destellando en su pelo y sus ojos, y él la miraba, y nunca en su vida ella había sentido que alguien la mirara de manera tan perfecta, viendo lo mejor y lo peor de sí misma, y nunca había querido tanto que las cosas fueran de otra manera.

Si averiguaba quién era Serakeen, podría llegar a saber qué había sido de Nin. Y si Nin aún vivía, quizá podría recuperar lo que aún quedaba de su pequeña familia.

Pero lograr eso le costaría perder a Archer. Porque tendría que hacer lo que ella le había prometido una y otra vez que *jamás* haría.

Había tenido razón desde el principio.

Ninguno de sus seres queridos estaría nunca a salvo.

Hubiera querido lanzarse hacia Archer, envolverlo con sus brazos y decirle que no tenía que hacerlo. Que no tendría que pelear de nuevo. Pero no se movió, las palabras no brotaron de su boca, y mientras ella vacilaba, él inclinó la cabeza hacia un lado en un gesto que era tan conocido para ella, que fue como si estrechara su corazón con fuerza.

Vio que las comisuras de sus labios temblaban.

Y dejó caer la mochila al piso.

Alrededor de ella, la multitud rugió en aprobación. El sonido cruel de todas esas gargantas fue como un huracán. Y Sefia entendió lo que él había hecho.

—¡No...! —levantó la mochila e intentó devolvérsela, pero ya era demasiado tarde. Archer se quitó la camisa.

El gentío se aproximó para ver las quemaduras de su brazo.

—¡Las tiene! ¡Tiene las quince marcas en su brazo!

—¿Y a nosotros nos pagan por cada uno de los liquidados? —preguntó Lavinia. La cicatriz de su mejilla temblaba.

El árbitro suspiró:

—Sí.

—¡Parece que hoy veremos liquidar a dos! —gritó alguien.

El parloteo ansioso se extendió entre la muchedumbre... cuentas y cálculos... juegos de probabilidad... las monedas tintinearon en las palmas de las manos. Monedas a cambio de sangre.

—¡Cincuenta peschles por el nuevo!

—¡Veinte!

—¡Otros diez por Haku!

Sefia sacudió la cabeza. ¿Qué había hecho? ¿Qué era lo que había permitido? Archer le entregó su ropa, y ella trató inútilmente de ponerla de nuevo en manos de él. Aún no se había recuperado completamente de la pelea en el *Corriente de fe...* los cortes todavía estaban sanando, tenía las costillas vendadas. Ella le había *prometido* que no pelearía nunca más.

—¡No! ¡No! ¡No puedes...!

Los gritos y el ruido de las monedas resonaron en el techo bajo del salón. Se hacían apuestas, el dinero pasaba de mano en mano, entre provocaciones, exclamaciones y comentarios ambiciosos.

Archer se quitó la funda de la pistola, y estaba abriendo la hebilla de la vaina de la espada cuando el árbitro lo hizo detenerse:

—En esta pelea se permite que los jóvenes usen el arma que prefieran —dijo, mirando la pistola—, mientras no sea de fuego.

Archer miró fijamente al árbitro durante un largo instante antes de entregarle a Sefia su espada. Iba a pelear, no salvajemente pero sí por su propia voluntad. No por los demás sino por sí mismo, y con sus propias condiciones.

Se situó en el borde del foso y el gentío se acercó, silbando, bufando, burlándose, con palabras mordaces y secas como brasas.

Ella se abrió paso con la ropa en las manos.

—Archer —sus labios prácticamente le rozaron una oreja.

Él la miró, y en sus ojos, Sefia vio lo asustado que estaba. Su miedo era una cosa oscura y desgarrada en su interior: el muchacho en la jaula, mal alimentado y cubierto de cicatrices, una criatura salvaje que no era capaz de comer, bañarse o vestirse por sí misma, que no conocía nada más que miedo y dolor y brutalidad. Esa cosa que había sido, y que ahora le aterraba volver a ser.

—No lo hagas —susurró ella—. Ya buscaremos otra forma.

Estaban tan cerca el uno del otro que Sefia hubiera podido contar las pecas de la mejilla de él. Archer parpadeó, sus largas pestañas se cerraron, y ella pensó por un instante que iba a acceder. Que iba a aceptar y no pelearía. Pero él tenía otro plan en mente.

En lugar de eso, la atrajo hacia sí y la estrechó entre sus brazos. Sefia sentía el calor de su piel bajo la mejilla, y por primera vez desde que había dejado la casa de la colina desde donde se veía el mar, se sintió en paz... como si todos los trozos desperdigados de su ser finalmente hubieran encontrado su lugar, ahí, entre los brazos de Archer. Sus manos y su pecho desnudo eran como estar en el lugar al que uno pertenece. En la repentina calma, pudo oír la respiración de él, su corazón, y entendió sin necesidad de palabras o señales que iba a pelear, que iba a hacerlo por ella sin importar en qué tuviera que convertirse, y nada de lo que ella dijera o hiciera ahora, lo haría cambiar de parecer.

Se oyeron abucheos por doquier que incendiaban todo como llamaradas, y Archer la soltó. Ella gimió con el impacto de la separación de ambos cuerpos.

Él se dio vuelta...

Ella intentó aferrarse a él pero sus manos no encontraron más que aire.

—¡Espera! ¡No!

Archer saltó al foso y en su caída levantó nubecillas de paja y aserrín.

—¡Archer!

Rugidos atronadores de la multitud comenzaron. El sonido giró rodeándola como un viento enloquecido que la hacía ensordecer.

Lavinia se inclinó hacia ella y el diente de ballena de su collar pendió ante sus ojos.

—Está lesionado, ¿no es verdad, gatita? —su voz cortó el ruido de la muchedumbre. Lavinia señaló al muchacho del pelo negro con la lanza, mirando fríamente a través de su puerta—. Gregor lo ensartará de punta a punta.

Un regusto ácido llegó a la garganta de Sefia. El otro chico, Haku, golpeaba la puerta y la sacudía a espadazos. *¡Pum, pum, pum!* La multitud pedía sangre a gritos, y las voces y el taconeo llenaban el salón con un horrible redoble. Intentó respirar profundamente. *¡No mueras! ¡No mueras! ¡No me abandones!*

Archer sacó el trozo de cuarzo de su bolsillo, y esperó, frotando su pulgar contra las centelleantes caras del cristal, a que empezara la pelea.

CAPÍTULO 35

El precio de la inmortalidad

El Capitán Reed volvió a observar el trozo de tela y señaló cada letra con sus dedos: **REED**. Después, se rascó el pecho, por encima del corazón.

Había visto palabras con anterioridad.

Habían sido sus primeros tatuajes, antes de los que tenía ahora, hechos por él mismo.

Durante mucho tiempo no significaron para él nada más que rapto, secuestro: que lo capturaran y forcejearan para tenderlo de espaldas, impidiéndole pelear; desamparo, dolor. Tan pronto como había podido, había dibujado encima de esas letras con sus propias historias, las había escondido bajo capas de tinta para no tener que verlas cada vez que se miraba en el espejo. Pero ahora, aunque había encontrado a alguien capaz de descifrar esas marcas, ya no sabría nunca lo que significaban. Las palabras se habían perdido en lo profundo de su piel, ocultas bajo décadas de tinta.

Reed dobló la rústica tela y la metió en su bolsillo.

—¿Listo, Capitán? —preguntó Marmalade. Su rostro redondo parecía una luna en la escasa luz.

Asintió.

—¿Éste es el sitio?

La barcaza que estaba ante ellos tenía dos berlingas entrecruzadas sobre la puerta, tal como Dimarion había dicho cuando acordaron la alianza entre el *Crux* y el *Corriente de fe*.

En alguna parte de su interior había un viejo badajo de campana, que había formado parte de la campana del *Oro del Desierto*, el barco que se había hundido con el Rey Fieldspar a su regreso de la búsqueda del tesoro. Ésa era su siguiente clave.

—Tan sólo espero que esté por ahí a la vista —dijo Jules—. Que sea fácil de encontrar.

Marmalade asintió.

—Basta con que me dé la oportunidad, Capitán, y lo obtendré para usted —siempre estaba ansiosa por complacer, y era rápida… manos rápidas, piernas rápidas. Había sido una hábil carterista antes de unirse a su tripulación.

El Capitán sintió el ya conocido entusiasmo que se le despertaba en el estómago… la expectativa que le alborotaba las tripas anunciando una buena aventura.

Abrió la puerta.

Las paredes estaban cubiertas de adornos y chucherías, recordatorios y baratijas que llegaban hasta las vigas y los rincones del techo, todos revueltos en un revoltijo caótico de objetos dispares. Lazos de terciopelo negro, broches enjoyados con forma de dragón, tazas metálicas rotas, espadas oxidadas, candelabros, retratos, botas, botones, punzones, pequeñas figuras de osos y orcas talladas en alabastro, tijeras rotas, cuchillos con mango de hueso, un esbozo desvaído de una mujer con un abrigo de piel de oso.

Una mujer de traje largo y con un parche cubriéndole un ojo se les acercó:

—Bienvenidos a Las dos berlingas. ¿A quién tenemos el gusto de acoger hoy?

—Soy el Capitán Reed. Ellas son Jules y Marmalade, parte de mi tripulación.

—Por supuesto que sí —la mujer le guiñó su ojo bueno—. Yo soy Adeline. Encantada de verlo de nuevo, Capitán. Pueden sentarse donde quieran.

Reed miró a Jules, que se encogió de hombros. Por lo general, la gente le estrechaba la mano al Capitán o le pedía que contara una historia, o reían incrédulos al enterarse de quién era, pero esta mujer, una perfecta desconocida a pesar de compartir el nombre con una vieja amiga suya, los había saludado como si se conocieran de años.

En la mesa más grande, seis hombres andrajosos reían y entrechocaban sus tarros con mujeres ya mayores, vestidas con ropas arrugadas y encajes descoloridos.

—¡Por las riquezas! —gritó un hombre, levantando su tarro.

—¡Por la juventud! —dijo riendo la vieja que estaba a su lado.

Reed, Jules y Marmalade cruzaron la sala hacia los bancos de la barra, y una vez sentados allí, observaron con detenimiento el resto de la estancia. Baldes de madera y faroles y lazos anudados colgaban del techo.

Jules se encogió de hombros.

—Pues no va a ser nada fácil de encontrar.

Examinaron las paredes en busca del badajo, pero a pesar de que había campanas de plata y tiras con cuentas de vidrio, panderos y manojos de flores secas, había tanta basura en la taberna que encontrar cualquier cosa podría tomar semanas. Y eso si es que el *Azabache* no había pasado ya por allí y se lo había llevado. Reed soltó una maldición entre dientes.

—Mmmm… ejem… ¿Capitán? ¿Ésa que están contando, no es una de sus historias? —Marmalade señaló hacia donde un hombre de pelo rubio y ralo, y dientes separados, obsequiaba a sus compañeros de mesa con la historia de Lady Delune.

—La mujer estaba loca, chiflada, totalmente perdida. Sus negras enaguas rasgadas se arrastraban entre sus tobillos al tiempo que se afanaba por su enorme casa solitaria —mientras hablaba, salían despedidas de su boca gotitas de saliva—. La tomé a duras penas antes de que se lanzara de cabeza por el balcón... aunque la caída no la hubiera matado. Había sobrevivido a cosas peores durante esos años...

Marmalade se inclinó para acercarse al Capitán.

—No sucedió así, ¿verdad?

—¡Diablos!, ¡no! —Reed dibujó dos círculos interconectados en la superficie de la barra. Cuando él encontró a Lady Delune, ella estaba sentada en su jardín en ruinas, quieta como una estatua. De hecho, entre los arbustos crecidos y las hojas caídas, la había confundido con una efigie, al estar cubierta de musgo y enredaderas. Tenía el gesto triste, la mirada, inerte, y a pesar de sus curvas perfectas y sus rasgos simétricos, lo único que brillaba en ella eran las joyas de su collar. Hablaron largamente durante la puesta del sol y vieron salir las estrellas como polvo blanco en el cielo azul, y cuando asomó la pálida y rosácea aurora en el oriente, el Capitán le quitó los diamantes, y ella, con un temblor tenue, se disolvió y colapsó en una pila de cenizas.

El Capitán Reed se levantó de su taburete. El hombre no lo había entendido. Los diamantes malditos de Lady Delune era una historia sobre el precio de la inmortalidad, y no sobre el acoso a una mujer de doscientos años, pero antes de que pudiera abrir la boca, Adeline llegó junto a ellos con sus tarros de cerveza.

—Buena historia, ¿no? A veces tenemos tres o cuatro capitanes Reed en una sola noche. No saben cuántas veces he oído esa aventura. Pero nunca es igual, ¿cierto?

Reed apiló ocho zenes de cobre sobre la barra.

—Ese farsante no tiene idea de lo que está hablando.

—Silencio —ella se le acercó, y él pudo ver los grumos de su maquillaje. La Adeline verdadera, la Ama y Señora de la Misericordia, propietaria original de su legendaria pistola, no usaba maquillaje y ni muerta se hubiera puesto un vestido—. ¿No lo sabía? ¿Por qué vino aquí si no lo sabía?

Marmalade le dio un trago a su bebida.

—¿Saber qué?

Jules bebió de su tarro, y por encima del borde sus rápidos ojos siguieron inspeccionando el salón.

—Ninguno de estos personajes son *realmente* quienes dicen ser —susurro Adeline.

—¡No me diga!

Ella se rio de nuevo y le dio un empujón juguetonamente en el hombro.

—Lo que quiero decir es que… no se lo vaya a contar a nadie y menos a Clarian, el dueño… —señaló a un pálido hombre de mediana edad que servía los tragos detrás de la barra—, que Las dos berlingas es una taberna para mentirosos. Vienen aquí a contar historias de otros como si fueran suyas. Aquí nadie contradice a nadie. Ésas son las reglas.

Reed frotó una mancha en la barra. Si a uno no le gustaba su vida, la cambiaba… Huía. Hacía algo espectacular. Pero no robaba la historia de alguien fingiendo que fuera la propia.

En el reservado de un rincón, una anciana sostenía que era Eduoar, el Rey Solitario, y divagaba sin parar sobre los exquisitos banquetes que servían en el castillo de Corabel.

Un hombre sin dientes pretendía ser el Viejo Ermitaño de los Montes Szythianos, en la provincia de Shinjai, y hacía comentarios sobre los bellos zapatos de sus vecinos, y sus dedos manoseaban sus hebillas y cordones.

Adeline sacó un par de pistolas imaginarias de unas fundas, también imaginarias, y posó, apretando los gatillos imaginarios, y haciendo sonidos de disparos con su roja boca.

Reed se estremeció. Era como si todas las cosas buenas y verdaderas que hubiera hecho en la vida no importaran, y que él, su persona y el legado por el cual había trabajado con tanto ahínco, se disolvieran con cada mentira que se decía allí.

—Señora —dijo—, lamento decepcionarla pero…

—Capitán —Jules le dio una vuelta al tarro que tenía entre las manos, apuntando disimuladamente a la pared que había detrás de la barra.

Reed se tragó los insultos, sonrió y le tendió la mano a Adeline.

—Tanto tiempo sin vernos. No te reconocí con tan poca luz. ¡Qué bueno verte otra vez! Dale mis recuerdos a Isabella.

Ella soltó una risita, le estrechó la mano al Capitán, y se retiró. El ribete de su vestido se arrastró, susurrando sobre los tablones.

—A la izquierda —murmuró Jules con la boca pegada a su tarro.

Detrás de la barra había un espejo y una serie de estantes llenos de botellas, pero a cada lado, la pared estaba cubierta de instrumentos: parches de tambor y baquetas, guitarras sin cuerdas, flautas, caramillos y violines. Pero sobre todo había campanas: viejas y opacas campanillas de mano, sartas de campanillas en cadenas de plata, y unos cuantos gongs y campanas tubulares en medio de todo. Y allí, pendiendo de un gancho, había un viejo badajo de bronce, opaco y verdoso, con el símbolo de un sol asomando por encima de un desierto grabado y medio desvaído por la costra de verdín.

La marca del *Oro del Desierto*.

Lo único que había que hacer era meterse detrás de la barra, descolgarlo del gancho, y de ahí hasta la puerta sólo distaban unos cuantos pasos. Miró a Marmalade, que interceptó su mirada y asintió. La joven bebió lo que quedaba de su cerveza e hizo un ademán para pedir otra.

Clarian, el dueño de la taberna, empezó a llenar otro tarro con cerveza dorada mientras hablaba con la guapa mujer que estaba sentada al otro lado de la barra, frente a él.

—¿Y cómo sonaban?

Ella ladeó su rostro sonrosado y cerró los ojos.

—Pues bien… —respondió—. Sonaban como árboles, pero también como mucho más. Yo los conocía tan bien que podía oír una hoja que rozaba a otra y saber cuál de ellos era el que me hablaba. Lográbamos mantener largas conversaciones sin nada más que el crujido de las hojas y el chasquido de las ramas. Ahora echo de menos esos ruidos, y el correteo de las ardillas sobre la rugosa corteza.

El cantinero la miraba con fascinación, con los ojos fijos en sus labios mucho después de haber terminado de servir la cerveza de Marmalade.

—Me gusta salir al campo —dijo él al fin—. Los bosques no serán mágicos, pero hablan también: las ramas que crujen en invierno y el viento que aúlla al rozarlas. Me gusta el chasquido de las hojas y el revolotear de los pájaros —había algo extraño en la manera en que el hombre reciclaba las palabras de la mujer y, mientras hablaba, parecía refulgir desde dentro, como si su piel y su esqueleto no fueran más que la pantalla de una lámpara que ocultara su radiante corazón. Tomó el tarro de Marmalade y lo deslizó por encima de la barra, y ella lo recibió sin derramar una gota.

Reed dejó otros cuatro zenes de cobre sobre la barra.

—¿Han oído la historia del *Oro del Desierto*?

Como Clarian no le hacía caso, el Capitán Reed se aclaró la garganta. No fue sino hasta que la mujer le llamó la atención al cantinero que él se volvió y fijó sus ojos azules claros en Reed.

—¿Y cuál es ésa?

—La Campana del *Oro del Desierto*.

—No, ésa jamás la he oído —mientras hablaba, su mirada no se despegaba del rostro de Reed.

Por el rabillo del ojo, Reed vio que Jules meneaba la cabeza. El hombre no había mirado hacia el badajo. Podía ser que no supiera a qué campana le había pertenecido o que fuera un excelente embustero. En ese lugar, ambas cosas eran posibles.

Reed continuó, tanteando para ver si Clarian no sabía realmente de qué le hablaban.

—Es una historia que cuentan en Liccaro en el momento en el que el sol se esconde bajo el cielo polvoriento. Cuando el barco del Rey Fieldspar se hundió en medio de la Bahía de Efigia, todo lo que iba a bordo, incluidos los marineros y oficiales y el secreto de dónde había ocultado sus hermosos tesoros, se hundieron con él. Pero cuenta la leyenda que a veces, cuando uno está en la bahía, consigue oír el tañido de la campana del buque bajo el agua. Un sonido triste, como si todos los habitantes de Liccaro lloraran por lo que le sobrevino a su reino. Como si pidieran justicia para ampararlos de sus regentes. Como si lloraran lo que perdieron, y la pobreza, y los largos y candentes días de miseria…

Clarian devoró la descripción, sus ojos se daban un festín con cada palabra y seguían cada curva y gesto de los labios de Reed con la misma fascinación que mostraba Sefia al leer el libro, y fue entonces cuando el Capitán lo entendió: el hombre era sordo. Sus parroquianos fingían ser más famosos o más importantes de lo que en realidad eran; Clarian fingía oír perfectamente. Y en este lugar, en el que nadie lo señalaba ni lo trataba de forma diferente, tal vez él era otro espectáculo. Sus ojos acuosos bebían de la descripción de la campana, como si de verdad pudiera oír el tañido en las profundidades y los lamentos en las aguas.

—Cantinero —le dijo Reed—: siento mucho lo que va a suceder aquí.

—¿A qué se refiere?

El hombre del pelo ralo terminó su relato sobre Lady Delune con un meneo de caderas mientras asomaba una lengua lujuriosa.

—¡Así no fueron las cosas! —Reed hizo girar su taburete y se puso en pie.

Las axilas del hombre estaban manchadas y su camisa se veía empapada de sudor en el lugar en que se curvaba por encima de su barriga.

—Ah, ¿no?

—¿Le parece que violar a una mujer es algo de lo que se puede presumir? Si hubiera conocido a la verdadera Lady Delune, sabría que era diez veces más hermosa que como usted la describe, y que ella podría limpiar el piso fácilmente con un pedazo de escoria como usted —miró a Marmalade y le hizo un guiño. Ella empinó su tarro y se agenció un trago de bourbon de una mesa cercana. Tenía las mejillas coloradas y los ojos chispeantes. Estaba preparada.

413

Los acompañantes sentados a la mesa del rubio rieron por lo bajo. Trataron de ocultarlo tapándose la boca, pero las carcajadas se les escaparon entre los dedos y cayeron tintineando en la mesa.

—No lo entiendo. ¿Por qué se engañan de esa manera? Ustedes no son nada especial. Nadie los recordará. ¿Por qué diablos se sientan aquí a inventar historias cuando bien podrían estar allá afuera, protagonizándolas?

Los demás lo miraron perplejos. Estaban tensos, los rostros atentos, y los ojos entrecerrados. A su lado, Jules bebía a sorbos y ponía los ojos en blanco al oír a Reed.

—¡Váyase al infierno! ¿Quién se cree usted para venir a hablarnos así? —preguntó el hombre rubio, avanzando un poco—. Usted está aquí, junto con el resto de nosotros.

Clarian salió de atrás de la barra, con los brazos cruzados y la mirada pétrea.

La ira general se agolpó como una nube de tormenta. Reed podía sentirla rugiendo en su interior, amenazando con explotar por detrás de sus puños cerrados, de sus dientes apretados.

—Soy el Capitán Cannek Reed —afirmó él, y se abrió el abrigo para mostrar los revólveres que tenía enfundados: uno con la empuñadura de marfil, el otro, con la empuñadura negra. Se oyó un jadeo colectivo.

—Escuchen —continuó—: trabajamos duro para vivir nuestras historias. Ellas constituyen lo que nosotros dejamos en el momento que hemos de partir. Y no son para que un puñado de gusanos de una taberna perdida en un callejón las roben y hagan con ellas lo que se les antoje. Así que levántense, fuera de aquí. Salgan a hacer algo que valga la pena contar a otros, en lugar de apropiarse historias de genuinos aventureros como yo.

El Capitán hizo ademán de voltearse, y el Reed impostor le mandó un golpe directo a la mandíbula.

El verdadero Reed se levantó sonriendo.

—¡Así está mejor! ¡Vamos, vamos!

El pequeño salón se encendió. Marmalade pateó la silla de uno de los pordioseros de la mesa grande y éste cayó al piso. Reed rio. Alguien lo golpeó en la cabeza con un tarro, y vidrios y cerveza rodaron por sus orejas. Jules empezó a intercambiar golpes con el ermitaño impostor. Reed rio de nuevo. ¡Una riña! Sólo necesitaba mantenerlos ocupados peleando contra él, peleando entre ellos. La taberna entera era un amasijo de sangre e insultos, de sillas rotas y puños y gestos. Clarian le conectó un puñetazo en el abdomen. El Capitán se dobló, jadeando y riendo a la vez. La vieja que jugaba a ser el Rey Solitario abofeteó al cantinero tan pronto como éste estuvo cerca.

Por el rabillo del ojo, Reed vio a Marmalade descolgar el badajo de la pared, meterlo bajo su abrigo y correr hacia la puerta. Era tan menuda y veloz que nadie lo notó en medio del alboroto.

El Capitán Reed dejó salir un silbido estridente.

—¿Sí, mi Capitán? —la voz de Jules le llegó desde el otro extremo del salón.

—¡Larguémonos ya!

Al instante estuvo a su lado, sonriendo. En su mejilla empezaba a sombrearse un moretón. Reed arrojó una bolsa de dinero tras la barra y salió de ahí repartiendo unos cuantos golpes aquí y allá, hasta encontrarse bajo la oscuridad de la noche.

Adentro, la trifulca continuó. Los vidrios se rompían. Las mesas se quebraban. Había personas gritando. La risa salvaje se colaba por las ventanas rotas y se convertía en vaho en el aire frío.

Unos cuantos muelles más allá, Marmalade los esperaba, sentada en la barandilla de una casa flotante, columpiando sus piernas sobre el agua. Cuando ya se acercaban, se puso en pie y tendió el badajo como si fuera una varita mágica.

—¡Aquí está!

Jules le dio unas palmaditas animosas en el hombro.

—Qué dedos más rápidos, Marmalade. No estaba segura de que pudieras hacerlo, después de todo lo que habías bebido.

La grumete del barco sonrió con picardía:

—El Capitán era el que invitaba. No pude evitarlo —le entregó el badajo a Reed, que trazó con la uña el símbolo del sol sobre el desierto. Según contaba la leyenda, si badajo y campana estaban lo suficientemente cerca, cualquier sonido que hiciera el badajo resonaría en la campana, que seguía perdida en el fondo de la Bahía de Efigia, con el *Oro del desierto*. Lo golpeó con fuerza contra un pilote de madera. El poste quedó marcado con el impacto, y el badajo dejó escapar un zumbido retumbante.

Jules lo tocó con las yemas de los dedos, absorbiendo la vibración en su piel.

—¿Es el badajo correcto?

—Tiene que ser —dijo el Capitán, guardándolo en su abrigo.

Empezaron a andar deprisa por el muelle, de regreso al *Corriente de fe* con Marmalade riendo entre dientes a cada paso.

—¿Vieron sus rostros cuando el Capitán empezó a hacer escándalo acerca de las historias?

Reed sonrió. Podía oler el mar, oírlo lamer los muelles y las costas lejanas, atrayendo a aguas más salvajes, a monstruos más grandes, a historias que todavía tenía por vivir, al siguiente episodio de las aventuras del Capitán Reed y su barco, el *Corriente de fe*.

—Me imagino que ahora sí tendrán una verdadera historia que contar.

CAPÍTULO 36

Matar o morir

Sefia se irguió en el borde del foso de piedra, aún exaltada por el contacto de los brazos de Archer entre sus brazos, su pecho contra el suyo. Su corazón latía enloquecido en su interior, como un pájaro atrapado, aleteando enfurecido contra los barrotes, pero en el interior del ruedo de pelea, Archer estaba tan quieto e inmóvil como nunca. A la espera, listo.

El rugido de la multitud se elevó hasta el techo... un tremendo tronar de gritos y carcajadas y zapateos... y luego se extendió por el salón como una inundación. Hombres y mujeres bullían a su alrededor, sudorosos, acalorados, aullando como animales. La sed de sangre les brillaba en los ojos y se notaba en sus dientes, en sus manos que movían como garras. Las puertas del ruedo se abrieron. Los contrincantes entraban en escena.

Archer y el chico de la lanza se enfrentaron primero. Como jaguares que pelearan en los matorrales, entre colmillos y zarpas afiladas, se atacaron el uno al otro. Con puños y espada, levantaron nubes de aserrín que tenían bajo sus pies. Eran tan rápidos que Sefia sólo conseguía distinguir momentos aislados: Archer deteniendo la lanza; el otro chico, Gregor, tendido en el suelo plagado de aserrín.

El tercero, Haku, arremetió con una espada, pero ahora Archer tenía la lanza. Los sonidos del metal golpeando la madera resonaban en las paredes de piedra. La espada astillaba la lanza.

Archer golpeaba una y otra vez, rompiendo huesos, dejando moretones. Gregor se puso en pie tambaleante y se unió a los ataques de Haku, pero los movimientos de Archer no implicaban el menor esfuerzo: eran bellos y terribles en su eficacia. Era como si pudiera ver todos los esfuerzos por esquivar, amagar y eludir… como si fueran hilos individuales en el violento tapiz de la pelea, y él pudiera manejarlos y tejerlos y cortarlos como quisiera.

Sefia estaba hipnotizada y horrorizada al mismo tiempo, porque Archer hacía que pareciera tan sencillo.

Como si hubiera nacido para esto.

Como si hubiera nacido *para* hacerlo.

Archer blandió la lanza, y ésta silbó en el aire con un ruido que se cortó abruptamente cuando la vara de madera golpeó contra el cuello de Haku.

No hubo sangre. La punta no había herido su carne.

No, Archer había evitado hacerlo.

Haku se desplomó, gimiendo.

Entre el rugido de la gente, Lavinia murmuró:

—Era una oportunidad perfecta. ¿Por qué tu chico no lo mató?

Sefia se llevó las manos a los oídos.

Tras tomar la espada de Haku del suelo, Gregor atacó a Archer. La lanza se partió en dos, y cubrió el suelo de astillas. Archer había recibido un tajo. Se oyeron *vítores*. La sangre le empapó el pelo y chorreó de un color rojo brillante por un costado de su rostro. Gregor sopesó la espada, blandiéndola a un lado y otro.

Y luego Archer lo embistió, sus manos se distinguían apenas, tanta era su velocidad, y los trozos de la vara de la lanza golpearon los largos brazos de Gregor, sus hombros y piernas y también la cabeza, en un dispar ritmo de impactos, moretones y heridas. *¡Crac!* Archer destrozó los huesos de la mano del chico.

La espada cayó.

La multitud gritó.

Otro golpe. A Gregor le fallaron los pies y cayó al piso de espaldas.

La punta de la lanza pasó junto a su garganta.

A Archer le había tomado menos de dos minutos dejar inconsciente a uno de sus rivales y derribar al otro. Y ni siquiera parecía agitado.

El gentío enloqueció, y exigió a voz en grito, con la sed de sangre latiendo en su gaznate, que Archer terminara el trabajo.

Gregor acunó su mano inservible contra su pecho y miró a Archer por debajo de su mechón oscuro. En el piso, el chico no parecía asustado, sino listo.

Alrededor de Sefia, tanto hombres como mujeres gritaban, con las venas hinchadas en sus cuellos y frentes, con los ojos desorbitados. Sefia intentó hacer caso omiso del sonido pero sus alaridos desarticulados la absorbían, paralizaban sus manos y sus dedos, y se metían bajo su piel.

Archer levantó la lanza. El ruido de la multitud aumentó. Y de repente ya no pareció Archer, sino el chico de la jaula. Un animal de ojos inyectados en sangre. Un asesino.

El olor a polvo, piedra y sudor se intensificó. La multitud se hizo más ruidosa, estaba hambrienta de más. Exigía un cadaver.

Sefia miró a Archer, esperando que él la mirara también. Parpadeó y el salón se hizo de un fino polvo dorado que giraba y brillaba. Archer y el chico quedaron en el centro: todas las líneas de ambas vidas confluían en este momento: matar o morir. Una decisión definitiva. Sefia tenía miedo hasta de respirar, miedo de alterar esas corrientes que refulgían, así que observó, espectante. *No lo hagas. No quieres hacerlo. No quieres ser esto. Mírame. Mírame, por favor.*

Y él lo hizo. Sus ojos perdieron la mirada fiera. Volvió a ser Archer, su Archer, de nuevo.

Su brazo cayó.

Se alejó.

Decepción. Disgusto. La multitud rugió. Sefia parpadeó y comenzaron a empujarla, a gritarle, había manos que trataban de llegar a ella, palabras que la agraviaban. Y luego el tono de las voces cambió, y se oyeron ansiosos otra vez, emocionados.

Gregor había logrado ponerse en pie. Había alcanzado la espada. La tenía en su mano sana. Se había avalanzado como una flecha hacia Archer, con una mirada salvaje en sus ojos negros.

—¡Archer! —la voz salió de ella.

Al oírlo, Archer se movió, pero fue demasiado tarde. La espada había alcanzado su espalda. No flaqueó, sin embargo, como si aquello hubiera sido nada. Entonces golpeó a Gregor con la lanza rota: le conectó una lluvia de palazos en torso, rodillas y nudillos sangrantes. Archer era demasiado veloz. El chico no lograba bloquear todos los golpes que lo magullaban, lo vencían.

Por último, Archer lo golpeó en el rostro. Gregor se desplomó y no volvió a levantarse.

A su lado, Haku se movió y gimió, pero no consiguió enderezarse.

Ambos estaban vivos.

Archer soltó los trozos de la lanza rota y se trepó por la puerta más cercana. Al verlo fuera del foso parecía como si hubiera salido de un pozo en el cual había estado perdido durante mucho tiempo, y que ahora esas partes suyas que odiaba y temía fluían de él como agua.

Sefia intentó correr hacia él, pero una mano fría la tomó por la muñeca, deteniéndola.

—No tan rápido, gatita —el collar con el diente de ballena se balanceó ante sus ojos como un péndulo. Lavinia.

—Tiene que haber una muerte —le dijo.

La multitud bramó nuevamente.

La otra mano de Sefia se dirigió a su cinturón, pero la varita se le había caído. Estaba en el suelo, junto a la mochila de Archer.

—¡No tendremos ganancia si no hay una muerte!

—¡Tiene que hacerlo! ¡Si no, no podrá ser llevado junto a Serakeen!

Archer cerró los puños, pero nadie se atrevió a acercarse.

—¿Qué dice el árbitro? —preguntó uno.

Sefia procuró zafarse, liberar su muñeca, pero las uñas de Lavinia se clavaron en su piel.

El árbitro suspiró:

—Siempre hay una muerte.

Sefia logró soltarse, corrió a alcanzar las armas de Archer, y se las lanzó por el aire. Él atrapó la empuñadura de la espada, y la hoja refulgió fuera de su vaina. La multitud enmudeció. Todas las miradas cayeron sobre él. Sefia recogió la varita del primer oficial.

—Tiene que haber una muerte —repitió el árbitro, con el rostro gris, recargado en la escoba que lo sostenía—. Así es como funciona.

Pero Archer ya no lo escuchaba. Avanzó entre el gentío, que se abrió ante él como hierba que se marchita ante las llamas de un incendio. Nadie hizo nada por detenerlo mientras se colgaba sus cosas al hombro.

Cuando terminó, miró fijamente al árbitro, a la espera. La sangre le corría por encima del ojo izquierdo hasta la mandíbula, pero en ese momento su predisposición a la violencia era tan sólo una parte de lo que lo hacía tan formidable. Su simple presencia le daba el control de la sala. Parecía resplandecer, como si se hubiera tragado el sol y éste brillara a través de sus ojos y dientes. Para Sefia, nunca se había visto tan alto.

El árbitro se encogió bajo su mirada. Los músculos de su mandíbula se estremecieron de nerviosismo.

Y luego asintió, cosa que no sorprendió a Sefia.

—No puedo pagarles si no hay una muerte —le dijo.

—No queremos el dinero. Basta con que nos diga adónde ir. Cómo encontrar a… —la siguiente palabra le dejó un mal sabor en la boca—, a Serakeen.

—Por ese túnel.

El salón explotó en objeciones. Voces en alto. Amenazas de violencia. Lavinia sacó su pistola, un arma temible con empuñadura de hueso tallado.

Goj, el inscriptor de Everica, se quitó la gorra azul y la agitó furioso ante el rostro del árbitro.

—¿Acaso se cree con derecho a…?

La voz dura del árbitro resonó en las paredes de piedra.

—Yo soy el árbitro aquí. Hagan lo que digo, o Serakeen será informado de ello.

CAÍDO 424

El nombre del Azote del Oriente silenció a la muchedumbre y, por unos instantes, todos los presentes miraron incómodos a su alrededor, como si algo oscuro y malévolo fuera a colarse por las grietas de las piedras. Entonces, Lavinia escupió hacia un lado y los organizadores de apuestas, que refunfuñaban contrariados, comenzaron a devolver el dinero a sus clientes, a entregar bolsas de monedas, contar maíes de oro y angos de plata en las palmas de sus manos.

—El portero los estará esperando —dijo el árbitro.

Un portero. Él podría indicarles dónde encontrar a Serakeen, y si había visto a Nin.

Sefia y Archer bordearon el foso para llegar hasta el túnel, donde ella tomó un farol de la pared. Empezaron a caminar, mientras él se vestía. El olor a sangre y los quejidos tenues de los heridos quedaron atrás.

Cuando el ruido y el olor del ruedo de pelea se desvanecieron, Sefia puso el farol en el piso y rodeó a Archer con los brazos. Él se tambaleó ligeramente hacia atrás por el impacto, pero luego le devolvió el abrazo.

—Gracias —dijo ella, con la boca contra su camisa.

La mano de él le acarició el pelo sólo una vez, y luego se posó en su hombro.

—Temía que… —su voz se perdió. El corazón de Archer latía bajo su mejilla y ella recordaba la tibieza de su piel, los bordes de sus cicatrices rozando su barbilla y la comisura de sus labios—. Pero no lo hiciste —lo estrujó contra sí una vez más, para soltarlo.

Él asintió, tocándose el borde de la cicatriz del cuello. Esos chicos habían sido como él.

—De aquí en adelante las cosas serán más peligrosas —buscó la varita del primer oficial—. ¿Deberíamos llamarlos? Dijeron que nos ayudarían —dijo, *y bien puede ser que necesitemos ayuda,* pensó lúgubremente.

Él negó con la cabeza y cruzó los dedos.

—Tienes razón —asintió ella—. Esto es asunto nuestro. Veamos lo que viene a continuación y, si necesitamos ayuda, la pediremos.

El túnel parecía extenderse a lo largo de kilómetros y kilómetros. A medida que avanzaban, Sefia se imaginó pasando bajo los zapateros, los panaderos, los herreros en sus forjas con las paredes tiznadas de negro. Sintió como si Archer y ella desaparecieran bajo el mundo... la gente, sus conflictos, casas, trabajos, y calles... y, por un momento, casi podían olvidarse de sus propias vidas, de Serakeen, de padres muertos, de libros y violencia, y cuando reaparecieran en la superficie sería como si se materializaran de la nada, sin dirección ni pasado.

Pero cuando subieron la ancha escalinata y encontraron una puerta con el símbolo ⊖ grabado, Sefia entendió que habían cargado con su pasado, y que éste se había hecho día a día más pesado.

Archer buscó su mano en la oscuridad.

Cuando abrió la puerta, salieron a un pequeño embarcadero atiborrado de barriles y cajones vacíos. Hacia el oriente, el rugido sordo de la actividad de la noche se elevaba desde el Puerto Principal, pero aquí, en los confines de la ciudad, la noche era suave y azul, y los faroles de los botes nocturnos brillaban como luciérnagas de ámbar en el agua oscura. A través del Estrecho Callidiano, se veían borrones de los edificios de Corabel, titilando con lucecitas.

Sefia se sobresaltó cuando alguien se movió en el embarcadero. El hombre, envuelto en un largo impermeable, estaba sentado sobre uno de los pilotes, como un enorme pájaro negro. No dijo nada, sino que se subió a un bote y les hizo señas para que lo acompañaran.

—¿Es usted el portero? —susurró Sefia.

El hombre asintió. Los oscuros valles de su rostro cambiaron con la luz nocturna, y de repente Sefia sintió la apremiante necesidad de poner la mano en el brazo del hombre, tal vez para asegurarles a ambos de que era real y no iba a desvanecerse en el instante en que ella lo tocara.

—¿Serakeen está aquí, en Jahara? —preguntó ella.

El portero señaló hacia tierra firme, en la otra orilla. Hacia Corabel.

—¿En Corabel? Podemos llegar allá por nuestra cuenta. Basta con que nos diga dónde hallarlo.

El portero no musitó palabra.

—¿Qué les sucede a los muchachos tras su encuentro con él?

El hombre hizo un gesto señalando su bote.

Archer tamborileó en su mejilla con cuatro dedos. Quería que Sefia leyera al portero, tal como había hecho con el cantinero de Epidram.

Ella tomó aire y parpadeó. Las corrientes de luz la bañaron, y se dio cuenta de que el portero era *incapaz* de hablar. No tenía otra opción, le faltaba la lengua. Se la habían cortado hacía mucho, parecía toda una vida. Hasta se había olvidado de cómo gemir.

Había sido un inscriptor de Liccaro. Había llegado hasta La Jaula, y allí había tratado de sobornar al árbitro, el cual lo envió directamente a Serakeen, y había sido él quien le había cortado la lengua.

Ahora era un portero anónimo que acudía cuando lo llamaban y hacía lo único que se le pedía: llevar candidatos de Jahara a Corabel. No hacía preguntas ni daba respuestas.

Quizá se lo merecía por lo que había hecho como inscriptor.

El hombre parpadeó de nuevo.

—Lo siento.

Pero era la única de ellos que podía hablar, y no obtuvo contestación. No iba a conseguir respuestas de esta manera.

Se metió con agilidad en el bote, y se sentó con el centro, con su mochila entre las rodillas.

—Nos llevará al puerto de Corabel —dijo—. Allí está la bodega a la que conduce a todos.

Si esto sorprendió al portero, éste no dio señal de ello.

Tras un momento, Archer se sentó frente a ella, en un lugar donde pudiera vigilar al portero, a pesar de que no había nada amenazador en el hombre que acababa de colgar el farol. No era más que una silueta contra el cielo estrellado. El portero soltó las velas.

En el camino hacia Corabel, Sefia limpió y vendó las heridas de Archer. Con un paño húmedo mojó su rostro para limpiar la sangre.

Cuando terminó, sus manos se detuvieron en las mejillas de Archer. En la oscuridad, hubiera querido delinear la curva de sus cejas con los pulgares, rozar con los labios las diminutas pecas de los extremos de sus ojos. Una oleada de calor le bañó los pómulos y se sentó de nuevo, ocupándose en guardar la cantimplora y el paño sucio.

—Vamos a encontrar a los que te hicieron esto, a ti y a los demás. A todos nosotros —no dijo lo que haría una vez que los encontrara. Aprender para qué servía el libro. Rescatar a Nin... y luego...

No tenía idea. Lo único que sabía era que todo había cambiado. *Ella* misma había cambiado. No iba a acabar con otra vida. Encontraría otra forma de hacer las cosas.

Navegaron en silencio a través del Estrecho Callidiano sin más sonido por compañía que el del agua meciéndose contra el bote. El cielo purpúreo que había sobre Jahara comenzó a desvanecerse y lo sustituyó la vista nocturna de Corabel.

Tres faros con forma de espiral se dibujaron en la costa rocosa para advertir a los marineros de los riscos traicioneros y las rápidas resacas de Deliene. Grandes torres coronadas por salones de vidrio y espejos que reflejaban rayos de luz hacia las aguas oscuras, guiando así a los barcos hasta el tranquilo puerto de la capital en la colina.

Habían pasado siete años desde su partida de Deliene, siete años desde que lanzó el último vistazo a aquellas montañas cubiertas de nieve desde la popa de un viejo barco mercante que no paraba de moverse. En aquel momento lloró, las lágrimas se le helaban al rodar por sus mejillas, con la nariz enrojecida por el frío, y Nin había estado junto a ella, envolviéndolas a ambas con los faldones de su abrigo de piel de oso.

—¿Alguna día volveremos a casa, tía Nin? —preguntó entonces.

La anciana mujer le dio un apretón en los hombros.

—No hay vuelta atrás para nosotros, niña.

Sefia se tragó un sollozo.

—Tu casa, tu hogar, es donde tu decidas —Nin se encogió de hombros—. Puede ser un barco, o simplemente las cosas que cargas en tu espalda, contigo, día tras día. O puede ser tu familia. O quizá sólo una persona a quien ames más que a nadie en el mundo. Ése es tu hogar.

El portero llevó a Sefia y Archer a un embarcadero apartado en el extremo occidental de la bahía del puerto, cobijado por el alto risco que la formaba. Cerca del centro del puerto, los faroles alumbraban, pero en este punto, todo era sombras y luz de las estrellas.

En silencio, los guio hacia un enorme almacén tallado en los riscos rocosos.

—Gracias —dijo Sefia—. Podemos seguir solos.

Pero él se limitó a negar con la cabeza y abrió la puerta. Sefia y Archer se pusieron alertas, listos para correr, pero no se vio ningún movimiento dentro. A excepción de las pilas de cajones y los gigantescos rollos de cuerda, estaba vacío, como una cueva inundada por el eco. Con cautela, siguieron al portero a su interior.

En el otro extremo, recorrió la pared con las manos y un panel de piedra se deslizó hacia un lado. Una puerta oculta con una cerradura sensible a la presión. Sefia recordó su antigua habitación, hacía tanto tiempo.

Miró hacia un lado y otro del almacén.

—¿No hay otra manera de entrar?

El portero metió la mano en el pasadizo, encontró una antorcha y la encendió, iluminando un túnel de piedra.

A la luz de la antorcha, Sefia pudo ver que tenía un rostro como el que podría encontrarse en el panadero o el sastre o el barrendero de una calle cualquiera, o como el de un padre o un tío.

Él se volvió de repente y se cubrió la cabeza con una capucha negra. Entró en el túnel, y aguardó a que lo siguieran.

Archer tanteó a lo largo de la pared del almacén, buscando otra entrada. Sefia se metió en la oficina del capataz y se agachó para recorrer el piso con las manos, en busca de ranuras.

El portero seguía esperándolos.

Finalmente, Archer regresó, encogiéndose de hombros y mostrando las palmas de las manos para dar a entender que no había encontrado nada.

—No puede ser la única puerta —le dijo al portero—. ¿No ha visto otra entrada?

Sacudió la cabeza para negar. Era el único camino que había usado para entrar o salir. Pero eso ella lo sabía también porque lo había visto gracias a su Visión. Sin embargo, había tenido la esperanza de que no fuera así.

—¿Supongo que volveremos por la mañana? Al menos podemos quedarnos vigilando este sitio.

Archer le tocó el codo.

—Es demasiado arriesgado. No sabemos qué hay allá abajo.

Él negó. Sabían exactamente lo que había: la persona a la que habían estado buscando durante todas esas largas semanas. Justo allí, más allá del umbral.

A Sefia se le secó la garganta. A eso habían ido hasta allí. Llegarían sólo hasta donde tuvieran que hacerlo, hasta encontrar otra salida. Y entonces, regresarían.

Con Archer a sus espaldas, entró al túnel.

El portero cerró la puerta tras ellos y los guio por el pasadizo, y los únicos sonidos que se oyeron fueron los de la respiración de ambos, los crujidos de sus movimientos al andar, y el chisporroteo de las llamas.

Al final, llegaron a una intersección. El túnel se abría a ambos lados, desapareciendo en la oscuridad, y ante ellos se erguía una puerta metálica. Tenía un brillo opaco a la luz de la antorcha, y la dominaba un gran círculo de hierro inscrito con cuatro líneas, tres curvas y una recta:

Apuntaba en la dirección equivocada, pero no había lugar a dudas que se trataba del mismo. Sefia tocó el metal con las puntas de los dedos.

—¿Serakeen? —preguntó.

El portero miró subrepticiamente hacia la izquierda, y de las sombras emergió una voz suave:

—Al otro lado de la puerta.

Sefia se sobresaltó. Un guardia se acercó con los brazos cruzados, recostado tranquilamente contra la pared, como si recibiera víctimas de Serakeen todas las noches. Su mirada la recorrió.

—¿Está aquí para asegurarse de que entremos? —preguntó ella.

—No, sólo para asegurarme de que no anden husmeando por aquí —se apartó perezosamente un mechón de pelo rojo de sus ojos—. Pueden irse, si quieren. Aunque nos dijeron que seguramente no lo harían.

—¿*Les* dijeron?

Archer hizo un movimiento detrás de ella, y Sefia no necesitó volverse para saber que había un segundo guardia.

Fulminó al portero con la mirada.

—Habría podido advertirnos.

Los guardias rieron.

El portero sacudió la cabeza sin poder decir nada y abrió la boca, mostrándole la cicatriz que delataba su falta de lengua.

Antes le había producido lástima. Ahora ya no.

—Pudo haber encontrado la manera de advertirnos —le reclamó.

El hombre se retiró, bajando la cabeza. El liso brillo de su impermeable despareció por el túnel, hasta que se lo tragó la negrura.

Archer la miraba. Sus ojos se veían más dorados que nunca, casi parecían arder.

—Bien, ya saben que estamos aquí —dijo ella. Miró a los guardias, que intercambiaron una sonrisa—. ¿Estás listo?

Archer asintió.

Se volvieron hacia la puerta, hacia el símbolo que habían estado buscando, y hacia lo que fuera que hubiera más allá.

Aguas Rojas

Antes de la pelea en Las dos berlingas, antes de conocer a Sefia y Archer, antes de la búsqueda del Tesoro del Rey, el Capitán Reed y el *Corriente de Fe* fueron en un viaje hacia el borde occidental del mundo. Habían pasado el episodio que había condenado a Cat y su tripulación, pero el viento había amainado poco después. El barco apenas se movía. Las velas colgaban flojas de las vergas como cortinas manchadas. Sólo el Capitán Reed lograba que avanzaran, buscando lentas corrientes en las aguas quietas, manteniendo el curso a pesar de la luz cegadora y el calor abrasador del occidente.

El sol ocupaba casi la mitad del cielo, y lo dejaba sin color. Reed se limpió la frente seca. El calor lo agobiaba, lo exprimía, aunque ya no tenía líquido en el cuerpo para poder sudar.

Había pasado la noche entera recorriendo las bodegas, tocando cada barril y cada cajón una vez y otra, entrando y saliendo por las escotillas, buscando entre las provisiones cada vez más reducidas. *Uno, dos, tres, cuatro...* y las contaba una y otra vez, como si con eso pudiera llenar los vacíos barriles de agua y multiplicar los escasos trozos de carne salada.

Pero nada había cambiado en la mañana. La tripulación había recibido una precaria ración de unas insípidas galletas, una loncha de cecina y el equivalente a dos vasos de agua. Pocos tenían ya la energía para quejarse. Sus cuerpos se iban consumiendo cada vez más, resecándose hasta verse descarnados como uvas pasas, con la piel que apenas cubría los tendones y huesos.

El Capitán Reed se inclinó sobre el bauprés, esforzándose por mantenerse en pie. Llevaba horas allí, dibujando círculos interconectados en las ramas del mascarón de proa pero, sin importar los cálculos que hiciera, el resultado siempre era el mismo: tenían exactamente las suficientes provisiones para regresar, *si* es que las ratas no acababan con ellas y no tenían problemas para navegar. Si daban la vuelta ese día, podrían sobrevivir.

El sol se hundía en el mar, encendiéndolo como una lámpara. Estaban cerca, pero ¿cuánto? La luz era cambiante, sutil. Resultaba posible que cruzaran el borde del mundo hoy, o mañana, o la semana siguiente.

O nunca.

Puede que el mar se extendiera hacia adelante por siempre, y no hubiera nada que pudieran encontrar allí. Nada excepto aguas infinitas y vacías.

A su lado, Meeks observaba a lo lejos, en busca de señales de cambio en el mar. En sus ojos bostezaban las sombras. Todos habían comenzado a parecer... esqueletos vivientes con espantosas máscaras, como la capitán Cat y el último marinero del *Siete campanas*.

Reed se frotó los ojos adoloridos.

—¿Por qué me has seguido hasta aquí, Meeks?

El segundo oficial hizo una mueca.

—¿Recuerda lo que dijo Cat antes de morir?

Lo recordaba. Esas palabras acudían a su mente sin cesar, asediándolo en las noches.

—*¿Quién recordará a su tripulación?* —repitió.

—Y estaba en lo cierto, ¿no? Todas estas cosas que hacemos, las aventuras a las que nos lanzamos, tarde o temprano la gente olvidará que participamos en ellas. Pero a usted no lo olvidarán. Usted es el capitán. ¿La tripulación? Tarde o temprano se olvidarán de mencionar nuestros nombres y hasta olvidarán que estuvimos allí.

—Entonces, por qué...

—Porque usted no lo olvidará —Meeks le sonrió, partiéndose sus resecos labios—. Lo vi meterse entre las llamas en la isla flotante. Lo he visto entregar sus raciones para que la tripulación pueda comer más. Hay algunos que, como saben cuándo van a estirar la pata, se lo toman con calma. Pero usted no. Saber que no va a morir lo lleva a luchar por proteger a los que sí lo harán.

Reed puso la mano en el delgado hombro de Meeks. Quizá podría hacer finalmente lo que la capitán Cat había querido: salvar a la tripulación, salvarlos a todos, no sólo sus cuerpos sino también sus mentes, de manera que al dejar este lugar, no quedara grabado en sus cabezas como las experiencias de la capitán habían quedado impresas en la suya. Podían liberarse de este maldito resplandor interminable, y jamás tendrían que recordarlo.

Las palabras brotaron en lo profundo de los pliegues de su corazón: *Vamos a casa*. Se elevaron, ascendieron como el humo hacia su garganta, quedando a la puerta de sus dientes: *Vamos a casa.*

Eran palabras que significaban derrota. Fracaso.

Y supervivencia.

—Capitán —Meeks se llevó los puños a los ojos y dejó ver sus dientes.

—No —Reed miró la cara marcada de cicatrices de su segundo oficial—. ¡No! La doctora nos advirtió que esto pasaría.

Visión distorsionada. Puntos ciegos. Dolor.

Meeks intentó parpadear, pero ya no podía abrir los ojos.

—Lo siento, Capitán, yo sólo quería ayudar.

—Vamos a que te atienda la doctora —el Capitán tomó al segundo oficial de la mano y lo guio hacia la escotilla principal.

¿De qué más serían privados antes del final? ¿Habría un final? La reluciente extensión de agua se extendía ante ellos, hasta fundirse con la blanca radiación del sol.

Una explosión sorda, como de pólvora, golpeó el bauprés. Reed se volvió. Trozos del sol se iban desprendiendo y flotaban hacia ellos, dejando largas estelas de luz. Donde caían, silbaban y se evaporaban como nubes de polvo, salpicando el casco con motas luminosas.

El *Corriente de fe* estaba atravesando el sol de poniente.

Gritos de alarma se elevaron entre la tripulación.

—¡Esto no está bien! —gritó uno—. ¡Maldita sea! ¡No pasaremos de aquí!

Meeks volteó la cabeza hacia el punto de donde venía la voz. Sus manos buscaron sus pistolas.

—Camey, ese desgraciado...

Una nube de luz bañó de polvo refulgente el cuello y la mejilla de Reed. No sintió nada... era menos pesado que los copos de nieve. Se sacudió el cuello de la camisa, pero la luz ya había desaparecido.

Lo habían conseguido. Si no hubiera estado tan ronco y seco, habría alardeado con un grito.

Empujó a Meeks hacia el trinquete.

—Quédate aquí mientras doy el aviso. No tengo intenciones de perderte.

—Pero, Capitán...

—Haz lo que te digo —sin esperar respuesta, caminó vacilante por la cubierta, desenfundando a la Ama y Señora de la Misericordia. Estaba tan débil que era como si los tablones del piso rodaran bajo sus pies.

—¿Alguien ha visto a Aly? —preguntó Cooky, asomando la cabeza fuera de la cocina en busca de su camarera. Reed pasó frente a él y se detuvo en el extremo de la escotilla principal.

Más allá del palo mayor, Jaunty se aferraba al timón, pero Greta lo sostenía por el cuello con una de sus gruesas manos. La otra, presionaba el cañón de un revólver contra su cabeza. Camey estaba junto a ellos, con su nariz con forma de gancho, sus ojos brillantes, y sus pistolas apuntando hacia el primer oficial, en pie junto a la entrada de la cabina principal.

—Ya hemos llegado suficientemente lejos, Capitán —con la cabeza, Camey señaló a la Ama y Señora de la Misericordia—. Tire el arma.

Para hacer más hincapié, Greta le dio un golpe a Jaunty con el cañón de su revólver. El timonel tosió y trató de escupir hacia un lado, pero nada salió de su boca.

A Greta se le había empezado a caer el pelo, dejándole parches de piel descamada entre sus negros mechones. Ni ella ni Camey habían expresado la menor queja durante semanas, ni siquiera a manera de broma. Reed debió haberlo previsto. Pero se había concentrado tanto en llegar al confín del mundo que no se había dado cuenta. O no le había importado.

Ahora, ella había amagado a Jaunty, a pesar de no tener mucha movilidad y de que sus extremidades no eran de fiar. Reed podía sacar su pistola más rápido que Camey, y hasta podía ser que lo matara antes de que éste pudiera disparar. Pero no valía la pena arriesgarse si el precio era alguien de la tripulación.

Reed soltó a la Ama y Señora de la Misericordia. El revólver plateado cayó sobre la cubierta en el momento en que Horse y la doctora se asomaban por la escotilla principal.

La guardia de babor avanzó a trompicones desde el refugio del castillo de proa, parpadeando a causa de la excesiva luz.

Jules habló primero:

—Camey, ¿pero qué...?

Él le disparó a los pies. Volaron unas cuantas astillas del piso. El primer oficial hizo un gesto de dolor.

—Ahora —dijo Camey—, quítese el cinturón y póngalo en el piso también.

A través del tambor de su revólver, Camey miró a Reed de arriba abajo. El Capitán obedeció, recordando al jabalí de la isla flotante, que había recibido un disparo limpio entre ambos ojos. Se quitó el cinturón y lo dejó caer, con todo y el Verdugo, junto a la Ama y Señora de la Misericordia.

—Haga que el barco vire de regreso a casa —gritó Greta.

El timonel gruñó, moviendo las manos sobre el timón, pero no lo hizo girar.

Nubes de luz tocaron las velas y bajaron flotando hacia la cubierta. De entre la tripulación salieron gritos callados. El sol se veía cada vez más grande y más cerca del barco, y entre los mástiles y los aparejos se filtraban ráfagas de luz.

—Camey, no es peligroso... —empezó a decir Reed.

—Usted no lo sabe con certeza. No sabe qué hay allá adelante. Nos ha puesto en una situación crítica tras otra en este maldito viaje. Ya es suficiente.

—Si hubieras hecho esto un minuto antes, habría estado de acuerdo contigo —dijo Reed—, pero ahora no. ¿No lo sientes? —el último confín del mundo, esperándolos allí, detrás del círculo del sol. Sus dedos se toquetearon entre sí. Una historia digna de ser contada.

Camey sacudió la cabeza en negativa.

—No voy a meterme allí.

Greta amartilló su revólver.

—Sería más sencillo con tu ayuda, Jaunty, pero lo haremos sin ti si tenemos que hacerlo —dijo ella.

—¡No! —Horse se lanzó hacia ella.

Camey le disparó. La bala impactó en su carnoso hombro y lo atravesó. Horse se desplomó sobre la cubierta. La doctora corrió hacia él.

Se oyeron susurros entre el resto de la tripulación. Uno a uno levantaron las manos con las palmas a la vista y los brazos derechos, y se alejaron de Reed. Ninguno, ni siquiera Jules o la doctora o el viejo Goro, lo miraron.

Una sonrisa se dibujó en el rostro de halcón de Camey.

—Harison, ¡las pistolas del Capitán!

La proa del barco atravesó el sol, envuelta en nubes de luz. Un humo brillante cubrió el bauprés. Reed maldijo. Meeks estaba asomado en la proa.

El grumete fue el último en salir del castillo de proa, y miró a Camey, luego a Reed y nuevamente a Camey. Sacudió la cabeza.

—Anda, Harison. —dijo Greta—. Eres uno de los nuestros —la luz era tan intensa que tenía los ojos casi cerrados. Reed la miró atentamente. Ella no sabía dónde estaba Harison, ni hacia dónde dirigir su voz. Estaba tan ciega como había estado su segundo oficial, aunque trataba de ocultarlo—. Anda, Harison, tú eres de nuestra *patria* —le dijo.

—No —contestó él, avanzando a trompicones por la cubierta—. Este barco es mi patria.

El gesto decidido de Greta se esfumó, dejando en su lugar confusión y desesperación. Sus ojos deslumbrados recorrieron todo sin ver nada. Había estado tan segura de que él les ayudaría. Tan confiada. Reed casi sintió pena por ella.

La luz había envuelto por completo el contrafoque y el trinquete.

Los amarillentos ojos de Camey se hincharon sobre su rostro cuando gritó:

—¡Vira!

Jaunty mostró los dientes:

—Púdrete en tierra. No vas a adueñarte del barco.

Toda la parte delantera del buque estaba cubierta de luz, que bañaba el pañol de carpintería y se derramaba sobre las batayolas. Casi un tercio del barco había atravesado el sol.

—¡Ayúdenme! —gritó Camey—. ¡Nos hundiremos si no lo hacen!

Jules y Theo se adelantaron indecisos, con las manos extendidas hacia el frente, no muy seguros de lo que hacían.

Reed sentía la luz que le acariciaba los hombros y la nuca. Iba a la deriva en la periferia de su campo visual.

—Hoy no será el día —murmuró.

La luz lo envolvió. Se arremolinó a su alrededor, silbando, para explotar en nubes de polvo luminoso en los puntos donde tocaba su piel. Era tan brillante que sintió que iba a estallar sin remedio.

Los demás gritaron. Alguien lloraba.

Un disparo perforó el aire.

Alguien cayó al piso, gimiendo.

Reed se agazapó, tratando de ver algo en medio de la luz, pero no consiguió distinguir nada en el resplandor.

Alguien tropezó con él. Alguien más lloraba. Se oía un ruido de pelea: gruñidos, pisadas, maldiciones, golpes de codos y rodillas en la cubierta, el *chasquido* de la carne contra la carne.

Una pistola cayó al suelo.

Tanteó en busca de sus revólveres. Su cinturón. Cualquier cosa.

—¿Capitán? —oyó la voz de Harison por encima de su hombro.

—Mantente en el piso —le murmuró Reed.

La luz desapareció tan abruptamente que al Capitán le pareció que lo hubieran tirado a un pozo. Oscuridad. Buscó sus armas pero sus manos no encontraron nada. Todo era negro. Y frío. Tras el calor abrasador del otro lado del sol, este frío calaba los huesos. Los trituraba.

Encontró su cinturón y se lo puso. Y su vista regresó. Vio el cielo negro y el disco blanco del sol, que irradiaba poca luz y nada de calor. Su aliento se congeló en el aire.

Greta yacía en el suelo. Se había llevado las manos al pecho y su respiración era dolorosa e irregular. La sangre manchaba su camisa, entre sus manos. Por encima de ella, Jaunty seguía aferrado al timón, con su camisa salpicada de sangre.

Harison estaba de rodillas junto al corral vacío. Reed lo tomó por el codo y lo levantó.

—Meeks está detrás del palo de trinquete —el frío se llevó sus palabras.

El grumete asintió y se alejó para casi chocar con Cooky, que salió de repente de la cocina, llamando a Aly.

La tripulación estaba a gatas, sujetos todos a las batayolas, tiritando en el frío repentino. Horse se acurrucó para protéger a la doctora, que intentaba sanar su herida.

El primer oficial luchaba con Camey; gruñían y forcejeaban, cada uno de ellos intentaba atrapar y someter al otro. Una de las pistolas de Camey había salido despedida por la cubierta, pero tenía agarrada la otra con tal decisión que sus nudillos estaban blancos. El primer oficial lo tenía preso por la muñeca y le golpeaba la mano una y otra vez contra la barandilla, tratando de que soltara el arma, pero ambos resistían.

Camey resbaló. No podía ver. Sus brazos giraron.

Pero el primer oficial nunca estaba ciego a bordo del *Corriente de fe*.

Logró arrebatarle la pistola, la volvió hacia él y apretó el gatillo.

La sangre brotó como una fuente y corrió por la cubierta. Camey se derrumbó.

El barco estaba en silencio mientras la aturdida tripulación recuperaba la vista. El cielo era tan negro como la brea, y ni siquiera se veían los puntos luminosos de las estrellas. La escasa iluminación del lado trasero del sol era tenue y fría, más semejante a la niebla que a la luz verdadera.

En la repentina calma, Aly bajó de lo alto del palo de mesana con el fusil colgando a la espalda. Se detuvo junto al cuerpo de Greta. De su boca salía vaho.

Harison apareció en la parte trasera de la cocina llevando a Meeks de la mano.

—¿Qué sucedió? —preguntó el segundo oficial, y su voz cayó ruidosamente en el silencio—. Ayúdame, Harison —el grumete se agachó para decirle algo al oído.

Reed miró a la cofa, con los ojos entrecerrados, y llegó hasta Aly.

—Me preguntaba dónde estabas.

Ella se estremeció por el frío.

—No podía permitir un motín en su barco, mi Capitán.

El frío les calaba los huesos. Respirar era doloroso. Reed rodeó los hombros de Aly con el brazo. La camarera temblaba. Los demás estaban apiñados contra las batayolas, señalando la temible oscuridad que los envolvía.

Las aguas eran tan negras como el cielo, con horquillas de luz en la cresta de las olas. Era sobrenatural. Tan pronto un rayo de luz tocaba el agua, se hundía bajo la superficie y desaparecía, engullido por la oscuridad. Hasta el sonido de las olas que acariciaban el casco era extraño, como un castañeteo de dientes.

A Reed le ardía el fondo de los ojos. La respiración se le atascaba en la garganta. Esa oscuridad penetrante y fría hacía que algo en lo profundo de su ser quisiera aullar, gritar y salir.

Los demás debieron sentirlo también, porque Aly comenzó a llorar.

Horsé también gemía como un niño pequeño.

Aparecieron luces rojas en las profundidades, pero en lugar de irradiar parecían absorber luz y no iluminaban. Miles y miles de puntos rojos se multiplicaban una y otra vez hasta donde alcanzaba la vista en el sombrío mundo que había detrás del sol.

El primer oficial giró, pero no podía ver las luces rojas. Tan sólo sentía el frío, la inquietud desazonadora que se colaba en tripas, corazón y pulmones.

Y luego llegó el sonido desde la oscuridad.

Arremetió contra ellos como la niebla en la cumbre de las montañas, llenando los espacios entre uno y otro, aullando, gimiendo. Susurrando y gorjeando y carcajeándose enloquecido. Voces de campanas tañendo, o glaciares hendiéndose en dos, o montañas derrumbándose hasta no ser más que polvo. El último jadeo tembloroso de los agonizantes. Era el sonido más espantoso en un mundo de sonidos terribles, el tipo de sonido que nos cerca en lo profundo de la noche, cuando la oscuridad se cierra a nuestro alrededor y el frío se cuela por cualquier rendija. Es justo ahí cuando, en el resonante vacío de la oscuridad, de repente nos atenaza el miedo helado de estar muertos, de haber partido ya para siempre.

Habían llegado a las Aguas Rojas en el confín del mundo, al lugar de los descarnados.

CAPÍTULO 37

Respuestas

Sefia puso las manos sobre el emblema en el centro de la puerta y miró a Archer. El frío hierro le caló en la piel. Dos líneas curvas para sus padres, otra para Nin. La línea recta para ella. El círculo representaba lo que tenía que hacer, su misión.

Archer asintió. Habían llegado hasta allí en busca de respuestas. Habían llegado hasta allí para acabar con esto.

Así que Sefia tomó aire, se tragó sus dudas, y empezó a girar el emblema. En el interior de la puerta, unas grandes ruedas metálicas resonaron mientras el símbolo se movía hasta quedar en la dirección adecuada, la correcta.

Las guardas de la cerradura chasquearon, y la puerta se abrió pesadamente pero en silencio, hacia dentro.

Sefia entrecerró los ojos. Tras la oscuridad de los pasadizos, la habitación a la que entraron resultaba cegadoramente luminosa. Los candeleros de las paredes y el candelabro del techo estaban llenos de velas. Las llamas coronaban las puntas de las velas blancas y delgadas que alumbraban los irregulares muros cubiertos con tapices y antiguos retratos, en los que los ojos de los personajes destellaban como trocitos de vidrio.

Frente a ellos, en el centro de la habitación, había un escritorio. La barnizada superficie estaba atestada de pilas de hojas de papel, tinteros y plumas con las cuales Sefia ni siquiera habría alcanzado a soñar, y ella sintió el deseo repentino de tirar de todas la manijas de plata de los cajones y revolver su contenido, en busca de pergaminos más lisos, libros más pequeños y cortaplumas que cupieran en la palma de su mano.

Pero detrás del escritorio, con las manos cruzadas cuidadosamente ante sí, se hallaba una mujer de pelo entre negro y plateado, con ojos de un gris sucio, y piel del color y la textura de una concha marina blanqueada por el sol.

Aunque era de complexión más delgada y tenía la mandíbula y los hombros más anchos que ella, desde lejos Sefia hubiera podido confundirla con su madre.

La mujer se levantó, expectante, como si hubiera estado aguardando su llegada.

—Bienvenidos —su voz era tan intrincada y precisa como una delicada filigrana—. Me alegra que hayan podido llegar.

Una vez que Sefia y Archer entraron, dejando suaves huellas en la gruesa alfombra de color rojo y oro, un hombre vestido con un sucio abrigo color berenjena cerró la puerta tras ellos. Era alto y delgado, y llevaba una barba de varios días y un bigote tupido que enmarcaba su boca. Una cicatriz violácea se agazapaba en el lado izquierdo de su rostro, y hacía que el extremo de su ojo cayera un poco.

Al verlo, la mano de Sefia buscó el mango de su cuchillo. A su lado, Archer flexionó y estiró los dedos, tocando suavemente el cuero de la desgastada vaina de madera de su espada.

El hombre intentó sonreír, pero su boca hizo una mueca triste. Sus ojos brillaron como agua clara.

—No teman —dijo él—. No pretendo hacerles daño —y, para probarlo, levantó ambas manos y retrocedió hasta un mueble en el muro de la derecha, en el cual se recostó, sin dejar nunca de mirar a los ojos a Sefia. Ni siquiera parecía haber notado que Archer estuviera allí.

—Por favor, siéntense —dijo la mujer tras el escritorio. Les señaló dos sillones de cuero que había frente a ella.

Sefia y Archer permanecieron de pie.

—¿Quién de ustedes es Serakeen? —preguntó Sefia, y su mirada iba y venía del hombre a la mujer.

—Me llamo Tanin, y éste es mi colega Rajar —mientras hablaba, la mujer se acercó hasta un deslumbrante juego de té de plata que había en el muro de la izquierda. Su recorrido entre el escritorio y la mesa lateral creó una estela de aire frío que hizo ondear los rizos de su pelo y la seda bordada de su blusa—. El hombre al que ustedes llaman Serakeen, el caudillo sediento de sangre, el Azote del Oriente, es una invención, un mito muy útil que hemos creado. Pero me temo que no existe.

—¿Qué quiere decir con que no existe? ¿Quién ha estado atacando los barcos en la Bahía de Efigia? —reclamó Sefia—. ¿Quién ha estado saqueando las ciudades de Liccaro? ¿Quién ha estado buscando muchachos con cicatrices en el cuello?

—Yo —susurró Rajar, y se peinó hacia abajo los extremos del bigote con el índice y el pulgar, pero no la miró a los ojos.

—Entonces no me digan que no es real. El que usted diga tener otro nombre, no lo convierte en una persona diferente.

—Yo no quería hacerlo —dijo él. Su gesto parecía suplicante—. Debe creerme cuando le digo que no era mi intención.

—Pero lo hizo.

Rajar miró a Tanin en busca de apoyo, pero ella guardó silencio. Sólo inclinó la tetera sobre las tazas de porcelana de color blanco hueso. A Sefia le pareció que todo lo que hacía la mujer alteraba hasta el aire que la rodeaba... enroscar los hilos de vapor que se elevaban de las fragantes tazas de té podría, semanas más tarde, formar huracanes en algún mar distante del sur.

—Rajar actúa pensando en el bien común. Hay razones mucho más reprobables para acabar con una vida —dijo al fin—. La supervivencia o la defensa propia, por ejemplo. Seguro que habrás aprendido esa lección en tus muchos viajes.

Sefia se estremeció al recordar el claro en el bosque, la luz anaranjada que salía de las ventanas de la cabaña, y Palo Kanta con sus labios torcidos, por los cuales se le escapaba la vida gracias a las manos asesinas de ella.

—Y ahora —continuó Tanin—, siéntense.

Cuando Sefia oyó esta última palabra, sus rodillas cedieron. La mochila se deslizó de sus hombros, y se hundió en el sillón que había tras ella. Archer también se sentó, y se puso en pie al momento, notoriamente conmovido.

—¿Le ponen azúcar o leche al café? —continuó la mujer, como si no hubiera sucedido nada fuera de lo normal.

Sefia retorció las agarraderas de su mochila, que se hallaba a sus pies.

—¿Quién *es* usted?

Tanin echó azúcar en las dos tazas y se volvió.

—Dirijo una organización conocida entre una selecta minoría como la *Guardia*.

La Guardia. Sefia repitió las palabras en silencio. Encajaban en su interior como lo haría una llave en su cerradura, ocupando su lugar y abriendo todo tipo de puertas dentro de ella.

—¿Y Serakeen trabaja para usted? —Sefia miró al hombre que esperaba junto al mueble lateral. Él cruzó y descruzó los brazos. Su abrigo de cuero crujió.

—Rajar es uno de los nuestros —dijo Tanin tajante—. Hace lo que tiene que hacer.

—Por el bien común.

—Así es.

Cuando Tanin le entregó la taza en su platito, Sefia sintió el contacto de sus dedos fríos, manchados de tinta. Se estremeció. La cuchara cascabeleó contra la porcelana.

—¿Y cuál es ese bien común?

—La paz —Tanin le ofreció la segunda taza a Archer, quien no quiso tomarla.

Sefia rio. Era absurdo. Era como escuchar a unos exterminadores exaltando las virtudes de la misericordia. O a unos asesinos predicando la moderación. Archer bajó la vista para mirarla, sorprendido.

Sin alterarse, Tanin se sentó detrás del escritorio y sopló sobre la superficie de su té.

—La guerra puede llevar a la paz si el bando adecuado es el triunfador —dijo ella.

—¿Y ustedes son el bando adecuado?

—Tenemos que serlo.

—Me parece un disparate.

—Me parece que no entiendes el fondo del asunto.

—Explíquemelo, entonces —Sefia colocó la taza sobre la mesa que había junto a su sillón y se cruzó de brazos.

—Puede ser que no nos conozcas, pero sabes cuál es el resultado de nuestro trabajo. Nosotros pusimos fin a los sangrientos enfrentamientos en Deliene. Liberamos a Roku del poder de Oxscini. Unificamos Everica.

—Que ahora está en guerra con Oxscini.

—Sí, Oxscini siempre ha sido un problema para nosotros, pero no lo será durante mucho tiempo más.

—¿Cómo?

—Uno solo no puede enfrentarse a muchos —Tanin sonrió.

La mirada de Sefia se dirigió a Archer y luego volvió a Tanin.

—La Guerra Roja —susurró ella, entendiéndolo finalmente—. La ha visto en el libro, ¿no es así? Y por eso sabe que un muchacho como Archer termina involucrado en ella. Por eso lo quiere para que dirija su ejército. Por eso quiere recuperar el libro. Quiere asegurarse de que todo suceda tal como está allí.

—Lo que está escrito *siempre* termina por suceder —dijo Tanin—. No lo sabemos todo, pero hemos visto lo suficiente como para saber que se *avecina* la Guerra Roja. Que un joven con una cicatriz que le rodea el cuello, exactamente como tu amigo, *encabezará* un ejército, y sus enemigos caerán ante él como el trigo ante la hoz. Se perderán vidas pero, al final de la guerra, los reinos cesarán sus mezquinas peleas. Con esta guerra crearemos una paz duradera para todos los ciudadanos de Kelanna.

Por unos instantes, la idea resplandeció ante Sefia como una de sus visiones: las Cinco Islas trabajando juntas en concierto, todos los reinos unidos en guerra, sus turbulentas historias limadas por una única victoria decisiva. El precio podía ser alto, pero la paz bien valía la pena.

Archer se tocó la cicatriz del cuello. Él cargaría con el peso de ese costo durante el resto de su vida.

—Para todos los ciudadanos de Kelanna —repitió Sefia despacio—. ¿Y qué hay de Archer? ¿Llamaría paz a eso que le hicieron? ¿O a lo que me hicieron a mí? ¿A mi familia? La mujer a la que envió para arrebatarnos el libro, ¿usted cree que alcanzó alguna paz cuando...?

—No hables de cosas que no entiendes —la interrumpió Tanin. Su voz fue como un latigazo para Sefia—. Todos hacemos sacrificios por el bien común. Tus padres lo sabían, desde hacía tiempo.

Sefia se quedó sin aliento. Le tomó unos momentos recuperar la voz y, cuando lo consiguió, sus palabras fueron poco más que jadeos:

—¿Usted conoció a mis padres?

—¿No te lo contaron? —una pequeña arruga de sorpresa apareció entre las cejas de Tanin mientras dejaba la taza a un lado—. Eran miembros de la Guardia.

Sefia enmudeció, pero sintió que las dudas se desplegaban en su interior.

¿Sus padres? Eran héroes. Se oponían a personas como Serakeen. Mantenían el libro a salvo de él. Jamás hubieran...

Pero... ¿cómo habían aprendido a leer?

—Tu padre era mi mejor amigo —agregó Rajar en voz baja—, hace mucho tiempo.

A Sefia se le puso la boca seca. Sentía que la sangre le rugía en los oídos.

—Era aprendiz de Bibliotecario —dijo Tanin, endureciendo la voz—. Su *deber* era proteger el Libro. Pero quebrantó todos los votos que hizo. Junto con tu madre, asesinó al Director Edmon y robó el Libro.

Sefia negó en silencio, y no pudo evitar preguntarse: ¿y si estaba equivocada? ¿Y si los recuerdos de sus padres, su madre tan llena de gracia, de piel broncínea y cabello negro, con su olor a tierra; su padre, que le acariciaba la barbilla cuando la dejaba con Nin, fueran también inventos? ¿Una elaborada mascarada para mantener en secreto su verdadera identidad?

¿Habían sido miembros de la Guardia?

¿Qué los había hecho cambiar de idea?

¿Por qué habían robado el libro?

—Así que yo me convertí en Directora —continuó Tanin—, en la encargada de recuperar el libro y de apaciguar todo después de una traición que nos retrasó décadas.

—Quizás usted se equivoca. Es posible que no logre la paz que dice que busca. Quizás ellos lo sabían y no querían ser responsables de la muerte de tanta gente.

—Ay, Sefia, de verdad que no sabes nada —Tanin sacudió la cabeza, volteando cada una de las cosas que había sobre su escritorio como si buscara las palabras adecuadas con los dedos—. Mar... tu madre era una de las Asesinas. Su ocupación era matar.

—Mi madre jamás...

—Definitivamente así era. Tu madre era *extraordinaria*. Podía acabar con la vida de cualquier persona a veinte metros de distancia. Era tan poderosa que hubiera podido consumir ciudades enteras.

Sefia negó con la cabeza y miró al piso. Bajo sus pies, el diseño de la alfombra se intersecaba y superponía en un encaje imposible de conexiones y nudos inextricables, y no conseguía seguirlos más de lo que podía comprender de las palabras que Tanin le decía.

No era cierto. No podía serlo.

Pero no pudo evitar recordar las cicatrices en las manos de su madre. Su habilidad para usar el cuchillo.

Tanin seguía hablando, pero apenas algunas frases llegaron hasta Sefia en la niebla de su confusión:

—Tu padre tampoco era alguien de poca monta...

Con esas palabras tan inocuas, la furia de Sefia se concentró como lo haría un rayo de luz al pasar por una lente. *Mi padre.* Entrecerró los ojos y algo se encendió en su interior.

—... con un chasquido de sus dedos...

La piel le ardía. Se sentía a punto de explotar, volcánica, en llamas, alborotada. Una avalancha de carbón lista para encenderse. Los exquisitos modales de Tanin la habían apaciguado, al igual que el taciturno arrepentimiento de Rajar y la verdadera historia de sus padres. Pero recordó su misión en ese lugar. Recordó por qué había llegado hasta allí.

—... podía secar un lago en cuestión de segundos...

Lentamente, Sefia levantó la cabeza. El resto de la habitación se hizo borroso, candente, blanco, hasta que no pudo ver más que a Tanin, recostada cómodamente frente a su escritorio, sus labios en movimiento, enviando palabras al aire como un humo dulce y tóxico.

—No era de esperar que se enamoraran, ya sabes, pero siempre les gustó quebrantar las reglas —por un instante, la tristeza pasó como una sombra por el semblante de Tanin—. Y luego rompieron sus votos. Robaron el Libro. Traicionaron todo eso por lo que habían trabajado tanto. Tu madre murió antes de que pudiéramos encontrarla, pero tu padre...

Sefia se puso en pie, con la mano en la empuñadura de su cuchillo.

—Usted lo mató —dijo.

—Hubiera dado todo en el mundo con tal de no hacerlo —murmuró Tanin—, pero necesitábamos el Libro.

Como una bala, o una explosión de pólvora y tristeza y culpa y rabia, Sefia se lanzó por encima del escritorio. Su cuchillo centelleó. Tanin abrió mucho los ojos, y su boca se quedó en la última letra de la palabra que acababa de pronunciar, una *O* asombrada que flotó en sus labios. Las hojas de papel que había entre ambas se dispersaron como pájaros asustados.

Sefia la derribó al piso y le puso el filo del puñal en el cuello.

—Lo torturó, al igual que hizo con Nin —clavó la punta del cuchillo en la cremosa piel de la mujer—. ¿Dónde está ella? ¿Aún vive?

Tanin sonrió, pero su voz tembló arrepentida:

—*Eres* digna hija de tu madre, ¿verdad?

Un ruido a sus espaldas hizo que Sefia se volviera. Dejó de pinchar el cuello de Tanin al ver a Rajar, con el abrigo que se extendía por el movimiento de sus brazos, torcer y trenzar el aire.

Como por arte de magia, las armas de Archer escaparon de sus manos. La espada y el revólver flotaron a través de la sala.

Con un giro de muñeca, Rajar lanzó a Archer a un sillón y evitó que las armas tocaran el suelo.

Horrorizada, Sefia miró de nuevo a Tanin, justo a tiempo para verla abrir los ojos. Sus pupilas tenían el tamaño de unos diminutos puntos negros en medio de dos pozos plateados.

La Visión.

—¡No! —gritó Sefia.

Pero era demasiado tarde. Con un gesto de la mano, la mujer venció a Sefia. El puñal salió volando de su mano cuando su espalda cayó sobre el escritorio. El dolor le recorrió la médula y se acurrucó gimiendo en el piso.

Tanin se enderezó y arregló su ropa. Extendió la mano de nuevo y levantó a Sefia de la alfombra como si la alzaran unas cuerdas invisibles, y la depositó bruscamente en el sillón que estaba junto a Archer.

Sefia se resistió, pero tenía los brazos y las piernas inmovilizados.

A sus pies, su mochila se movía como si la abrieran unas manos invisibles. Sus pertenencias cayeron... ollas y velas y las galletas que Cooky les había dado... y luego el Libro surgió del fondo, saliendo de su funda de cuero mientras volaba hacia los brazos extendidos de Tanin.

La mujer lo abrazó contra su pecho como si fuera un niño perdido y encontrado, y suspiró con profunda satisfacción.

—Lo que está escrito siempre termina por suceder —susurró.

o una   plosió
abia, Se..a se lanzó por enci
entelleó. Tanin abrió mucho los oj   ..ca se que
última letra de la palabra que acababa de pronunciar,
sombrada que flotó en sus labios. Las hojas de papel
..ía entre ambas se dispersaron como pájaros asus-

Sefia la derribó al piso y le puso el filo del puñal en el
..uello.

—Lo torturó, al igual que hizo con Nin —clavó la punta
del cuchillo en la cremosa piel de la mujer—. ¿Dónde está
ella? ¿Aún vive?

Tanin sonrió, pero su voz tembló arrepentida:

—Eres digna hija de tu ma   rdad?

Un ruido a sus espald..   Sefia se volviera. D
de pinchar el cuello de   ajar, con el abri
se extendía por el   sus brazos, tor..
el aire.

Como por arte de magia, las armas
de sus manos. La espada y el revólver
sala.

Con un giro de muñeca, Rajar la   n
y evitó que las armas tocaran el suelo.

Horrorizada, Sefia mi   a Tanin, justo a tiempo
verla abrir los ojos. S   n el tamaño de unos
..os puntos negro..   os pozos plateados.
..sión.

..tó Sefia.

..ado tarde. C   la

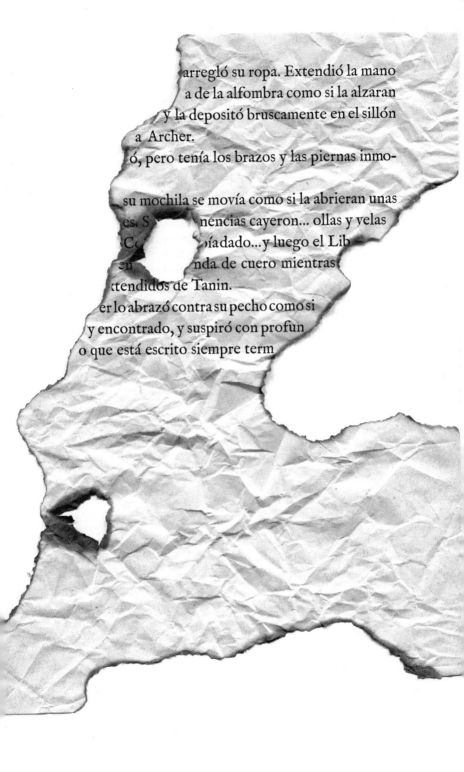

arregló su ropa. Extendió la mano
a de la alfombra como si la alzaran
y la depositó bruscamente en el sillón
a Archer.
ó, pero tenía los brazos y las piernas inmo-

su mochila se movía como si la abrieran unas
es. S   nencias cayeron... ollas y velas
 C   íadado... y luego el Lib
              nda de cuero mientras
tendidos de Tanin.
er lo abrazó contra su pecho como si
y encontrado, y suspiró con profun
o que está escrito siempre term

Corredores

*A*ntes *de ser padres, Lon y Mareah fueron corredores. Huyeron veloces cuando robaron el Libro. Cuando escaparon de ese
complejo de espejos y salones de mármol en una erupción de fuego
y escombros y tiras chamuscadas de papel. El uno cargaba el Libro
contra su pecho, protegido bajo sus brazos cruzados, como si pretendie-
ra incrustarlo en sus costillas, hasta que sus pulmones se llenaran de
letras y su corazón se hiciera un párrafo latiente. La otra se aferraba
al codo del primero, para poder levantarlo en caso de que tropezara,
para alentarlo a seguir, animarlo a avanzar veloz y cada vez más lejos.*

*Cuando atravesaron el umbral para salir a la noche y al aire
fresco, ya estaban huyendo.*

*Los persiguieron por agua y bosques, con hombres y mujeres y
perros, y ellos siguieron huyendo veloces. Huyeron por continentes,
montañas, costas. Incluso cuando tenían que ocultarse, eran rápidos. Impacientes. Respiraban apresurados. Eran salvajes y furtivos
contra la persecución. Y cuando dormían, si es que lo hacían, era de
forma irregular, en turnos, con el Libro a buen resguardo, siempre
preparados para seguir huyendo. Para correr veloces de nuevo.*

*Hasta que un día, cuando les pareció que tal vez habían llegado
lo suficientemente lejos, que llevaban suficiente tiempo huyendo, pues
ya no podían oír a sus perseguidores ni sentir pisadas en sus talones,
construyeron una casa en la cima de la colina que miraba al mar.*

CAPÍTULO 38

El muchacho de la cicatriz

Archer se retorció entre sus ataduras invisibles, e intentó liberarse con sus pies y con cada uno de sus dedos, pero no pudo mover más que la cabeza y el cuello. Estaba atrapado.

Había sucedido tan rápido.

—¿Estás bien? —le preguntó Sefia. Se le habían soltado unos mechones de pelo y tenía la ropa arrugada, pero parecía ilesa. La pluma verde brillaba detrás de su oreja.

Él asintió. Mientras lo miraba, Rajar puso su espada y su revólver en la mesa lateral y cruzó los brazos con un gesto triste y desgraciado. Archer conocía esa sensación. Remordimiento. Aversión hacia uno mismo. Él también la había sentido, una y otra vez.

De entre todo lo que hubiera podido esperar de Serakeen, no contaba con esto. No esperaba empatía.

Tanin abrió un cajón y sacó papel para llevarse al cuello, pero no había mucha sangre. Con un resoplido, arrugó el papel en una pelota y lo hizo a un lado. Puso el libro sobre el escritorio y acarició la desgastada cubierta, trazando líneas en el cuero descolorido con sus elegantes dedos manchados de tinta. A Archer le pareció que estaba triste... y algo enojada también.

Tras un momento, se sentó y cruzó los brazos.

—Acabemos con esto. Examina al chico.

El asombro se dibujó en el rostro de Archer al ver a Rajar atravesando la sala hacia él. Rodeó el sillón, acariciándose los extremos del bigote. Se agachó, poniendo una mano sobre la rodilla de Archer.

—Lo siento —dijo él. Su aliento olía levemente a humo y clavos y licor. Se incorporó y sacó una navaja de bolsillo.

Archer forcejeó de nuevo con sus ataduras invisibles. Su cuchillo de casa estaba enfundado en uno de los tirantes de su mochila. Tan cerca y tan increíblemente lejos.

—¡Déjelo en paz! —gritó Sefia.

Rajar sacudió la cabeza.

—Tenemos que asegurarnos —y tomó una manga de su camisa para cortarla, dejando al descubierto las quince quemaduras de su brazo. Las miró con sus ojos azules. Las pupilas se redujeron hasta ser apenas unos puntos negros diminutos.

Archer se encogió esperando un golpe, pero no fue así.

Tras unos instantes, Rajar cerró la navaja y la guardó en su bolsillo.

—Es muy diestro para matar, pero no completó la prueba final en La Jaula.

—Ya basta —lo interrumpió Sefia—. No tienen ningún derecho.

Rajar no respondió. Dio una nueva vuelta alrededor de Archer.

—¿Quién eres, muchacho? —susurró—. ¿Eres a quien hemos estado buscando?

Archer sintió que lo levantaba para sacudirlo, para que todas esas cosas que él había bloqueado, todo lo que había tratado de olvidar, salieran dando tumbos.

—¿Bien? ¿Qué opinas? —Tanin jugueteó con un cortaplumas de plata, haciéndolo girar impaciente entre sus dedos—. ¿Es apto para la Academia?

—Iba a ser guardia de faro —Rajar se frotó la mejilla—. Su destino era proteger a la gente.

Archer sintió que se iba a desmayar.

Los recuerdos empezaron a aflorar como témpanos de hielo.

Un faro sobre un promontorio rocoso.

Las notas de una mandolina revoloteando como burbujas de jabón desde una ventana iluminada.

Una niña con rizos del color de la luz del sol a través de hojas amarillas.

Empezaba a recordar, después de tanto tiempo.

Su cabeza empezó a girar. Sentía que se rompía por dentro hasta abrirse, que todos los bloqueos mentales que había construido para protegerse fueron cayendo uno tras otro y lo inundaron con sangre y bilis.

De repente, el techo le pareció demasiado bajo, las paredes demasiado estrechas. Estaba de regreso en el cajón. El olor acre de su propia orina. Marcas de garras. Sintió las astillas que se clavaban bajo sus uñas. Oscuridad. No habría luz hasta que alguien abriera el cajón, y entonces llegarían también el miedo y el dolor. Risas desagradables y muerte, y después alimento, una vez que alguien muriera.

Cada vez que lo desataban, venían el miedo y el dolor.

El chico al que Hatchet ejecutó frente a él para obligarlo a empuñar un arma.

Los entrenamientos con los otros chicos de Hatchet… la piel de los nudillos que se abría hasta mostrar el hueso, la manera de blandir la espada… hasta que fue el único que quedó.

Después, las peleas.

Cerró los ojos, pero las vio todas, sintió todos y cada uno de los golpes, oyó todos y cada uno de los últimos suspiros, vio a todos y cada uno de los chicos muertos con la mirada vidriosa en el suelo. Todos.

Se desplomó entre sus ataduras invisibles, jadeando. El trozo de cuarzo reposaba sólidamente en el fondo de su bolsillo, pero no podía llegar hasta él. Sus manos eran incapaces de moverse.

—¿Archer? —la voz de Sefia le llegó amortiguada, como si le hablara a través del agua.

Él no la miró. No podía.

—No está hecho para matar, Tanin —dijo Rajar—. No se merece que lo tengamos aquí.

Tanin sonrió, suspicaz.

—¿Te ves reflejado en él?

—Sí —la cicatriz en forma de látigo en el rostro de Rajar se retorció cuando la palabra salió de sus labios.

En ese instante, Archer sintió lástima, tanta como el odio o el temor que le inspiraba.

—El destino tiene un sentido del humor algo cruel —dijo Tanin—, pero no se puede negar que existe.

Archer tragó saliva, sintió que la cicatriz se templaba alrededor de su cuello.

Con una última mirada hacia Archer, Rajar suspiró y regresó junto a la mesa lateral, donde se envolvió en su abrigo, a pesar de que no hacía frío en la habitación.

—Usted también puede usar la Visión —dijo Sefia.

—Me asomé a su pasado.

—Por eso lo quemaron. Necesitaban las marcas para poder usar en ellas la Visión —la voz de Sefia era cortante, y estaba cargada de sorpresa.

—Necesitamos garantizar que los candidatos pasen todas las pruebas.

—Pero él no lo hizo. Escapó de Hatchet, ¿cierto? No mató a los otros que había en La Jaula. No es el que buscan.

Los recuerdos de Archer daban vueltas y vueltas en su interior. Entre las vidas que había vivido, y las que había aniquilado, ¿quién era él realmente?

¿Un hijo?

¿Un guardia de faro?

¿Un animal? ¿Un asesino?

¿El muchacho de la cicatriz, al que la Guardia había buscado tanto?

—Pero está *contigo* —señaló Tanin—. Y tú eres una lectora. La hija de dos de las personas más poderosas que he conocido. Tú, Sefia, eres la que lo hace especial. Por supuesto que es quien buscamos.

CAPÍTULO 39

Decisiones

—No, espere —a Sefia se le revolvió el estómago—. Yo jamás quise...

Pero no importaba lo que ella hubiera querido. Cada vez que había tocado el símbolo o leído el libro o recitado su misión, había estado arrastrando a Archer lenta pero inexorablemente, a pesar de que le prometía que era su amiga y que lo protegería, hacia la misma gente de la cual habían estado huyendo desde un principio.

Él no la miró. Su respiración era irregular.

—Llevamos décadas buscando el Libro, y tú, no sólo nos lo has traído sino que además vienes acompañada de un candidato —Tanin trazó el símbolo ⊖ en la cubierta del libro con los dedos, tal y como Sefia lo había hecho cientos de veces—. No existen las coincidencias.

¿Acaso todo (sus padres, la Guardia, su búsqueda de respuestas, y lo que los inscriptores le habían hecho a Archer) estaba destinado a acabar aquí desde el principio? ¿Eran historias cuyos finales ya habían sido escritos, y las fechas de la muerte de cada uno de ellos ya figuraban impresas en alguna página?

Tanin se llevó la mano al borde del chaleco, por encima de su corazón.

—Si descubriste tus poderes por ti misma, Sefia, pienso que eres extraordinaria, más que tus padres.

Una oleada de orgullo y curiosidad corrió por el pecho de Sefia, y se extinguió rápidamente entre el dolor y la confusión.

—Ojalá me lo hubieran contado.

¿Por qué no me dijeron nada?

—Lo siento —la voz de Tanin se suavizó—. Ojalá las cosas hubieran sido de otra manera.

A Sefia se le anegaron los ojos en lágrimas. Sacudió la cabeza, parpadeando.

—Sé que no quieres creerme —continuó Tanin —, pero yo los quería mucho. Tu madre era como una hermana mayor para mí… un miembro de mi familia. Si las cosas hubieran sido diferentes, tú y yo podríamos…

Durante unos instantes, Sefia se vio a través de los ojos de Tanin, y vio todas las cosas que hubieran podido ser y no fueron.

Si las cosas hubieran sido diferentes, Sefia habría sido como una hermana menor para Tanin, o una prima menor, o una sobrina. Alguien a quien proteger y amar, a quien enseñarle, de la manera en que Mareah y Lon habían amado a Tanin, o como pensaba ella que la habían amado, antes de que abandonaran la Guardia y todas las cosas en las que habían creído.

Si las cosas hubieran sido diferentes, Tanin habría podido mostrarle a Sefia la Biblioteca en donde su padre trabajaba, y habrían podido pasar horas enteras intercambiando historias sobre sus padres, quiénes eran ellos cuando Tanin los conoció… su poder, el tono de su ira y de su orgullo… y en quiénes se convirtieron… jardineros, cantores de arrullos y observadores del cielo con telescopios. Y las habría unido esa necesidad de saber, de entender a esa familia que habían perdido, de esbozar los recuerdos de esas personas que habían dejado una ausencia tan grande en su vida.

Si las cosas hubieran sido diferentes…

—¿Usted los amaba? Y a pesar de todo, asesinó a mi padre —dijo Sefia con frialdad.

Tanin apretó los labios, como para sellar su tristeza, su remordimiento:

—Sí.

—¿También mató a Nin?

—¿La Cerrajera? —preguntó Tanin—. No, Sefia, la pusimos bajo custodia.

Sefia trató de lanzarse hacia ella, pero las ataduras la retuvieron.

—¿Nin vive?

—¿Quieres verla?

—¡Sí! —la palabra salió de ella antes de que pudiera detenerla.

Rajar se acarició el bigote.

—¿Estás segura?

—Si no nos cree, tal vez sí le crea a ella.

Rajar suspiró y, envolviéndose en su abrigo, salió de la habitación por una puerta trasera casi oculta detrás de un tapiz. Los ojos de Archer estaban cerrados. Su rostro, empapado en lágrimas.

—¿Archer?

En medio del silencio, Tanin liberó los broches del Libro y luego los cerró. Los abrió y los volvió a cerrar. El ceño se le frunció otra vez, y miró atentamente el símbolo de la cubierta, como si pudiera atravesarlo con la sola intensidad de su mirada.

Tras un momento, se inclinó y susurró, como si le hablara al Libro:

—Muéstrame dónde se oculta la última pieza del Amuleto de la Resurrección.

Abrió el Libro. Las páginas pasaron como un aleteo. Sus ojos estaban hambrientos, devorando las palabras, y entonces... Miró al frente, parpadeando. Era como si hubiera olvidado dónde estaba.

A Sefia se le aceleró la respiración. Tanin estaba buscando en el libro. ¿Era eso lo que se necesitaba para averiguar lo que uno quería? ¿Acaso ella había tenido las respuestas que buscaba todo ese tiempo?

Tanin se humedeció los dedos con la lengua y hojeó el Libro. Luego, levantó la vista de nuevo y la enfocó en Sefia.

—¿Qué hiciste...? ¿Fue Lon el que lo hizo?

—¿Hacer qué? ¿Qué es lo que busca?

Tanin no le hizo caso. Descorazonada, siguió pasando las páginas antes de cerrar el libro y derrumbarse sobre la silla.

Sefia no quitaba los ojos del lomo agrietado. Podía buscar en el libro. Todas las preguntas sobre sus padres podrían encontrar respuesta si tan sólo...

La puerta trasera se abrió, y una persona entró a empellones en la habitación. Una persona con un abrigo de piel de oso. Una persona que parecía una montaña de tierra. Una persona con manos milagrosas.

—¡Tía Nin! —Sefia quería abrazarla, pero seguía amarrada al sillón—. Perdón, perdón. Fue mi culpa —las palabras se le desbordaban por la boca igual que el agua por encima del borde de un dique—. Nunca debí permitir que te llevaran. Debí detenerlos.

A Nin le tomó unos instantes angustiosos mirar al frente pero, cuando lo hizo, sus ojos de color fango no parecían capaces de enfocar. Había algo vago e incierto en la forma en que encogía los hombros y juntaba los dedos impaciente.

—¿Eres tú? —farfulló.

—¡Sí, soy yo, Sefia!

Una sonrisa se abrió paso entre las endurecidas arrugas del rostro de Nin.

—¡Niña! —murmuró. Estaba más delgada de lo que Sefia recordaba, sus movimientos eran menos seguros, pero en ese momento pareció la misma Nin de siempre.

Sin embargo, seguía sin mirarla a los ojos.

Sefia dirigió una mirada fulminante a Tanin.

—¿Qué le han hecho?

—Poseía información vital.

—¿Qué información? Ella sólo…

—¿Sabías que ella fue quien ayudó a tus padres a robar el Libro?

Sefia miró a Nin. Sabía que sólo había una forma de que la Asesina pudiera haber sabido que ella tenía el Libro. No había querido creerlo.

—¡Oh! —dijo ella.

La boca de Nin se movió. Sus mandíbulas se abrieron. Pero no se oyó ningún sonido. Rajar volvió a su lugar, junto a la mesa lateral, y cruzó los brazos.

—Vamos —la apremió Tanin—. Háblele acerca de sus padres.

Como si se lo hubieran ordenado, Nin empezó a hablar:

—Me buscaron. No fue mi culpa. Yo no sabía nada. Me encontraron. Decían que sería el mayor golpe de toda una generación. Era un secreto, según me decían. No había que contarlo a nadie o todos estaríamos en peligro. Les di lo que pude. El molde de una llave. Las instrucciones para abrir una cerra-

EL 473

dura inviolable. Me sentí orgullosa. Fui una idiota. No debí haberlo hecho. Debí imaginar que estaban haciendo algo malo. Debí negarme.

Su manera de hablar también era diferente: entrecortada, repetitiva. Las palabras parecían resbalar de su lengua, como si no pudiera controlarlas.

—¿Quiénes son ellos? —le preguntó Sefia—. ¿Podemos confiar en ellos?

—La Guardia es buena —las palabras de Nin sonaban rígidas—. La Guardia nos protege a todos.

—¿Mis padres traicionaron a estas personas?

—No eran quienes tú crees que eran, niña.

No, no lo eran. Un sollozo se alojó en la garganta de Sefia. No se sentía capaz de seguir mirando a Nin, de oír sus frágiles palabras, que se desmoronaban. Sus padres no habían sido héroes. Ni siquiera habían estado cerca de serlo.

—Teníamos que recuperar el Libro —dijo Tanin suavemente—. No podíamos dejar que algo tan poderoso surcara *libremente* por el mundo.

—¿*Libremente?* —repitió Sefia. Como si el libro fuera algo que hubiera que mantener prisionero.

—Las personas son débiles. No se puede confiar en ellas. ¿Puedes imaginarte lo que sucedería en Kelanna si todo el mundo hiciera lo que tú y yo podemos hacer? Habría hombres convertidos en perros a quienes nadie ayudaría. Los castillos se desintegrarían con el gesto de una mano. Ladrones y asesinos, tratantes de esclavos y caudillos guerreros, las peores personas gobernarían Kelanna porque *usarían* la palabra para provocar el mal. Sería un caos.

En su sillón, Archer levantó la cabeza. Tenía los ojos vidriosos por las lágrimas.

Tanin se inclinó sobre el escritorio, y su voz sonó apremiante y amortiguada.

—Cuando unifiquemos los reinos bajo un solo gobierno, nos aseguraremos de que esto nunca vuelva a suceder. Nos aseguraremos de que nadie vuelva a corromperse por el poder del Libro.

—¿Eso es lo que cree que sucedió? ¿Que mis padres se corrompieron? —Sefia sintió como si le hubieran cosido la piel del revés—. ¿Tía Nin?

Pero Nin evitó mirarla.

Archer hizo un esfuerzo por zafarse de sus ataduras invisibles. Las venas de sus brazos y su cuello se hincharon. Pero no consiguió moverse.

—Sabes que podrías unirte a nosotros —Tanin jugó con el cortaplumas entre sus dedos y lo depositó sobre el escritorio—. Te enseñaríamos a controlar tus dones. Podrías *ayudar* a la gente. Protegerla. De la forma en que se suponía que tus padres iban a hacerlo.

Sus padres. Las imágenes que Sefia tenía de ellos se habían ido desvaneciendo, sus rasgos se agrietaban y desprendían para descubrir nada más que oscuridad. Habían traicionado a Tanin. También la habían traicionado a ella al ocultarle todo esto.

Si tan sólo se lo hubieran contado, la hubieran entrenado, tal vez Palo Kanta aún viviría. Quizás ellos mismos aún vivirían. Puede que incluso hubieran podido hacer algo bueno entre los tres.

—Sefia… —la palabra sonó tan tenue que no estuvo muy segura de haberla oído.

Archer la miraba, le goteaba sudor de la frente, tenía los labios entreabiertos, de ellos no brotó ningún otro sonido.

Pero había hablado. Su voz era ronca y profunda, y su sonido hizo vibrar su sangre.

Si se unía a Tanin, estaría aceptando todas las cosas que decían de él. Aceptaría la profecía. El destino. La guerra. Su muerte.

—¿Unirme a ustedes? —espetó Sefia—. No me hagan reír.

Tanin sacudió la cabeza.

—Sefia, me parece que no entiendes lo que te estamos ofreciendo…

—No —repitió ella—. Jamás nos uniremos a ustedes.

Por primera vez, una sonrisa adornó el melancólico semblante de Rajar.

A su lado, Nin parpadeó. Su mirada se vio más despejada. Se meció en los talones, hacia adelante y hacia atrás, abriendo y cerrando los dedos.

—Puede que ya no sepa qué es lo correcto, pero sí sé lo que no lo es —dijo Sefia—. No está bien contratar inscriptores para permitirles que mutilen a todos esos muchachos. No está bien matar y raptar y suponer que es lo correcto, únicamente porque *está escrito*. Nuestras decisiones importan —puso la cabeza en alto y sus ojos relampaguearon—. No me uniré a ustedes después de lo que le han hecho a la gente que amo.

Mientras Sefia hablaba, la expresión de Tanin pasó de la sonrisa divertida a la duda, luego a la confusión, la tristeza y, por último, al enojo. Se irguió en toda su estatura.

—¿La gente que *amas*? Tus padres te mintieron. Tu tía Nin te entregó —su voz era fría y cortante como el hielo, pero en lo profundo, corría un río de dolor, que quebraba y rompía su ira.

Sefia le lanzó una mirada temerosa a Nin.

¿Acaso Nin también la había traicionado?

La anciana se sonrojó. Se mordió los labios. Apretó los dientes. Y luego las palabras brotaron con fuerza:

—Yo les conté todo. Les conté todo, niña. No pude evitarlo. Tu nombre. Esa cosa que llevabas. Les dije todo. Lo sie…

Pero la voz de Tanin saltó por encima de la de Nin, y sus palabras taladraron a Sefia una y otra vez:

—*Yo* te hubiera acogido con los brazos abiertos. *Yo* te hubiera dado todo lo que tus padres nunca te dieron.

—Escúchame, Sefia: ellos son poderosos. Más poderosos de lo que puedas imaginarte. Controlan Everica y Liccaro. También tienen a alguien en Deliene. Van a…

—Poder. Conocimiento. Propósito. Una y otra vez, te dejo vivir, Sefia. *Yo* te dejo vivir. Debes escogerme a mí.

—Corre, Sefia —la voz de Nin resonó como una campana rota—. ¡Huye!

Tanin levantó los dedos y, sin necesidad de tocarla, le retorció el cuello de repente.

Se oyó un *chasquido.*

Y Nin se desplomó, estaba muerta.

CAPÍTULO 40

Todas las maneras que importan

—¡N o! —la palabra explotó y se convirtió en una nube de luz.

Sefia levantó los brazos. Las cuerdas doradas con las que Tanin la tenía atada se aflojaron hasta disiparse en la nada.

Se puso en pie, y su Visión se arremolinó centelleando a su alrededor como ráfagas de nieve.

Archer también estaba libre. Lo sentía buscar sus armas mientras Rajar abría los pliegues de su abrigo para dejar ver sus pistolas.

Sefia alzó una mano. El cortaplumas se elevó por encima del escritorio.

Tanin observó sin dar crédito. Abrió la boca para hablar.

Pero Sefia ya había oído suficiente. Su mano cortó el aire.

La hoja del cortaplumas cortó la garganta de Tanin de un tajo. La piel se abrió, roja, tibia, amplia. Se llevó las manos al cuello. Parecía sorprendida.

Rajar estuvo a su lado en un instante, murmuraba algo, acunando su cuerpo mientras se derrumbaba al piso. Los labios de Tanin se movieron, pero su extraordinaria voz se había apagado. La sangre se colaba entre sus dedos.

La luz abandonó sus ojos.

Archer tiró del brazo de Sefia y ella lo miró. Tenía ambas mochilas al hombro y el Libro en sus manos. A la luz de las velas, el cuero de la cubierta brilló, pulido por siglos de roce de manos.

El libro de sus padres.

El libro de Palo Kanta.

De Tanin.

El que lo contenía todo.

Muy a lo lejos, oyó que Rajar pedía refuerzos. Miró por última vez el bulto que formaba el cuerpo de Nin.

Corre.

Y entonces el Libro estaba en sus brazos y ambos huían a toda prisa, corriendo a través de la puerta, por el túnel, con la antorcha que parpadeaba contra el techo, mientras Rajar gritaba órdenes tras ellos.

Sus pisadas resonaban en las paredes.

Su respiración era irregular y entrecortada.

Salieron a la amplia oscuridad de la bodega, donde la luz de las estrellas dibujaba motivos moteados en el piso.

De repente salieron a la bahía del puerto, entre las sombras que formaban las embarcaciones en el agua. Corrieron al esquife más próximo y allí metieron sus cosas, desataron amarras e izaron velas.

Los sonidos de persecución reverberaban en la bodega. Gritos. Pisadas fuertes.

Sin aliento, Sefia y Archer empujaron su bote lejos del muelle. La brisa infló las velas.

Se oyeron disparos.

Ellos se agacharon.

A su alrededor brotaron astillas del casco.

Una multitud inundó los muelles armada con fusiles. Algunos corrieron hasta el extremo de un embarcadero, en busca de otro bote. Otros se arrodillaron para disparar nuevamente sus armas.

Hubo una explosión de fuego anaranjado.

Y el estallido de los fusiles.

Sefia parpadeó. Podía ver los proyectiles que se dirigían hacia ellos, podía ver su trayectoria como estelas luminosas. Con un movimiento de la mano, los hizo caer al agua, inofensivos ya.

Archer la miró fijamente.

En los muelles, sus perseguidores habían conseguido otro bote, pero ellos ya estaban fuera de su alcance. Estaban llegando a mar abierto, con las negras aguas rizándose junto a ellos y arrastrándolos hacia las rápidas corrientes del Estrecho Callidiano.

Sefia se asomó por la borda, mirando sin ver el cielo tachonado de nubes, la luna rozando el lomo de las olas.

Nin.

Ay, Nin.

El agua de mar salpicó la cubierta y mojó todo el flanco izquierdo. Sefia parpadeó para quitarse las gotas de agua de las pestañas y miró a su alrededor. Estaban solos, húmedos y con frío, pues el viento les mordía el rostro y la punta de las orejas.

Sefia colapsó junto a la borda, con la cabeza entre las manos.

Tras un momento, Archer se sentó a su lado.

—Sefia —murmuró él.

Ella enterró su rostro en los brazos. Tanin está muerta. También Nin.

—Lo lamento.

Entonces, lo miró. En la oscuridad de la noche, los ángulos de su rostro tenían un reborde de luz azulada, como si Archer fuera una nube de tormenta cargada de relámpagos.

—Es la segunda persona que asesino —su voz se redujo al silencio.

Archer calló durante un instante. Después, se llevó la mano al cuello:

—Yo he matado a veinticuatro.

Ella quiso decir algo pero ¿qué palabras podían expresar todo lo que les había sucedido, todas las cosas terribles que habían hecho, todas las respuestas que habían encontrado y todas las preguntas que les quedaban por responder?

Levantó la mano, se tocó la ceja y sostuvo en alto dos dedos cruzados en la oscuridad.

No necesitaba palabras.

Archer envolvió la mano de Sefia con la suya, trazando con sus dedos los espacios entre los dedos de ella.

—Sí —dijo él.

Él estaba con ella.

Estaban juntos.

Juntos de todas las formas que importan.

Luego él se inclinó y posó sus labios en la frente de ella, justo encima de su sien.

Sefia se puso tensa, recordando la sensación de los brazos de Archer que la envolvían, su piel desnuda, su corazón frenético en su pecho. Pero después cerró los ojos y se recostó en él, dejando que sus labios se detuvieran sobre su piel.

El beso no fue intenso ni apasionado, ni siquiera dulce, como lo hubiera podido imaginar. Pero fue tierno y decidido, como si con la presión de sus labios, Archer pudiera comunicar todo lo que sentía por ella, todas las cosas para las cuales aún no tenía palabras.

Y ella se abrió. Sus sentimientos la inundaron y pudo sentirlos golpeteando en su interior: tristeza y remordimiento y furia y dolor y confusión y alivio y muchos más que no podía nombrar. Las lágrimas salpicaron los dedos entrelazados.

Con suavidad, Archer secó sus manos, su mejilla, enjugó sus lágrimas.

—¿Adónde iremos ahora? —preguntó él.

Sefia miró el Libro, allí donde estaba, con los broches dorados resplandeciendo tenuemente en la cubierta. El Libro podría indicarle dónde ir. Ella podía abrirlo y hojear las páginas y encontrar las respuestas que buscaba. Todo estaba contenido en él.

En lugar de eso, se aferró a la mano de Archer y miró al horizonte:

—Adondequiera, lejos de aquí.

Agradecimientos

De cierta forma, siempre he pensado que los libros son mágicos: que transforman, que encienden una chispa, que trascienden. Son máquinas del tiempo y rompecabezas y llaves de cerrojos que ni siquiera sabíamos que existían en lo profundo de nuestro corazón.

Pero durante el año pasado he comenzado a entender que los libros son mágicos porque *la gente es mágica*... brillante, generosa, talentosa sin medida. Este libro no habría visto la luz de no ser por quienes atrajeron, encauzaron y conjuraron las circunstancias para que sucediera, por los magos que sacaron conejos de sombreros de copa... los que leyeron y los que creyeron. Su aporte le ha prestado a este libro voz, cuerpo, vida... y por eso estoy infinitamente agradecida.

Gracias infinitas para mi agente guerrera, jinete a lomo de dragón, Barbara Poelle, que me lanzó a esta extraordinaria aventura. Ni en mis sueños más desbocados imaginé que podría trabajar en equipo con semejante compañera, y no puedo sentirme más afortunada ni más orgullosa de ser una "poelleana". Eres una fuerza de la naturaleza. Gracias por todo.

Desde mi primera conversación con la editora Stacey Barney, supe que ella sería la indicada para hacer de timonel de este libro, y ni una sola vez ha perdido el rumbo desde entonces. Gracias por creer en esto, por tu infalible sentido de la narración y tu enfoque audaz de revisión, y por no permitirme nunca conformarme con algo pasable sino con lo mejor que podía lograr. Tu influencia ha hecho que *La lectora* sea un libro mejor y yo, una mejor escritora.

Incontables agradecimientos para Jennifer Besser y todo el fabuloso equipo de Putnam y Penguin que ha guiado y pastoreado esta historia hasta convertirla en libro: David Briggs, Emily Rodriguez, Elizabeth Lunn, Wendy Pitts, y Cindy Howle. Y ovaciones adicionales para Marisa Russell, mi desmedidamente talentosa publicista, y Kate Meltzer, quien responde a todas mis preguntas con amabilidad y siempre me permite seguir preguntando.

Vítores especiales de gratitud para Chandra Wohleber y Janet Rosenberg por su atención al detalle y al tono. Gracias por lograr que cada frase fuera la mejor versión posible de sí misma.

A todos los que han colaborado para convertir estas palabras en un libro palpable, les digo que han hecho magia de verdad. Gracias a Cecilia Yung, a Marikka Tamura y David Kopka por escuchar todas mis ideas sobre mensajes y acertijos ocultos y por hacerlas realidad. Ha sido un gusto trabajar con el extraordinario cartógrafo Ian Schoenherr: gracias por ser un colaborador de los mejores. Quedo agradecida (y también perpleja) ante la hechicería de Deborah Kaplan y Kristin Smith, que revistieron *La lectora* con una forma tan impactante, y tengo una deuda de gratitud con Yohey Horishita, cuyas preciosas ilustraciones captan a la perfección el espíritu de la historia. Gracias a todos. Han hecho de este libro más que un libro.

A Heather Baror-Shapiro, gracias por izar las velas para que Sefia, Archer y el Capitán Reed pudieran lanzarse en infinitas aventuras a lo largo y ancho del mundo.

A mi familia, mi amor y gratitud sin fin, por asegurarse de que nunca estuviera sola en esta aventura. A mamá y Chris, que siempre creyeron en mí, gracias por darme la oportunidad y animarme a hacer lo que más me gusta, y por mostrarme que el éxito implica trabajar hora tras hora, minuto tras minuto para alcanzarlo. Este libro jamás se habría escrito de no ser por ustedes. A la tía Kats, mi agradecimiento por todas las cosas pequeñas: por dejarme leer tus historietas de noche frente al televisor y por las caminatas, por permitirme pintar dragones en tu armario. Tengo tanta suerte de ser tu sobrina. A papá, que convertía cada día en una historia, cada salida al parque en una aventura épica, gracias. Te extraño.

A Cole, gracias por soportar mis ansiedades y pasiones de escritora, por preparar la cena y hacer mandados y bañar a los perros cuando yo estaba sepultada entre notas y correcciones, por jamás ocultar que estabas orgulloso de mí. Todas las palabras de esta novela no serían suficientes para agradecer tu apoyo y estímulo. Te amo.

Estoy en deuda con mi amiga Diane Glazman, la más dura crítica y la lectora más aguda que he conocido, por demoler sin piedad mis primeros borradores y darle forma a la trama.

A Matthew Tucker, porque todo esto empezó cuando quisiste que te escribiera una historia de fantasía. Aquí la tienes.

Mi profunda gratitud a la incomparable Brenda Drake por organizar el mejor concurso de creación literaria de todo internet, las *Pitch Wars*, y enormes abrazos a mis compañeros de andanzas en ese concurso en 2014, especialmente a mi amiga y compañera de equipo Kirsten Squires. Tu apoyo me mostró la importancia del espíritu de comunidad en una profesión que suele invitar al aislamiento. Tuve la fortuna de andar este camino contigo.

Ya lo dije una vez y volveré a decirlo: no estaría en este punto de no ser por Renée Ahdieh. Si esto fuera un cuento de hadas, tú serías una combinación maravillosa de hada madrina, caballero andante y amiga y camarada. Tu fe, tu forma de guiarme y tu amistad no pueden reemplazarse con nada. Gracias, gracias, gracias.

Montones de gracias también a mis compañeros debutantes de 2016 en Sweet Sixteens, en especial a las mágicas maravillas de Jessica Cluess y Tara Sim, cuya amistad ha sido un recurso más valioso que cualquier entrada de blog, hoja de cálculo o guía sobre "cómo sobrevivir a la publicación de tu primer libro". Ustedes dos son de lo mejor.

Por último, a todos los estudiantes y participantes en campamentos de verano que han hablado conmigo sobre libros, televisión, películas o videojuegos, a todos los que le han puesto nombre a un barco, un personaje, un reino… su imaginación me ha *inspirado*. Espero que sigan sus sueños con pasión, tenacidad y bondad. Creo en sus historias. Escríbanlas bien.

Esta obra se imprimió y encuadernó
en el mes de octubre de 2016,
en los talleres de Impregráfica Digital, S.A. de C.V.,
Av. Universidad 1330, Col. Del Carmen Coyoacán,
C.P. 04100, Coyoacán, Ciudad de México.